Finn Longman est un·e auteur·ice et médiéviste queer et handicapé·e, originaire de Londres. Titulaire d'une licence d'anglo-saxon, norrois et celte, et d'un master d'irlandais médiéval, iel passe la plupart de son temps à donner son point de vue controversé sur Internet. Finn écrit des romans pour adultes et adolescents, avec un intérêt particulier pour la fiction questionnant le genre, l'identité et les limites de la moralité. *The Butterfly Assassin* est son premier roman, dont la suite est prévue pour 2023.

Ce livre est également disponible
au format numérique

www.castelmore.fr

Finn Longman

The Butterfly Assassin

Traduit de l'anglais (Grande-Bretagne) par Alison Jacquet-Robert

FiBS

Fibs est une collection des éditions Castelmore

Titre original : *The Butterfly Assassin*

Originellement publié par Simon & Schuster UK Ltd.

ISBN : 978-2-36231-474-2

Bragelonne – Castelmore
60-62, rue d'Hauteville – 75010 Paris

E-mail : info@castelmore.fr
Site Internet : www.castelmore.fr

Pour Caspian et Eleanor, qui connaissent Isabel
depuis presque aussi longtemps que moi.

Car vit dans cette maison
une certaine forme de colère,
une colère ourdie d'angoisse jamais oubliée
qui brûle de venger l'enfant.

Agamemnon, Eschyle (à partir de la traduction d'Anne Carson)

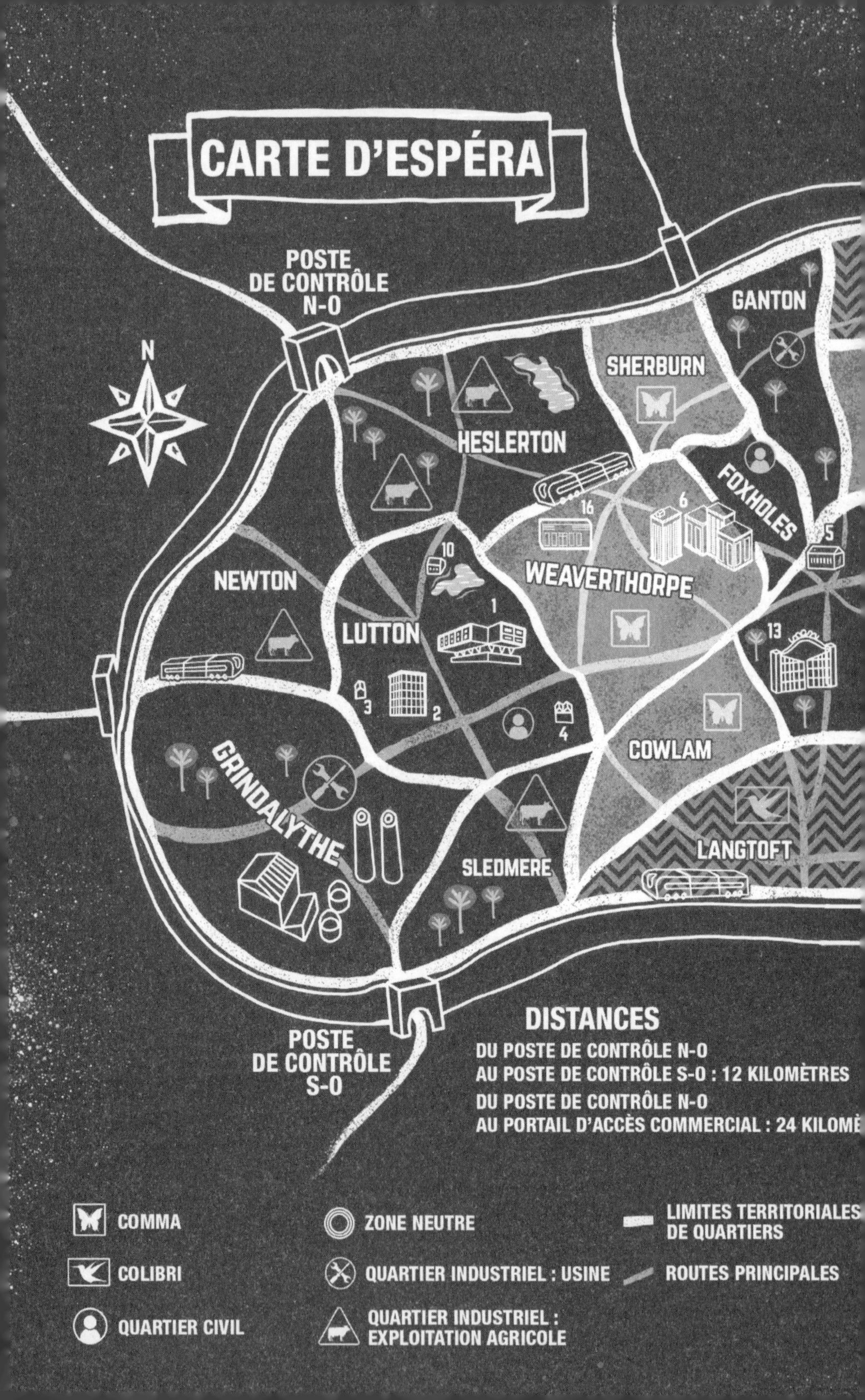
CARTE D'ESPÉRA
POSTE DE CONTRÔLE N-O
N
GANTON
SHERBURN
HESLERTON
FOXHOLES
16
6
5
10
WEAVERTHORPE
NEWTON
1
LUTTON
13
3
2
4
GRINDALYTHE
COWLAM
SLEDMERE
LANGTOFT
POSTE DE CONTRÔLE S-O
DISTANCES
DU POSTE DE CONTRÔLE N-O
AU POSTE DE CONTRÔLE S-O : 12 KILOMÈTRES
DU POSTE DE CONTRÔLE N-O
AU PORTAIL D'ACCÈS COMMERCIAL : 24 KILOMÈ
COMMA
ZONE NEUTRE
LIMITES TERRITORIALES DE QUARTIERS
COLIBRI
QUARTIER INDUSTRIEL : USINE
ROUTES PRINCIPALES
QUARTIER CIVIL
QUARTIER INDUSTRIEL : EXPLOITATION AGRICOLE

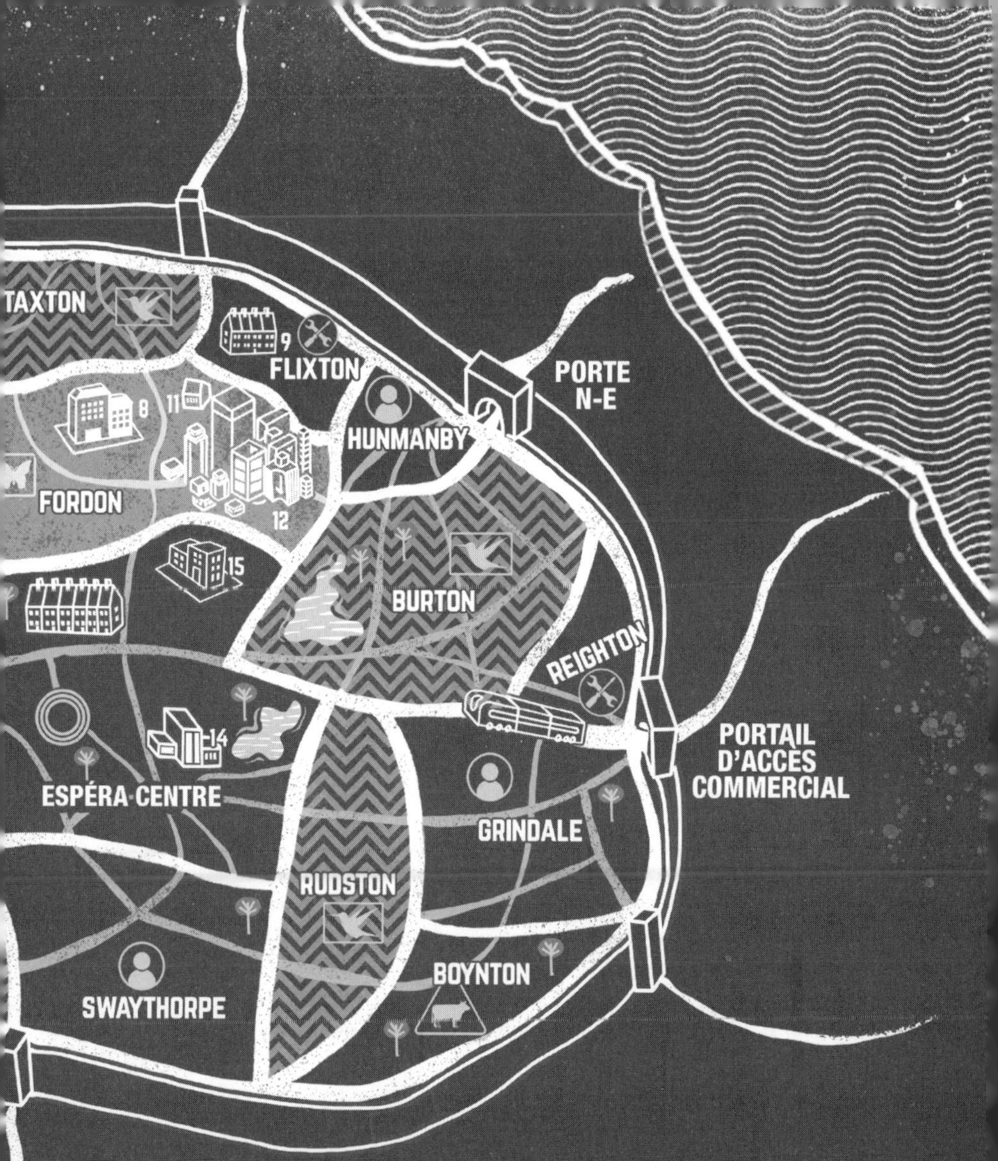

LÉGENDE :

1 – LYCÉE FRASER
2 – APPARTEMENT D'ISABEL
3 – MAISON DE MORTIMER
4 – MAISON D'EMMA
5 – SUNSHINE PROJECT
6 – HÔPITAL CHADWICK GREEN
7 – GAUNTLET DRIVE
8 – LYCÉE LINNAEUS
9 – KATIPO
10 – MAISON DE GRACE
11 – MAISON DE LA FAMILLE RYANS
12 – COMPLEXE DU COCON
13 – ENTRÉE DU CIMETIÈRE
14 – UNIVERSITÉ D'ESPÉRA CENTRE
15 – FAC DE MÉDECINE
16 – DANCEJO

1

Eraro (erreur)

Le premier soir, dans son minuscule appartement, elle se débarrasse de ses cheveux et de son nom. Ce qui est plus facile à faire pour les mèches brunes que pour *Isabel Ryans*. Car c'est elle qu'elle continue de voir dans le miroir, malgré la coupe asymétrique qui cache la moitié de son visage, et non *Bella Nicholls* – le nom sur sa nouvelle pièce d'identité, son dossier scolaire, et le compte en banque qui contient à peine assez d'argent volé pour payer le prochain loyer. Isabel ne peut pas se cacher.

Ni d'elle-même, ni d'*eux*.

Ce qui ne l'empêche pas d'essayer. Tous les soirs, elle vérifie trois fois que sa porte est bien verrouillée, puis elle coince une chaise sous la poignée – ça ne les arrêtera pas, mais ça lui donnera au moins quelques secondes d'avance s'ils viennent la chercher. Ou plutôt, *quand* ils viendront. Chaque nuit qui s'écoule sans incident est à la fois un soulagement et une torture, et elle passe ses journées à attendre que tout s'écroule. Ils savent qu'elle est ici. Forcément. Personne ne peut leur échapper.

Si elle est encore en vie, c'est simplement que les guildes attendent leur heure.

Après sa deuxième nuit blanche, Isabel cache un couteau sous son oreiller. Après la troisième, elle abandonne son lit pour le canapé défraîchi, qui a vue directement sur la porte d'entrée. Elle se réveille chaque matin avec un torticolis tenace et la peur au ventre.

Je m'en suis tirée, se répète-t-elle. Mais peut-elle vraiment l'affirmer, alors qu'elle n'arrive même pas à dormir dans son propre lit ? Ce n'est qu'un moment de répit, un sursis avant que les choses n'empirent. Elle n'aurait pas dû partir. Elle va passer le restant de ses jours à surveiller ses arrières.

Chaque matin, elle retire la chaise, ouvre les verrous et tente de se rappeler qu'elle est libre. Puis elle s'attache les cheveux – elle regrette déjà cette frange – et part à petites foulées dans la rue, alors que la nuit cède la place au jour. Durant ces quelques heures, la ville est déserte, à l'exception d'une poignée de lève-tôt et d'un jeune livreur au pas traînant.

C'est durant l'une de ces excursions matinales qu'Isabel se trouve un petit boulot de livreuse de journaux qui ne suffit pas à payer son loyer, mais qui l'empêche au moins de mourir de faim. Le tirage de l'*Écho* est suffisamment faible pour qu'elle ait le temps de terminer sa distribution avant les cours, mais assez important pour qu'Ashvin ait décidé d'embaucher quelqu'un pour remplacer le gamin qui a déménagé. Ashvin est le marchand de journaux, et sa boutique est le seul lien d'Isabel avec le monde réel – le lycée ne compte pas. Bien plus qu'une pile de devoirs, ce sont les réveils matinaux et les traces d'encre sur ses doigts qui l'aident à se convaincre qu'elle s'en est tirée. Parfois, elle oublie presque qu'elle a entendu parler de ce boulot alors qu'elle était roulée en boule dans l'allée derrière la boutique, tremblant de tous ses membres à cause d'un flash-back.

Et les choses continuent ainsi pendant deux semaines et demie. Deux semaines et demie de normalité mêlée de paranoïa, jusqu'à ce qu'un soir survienne ce qu'il devait arriver. Elle est réveillée par le bruit de ses verrous bon marché qui cèdent ; à la vue de la chaise qui glisse sur le sol lorsque l'intrus pousse la porte, elle tend la main vers son couteau.

Quelqu'un est entré dans son appartement.

Isabel se redresse lentement, priant pour que les ressorts du canapé ne grincent pas. Les efforts de l'importun pour passer inaperçu sont réduits à néant lorsqu'il trébuche sur le sac de cours d'Isabel abandonné à côté de la porte, prêt pour la journée. Un professionnel ne commettrait jamais une telle erreur… à moins qu'il ne tente d'endormir ses soupçons.

Lentement, elle attrape un second couteau sur la table basse. Assise sur le canapé, elle est invisible, dissimulée dans l'ombre, mais lorsque l'intrus avance dans la pièce, elle discerne sa silhouette qui se découpe contre la lumière crue du couloir.

Il se penche pour fouiller le sac à la recherche d'objets de valeur, et Isabel lance son premier couteau. La lame se fiche dans le mur, à quelques centimètres de la tête de l'intrus. Celui-ci glapit et laisse tomber la tablette qu'il venait de trouver dans le sac. L'écran se brise en mille morceaux. Lorsqu'il lève les yeux vers Isabel, elle brandit déjà son second couteau.

— Ferme la porte, ordonne-t-elle, parce qu'elle s'entend bien avec ses voisins et souhaite que ça continue. Lève les mains.

Elle prend conscience de son jeune âge lorsqu'il obéit en tremblant et avance d'un pas vers elle. Vingt ans à peine, estime-t-elle.

— Je…

— Silence.

Soupesant son couteau, elle tend l'oreille. Elle n'entend rien d'autre que le vrombissement monotone du vieux système de chauffage. Personne ne semble attendre dans le couloir, et l'intrus n'a pas l'air d'avoir réveillé le reste de l'immeuble. Elle pointe sa lame vers la table.

— Assis.

Après une seconde d'hésitation, il obéit, les mains bien en évidence pour prouver qu'il n'est pas armé.

Isabel se rapproche de lui si vite qu'il n'a même pas le temps de sursauter. D'un geste, elle lui plante le couteau dans la main, l'épinglant à la table. Puis elle attrape un torchon, et le lui enfonce dans la bouche pour étouffer son cri. Elle attend qu'il se calme, la respiration haletante, avant de retirer le torchon et de s'asseoir à son tour.

— *Mi havas du demandojn*, dit-elle presque calmement. *Kiu sendis vin tien ĉi, kaj kiel vi trovis min ?* (J'ai deux questions. Qui t'a envoyé ici et comment m'as-tu trouvée ?)

Il secoue la tête, la peau luisante de sueur.

— Je ne comprends pas. Pitié…

Isabel se penche en avant, et appuie sur le manche du couteau pour enfoncer la lame, les yeux rivés sur le visage de l'intrus. Elle a eu l'occasion de côtoyer de bons acteurs, mais la douleur – ou la peur – est impossible à cacher. Une odeur âcre d'urine se mêle à celle du sang dans l'air, et elle prend conscience que le jeune homme est réellement terrifié.

Un amateur, pense-t-elle. Mais son instinct la pousse à insister :

— *La gildoj. Kiun ?* (Les guildes. Laquelle ?)

— Pitié, supplie-t-il. Je ne… je ne suis pas…

Il ne fait pas semblant. Le désespoir sur son visage est celui d'un civil.

Isabel se cale sur son siège et croise les bras.

— Tu ne parles pas espéranto, ce qui signifie que tu n'appartiens pas à une guilde. Que fais-tu là ?

— Je…

Il est pâle. Et tremble de tous ses membres.

— Je comptais te cambrioler.

— Tu n'as pas choisi le bon appartement.

— Je vois ça, parvient-il à croasser d'une voix étranglée par la douleur.

Il jette un coup d'œil à sa main, comme s'il envisageait de retirer la lame, puis blêmit à la vue du sang, et détourne hâtivement le regard.

— Pitié, ne me tue pas. Je suis désolé. Je… je m'excuserai auprès de ta guilde, je ferai tout ce que tu voudras.

— Si tu dis un mot aux guildes, je te coupe la langue.

— Alors, je ne dirai rien, répond-il aussitôt. Pitié. Je n'ai rien…

— Dis-moi, l'interrompt-elle. Pourquoi cet appartement ? Pourquoi moi, de tous les habitants de l'immeuble ?

Il déglutit.

— Je savais que tu vivais seule. Que tu étais jeune et que tu n'avais pas encore changé les verrous. Je ne pensais pas… On est à Lutton, les guildes ne…

— Tu pensais que j'étais une civile.

Évidemment. Même les voleurs les plus hardis n'oseraient pas croiser la route de Comma ou de Colibri, les deux guildes meurtrières qui dominent la ville d'Espéra. Marchands d'armes, espions, empoisonneurs et tueurs à gages, leurs membres ont des compétences aussi variées que dangereuses.

Et il n'a pas traversé l'esprit de ce garçon qu'Isabel pourrait être tout aussi dangereuse.

— Oui. Je suis désolé. Je…

Il jette un nouveau regard à sa main et vomit. Puis il relève de grands yeux terrifiés vers Isabel.

— Tu vas me tuer ?

— Je n'ai pas encore décidé. Comment t'appelles-tu ?

— Ian.

Oh.

— Mauvaise réponse.

— Je ne mens pas. Je m'appelle Ian Crampton. Je peux… je peux le prouver.

Un civil doublé d'un idiot, qui donne son nom complet à une membre supposée d'une guilde. Soit il n'espère pas s'en sortir vivant, soit il n'a pas conscience qu'il vient d'offrir à Isabel toutes les informations dont elle a besoin pour mettre sa tête à prix.

— Je n'ai pas dit que ce n'était pas vrai.

Elle attrape le manche du couteau et arrache la lame aussi facilement qu'elle l'avait enfoncée. Puis elle lui lance le torchon pour éponger sa plaie.

— Appuie dessus, ordonne-t-elle. Plus fort. À moins que tu veuilles te vider de ton sang dans ma cuisine.

Elle a l'impression qu'il pleure, mais il est difficile de dire si les traces sur ses joues sont des larmes ou de la sueur.

— Tu m'as mise dans une position inconfortable, déclare Isabel. Ce serait différent si tu t'appelais, je ne sais pas, David. Mais Ian ? Ce n'est pas un prénom qui me met de bonne humeur.

— J... je peux m'appeler David, alors, balbutie-t-il. Comme tu veux. Pitié.

— Trop tard.

Elle balance le couteau taché de sang dans l'évier, et ajoute :

— Tu sais qu'il y a cours demain ? J'essayais de dormir.

— Je ne comprends pas, dit-il. Tu n'es qu'une ado. Tu ne peux pas être...

Isabel se tourne et s'adosse contre le plan de travail.

— Pas être quoi ?

— Une t... tueuse à gages. Une meurtrière. Les guildes ne... Elles ne forment pas d'enfants.

C'est drôle comme tout le monde en est encore persuadé.

— Et moi, je croyais que Lutton avait un faible taux de criminalité, répond-elle. Apparemment, on a tous les deux appris quelque chose, ce soir.

— Je ne savais pas, insiste Ian. Je ne savais pas que tu appartenais à une guilde.

Le tuer poserait un problème, surtout ici, dans son appartement. Elle serait obligée de se débarrasser du corps. C'était bien plus simple avec Comma pour assurer ses arrières. Ou ses parents.

Isabel allume le robinet pour masquer le frisson qui la traverse et rincer le sang sur ses mains. Une fois qu'elle est certaine d'avoir repris contenance, elle se retourne vers Ian.

— Qu'une chose soit claire. Je n'appartiens à aucune guilde.

— Mais…

— Debout.

Il se lève, chancelant.

— Tu peux appeler la police. Me dénoncer. Tout ce que tu veux.

— Avance vers la porte. Reste devant moi.

Il obéit d'un pas mal assuré. Isabel arrache au passage son autre couteau du mur et le garde à la main, avant d'ordonner à Ian de prendre l'escalier, puis la sortie de secours. À droite, les panneaux solaires scintillants de la rue principale se réfléchissent dans la nuit. Elle dit à Ian de tourner à gauche, vers l'étroite allée plongée dans la pénombre qui longe l'immeuble.

— Tu sais qui je suis ? demande-t-elle.

Son visage est livide, exsangue, lorsqu'il se tourne vers elle. Il parvient à secouer la tête.

— Je ne sais rien.

— Ça vaut mieux pour toi.

— Tu me laisses partir ?

— On dirait bien. Maintenant, tire-toi avant que je ne change d'avis.

Le voleur regarde Isabel. Bien qu'il la dépasse d'une bonne tête, il ne peut retenir un mouvement de recul.

— Tu es vraiment flippante, tu sais ? dit-il avec une pointe de respect réticent dans la voix.

Puis il déguerpit tant bien que mal.

Ian. Un prénom qui ne lui rappelle pas de bons souvenirs.

Il s'est éloigné d'à peine trois mètres lorsqu'elle lance le couteau.

La lame se fiche dans le dos du jeune homme, et il s'effondre avant même qu'elle n'ait le temps de se rendre compte que l'arme a quitté sa main. Elle ne se souvient pas d'avoir pris la décision de le tuer ni d'avoir visé, mais lorsqu'elle s'approche de lui et se penche pour récupérer son couteau, elle voit des bulles de salive perler à ses lèvres, et la douleur crépiter dans ses yeux.

Il n'en a plus pour longtemps, mais assez pour souffrir.

Isabel lui tranche la gorge, à moitié par compassion, à moitié par réflexe, et la douleur s'éteint. De cambrioleur à cadavre, de civil à corps sans vie, un cruel tour de magie qui n'aurait pas dû être si rapide.

Une bruine commence à tomber, imbibant le pyjama et les cheveux d'Isabel. De fines gouttelettes scintillent à la pâle lueur de la sortie de secours. Elle jette un coup d'œil à sa vieille montre : 3 heures du matin.

Elle baisse les yeux vers le corps.

Et merde.

Il ne manquait plus que ça.

— Salut, Bella. La nuit a été difficile ?

Isabel lance un regard au garçon qui attend à l'arrêt de tram ; ses épais cheveux blonds bouclés sont aussi désordonnés que d'ordinaire. Nick Larrington. Il lui a mis le grappin dessus le premier jour de cours, parce que c'est aussi un petit nouveau sans amis. Il ne semble pas s'être rendu compte qu'ils n'ont rien en commun, et elle ne comprend toujours pas ce qu'il lui veut. Elle espérait à moitié qu'en ratant son tram habituel, elle pourrait faire le trajet tranquille. Raté.

Elle plisse les yeux face à sa question.

— Pourquoi ?

— Tu as l'air crevée. Et ton pull est à l'envers.

Le temps qu'Isabel se débarrasse du corps, il était trop tard pour qu'elle se recouche avant d'aller distribuer ses journaux. Maintenant, elle est épuisée et à cran, à deux doigts de craquer. Sa paranoïa lui chuchote que Nick sait quelque chose, mais un fond de logique lui fait remarquer que s'il savait à quoi elle avait passé la nuit, il ne lui adresserait la parole pour rien au monde.

Nick est assez futé pour qu'elle ne l'ait pas encore surpris à critiquer ouvertement les guildes – même dans un quartier civil comme Lutton, c'est le meilleur moyen de se retrouver fiché pour suspicion d'activité abolitionniste –, mais durant leur troisième trajet en tram, il lui a avoué qu'il pleurait parfois en lisant les avis de décès hebdomadaires dans l'*Écho*, listés par quartier et par guilde. Et s'il n'est pas désensibilisé au meurtre après avoir passé dix-sept ans à Espéra, il ne le sera jamais. Elle ne savait même pas que c'était possible.

— Mal dormi, répond-elle laconiquement en regardant autour d'elle.

La foule semble être le mélange habituel d'étudiants et d'employés, mais elle ne vit pas ici depuis assez longtemps pour remarquer une nouvelle tête.

Elle a tout gâché. Et en beauté. Au moins, elle a balancé le corps assez loin pour ne pas annoncer haut et fort la présence d'Isabel Ryans à tous ceux susceptibles de s'y intéresser, mais un meurtre non revendiqué dans un quartier civil ne passera pas inaperçu bien longtemps. Peut-être qu'ils enverront quelqu'un qu'elle connaît, ou peut-être qu'elle ne les verra même pas venir, et qu'elle ne sera qu'un nom de plus sur la liste qui arrachera des larmes à Nick.

Elle aurait dû appeler la police. Avant de lancer le couteau, avant de se trahir, quand il n'y avait encore aucun risque à le laisser partir. C'est bien comme ça que ça marche chez les civils, non ? La police d'Espéra ne se mêle pas des affaires des guildes, mais elle aurait pu se charger d'un simple voleur.

Au lieu de quoi, elle l'a tué.

Bon sang.

— Le tram arrive, annonce Nick.

Bientôt, elle est entraînée à bord du véhicule bondé. Tout va bien. Elle peut se cacher au milieu de la foule. Ils ne peuvent rien lui faire ici, dans un tram, en public…

Isabel se réfugie dans un coin à côté de la sortie de secours, trop loin de Nick pour continuer à discuter. Il a l'air déçu, mais elle est soulagée de ne pas avoir à feindre d'être normale. Deux semaines et demie. Dix-huit petits jours. C'est tout ce qu'elle a réussi à tenir.

Elle attrape la barre en métal pour se retenir, et aperçoit alors ses ongles. *Merde.* Malgré tout ce temps passé à les récurer dans l'évier, elle a encore du sang sous les ongles. Elle ne peut rien y faire pour le moment sans attirer l'attention, si bien qu'elle glisse sa main dans sa poche et essaie de ne plus y penser.

Après tout, elle a l'habitude d'ignorer le sang sur ses mains.

2

Trompo (tromperie)

Situé au milieu du quartier civil de Lutton, le lycée Fraser est un véritable méli-mélo architectural ; une extension au toit vitré, avec des panneaux solaires, vient se blottir contre le cube de béton brut du bâtiment originel. C'est aussi ce qui se rapproche le plus d'un nouveau départ pour Isabel. Désormais, elle est une simple adolescente de dix-sept ans qui va terminer ses études, décrocher un diplôme et ne tuer personne.

Enfin, personne *d'autre.*

Isabel est une menteuse aguerrie, mais il a fallu bien plus qu'un peu d'aplomb et un air innocent pour s'inscrire à Fraser. Ayant été abruptement déscolarisée par ses parents dix-huit mois plus tôt, elle a dû étoffer son dossier scolaire lacunaire, ce qui s'est avéré une opération délicate. Elle s'est décerné des qualifications de Niveau Deux, sans lesquelles elle aurait été limitée aux emplois et apprentissages dans l'industrie. La manœuvre ne lui a pas semblé trop malhonnête : après tout, si elle en avait eu l'occasion, elle aurait passé ces tests à seize ans, comme tout le monde. Mais elle ne peut pas s'inventer des souvenirs qu'elle n'a pas, et il était plus simple de reculer d'un an pour commencer le Niveau Trois du début, plutôt que de patauger après avoir sauté une année entière.

Cette année supplémentaire lui permet aussi de gagner du temps, de repousser le moment où elle devra décider quoi faire après le lycée. L'université d'Espéra Centre est censée être un terrain neutre, mais en réalité, les deux guildes y sont infiltrées.

Plus longtemps elle restera ici, mieux ce sera.

Ses enseignants croient que Bella Nicholls a été scolarisée à domicile pour des raisons de santé, ce qui n'est pas entièrement faux. Ce passé tragique et vague lui sert aussi d'excuse lorsqu'elle doit se glisser dans une salle de classe vide parce que le bruit des couloirs bondés devient trop difficile à supporter, ou lorsqu'elle ne comprend pas les références culturelles qui ponctuent les conversations de ses camarades. Mais pour véritablement s'intégrer, il ne suffit pas d'une histoire sur un bout de papier, et chaque jour, Isabel est confrontée aux différences qui la distinguent des autres.

À Linnaeus, le lycée ultra-sélect financé par Comma où elle était scolarisée, son chemin était tout tracé. Ses excellentes notes en sciences devaient lui permettre d'obtenir une place dans le programme spécialisé, réservé aux élèves que la guilde souhaite parrainer. En plus des cours classiques, elle aurait alors suivi des options professionnelles censées lui ouvrir la voie pour ses futures études : cours de poisons, de conception d'armes, de décryptage… Mais ce genre de cours est réservé aux sponsos – les écoles sponsorisées par les guildes –, ce qui signifie qu'elle ne les aurait pas trouvés à Fraser, même si elle avait voulu les prendre. Ici, les options sont orientées vers les emplois pour civils. La menuiserie. Les travaux d'aiguille. Les sciences culinaires. Des sujets qui préparent à une vie qu'Isabel ne s'est jamais attendue à mener.

Son transfert tardif ne lui a laissé que peu de choix, parmi lesquels la menuiserie lui a semblé le plus acceptable. Mortimer Sark, l'enseignant, est connu de tous par son prénom, et félicite ses élèves en distribuant des biscuits qu'il garde dans une boîte orange vif sur son bureau. Isabel espérait que c'était un signe qu'il était bonne pâte, mais pour l'instant, ça ne semble pas être le cas.

— Tous les autres élèves, a-t-il déclaré à « Bella » durant son premier jour de classe, ont suivi le cours de menuiserie Niveau Deux avec moi. Ils ont donc assisté à mes leçons et démonstrations sur la sécurité à l'atelier. Ils en ont bavé, mais au moins, je sais qu'ils ne vont pas se scier les doigts. Toi, en revanche…

— Je ne compte pas non plus me scier les doigts.

— C'est ce que tu prétends, mais je n'en ai aucune preuve.

Il a alors placé un épais dossier sur l'établi devant elle.

— Je sais que ton ancien lycée ne proposait pas de cours de menuiserie, ce qui n'est pas grave. Enfin, si, c'est tragique, mais ce n'est pas insurmontable. Toutefois, puisque nous n'avons pas le temps de reprendre ce que tu as raté, tu vas devoir potasser toute seule. Quand tu auras terminé, je te ferai passer un test. Et si tu réussis, tu gagneras le droit d'utiliser des objets coupants, a-t-il conclu avec un sourire en coin. Youpi !

Isabel a examiné le dossier.

— Est-ce vraiment nécessaire ?

— Tu serais étonnée du nombre d'accidents en tous genres qui survenaient avant que je ne réécrive le manuel de sécurité. Donc oui, c'est nécessaire. Et tu restes là, où je peux te garder à l'œil.

C'est comme s'il savait qu'Isabel avait prévu de trouver le recoin le plus sombre de la pièce pour s'y tapir.

— Autre chose ?

Il lui a lancé un sourire désarmant.

— Pas pour l'instant. Mais je suis sûr que ça viendra.

Après deux semaines et demie à plancher diligemment sur le manuel, elle n'en est qu'à un tiers, si bien que Mortimer ne l'a toujours laissée toucher à rien de plus dangereux que du papier de verre. Elle est à peu près certaine qu'il cherche délibérément à éprouver sa patience, mais il est difficile de le haïr tant il est clair qu'il se soucie sincèrement de ses élèves.

Aujourd'hui, ralentie par la fatigue, Isabel est la dernière à quitter la salle, et il la retient.

— Bella, si tu as besoin d'aide avec les documents, je peux profiter d'une heure de battement pour t'aider. Je sais que ça fait beaucoup d'informations à absorber seule.

— C'est noté, répond-elle sans se mouiller.

Elle s'attend à ce qu'il essaie de la convaincre, mais il se contente d'ajouter :

— Je ne cherche pas à te mener la vie dure, tu sais.

— Je sais.

Ils sont seuls dans la salle, et Mortimer se tient entre Isabel et la porte. Elle fait son possible pour ne pas remarquer ce genre de choses, mais les vieilles habitudes ont la vie dure.

— J'ai été désolé d'apprendre pour tes soucis de santé, continue-t-il avec une apparente sincérité, mais tes résultats de

Niveau Deux étaient excellents. Je suis convaincu que tu vas vite rattraper ton retard.

Ses résultats de Niveau Deux sont un mensonge.

—Merci, dit-elle, gênée. Je vais faire de mon mieux.

—Néanmoins, je me demande pourquoi tu as choisi de quitter Fordon, pour un lycée civil à Lutton qui manque cruellement de financement et n'a pas les ressources nécessaires pour t'offrir de vraies opportunités.

Ah, voilà. Peut-être que les remarques de Mortimer sont parfaitement innocentes –n'importe qui se demanderait pourquoi elle a quitté un quartier privilégié pour venir étudier dans un lycée comme Fraser–, mais le simple fait qu'il s'interroge est dangereux: ça signifie qu'il examine l'endroit où Isabel Ryans devient Bella Nicholls, l'endroit où vérité et mensonge se rencontrent. Et elle n'a pas de vraies réponses à lui donner. Ses notes de Niveau Deux ont beau être factices, elles ne sont pas complètement improbables. Les professeurs de Linnaeus ont aiguisé ses capacités académiques, et si elle était restée là-bas, elle aurait continué sur cette trajectoire. Peu de gens s'installeraient dans un quartier civil s'ils avaient le choix, puisque les emplois gérés par les guildes sont mieux payés et offrent de meilleurs avantages sociaux. Et encore moins de personnes déménageraient avant même d'avoir terminé le lycée. Mortimer la prend probablement pour une abolitionniste, à moins qu'il ne pense qu'elle a été renvoyée.

—Je ne veux pas me mêler de ce qui ne me regarde pas, ajoute-t-il en voyant qu'elle ne répond pas. Je crains simplement que Fraser ne puisse pas te donner le soutien dont tu as besoin, surtout vu tes antécédents.

— Mes antécédents ?

Elle a fait disparaître de son dossier scolaire toute information suspicieuse, tout ce qui se rapprochait trop des guildes. Mais s'il est au courant pour hier soir…

Bien sûr que non, il n'est pas au courant. Personne ne sait rien.

— Tes problèmes de santé, explique Mortimer.

— Je vais bien, affirme Isabel. J'ai été malade pendant un moment, mais je ne le suis plus.

Le mal a déjà été fait. Ne reste plus que des cicatrices, que personne ici ne verra jamais grâce à sa dispense de sport.

— Si tu le dis, répond Mortimer d'un ton peu convaincu.

Elle hisse son sac sur son épaule.

— Je suis en retard pour le cours de chimie, annonce-t-elle, puis elle part avant qu'il ne puisse lui poser d'autres questions.

Elle est bonne en chimie. C'est l'un des rares sujets où elle est obligée de prétendre en savoir moins qu'elle n'en sait réellement, même si le programme est assez différent de ce qu'elle a appris dans le laboratoire de son père. Et docteure Garner est l'enseignante idéale aux yeux d'Isabel : impersonnelle, directe, efficace. Elle est suffisamment stricte pour s'attirer l'antipathie de certains élèves, mais Isabel l'apprécie. Au moins, avec elle, on sait toujours à quoi s'en tenir.

Mais aujourd'hui, Isabel peine à se concentrer. Elle a tué quelqu'un. Un cambrioleur, un civil, un innocent. Elle a balancé le corps, mais ils vont finir par le retrouver et remonter jusqu'à elle. Peut-être sont-ils déjà au courant. S'ils la surveillent – et c'est forcément le cas –, ils auront tout vu.

Dix-huit jours de liberté. Elle pensait déjà savoir ce qu'était la peur, mais à présent, elle sent presque l'épée suspendue au-dessus de sa tête, prête à tomber.

Le manque de sommeil n'aide pas, et ses notes deviennent de plus en plus brouillonnes. Dans son manuel, les mots ne sont plus qu'un méli-mélo d'éléments et de propriétés qui flottent sur le papier. Isabel ferme les yeux, et les voix de ses camarades de classe s'estompent. Elle ne sent plus que la résine froide de la table sous ses doigts, la barre du tabouret sous ses pieds. Elle pourrait se trouver dans n'importe quel laboratoire.

Non. Pas n'importe lequel.

La peur qui l'envahit est aussi immédiate qu'irrationnelle. Sa main gauche se referme instinctivement en un poing qui ne la protégera pas plus maintenant qu'alors. Elle ne sent pas ses ongles s'enfoncer dans sa paume balafrée, mais ses articulations la brûlent lorsqu'elle essaie de se souvenir comment desserrer les doigts.

— Est-ce que tu dors pendant mon cours, Bella ? demande docteure Garner.

Isabel rouvre brusquement les paupières. Ses muscles, figés par la panique, se relâchent lorsque la salle de classe colorée réapparaît. Elle est au lycée. Elle s'est échappée, elle est en cours... et docteure Garner n'a franchement pas l'air ravie.

Isabel réprime à grand-peine un sursaut.

— Désolée, murmure-t-elle, yeux baissés. Je... réfléchissais.

Silence. Elle attend que tombe la sentence, mais lorsqu'elle ose relever la tête vers sa professeure, celle-ci se contente de froncer légèrement les sourcils et de dire :

— Aux liaisons covalentes, j'espère.

C'est donc ça, le sujet du jour? Isabel n'en a pas entendu un mot.

— Oui, répond-elle d'un ton vague. Désolée.

Docteure Garner n'insiste pas, mais il s'écoule un long moment avant qu'Isabel ne parvienne à se décrisper. Elle lutte pour rester attentive durant le restant de la leçon, et enfonce la pointe de son stylo dans sa paume chaque fois qu'un flash-back menace de la submerger. Lorsque la cloche sonne enfin, sa peau est constellée de petites marques.

Sans surprise, Nick la rattrape à l'arrêt de tram après les cours.

— Mauvaise journée?

C'est si évident que ça? Elle ne sait pas comment il fait pour lire en elle aussi facilement, ni comment l'en empêcher.

— J'ai l'impression que cette semaine dure depuis déjà un mois, admet-elle.

— On est mardi.

— Alors, achève-moi tout de suite, par pitié.

Isabel se force à sourire pour faire croire à une plaisanterie. Discuter avec Nick vaut toujours mieux que ruminer les conséquences potentielles de ses actions d'hier.

— Ne deviens jamais livreur de journaux. Les réveils à 5 heures du matin n'en valent pas la peine.

— Je n'en avais pas l'intention, mais merci du tuyau. C'est pour ça que tu as toujours l'air si fatiguée?

Isabel lui lance un regard noir.

— Tu parles d'un compliment.

Il grimace.

— Désolé. Je me suis mal exprimé. Je voulais évidemment dire que la ville d'Espéra te sait gré de ton noble sacrifice.

Elle ne peut retenir un éclat de rire et prend une pose héroïque.

— Qu'il vente ou qu'il pleuve, les courageux livreurs apportent tous les numéros de l'*Écho* jusque chez vous. Pour le prix dérisoire de trois shillings par semaine, vous pourrez vous aussi savourer les dernières nouvelles en même temps que votre petit déjeuner.

Nick lâche un reniflement moqueur.

— Quand tu dis « dernières nouvelles », tu veux dire des morts, des morts et... oh, encore des morts.

— Tu exagères. La semaine dernière, l'*Écho* a publié un article *passionnant* sur la mauvaise gestion des services de recyclage par le Conseil de quartier de Lutton.

— Un travail de journalisme remarquable, en effet. Je m'excuse d'avoir calomnié ton employeur.

— Et ça pourrait être pire, ajoute-t-elle. Le *Times* imprime la liste des meurtres en deuxième page, comme si on risquait de passer à côté. Au moins, l'*Écho* garde les nécrologies pour la fin et omet les détails macabres.

— Il y a toujours le *Bulletin*, répond Nick.

Le sourire d'Isabel s'évanouit, et Nick hausse les épaules d'un air faussement nonchalant.

— Quoi ? Je n'ai pas dit que je le lisais, juste qu'il existe.

Le *Bulletin hebdomadaire de la Presse Libre* – plus connu sous le nom de *Bulletin* – est publié illégalement par les abolitionnistes, ceux qui œuvrent pour la dissolution des guildes. Personne ne sait qui est à la tête de la Presse Libre, ni s'il s'agit d'une seule organisation ou d'une couverture pour une dizaine de factions radicales. Et pourtant, les guildes n'ont pas ménagé leurs efforts pour le découvrir. Isabel savait que Nick avait le cœur tendre, mais de là à soutenir un mouvement révolutionnaire…

—Je ne t'aurais pas pris pour un extrémiste, dit-elle.

—Je n'en suis pas un, proteste-t-il aussitôt, sur la défensive. Mais tu sais, tous les journaux ne sont pas obligés d'être à la botte des guildes.

Ce qui équivaut à admettre qu'il est sympathisant.

—Bizarrement, répond Isabel, cachant sa gêne sous un vernis d'humour, je ne crois pas que la Presse Libre recrute des gamins pour livrer ses journaux.

Nick éclate de rire, et ils changent de sujet.

Mais durant tout le trajet du retour, Isabel est incapable de penser à autre chose qu'à ce que Nick ferait s'il apprenait qu'elle était l'une des leurs. Si elle lui révélait tout ce qu'elle a fait. Au moins, il ne rechercherait plus sa compagnie, et elle pourrait se rendre au lycée sans être dérangée par ses avances amicales. Parce qu'il aurait peur d'elle.

Peut-être qu'il le devrait, d'ailleurs.

Peut-être que tout le monde le devrait.

3

Memoroj (souvenirs)

Ses mains sont à peine assez grandes pour tenir le pistolet. Elle doit tendre le doigt de toutes ses forces pour atteindre la détente, et elle sent ses muscles se crisper. Cette arme n'a pas été conçue pour des enfants.

C'est parce que ce n'est pas son pistolet. Elle n'était pas censée en avoir besoin. La journée n'aurait pas dû se dérouler ainsi.

Quand elle relève les yeux, il lui tourne le dos, radio à la main. S'il appelle des renforts, il est déjà trop tard. La voix de sa mère lui ordonne de tirer, d'en finir.

Et elle obéit toujours à sa mère.

La sonnerie stridente de son réveil tire brutalement Isabel du sommeil. Le fait qu'elle soit parvenue à s'endormir est plus étonnant que le cauchemar dont elle sort, même si elle pensait en avoir terminé avec les terreurs nocturnes. Elle pensait aussi qu'elle ne tuerait pas la première personne qui menacerait sa liberté durement acquise, preuve qu'elle ne se connaît pas aussi bien qu'elle l'imagine.

Avec un soupir, Isabel se redresse et tente de calmer sa respiration. *Je suis en vie. Je m'en suis tirée et je suis en vie.* Durant la nuit, elle a apparemment lancé sa couverture à l'autre bout de la pièce, ce qui vaut toujours mieux que le couteau sous son oreiller. Elle penche la tête, écoute son cou craquer après une autre nuit sur le canapé, et essaie de se recentrer. Baigné de l'étrange lueur qui annonce l'aube, l'appartement ne semble pas réel.

Peut-être ne l'est-il pas vraiment. Le silence qui l'entoure tandis qu'elle prépare son café a quelque chose d'onirique. Où sont les sirènes, le cliquètement des pistolets qu'on arme, la respiration régulière d'un agent de Comma prêt à la descendre ? L'eau du robinet gronde dans la bouilloire, assourdissante en l'absence d'autres sons.

Qui va remarquer le corps en premier : la guilde ou ses parents ?

Ashvin est au téléphone lorsqu'elle arrive à sa boutique, mais son sac l'attend sagement. Elle l'attrape et se met en route, glissant les journaux dans les boîtes aux lettres sans prêter attention à ce qu'elle fait. Agitée, elle marche plus vite que d'ordinaire, et en est déjà à la moitié de sa tournée lorsqu'elle ralentit suffisamment pour lire le gros titre qui s'étale en première page.

« UN MEURTRE NON REVENDIQUÉ À LUTTON »

Isabel s'arrête net devant une énième porte. Tout son être se concentre sur les épaisses lettres noires qui annoncent son erreur à la ville tout entière. Le corps a été trouvé. Et avec une manchette pareille, les guildes ne tarderont pas à être au courant. Elle est même étonnée qu'on ne soit pas déjà venu la chercher. Combien de temps lui reste-t-il ?

Les muscles raides alors qu'elle s'efforce de rester calme, elle replie le journal et le glisse dans l'étroite fente de la boîte aux lettres. Un chien aboie à l'intérieur de la maison lorsque l'*Écho* tombe sur le paillasson. Isabel redescend calmement l'allée, franchit le portail et tourne au coin de la rue. Là, hors de vue, elle se laisse glisser par terre, contre un lampadaire, et tente de reprendre son souffle.

Un meurtre non revendiqué.

Elle pourrait lire l'article. Découvrir ce qu'ils savent, spéculer sur le temps qu'ils mettront à comprendre. Mais ça n'en vaut pas la peine. Il est plus prudent de partir du principe qu'ils ont déjà une longueur d'avance et que le journal ne lui apportera rien de plus que des spéculations racoleuses.

Debout, s'ordonne-t-elle. *On va te remarquer. Debout.* Elle est habituée à suivre des ordres, même lorsqu'il s'agit des siens. Mue par un instinct de survie, elle se lève et reprend sa tâche, mécaniquement et efficacement. Une fois le dernier journal livré, Isabel serre le sac vide contre elle et commence à courir ; d'abord à petites foulées, puis de plus en plus vite. L'air est frais, automnal, mais le trottoir sous ses pieds est sec.

Elle devrait se sentir libre. Pourtant, les battements frénétiques de son cœur ne parviennent pas à étouffer les souvenirs qui la suivent comme des spectres : sa mère au gymnase, occupée à aboyer des ordres ; son père et son laboratoire rempli de cruauté ; une femme aux yeux vert mousse et au nez trop souvent cassé en train de signer l'ordre de mission qui a failli la tuer. Ils la poursuivent à travers les rues calmes du quartier civil de Lutton, sans relâche, aussi implacables que l'angoisse.

La manchette est venue lui rappeler qu'il y a certaines choses auxquelles on ne peut échapper.

Lorsqu'elle arrive à son appartement, elle a encore le temps de se doucher et de se reposer un peu avant les cours, mais son sang bouillonne d'anxiété dans ses veines, et elle est incapable de rester en place. Elle finit par repartir plus tôt que prévu et attrape un tram avant la ruée matinale. Dans un monde idéal, ce serait aussi un matin sans Nick, mais la ville d'Espéra est tout sauf idéale, et le voilà à l'arrêt de tram, l'air encore à moitié endormi, la main agrippée à un thermos de thé.

—Tu es en avance aujourd'hui, remarque-t-il.

—Ashvin teste un nouveau stimulant sur ses sous-fifres, répond-elle d'un ton rendu acerbe par l'épuisement, récalcitrante à toute tentative de sincérité. On voit tout en double, mais l'avantage, c'est qu'on se déplace deux fois plus vite.

Cette plaisanterie est le mensonge le plus aimable qu'elle ait trouvé, mais en voyant le regard méfiant que lui lance Nick, elle ajoute :

—Je plaisante. Même si là, tout de suite, je ne dirais pas non à une dose de caféine. Qu'est-ce que tu fais ici si tôt ?

Il hausse les épaules.

—Trop de devoirs. Je me suis dit que me réfugier à la bibliothèque du lycée serait le meilleur moyen d'échapper assez longtemps à mes frères pour terminer ce que j'ai à faire.

Isabel, elle, n'a pas encore mis le pied à la bibliothèque. Les rangées d'étagères et l'atmosphère feutrée l'intimident, comme si les livres savaient qu'elle n'était pas à sa place.

— Tu as combien de frères ? demande-t-elle.

Ce doit être la première fois qu'elle montre un quelconque intérêt pour la vie de Nick.

— Quatre, plus une sœur. Résultat, j'ai parfois du mal à m'écouter penser, comme tu peux l'imaginer.

À vrai dire, elle en est bien incapable, mais elle hoche la tête malgré tout. Le reste du trajet se déroule en silence. La fatigue rend Nick maladroit, si bien qu'il trébuche en descendant devant le lycée. Son sac tombe en vomissant manuels et stylos sur le trottoir. Il pousse un juron et s'accroupit pour tout ramasser, tandis qu'Isabel se précipite pour rattraper un crayon avant qu'il ne disparaisse dans les égouts. Elle le lui tend.

— Tiens. Sauvé de justesse.

— Merci, répond Nick en le saisissant.

C'est alors qu'il remarque la main d'Isabel.

Ce n'est pas la plus affreuse de ses cicatrices, juste la plus visible, mais une expression horrifiée s'affiche sur le visage de Nick à la vue de cette peau abîmée et de ces doigts déformés par le tissu cicatriciel, qui ne peuvent plus se redresser totalement. L'espace de quelques secondes, le dégoût se lit sur les traits du garçon. Isabel tressaille, replie ses doigts contre sa paume et fourre sa main dans sa poche.

— Un accident, dit-elle pour devancer toute question. Je ne veux pas en parler.

Elle déteste ce moment, quand l'horreur se transforme en pitié.

— Qu'est-ce qu'il s'est passé ? demande Nick d'une voix étouffée. Une brûlure ?

— Qu'est-ce que tu ne comprends pas dans « Je ne veux pas en parler » ? rétorque Isabel en lui tendant d'un geste brusque ses derniers stylos. La prochaine fois, ferme ton sac.

Sans attendre de réponse, elle se dirige à grands pas vers le lycée.

— Attends !

La respiration sifflante, Nick trottine pour la rattraper. Elle se souvient qu'il a mentionné être asthmatique durant l'une de leurs premières conversations, où il déblatérait sans discontinuer tandis qu'elle répliquait par monosyllabes.

— Je suis désolé. Vraiment. Je ne voulais pas te mettre mal à l'aise.

Elle se demande comment il réagirait s'il voyait le reste de ses cicatrices.

— Va à la bibliothèque, je ne te retiens pas, répond-elle sans le regarder.

— Viens avec moi, suggère-t-il.

Cette fois, elle lui jette un coup d'œil, mais son expression chargée d'espoir n'offre aucune explication supplémentaire.

— Pourquoi ? demande-t-elle alors. Parce que tu te sens coupable d'avoir reluqué ma main ?

— Parce que ça me ferait plaisir d'avoir de la compagnie.

Elle aimerait refuser, mais elle n'a pas de meilleure option pour tuer les quarante minutes qui la séparent de la sonnerie. Traîner sur le terrain de sport dans le froid n'est pas franchement tentant.

— D'accord, finit-elle par accepter d'un ton sec. Je te suis.

La bibliothèque se situe au dernier étage. Nick entre dans la salle d'un pas assuré et balance ses affaires sur une table, mais Isabel se fige à la vue des étagères débordant de livres. La dernière fois qu'elle s'est retrouvée dans un tel endroit…

— Tu as l'air désemparée, lance une voix derrière elle.

Isabel se tourne et voit une femme aux cheveux courts, vêtue d'un affreux pull-over gris.

— Je suis la bibliothécaire. Grace Whittock. Est-ce que je peux t'aider ?

Auriez-vous des livres sur comment couvrir un meurtre quand le corps a déjà été découvert ? Que savez-vous sur les flash-back et les cauchemars ? Et comment faire pour qu'ils s'arrêtent ?

— Je… je suis nouvelle. C'est la première fois que je viens ici.

— Alors, voilà qui devrait t'aider.

Grace Whittock lui tend un marque-page sur lequel sont imprimés le système de classification et le plan des lieux. Isabel l'accepte, bien qu'elle n'ait pas l'intention de consulter le moindre ouvrage.

— Je te ferais bien visiter, mais j'ai une réunion dans cinq minutes. Comment t'appelles-tu ?

Il faut un moment à Isabel pour se souvenir de la bonne réponse.

— Bella. Bella Nicholls.

— Enchantée, Bella. Reviens pendant une pause un de ces jours, je dirai à Emma de te montrer les lieux. C'est plus simple que ça en a l'air.

Isabel n'en a pas davantage l'intention, mais répond :

— Oh, euh… merci.

La femme sourit.

— Super ! En attendant, je crois que ton ami te demande.

Isabel suit son regard, et voit Nick qui lui fait signe de le rejoindre à sa table.

— On n'est pas amis, dit-elle par réflexe.

— Tu es sûre qu'il est au courant ? rétorque la bibliothécaire avant de partir sans attendre de réponse.

Isabel brûle d'envie de tourner les talons et de quitter cette pièce remplie de livres, mais Nick la regarde avec tant d'espoir qu'il serait cruel de l'abandonner. Elle tire donc une chaise et s'assied en face du jeune homme qui a déjà sorti ses devoirs.

— Alors, dit-il, tu as vraiment suivi l'école à la maison ?

— Pendant un petit moment, répond Isabel, sans chercher à élaborer. Je croyais qu'on n'était pas censés parler à la bibliothèque.

— Ms Whittock n'est pas là.

Si elle avait su qu'en le suivant jusqu'ici, il s'attendrait à ce qu'elle réponde à ses avances amicales, elle ne serait pas venue.

— Que ce soit bien clair, décrète Isabel en sortant son manuel d'histoire. Je suis là uniquement parce qu'il reste une demi-heure avant la sonnerie et que je ne sais pas quoi faire d'autre, pas parce que je veux parler de moi.

Nick hausse les épaules.

— OK. Tu peux m'aider avec mes devoirs de latin, alors.

— Ha ! Tu t'en sortiras mieux sans mon aide.

Le latin est une matière réservée aux civils – ceux qui n'ont pas besoin d'apprendre une langue moderne parce qu'ils ne quitteront jamais Espéra et qui n'ont pas été baignés dans l'espéranto, la langue des guildes, depuis leur naissance.

— Et si tu m'aidais plutôt à faire ma dissertation d'histoire ?

Il grimace.

— Bon, d'accord.

— Espéra et l'Europe dans les années 1940, lit Isabel avec répugnance. Explorez les conséquences de la neutralité espérane sur le mouvement migratoire. Vous pourrez vous concentrer sur les spécificités de la loi Asile de 1942.

— Je déteste ce module, grogne Nick.

Isabel n'en pense pas moins. À Fraser, les élèves doivent suivre au moins un cours de sciences humaines de Niveau Trois, et l'histoire lui a semblé être l'option la plus simple. Mais elle a bien conscience que le programme, bien que moins orienté qu'à Linnaeus, n'offre qu'un aperçu tronqué du passé d'Espéra – pour ne pas dire qu'il s'agit d'une pure propagande destinée à flatter les guildes et leur pouvoir. Isabel sait que ses professeurs s'attendent à une dissertation sur Espéra, la ville de l'Espoir, qui a accueilli à bras ouverts les réfugiés européens fuyant les bombes pour leur offrir une nouvelle vie, bien en sécurité derrière ses hauts murs, et non Espéra, la ville de la Peur, qui a construit lesdits murs et acquis son indépendance par le meurtre.

Mais l'espace d'un instant, elle s'autorise à se demander ce qu'il se passerait si elle répondait honnêtement.

— Tu es sûr que tu ne peux pas le faire à ma place ? dit-elle à Nick.

— Je vais m'en tenir au latin, merci bien.

C'est probablement une sage décision.

— *Quod nocet saepe docet.*

— Quoi ?

— C'est la seule phrase en latin que je connais. « Ce qui fait mal est souvent source d'apprentissage », comme…

Elle s'interrompt, prend conscience que Nick la regarde et lui adresse un demi-sourire.

— Comme disait mon père.

Le regard de Nick est un peu trop compatissant au goût d'Isabel, bien que ce qu'il a cru comprendre ne puisse être qu'une fraction de la vérité.

— Il a l'air… charmant.

Isabel dissimule son expression en fouillant dans son sac à la recherche d'un stylo.

— Oui, l'école à la maison était une vraie partie de plaisir, répond-elle enfin.

Elle ne parvient même pas à prendre le ton de la plaisanterie, car ça n'a rien de drôle.

« UN MEURTRE NON REVENDIQUÉ À LUTTON », proclament les journaux sur tous les paillassons du quartier, comme si elle était venue délivrer elle-même son propre arrêt de mort. Elle déglutit, débouche son stylo et fait mine de ne pas voir ses mains trembler.

Heureusement, Nick a la gentillesse de fermer lui aussi les yeux.

4

Sekvoj (conséquences)

Isabel passe le reste de la journée dans un étrange brouillard ; la peur lui lacère l'estomac, comme des griffes. Elle n'avait jamais remarqué que les élèves lisaient le journal auparavant ; pourtant, lorsque arrive l'heure du déjeuner, elle voit une demi-dizaine d'entre eux attroupés autour d'un exemplaire de l'*Écho.*

— Ils disent que c'est l'œuvre d'un dissident, déclare l'un des garçons.

— N'importe quoi, répond son ami. À Lutton ? Je parie plutôt sur un crime passionnel. Il y a probablement toute une histoire derrière.

— À la radio, ils ont dit que ça ne pouvait pas être un coup d'essai, annonce un troisième. Le meurtre était trop bien exécuté. Ils pensent que le tueur est un pro.

— Ça ne veut pas dire que ce n'était pas personnel, rétorque le deuxième. C'est peut-être le tueur à gages de l'une des guildes qui voulait régler ses comptes, mais qui n'a pas revendiqué le meurtre parce qu'il n'était pas commandité.

— Je ne crois pas que c'est comme ça que ça marche, dit le premier d'un ton hésitant – ce qui n'est pas étonnant, puisque les informations sur la manière dont opèrent les guildes ne sont pas de notoriété publique. Et qu'est-ce qu'un membre d'une guilde ferait à Lutton s'il n'avait pas de contrat ?

Isabel les laisse à leurs spéculations sans intervenir, mais elle surprend la même discussion à de nombreuses reprises au cours de l'après-midi. Les gens ne semblent plus avoir aucun autre sujet de conversation. Lorsque la dernière sonnerie retentit enfin, sa tension est à son comble.

Elle tente de ne pas regarder par-dessus son épaule sur le chemin du retour, mais elle ne peut se débarrasser de l'impression qu'on la suit. Arrivée chez elle, elle verrouille la porte et glisse la chaise sous la poignée avant même de poser son sac.

Quelqu'un se racle la gorge.

Elle qui craignait d'avoir été suivie, à aucun moment l'idée qu'on l'ait devancée ne l'a effleurée. Pourtant, assis à sa table, se trouve un homme d'une trentaine d'années, vêtu d'un pantalon de costume noir et d'une chemise grise dont le premier bouton est défait. La couleur est assortie à ses yeux, qui n'ont rien de chaleureux. Une fine mallette est appuyée contre le pied de la table.

— Isabel Ryans, dit-il.

Ce n'est pas une question.

Elle déglutit. Savoir que ce moment était inévitable n'aide pas à y faire face, maintenant que l'heure a sonné.

— Que… qu'y a-t-il ?

— *Ni devas paroli*, répond-il. (Il faut qu'on parle.)

Son choix de langue ne laisse plus aucun doute : il fait bien partie d'une guilde.

— Asseyez-vous, ajoute-t-il.

Il n'a pas l'air armé, ce qui signifie qu'il est trop haut placé pour porter ses propres armes. Isabel pose son sac, puis se force à traverser la pièce, à tirer une chaise et à s'asseoir, comme si elle n'était pas terrifiée.

Le léger sourire de l'homme suggère qu'il n'est pas dupe.

— Je vais être franc. Je suis ici de la part de Comma.

— Comment m'avez-vous retrouvée ? demande-t-elle.

Son cerveau lui hurle de s'enfuir.

— Nous ne vous avons jamais perdue de vue. Nous n'avions simplement aucune raison de prendre contact jusqu'à maintenant.

Jusqu'à ce qu'elle tue Ian. Elle aurait dû lui laisser la vie sauve. Si Comma savait déjà où elle se cachait, qu'il parle n'aurait eu aucune importance. Mais sa mort est un problème. Sa mort fait d'*elle* un problème.

— Répondez-moi honnêtement, Miss Ryans. Savez-vous où se trouvent vos parents ?

Isabel met plusieurs secondes à réagir.

— Je… Quoi ? Vous n'êtes pas là pour…

— Ce jeune homme que vous avez tué ? Nous allons y venir, mais non, ce n'est pas ma préoccupation majeure. Votre père a disparu.

Disparu. Un terme si passif ne peut pas s'appliquer à son père. S'il est introuvable, c'est parce qu'il ne veut pas qu'on le trouve.

— Je ne sais rien.

— En êtes-vous certaine ?

La voix de l'homme est calme, mais elle voit à sa posture qu'il est tendu.

Disparu. Qu'est-ce que ça signifie ?

— Vous croyez qu'il a été… enlevé ? Qu'il est en danger ?

L'homme marque une pause.

— Peut-être.

Donc, non.

— Vous pensez qu'il a déserté.

L'espace d'une seconde, il envisage de lui mentir. Elle le voit à son infime hésitation. Puis il répond :

— C'est une éventualité.

Déserté. Elle pensait être la seule à vouloir s'enfuir.

— Ça m'a tout l'air d'être un problème interne.

— En effet, dit-il d'une voix crispée. L'absence de votre père, quelle qu'en soit l'explication, constitue un problème économique pour la guilde. Il est important que nous le récupérions le plus vite possible.

— Et ma mère ? demande Isabel, sans relever sa manière de formuler les choses.

— Disparue également, admet-il. Mais Judith est proche de la retraite et n'accepte plus beaucoup de contrats ces derniers temps. Nous sommes bien plus inquiets pour Ian.

Elle tente de ne pas tressaillir en entendant ce prénom – elle a déjà laissé ses émotions prendre le dessus deux nuits plus tôt.

— Vous avez d'autres empoisonneurs.

— Pas comme lui.

Non, son père a toujours été unique dans sa monstruosité. Les poisons qu'il met au point ont permis d'asseoir la domination de Comma sur le marché, non seulement face à Colibri, leur rivale au sein d'Espéra, mais dans le monde entier. Des gouvernements ont tué pour obtenir un agent neurotoxique créé par le laboratoire de Ian Ryans. Pas étonnant que la guilde soit paniquée à l'idée de le perdre.

— J'ignore où est mon père et je m'en moque. Je n'ai pas adressé la parole à mes parents depuis des semaines. Si c'est la raison de votre présence, vous pouvez repartir.

— Vous n'avez pas eu de leurs nouvelles depuis votre fugue.

Ce n'est pas une question, mais Isabel confirme d'un hochement de tête.

— Si quelqu'un sait où ils se trouvent, c'est Michael.

L'homme relève brusquement la tête à la mention du protégé de ses parents.

— Savez-vous où il est ?

— Michael ? Non, la dernière fois que je…

Elle s'interrompt en prenant conscience de ce que cette question implique.

— Il a disparu, lui aussi ?

— Nous lui avons parlé peu après votre départ, mais nous avons perdu contact depuis. Nous ne savons pas s'il se trouve avec vos parents.

— C'est probable. Michael est un lâche. Il obéit à leurs ordres sans discuter.

— Et pourtant, j'ai cru comprendre qu'il vous a aidée à vous enfuir.

Aidée est un bien grand mot.

— Il ne m'a pas arrêtée, clarifie Isabel. Ce n'est pas la même chose.

— Vos parents ne semblent pas avoir vu les choses de cette manière.

— Ils l'ont puni ?

L'homme répond d'un hochement de tête brusque. Hésitant. Comme s'il était réticent à reconnaître le penchant des parents d'Isabel pour la cruauté. Elle-même n'a aucun mal à y croire, mais elle ne sait pas quoi ressentir à l'idée que Michael a souffert par sa faute. De la satisfaction qu'il ait enfin été victime d'agissements qu'il avait toujours niés ? Des regrets que le garçon qui lui a un jour sauvé la vie ait subi une telle punition ? Rien ne semble convenir, mais ça n'a aucune importance. Michael a fait son choix. Et contrairement à elle, il en avait un.

— Peut-être qu'il est avec eux, peut-être pas, dit-elle enfin. Mais il est le seul susceptible de savoir quelque chose. C'est bon, on a fini ?

— Pas tout à fait. (Il la jauge du regard.) Je dois bien admettre que votre fugue a été impressionnante. Mais vous êtes un atout précieux. Nous nous tirerions une balle dans le pied en vous laissant partir.

— Je ne suis pas un atout. Je suis une personne. Et je ne veux pas être une agente de Comma.

— Mais vous avez tué ce jeune homme.

Sans surprise, il en revient à cet incident.

— Une erreur stupide qui ne se reproduira pas.

Une erreur stupide qui a tout gâché. Elle sait qu'il ne se contentera pas de simples excuses.

— Qu'est-ce que vous comptez me faire ?

Il pianote légèrement avec ses doigts sur la table.

— Quand vous êtes partie, j'étais partisan de vous laisser agir à votre guise. Vous êtes jeune, et quelques années d'études vous feront le plus grand bien. Mais maintenant que votre… erreur a fait la une des journaux, Colibri va l'avoir remarquée. Vous auriez aussi bien pu annoncer publiquement la présence d'un tueur à gages non affilié à Lutton – quelqu'un qu'il faut soit neutraliser, soit assimiler.

— Je ne comprends pas.

— Colibri va vouloir vous intégrer dans ses rangs… ou vous tuer.

Merde.

À force de se focaliser sur Comma et la cible qui se trouvait déjà dans son dos, Isabel en avait presque oublié cette autre menace.

— Je… n'avais pas pensé à ça.

— Bien sûr que non.

Il se penche brusquement en avant, et elle a un mouvement de recul.

— Et si Colibri met la main sur toi, que crois-tu qu'il se passera, Isabel ? Ses membres verront que tu n'es pas encore une adulte et feront le rapprochement avec le Cocon. Peut-être qu'ils essaieront de te recruter, peut-être qu'ils te tueront – quoi qu'il en soit, ce n'est pas dans notre intérêt. Tu es une arme trop utile pour qu'on puisse se permettre de te perdre.

Isabel sent sa gorge se nouer. Elle savait qu'elle s'était mise dans le pétrin, mais elle n'avait même pas pensé à l'impact que cela aurait sur Comma si des informations au sujet du Cocon étaient divulguées à Colibri ou au grand public. Le Cocon, le secret ultime de la guilde, qui n'est dévoilé qu'à quelques élus et qui a le pouvoir de réduire à néant la crédibilité de Comma.

« Les guildes ne forment pas d'enfants. » Mais c'est pourtant ce qu'a fait Comma.

— Je ne suis pas une arme, parvient-elle à protester d'une voix rauque.

— Mais tu as prouvé que tu n'avais aucun problème à tuer.

— Et alors ?

— Alors, pourquoi es-tu partie ?

La question la prend de court.

— À votre avis ? crache-t-elle.

Mais malgré son ton mordant, sa voix se brise comme si elle était à deux doigts d'éclater en sanglots. Elle s'en veut de se trahir ainsi devant lui, mais pas autant qu'elle lui en veut d'être là pour y assister.

Une pause, puis :

— Je vois, répond-il d'un ton qui suggère qu'il n'en est rien.

Il sort de sa mallette plusieurs feuilles de papier qu'il pose sur la table.

— Voyons ce qu'on peut faire pour résoudre ton problème actuel, Isabel.

Les pages sont noircies de texte, avec suffisamment de chiffres et de paragraphes pour qu'Isabel devine qu'il s'agit d'un document juridique avant même d'en lire un mot.

— Qu'est-ce que c'est ?

— Comma est prête à te proposer un marché.

C'est bien ce qu'elle pensait. Elle doit se faire violence pour ne pas quitter aussitôt la table – ce qui la retient est moins l'intérêt pour ce qu'il a à lui dire que le fait qu'elle n'a nulle part où aller.

— Vous ne pouvez rien m'offrir qui me donnerait envie de revenir.

— Nous revendiquerons le meurtre.

Il n'y aurait alors aucune enquête de police, et la menace que représente Colibri s'envolerait. Le corps disparaîtrait sans laisser de trace, et elle n'aurait pas gâché son unique chance de vivre libre. Mais il a beau être dans l'intérêt de Comma d'empêcher Isabel de tomber entre les mains de sa rivale, elle sait que la guilde n'agira pas par pure bonté d'âme.

— Qu'est-ce que vous voulez en échange ?

— Étonnamment, pas grand-chose, au vu des circonstances. Simplement que tu rejoignes nos rangs une fois que tu auras terminé le lycée.

Ce n'est pas une mauvaise proposition. Pourtant, Isabel a l'impression d'avoir été condamnée à mort. Elle sent presque le métal froid des menottes se refermer autour de ses poignets.

— Non.

— Tu as dit à Michael que tu voulais retourner au lycée.

Vraiment ? Elle ne se souvient pas de s'être montrée si vulnérable en sa présence.

— De cette manière, chacun obtient ce qu'il veut, ajoute-t-il.

— Je voulais échapper à Comma, pas retomber sous la coupe de mes parents à peine mes examens passés.

Il la regarde sans ciller. Le silence est si tangible qu'elle sent son goût sur sa langue, aussi amer et vif que la bile.

Enfin, l'homme déclare :

— Donc c'est à cause de tes parents.

— Pourquoi est-ce que vous posez autant de questions dont vous connaissez déjà les réponses ?

— Qu'est-ce qui te fait croire que je connais les réponses ?

— Parce que...

Parce que c'est ce qu'ils m'ont dit. Ils m'ont dit que Comma était au courant et approuvait, que personne n'écouterait mes histoires.

— Parce que la guilde sait tout, pas vrai ?

— Si seulement..., rétorque l'homme avec une grimace en guise de sourire. Comma ne se résume pas à tes parents, Isabel.

— Je m'en moque. Je ne veux pas de votre marché.

Il repousse sa chaise et se lève.

— Tu sais, certains de mes collègues font des paris pour prédire qui de la police ou de Colibri va t'attraper en premier.

— Sur qui avez-vous parié, vous ?

— Aucun des deux. Je suis plutôt intrigué de voir combien de temps tu vas survivre seule. (Il range le contrat dans sa mallette et la ferme avec un bruit sec.) Je m'appelle Ronan, au fait. Ronan Atwood. Je suis sûr que nos chemins se recroiseront.

Isabel ne répond pas. Sur le pas de la porte, Ronan se retourne comme pour ajouter quelque chose, mais il se contente de secouer la tête, puis ressort de l'appartement.

Elle s'effondre, recroquevillée sur sa chaise, les genoux serrés contre son torse. Elle se sent sale, poisseuse, et les cicatrices sous ses vêtements la brûlent comme si elles dataient de quelques jours à peine, plutôt que de plusieurs années.

Comma n'était pas censée venir ici. Cet appartement est à elle, rien qu'à elle.

Mais la guilde était au courant depuis le début, et elle a décidé d'envoyer Ronan Atwood se charger de son cas.

Isabel le connaît de réputation, même si c'est la première fois qu'elle met un visage sur ce nom. Il est impossible de ne pas avoir entendu parler de lui : il contrôle la moitié de Comma, et tout le monde sait qu'il ambitionne de devenir directeur un jour – il est en bonne voie, d'ailleurs. S'il est venu la voir en personne, c'est qu'elle a encore plus d'ennuis qu'elle ne l'imaginait.

Quant à ses parents, elle ne croit pas une seconde qu'ils soient vraiment partis. Ils n'auraient jamais quitté la ville. Le fait que Comma ne parvienne pas à les retrouver est… significatif, mais ça ne veut pas dire qu'elle est en sécurité. Bien au contraire.

Isabel ne sait pas combien de temps elle est restée ainsi repliée sur elle-même, mais ses jambes sont engourdies lorsqu'elle finit par se relever pour se rendre dans la cuisine d'un pas vacillant. Elle ouvre les placards et en contemple le contenu. Elle n'a aucun appétit. Alors, elle ferme ses verrous bon marché, empile ses livres de cours sur la chaise pour bloquer la poignée de la porte, et met des draps propres sur le canapé.

Même si elle sait déjà qu'elle ne fermera pas l'œil de la nuit.

5

Mensogoj (mensonges)

Le quartier de Lutton vit dans la peur. Isabel le voit aux visages des civils qui attendent le tram, aux patrouilles de police qui arpentent les rues, à l'atmosphère tendue au lycée. L'effervescence initiale des rumeurs a laissé place à l'angoisse, maintenant que la victime a été identifiée.

« Ian Crampton, vingt et un ans, travaillait comme vendeur et s'occupait de sa sœur qui souffre d'une maladie auto-immune rare… »

Tout le monde veut savoir qui sera le suivant. Tout le monde veut savoir pourquoi Ian est mort.

Isabel aimerait bien le savoir, elle aussi. Et surtout, savoir pourquoi, après avoir fait dérailler sa propre vie, elle n'a pas accepté le marché que lui proposait Ronan. Ce matin, alors qu'elle regardait les policiers patrouiller inutilement dans la rue, sa décision de la veille lui a soudain semblé impulsive. Puérile. *Danger, danger, danger*. Elle aurait dû accepter. Après tout, qu'a-t-elle à perdre ?

Juste le reste de sa vie. Juste la conviction qu'elle peut être autre chose qu'une arme.

Isabel a peur, elle aussi, à sa manière. Elle a peur des souvenirs qui l'assaillent durant les cours, un patchwork d'images décousues, de flash-back morcelés. Le laboratoire. Un carnet. Et les araignées, toujours. Elle aimerait pouvoir dire que ce sont ses pires souvenirs, mais elle ne sait pas quelles autres horreurs l'attendent, tapies dans un recoin de son esprit, ni pourquoi sa mémoire est faite de trous et d'accrocs, comme rongée par les mites. Peut-être était-ce délibéré, l'ingéniosité vicieuse de son père de nouveau à l'œuvre.

Mais certaines choses restent aussi nettes et tranchantes qu'une lame. L'espace d'un instant, la salle de classe étouffante et poussiéreuse du cours d'histoire où elle tente de se concentrer sur les demi-vérités et la propagande flagrante du jour disparaît, et la voilà face à son passé. Elle revoit ses mains tremblantes, la fiole d'acide brisée, son père furieux qui l'attrape par le poignet et la force à plonger la main dans la flaque de liquide.

« *Tu dois apprendre*, dit-il alors qu'elle sanglote dans un coin du laboratoire, trop affaiblie pour crier. *Ce n'est pas de la cruauté. C'est une leçon. Tu n'oublieras jamais ce que tu as appris aujourd'hui.* »

Elle a surtout appris qu'il était prêt à tout.

Et elle s'en souvient comme si c'était hier – l'agonie de la brûlure et l'affreuse prise de conscience que, quoi qu'elle fasse, son père ne serait jamais satisfait, et qu'elle ne serait jamais en sécurité. Mais tout ça ne rend ses trous de mémoire que plus inquiétants. Pourquoi se rappelle-t-elle cet incident et pas le reste ? Qu'a bien pu lui faire son père ?

Et où est-il, à présent ?

Elle a affirmé à Ronan qu'elle s'en moquait, mais c'est faux. Car tant que son père est dans la nature, il constitue une menace contre laquelle elle est démunie.

Refermant ses doigts sur sa paume gauche abîmée, Isabel s'oblige à se concentrer sur la leçon. Elle doute que Mr Branagh croie la moitié de ce qu'il leur raconte, mais ce n'est pas sa faute. Pour les civils, la véritable histoire des guildes est souvent brumeuse. Pas complètement opaque, mais s'y intéresser de trop près n'est pas conseillé, et on ne l'enseigne qu'à ses risques et périls. Après tout, les guildes n'ont pas intérêt à dévoiler leurs origines. Mieux vaut encourager l'impression qu'elles ont toujours existé et qu'elles sont une puissance sans début – et surtout sans fin.

Au sein même des guildes, c'est une autre histoire. Une fois que vous êtes suffisamment impliqué, les mensonges et le secret ne sont plus de mise, tant la réalité de leur pouvoir est partout et bien plus intimidante que n'importe quelle illusion. Si, pour Espéra, les membres des guildes sont avant tout des tueurs à gages, ils ont en réalité une myriade d'autres activités sanglantes. Pour le reste du monde, ce sont les marchands d'armes les plus puissants sur terre, qui ne rendent des comptes qu'au plus offrant, et leur influence dépasse largement ce qu'un citoyen espéran peut imaginer.

Mais Bella Nicholls n'a pas voix au chapitre, si bien qu'Isabel se contente de prendre des notes en silence sur la version de l'histoire qu'elle est censée croire.

— Est-ce que quelqu'un peut me dire quels sont les termes de l'accord passé entre Comma et Colibri ? continue Mr Branagh.

— Ne pas casser les prix, répond un élève au deuxième rang. Ni tenter de recruter les employés de la guilde rivale.

— Ne pas former de mineurs, ajoute une voix au troisième rang.

Isabel, qui était occupée à tapoter son stylo contre son cahier, se fige. Elle entend le professeur préciser qu'il ne s'agit pas là d'une règle officielle, mais ce qu'il dit semble venir de très loin. Évidemment que cette règle n'a jamais été formellement codifiée. Personne ne pensait qu'une guilde tomberait si bas – un simple accord verbal aurait dû suffire.

Mais les promesses des meurtriers ne valent pas le sang versé pour les forger. Le plus étonnant, c'est plutôt que le Cocon n'ait pas vu le jour plus tôt.

Un autre élève prend la parole, mais Isabel n'entend plus que les battements de son cœur qui tambourinent contre ses oreilles et sa respiration étranglée. Sa chaise crisse sur le sol lorsqu'elle se lève.

— Où vas-tu, Bella ? demande Mr Branagh.

— Je… je me sens mal, répond-elle en attrapant son sac et en se précipitant vers la sortie d'un pas chancelant. Désolée, il faut que j'y aille.

La porte se referme derrière elle. Elle inspire profondément, puis descend en trombe l'escalier, s'engouffre dans les toilettes les plus proches et s'enferme dans l'une des cabines.

« Les guildes ne forment pas d'enfants », a affirmé Ian Crampton, vingt et un ans, qui avait une sœur, une sœur qui a dû attendre en vain son retour, une sœur qui avait besoin de lui…

« Les guildes ne forment pas d'enfants », a-t-il dit, comme si la jeunesse d'Isabel suffisait à le protéger, alors que ça ne l'avait

jamais protégée, elle – et pourquoi aurait-il plus de chance ? Pourquoi les autres devraient-ils se sentir en sécurité, alors qu'elle-même a toujours vécu dans la peur ? Alors qu'elle est incapable de dormir dans son propre lit et qu'elle n'a nulle part où aller ?

Fraser devait être son refuge. Son nouveau départ. Un endroit où Comma ne pourrait pas la suivre, une route vers une nouvelle vie, une vie de civil, comme tous ces autres jeunes qui n'ont pas eu besoin de se battre pour cela. Elle aurait pu devenir Bella Nicholls pour de bon, si elle n'avait pas tout gâché.

Isabel a autant envie de rire que de pleurer.

Elle ne fait ni l'un ni l'autre. À la place, elle soulève l'abattant des toilettes et vomit jusqu'à ne plus rien avoir dans l'estomac. *Merde.* Est-elle malade ? Elle n'a pas mangé de la journée et l'acide lui brûle la gorge, mais ses mains tremblent trop pour ouvrir la fermeture éclair de son sac et attraper sa bouteille d'eau. Elle ne parvient pas à reprendre sa respiration. Elle étouffe.

Est-ce ainsi qu'elle va mourir ? Après tout ce qu'elle a traversé, va-t-elle suffoquer dans les toilettes du lycée, baignant dans une odeur de vomi ?

— Hé ! lance une voix. Ça va, là-dedans ?

Elle n'a pas entendu la porte des toilettes s'ouvrir. N'a pas surveillé ses arrières. Et maintenant, la voilà vulnérable. Parce qu'elle est idiote. Comme l'a prouvé chacune des décisions qu'elle a prises au cours de la semaine écoulée. Isabel tente de calmer sa respiration haletante le temps que la personne s'en aille, mais au lieu de bruits de pas qui s'éloignent, elle entend un sac qu'on pose par terre.

— Tu fais une crise de panique ? demande la voix.

Va-t'en, pense-t-elle, mais elle n'a pas assez de souffle pour le dire à voix haute. Sa gorge se noue, et son cœur cogne désespérément dans sa poitrine comme s'il cherchait à s'échapper.

— OK, reprend la voix, douce et posée. Tu n'as pas besoin de parler. Je veux simplement que tu respires avec moi, d'accord ? Inspire pendant cinq secondes. Je vais compter. Un, deux…

Isabel s'efforce d'obéir.

— Maintenant, expire. Vide tes poumons. Bravo, c'est parfait. Un, deux…

Isabel a la tête qui tourne et la quasi-certitude qu'elle va se remettre à vomir, mais elle se laisse guider. La pression qui lui comprime la poitrine se relâche légèrement, cinq secondes par cinq secondes.

— Peux-tu me citer cinq choses que tu vois autour de toi ? demande la voix.

— Quoi ?

— N'importe quoi, ça n'a pas d'importance.

— W.-C., répond Isabel. Poubelle. Papier toilette. Sachet de chips. Graffiti.

— Super. Tu t'en sors bien. Et cinq choses que tu entends ? C'est plus difficile.

— Le réservoir des toilettes qui se remplit. Un robinet qui fuit. Le cours d'à côté. (Isabel peine à trouver de quoi terminer sa liste.) Des voitures sur la route dehors. Ta voix.

— Bien. Très bien. Ça va ?

Isabel n'a plus l'impression d'étouffer, mais elle tremble d'épuisement.

— Je ne sais pas.

— Et si tu sortais de là pour te rincer le visage ? Ça te ferait peut-être du bien.

Elle ne veut pas être vue dans cet état, mais elle sait qu'elle ne peut pas rester là indéfiniment, et à l'évidence, la personne de l'autre côté de la porte n'a pas l'intention de s'en aller. Isabel doit s'y reprendre à trois fois avant que ses jambes chancelantes n'acceptent de la soutenir, puis s'appuyer contre le réservoir pour tirer la chasse et s'essuyer le visage avec un morceau de papier. Enfin, d'une main hésitante, elle tourne le verrou.

La voix appartient à une fille aux cheveux châtains qui porte des lunettes et arbore une expression inquiète.

— Bonjour, dit-elle.

— Salut, répond Isabel d'une voix rauque.

— Je m'appelle Emma.

Après quelques secondes d'hésitation, elle parvient à donner le bon prénom :

— Bella.

— C'est la première fois que tu fais une crise de panique ?

— Oui.

Non. Cette terreur est un vieux spectre qui l'a hantée toute sa vie. Mais personne n'est jamais resté avec elle durant une crise. Personne ne l'a jamais aidée à traverser cette épreuve, à reprendre ses esprits.

— Je ne veux pas en parler.

— Je ne comptais pas t'interroger, répond Emma en lui tendant une bouteille d'eau. Tiens.

Les mots ont déserté Isabel, et expliquer qu'elle a déjà une bouteille lui semble soudain insurmontable, si bien qu'elle l'accepte et avale quelques gorgées. Emma la regarde comme si elle craignait de la voir tourner de l'œil d'une seconde à l'autre.

— Merci, dit enfin Isabel avant de refermer le bouchon et de s'essuyer la bouche. Il faut que je retourne en cours.

— Tu devrais peut-être aller à l'infirmerie, suggère Emma. Ou au moins t'asseoir cinq minutes sur un banc dehors, jusqu'à ce que tu te sentes mieux.

Elle a trop de tact pour dire « jusqu'à ce que tu arrêtes de trembler », et l'espace d'un instant, Isabel en veut profondément à Emma de la voir dans cet état.

— Ça va aller, répond-elle, bien qu'elle doute d'être capable de remonter l'escalier menant à la salle d'histoire sans que ses jambes en coton la trahissent.

— Laisse-moi au moins te raccompagner.

Isabel secoue la tête.

— Ça va aller, insiste-t-elle.

L'inquiétude d'Emma n'a pas lieu d'être : cette crise de panique est parfaitement rationnelle vu le pétrin dans lequel elle se trouve, et Isabel mérite bien pire. Mais elle ne peut rien expliquer de tout ça, et si Emma continue à faire preuve d'une telle gentillesse à son égard, elle va craquer avant d'avoir eu le temps de rebâtir les murs qui la protègent.

Alors, à la place, elle ajoute :

— Tu ne me connais même pas.

Emma hausse les épaules.

— Non, mais je sais ce que c'est de faire une crise de panique. Personne ne devrait vivre ça seul.

Être seule signifie ne rien devoir à quiconque. Ne laisser personne la voir quand elle est au plus bas.

— Il faut que j'y aille.

Emma a toujours l'air inquiète, mais elle n'essaie pas d'arrêter Isabel lorsque celle-ci se dirige vers la porte.

— Je serai à la bibliothèque à la pause-déjeuner, si tu as besoin de compagnie. Tu sais… si tu veux en parler.

C'est bien la dernière chose dont Isabel a envie.

— Merci, répond-elle. Mais ça va.

Isabel ne retourne pas en histoire; l'idée d'expliquer à Mr Branagh la raison de son départ abrupt est bien trop terrifiante. À la place, elle erre jusqu'à se retrouver devant l'infirmerie, et la porte s'ouvre avant qu'elle ne se soit décidée à toquer. Il est trop tard pour faire marche arrière. L'infirmière l'entraîne à l'intérieur, lui prend sa température et l'inonde de questions.

Isabel parvient enfin à la convaincre qu'il est inutile d'appeler ses parents pour obtenir l'autorisation de la renvoyer chez elle, et elle rentre par le tram de midi.

Son appartement ne paraît pas moins dangereux de jour, mais elle se réfugie malgré tout dans son lit, cachée du monde sous une misérable montagne de couvertures. Elle y reste jusqu'à ce que la nuit tombe, puis elle se traîne jusqu'à la table de la cuisine, où elle laisse les règles et régulations du manuel de Mortimer étouffer sa peur. Elle finit par s'assoupir, la tête contre la table, et se réveille une heure plus tard à cause d'un cauchemar qui porte le visage de son père.

La nuit est longue et pétrie d'angoisse, mais Isabel ne vomit que deux fois. Et la sonnerie de son réveil la tire du sommeil, preuve qu'elle a dormi, ce qu'elle considère comme une victoire. Paniquée par ce bruit soudain, elle attrape instinctivement son couteau, et sa main se referme sur la lame plutôt que sur le manche.

Sans le sang, elle n'aurait même pas su qu'elle s'était blessée. Elle fixe sa paume pendant un long moment avant d'aller chercher un bandage, attendant de ressentir un pincement de douleur. Elle aurait dû avoir mal.

Mais c'est sa main gauche, et son horrible amas de cicatrices a insensibilisé sa peau.

6

Informo (informations)

Conséquence de sa dispense de sport, Isabel a une heure de libre qu'elle passe à la bibliothèque, agacée autant par son interminable dissertation d'histoire que par sa nausée persistante. Les yeux fixés sur son manuel, elle tente de s'intéresser aux mensonges qu'il contient, mais commence malgré elle à se remémorer les nuits blanches de son enfance, lorsqu'elle s'échappait de sa chambre et se faufilait à pas de loup dans les couloirs sombres. Elle avait développé un véritable don pour dénicher de nouvelles cachettes. L'une d'elles était une bibliothèque – enfin, plutôt une petite pièce remplie de poussière avec quelques livres datés sur des étagères branlantes. Pendant quelque temps, l'endroit avait été son refuge ; perchée sur un escabeau, elle avait lu les ouvrages défraîchis les uns après les autres.

Ils contenaient des histoires qu'on ne trouverait jamais à la bibliothèque de Fraser. Grâce à elles, Isabel avait découvert les origines de la ville : plus d'un siècle plus tôt, celle-ci avait d'abord existé comme base de recherche dédiée à la création d'armes et aux opérations militaires, pour soutenir l'effort de guerre des Alliés. Les premiers citoyens d'Espéra avaient été des scientifiques et des espions, la crème de la crème européenne, et ils parlaient à eux tous une dizaine de langues différentes – une barrière qu'étrangement, personne n'avait anticipée. C'est un jeune opérateur radio français qui avait suggéré l'espéranto comme moyen de communication. Après tout, c'était un projet fondé sur l'espoir – espoir de coopération, espoir de victoire. *Espoir que les armes qu'ils développaient tueraient les enfants de l'ennemi plutôt que les leurs*, pense amèrement Isabel. Elle se demande ce que ressentiraient ces premiers Espérantistes, s'ils savaient que leur langue d'union était devenue un outil de violence pour les guildes.

Mais le projet avait été un succès – selon une certaine définition du terme. Les ennuis avaient commencé à la fin de la guerre, quand les financements s'étaient taris. Ces scientifiques et espions avaient alors découvert qu'ils avaient pris goût à leur travail meurtrier et n'avaient aucune envie d'arrêter. Bientôt, ils avaient pris conscience que vendre leurs marchandises à travers le monde pouvait se révéler très lucratif. Quand les ministres en charge du projet avaient objecté, ils les avaient tués. Quand le gouvernement britannique avait tenté d'exiger l'exclusivité en échange des terres anglaises cédées à la ville en expansion, ils avaient augmenté leurs prix. En quelques années, ce qui avait été au départ une opération clandestine était devenu un acteur commercial majeur dans le domaine des armes et du renseignement militaire. Et ses membres n'avaient aucune intention de faire marche arrière.

Ce qui avait vraiment fasciné Isabel dans ces livres, c'étaient les photos : des vues aériennes du complexe initial durant la guerre et de la colonie qui avait grossi peu à peu tout autour. Il était presque impossible d'y reconnaître la ville d'Espéra, de croire qu'en l'espace d'un siècle, ces cabanes, ces laboratoires de recherche et ces usines, séparés de leurs voisins du Yorkshire par des barbelés, deviendraient une cité fermée, presque autarcique. Mais les photos témoignaient de sa rapide expansion ; les barbelés avaient été repoussés encore et encore, à mesure que la ville dévorait les champs alentour, et avaient fini par se transformer en murs de béton. Une fois ces murs terminés, alors qu'une nouvelle guerre se profilait à l'horizon, Espéra avait fermé ses portes et proclamé son indépendance.

Il n'est pas facile de s'opposer à une ville qui possède des armes capables de rivaliser avec les nations les plus sanguinaires de la planète.

À cette époque, il n'existait qu'une seule guilde, qui s'appelait Nuée, mais cette cohésion n'avait pas duré. Isabel en était presque arrivée au chapitre qui expliquait la division à l'origine des deux guildes, à la lueur dangereusement faible de sa lampe torche, lorsqu'une femme aux yeux verts avait allumé la lumière et déclaré :

— Lire à la torche électrique va t'abîmer les yeux, petite Phalène.

Elle s'appelait Toni. Toni Rolleston. Sa voix avait presque fait tomber Isabel de son perchoir. Se laisser absorber par sa lecture au point de baisser sa garde était une erreur dangereuse. Après cet incident, Isabel ne s'est plus sentie en sécurité à la bibliothèque, et sa leçon d'histoire est restée inachevée. Elle n'a jamais découvert ce qu'Espéra a affirmé au reste du monde ces premières années pour que, durant le restant du siècle, les réfugiés voient la ville comme un abri, venant grossir sa population et contribuer à son avancée technologique. Ni quand et pourquoi les guildes ont dirigé leur attention meurtrière vers l'intérieur et accepté des contrats sur leurs propres citoyens. Elle suppose toutefois que l'explication n'a rien de compliqué : un simple mélange d'ennui, de cupidité et de soif de sang.

Leçon inachevée ou non, c'est plus que ne lui apprend ce présent manuel. Isabel le referme avec un soupir et résiste à l'envie de le balancer à l'autre bout de la pièce.

— J'en déduis que l'histoire n'est pas ton sujet favori, dit une voix.

Elle lève les yeux et prend conscience de là où elle se trouve. La bibliothèque du lycée n'a rien à voir avec la petite salle du Cocon, elle n'a rien à craindre.

— Désolée, répond Isabel en regardant la bibliothécaire d'un air méfiant. Je fais trop de bruit ?

— Pas du tout, la rassure Grace Whittock en s'asseyant sur la chaise d'en face. Je me demandais simplement si tu avais besoin d'aide.

— J'ai besoin d'une bonne sieste, répond Isabel.

C'est la première fois depuis des jours qu'elle fait preuve d'autant d'honnêteté. Elle a passé la nuit à faire les cent pas dans le laboratoire de son père, avant de se décider à partir et d'ouvrir la porte pour découvrir derrière encore un autre laboratoire, puis un autre et un autre, jusqu'à ce qu'enfin elle atteigne sa chambre et se rende compte qu'il n'y avait plus de portes. Elle a tapé contre les murs blancs avec une main engloutie par les flammes, et s'est réveillée au moment où le plâtre commençait à céder. Bien qu'elle sache que ce n'était qu'un cauchemar, la peur subsiste, rivalisant avec son mal d'estomac pour tenter de lui gâcher sa journée.

— Je n'ai malheureusement que des livres ou des conseils à te proposer.

— Merci, mais ça va, dit Isabel en s'appuyant contre le dossier de sa chaise. Vous avez entendu parler du meurtre, pas vrai ?

— Bien sûr, répond Grace d'une voix hésitante. Pourquoi ?

C'est un risque de demander son avis à Grace, mais Isabel a l'impression que la bibliothécaire est susceptible d'avoir une opinion plus rationnelle et réfléchie que les rumeurs qui circulent.

— Je me demandais ce que vous pensiez de la théorie selon laquelle un dissident aurait fait le coup.

Si Colibri croit vraiment que quelqu'un à Lutton cherche à s'établir comme tueur à gages indépendant, ses membres n'auront de cesse de lui mettre la main dessus. La dernière fois qu'une telle situation s'est produite remonte à dix ans plus tôt, et malheureusement pour le tueur en question, les guildes l'ont trouvé avant la police. Le résultat n'était pas beau à voir.

— Selon moi, c'est peu probable, affirme Grace. Si quelqu'un était prêt à prendre ce genre de risque, il ne choisirait pas un quartier comme Lutton.

— Parce que les habitants d'ici ne pourraient pas se permettre de l'engager ? devine Isabel.

— Parce qu'ils n'auraient aucune envie de l'engager. (La bibliothécaire jette un regard autour d'elle, comme pour vérifier que personne n'épie leur conversation.) Pour commencer, à l'exception des secteurs industriels, Lutton est l'endroit où le *Bulletin* est le plus distribué. Un dissident ferait mieux de choisir un quartier civil plus riche, tel que Grindale, ou de se mettre au service d'une guilde, ce qui serait moins dangereux.

Il est vrai que les privations dont souffre Lutton engendrent le mécontentement, mais Isabel n'avait pas conscience que le quartier était un tel haut lieu d'activité abolitionniste. Elle se demande si les guildes sont au courant. Pour autant qu'elle sache, aucune des descentes visant à débusquer la Presse Libre n'a eu lieu aussi à l'ouest.

— Comment le savez-vous ? demande Isabel. Pour le *Bulletin*, je veux dire ?

— Je suis bibliothécaire. C'est mon travail de savoir ce genre de choses.

Isabel plisse les yeux, mais le visage de Grace reste impénétrable.

— Donc si ce n'est pas un dissident, quelle est votre théorie ?

— Je crois…

La bibliothécaire pèse soigneusement ses mots et scrute attentivement le visage d'Isabel. Cette dernière rougit et se force à ne pas détourner le regard.

— Je crois que c'était personnel. Instinctif. Le tueur savait ce qu'il faisait, c'est évident, mais je pense qu'il a tué sa victime parce qu'il voulait qu'elle meure, sans autre réelle raison.

Et n'est-ce pas la vérité, après tout ?

Je ne voulais pas qu'il meure, pense Isabel. *Je voulais juste être en sécurité.* Ce qui, sur le moment, lui a semblé être la même chose. Et maintenant, elle doit vivre avec les conséquences de ses actes.

Alors qu'elle tente de trouver un moyen de changer de sujet, quelqu'un les interrompt.

— Grace, je me demandais où ces..., lance une fille qui tient une pile de livres dans ses bras, un badge « Préfète bibliothécaire » épinglé à son sweat à capuche.

Emma. La fille qui a aidé Isabel lors de sa crise de panique hier lui sourit à présent.

— Tiens, salut, Bella ! Tu as l'air d'aller mieux.

Isabel a une mine de déterrée ; la peur et les nuits blanches ont creusé ses joues et bleui la peau fragile sous ses yeux. Mais il est vrai qu'elle devait sûrement avoir l'air encore pire après avoir vomi dans les toilettes du lycée.

— Merci, répond-elle.

— Comment va ma délinquante favorite aujourd'hui ? demande Grace.

Isabel croit avoir mal entendu – la bibliothécaire ne peut pas parler de cette élève qui arbore un badge de préfète.

Emma sourit.

— Oh, comme d'habitude. Je n'ai mis le feu nulle part, mais il n'est que 14 heures. (Elle se tourne vers Isabel.) Et toi, qu'est-ce que tu as fait d'illégal pour attirer l'attention de Grace ?

— Elle n'a rien fait d'illégal, proteste la bibliothécaire. Je suis venue voir si Bella avait besoin d'aide avec ses devoirs d'histoire.

— Et ?

— Et nous nous sommes retrouvées à discuter du meurtre.

Emma lève les yeux au ciel.

— Apparemment c'est l'unique sujet de conversation du moment.

— Est-ce vraiment étonnant ? répond calmement Grace, avant d'examiner la pile d'Emma et d'ajouter : Ces livres sont pour le département d'anglais, si c'était ta question. Mrs Dunmore les a demandés.

La jeune fille grimace.

— Super. Encore un escalier.

Son sourire refait son apparition quelques secondes plus tard, et elle lance :

— Contente de voir que tu vas mieux, Bella !

Puis elle tourne les talons.

— Alors comme ça, tu as rencontré Emma, dit Grace.

Isabel retrouve enfin sa langue.

— Pourquoi est-ce que vous l'avez traitée de délinquante ?

— Une vieille plaisanterie, répond la bibliothécaire avec un sourire en coin. Demande-lui comment elle s'est retrouvée à devoir m'assister au rangement des livres après avoir été surprise en train de peindre à la bombe l'abri à vélos. Elle raconte l'histoire bien mieux que moi. J'ai fini par la nommer préfète dans l'espoir qu'elle se tienne à carreau.

— Ça a marché ?

— Disons qu'elle a appris à ne plus se faire prendre.

L'expression espiègle de Grace ne la fait pas du tout ressembler à une figure d'autorité. C'est peut-être pour cette raison qu'Isabel lui rend son sourire – une timide incurvation des lèvres qui lui donne l'impression de se trahir.

Son sourire s'évanouit lorsque sa nausée s'intensifie, accompagnée d'une crampe suffisamment violente pour lui arracher un cri étouffé.

— Bella ? demande Grace. Qu'est-ce qu'il t'arrive ?

Elle a l'impression qu'on lui arrache les entrailles de l'intérieur.

— Maux d'estomac, parvient-elle à grommeler en se mordant la lèvre jusqu'au sang.

Peu à peu, la douleur s'estompe et Isabel s'oblige à respirer normalement.

— Je... je vais aller à l'infirmerie.

D'un air inquiet, Grace l'aide à ranger ses affaires dans son sac.

— Tu es sûre que tu peux t'y rendre seule ?

Isabel hoche la tête, bien qu'elle n'en soit pas si certaine – elle n'a aucune envie d'être accompagnée.

Une fois sortie de la bibliothèque, elle se réfugie dans un renfoncement entre deux casiers et se recroqueville par terre. Elle est déjà allée à l'infirmerie hier et ne veut pas attirer l'attention. Peut-être que si elle attend un peu, la douleur passera.

J'ai survécu à pire, se dit-elle, mais ce rappel n'aide pas.

Elle met sa tête entre ses genoux et se concentre sur sa respiration. Inspirer, expirer. Facile. Son souffle est assourdissant dans le silence du couloir. Elle est censée passer son heure de permanence à rattraper ses devoirs en retard, mais rester accroupie par terre à attendre la mort lui semble être une alternative parfaitement acceptable.

La douleur finit par former un nœud sourd au creux de son estomac et un goût acide menaçant à l'arrière de sa gorge. Elle relève prudemment la tête. Le monde tournoie autour d'elle, puis le kaléidoscope reprend forme. Plus qu'un cours avant la fin de la journée : cinquante minutes de biologie avec la soporifique Ms Murray. Elle peut le faire.

Quand elle rentre enfin chez elle, elle relève son courrier par habitude. Il y a une feuille pliée en deux au fond de la boîte aux lettres, qu'elle ouvre en montant l'escalier, s'attendant à une énième publicité pour le restaurant au bout de la rue.

À la place, elle découvre l'horrible oiseau stylisé qu'est le logo de Colibri.

Isabel s'arrête net. *Ils sont au courant.* Elle ne sait pas comment, mais ils le sont. Ils ignorent peut-être qui elle est – il n'y a aucun message, et l'étiquette sur sa boîte aux lettres est au nom de Bella Nicholls –, mais ils savent que quelqu'un dans l'immeuble est responsable du meurtre. Ce bout de papier est un avertissement.

Ils arrivent.

Je voulais juste être en sécurité.

Bella Nicholls était en sécurité dans cet appartement. Dans cette vie. Au lycée. Sans guilde, sans parents, sans cible dans son dos. Et elle a tout foutu en l'air, complètement et irrévocablement.

À ce rythme, elle ne pourra s'en prendre qu'à elle-même si elle se fait tuer.

7

Doloro (douleur)

C'est le milieu de la nuit, et quelqu'un vient de la poignarder en plein ventre.

Isabel étouffe un cri, se roule en boule et presse sa paume contre son estomac pour étancher l'hémorragie. Mais lorsqu'elle relève sa main tremblante, il n'y a pas la moindre goutte de sang. Elle s'extirpe du canapé et se dirige d'un pas chancelant jusqu'à l'interrupteur, avant de s'arrêter net lorsque la lumière se fait dans son esprit : il n'y a ni plaie, ni couteau, ni arme qui puisse la protéger. L'ennemi est déjà en elle.

Du poison. C'est l'explication évidente. Elle aurait dû comprendre dès qu'elle a été prise de vomissements, mais elle a mis sa réaction sur le compte de la peur, parce qu'elle pensait qu'ils la regarderaient droit dans les yeux pour la tuer.

Mais Isabel Ryans s'y connaît en poison. Si elle parvient à identifier celui-ci, elle pourra préparer un antidote – et Comma le sait. Donc, soit ce n'est pas leur œuvre, soit ils ne cherchent pas à la tuer.

Ou bien ils savent que tu ne peux rien y faire, pense-t-elle. Dans ce cas, c'est sans espoir, car elle n'a personne vers qui se tourner. Comma le sait, aussi. Peut-être que Ronan Atwood a donné l'ordre de l'empoisonner au moment où elle a refusé son offre, espérant qu'elle vienne le supplier de la sauver.

La nausée la submerge, et elle titube jusqu'à la salle de bains pour vomir. Quand elle se redresse et s'essuie la bouche face au miroir, ses yeux ne sont plus que deux puits sans fond. Sous l'assaut de la douleur, son esprit se fragmente, inondé de sang et de verre brisé, chassant définitivement le sommeil.

Elle tremble. Il fait froid dans l'appartement, mais pas assez pour justifier le coût du chauffage. Son souffle embue le miroir lorsqu'elle prend appui contre le lavabo pour ne pas tomber. Elle s'emmitoufle dans une serviette et retourne en grelottant dans le salon.

Elle devrait appeler un médecin. Donner son nom, son vrai nom, et se rendre. Au moins, elle n'aurait pas à se prosterner aux pieds de Ronan. Mais il est peu probable qu'un docteur accepte de l'ausculter au motif que Comma paiera *peut-être* la note. Et en attendant, elle reste vulnérable. Elle ne peut qu'espérer que ses parents, où qu'ils soient, n'apprendront pas la nouvelle.

Isabel s'avachit en grognant sur la table de la cuisine et prie pour perdre connaissance. Les élancements sont entrecoupés de périodes d'agonie sourde, comme si ses organes tentaient de se retourner. L'épuisement met longtemps à prendre le pas sur la douleur, mais Isabel finit par sombrer dans l'inconscience, où elle reste jusqu'à ce que ses cauchemars l'en chassent impitoyablement.

Le lundi matin, après un week-end éprouvant, Isabel avale autant d'analgésiques qu'elle l'estime raisonnable, et s'en va livrer ses journaux dans un état second, ses pensées aussi grises que les taches d'encre sur ses doigts. Puis elle se rend au lycée et, après une brève hésitation, se dirige droit vers la bibliothèque.

Grace Whittock est assise à son bureau, occupée à trier sa navette de livres, mais elle lève la tête et sourit.

— Qu'est-ce que je peux faire pour toi, Bella ?

Maintenant qu'elle est là, ce qu'il lui semblait être une bonne idée lui donne envie de s'enfuir en courant. Elle s'oblige toutefois à rester où elle est.

— J'ai besoin d'un médecin, et je ne sais pas où chercher. Je me suis dit que vous pourriez peut-être m'aider.

L'air inquiet de la bibliothécaire achève aussitôt de convaincre Isabel que venir ici était une erreur. Elle n'a réussi qu'à attirer l'attention sur elle. Elle aurait mieux fait de regarder sur l'un des ordinateurs du lycée – il est peu probable que les guildes les surveillent. Tout plutôt qu'annoncer à une parfaite inconnue qu'elle est malade.

— Est-ce à cause de tes douleurs d'estomac de vendredi ? demande Grace.

Isabel se détourne et enroule ses bras contre son torse.

— C'était une mauvaise idée. Oubliez ça.

— L'infirmière pourrait...

— Ça va aller. Ne vous inquiétez pas.

— Attends, lance une voix qui n'est pas celle de Grace.

Isabel regarde par-dessus son épaule, et voit Emma surgir de derrière une étagère, les cheveux en bataille.

— Je peux t'aider. Désolée, je n'essayais pas d'espionner votre conversation, juste... Je connais une clinique qui pourrait peut-être t'aider. Elle n'a pas une tonne de ressources, mais c'est gratuit et tenu par des gens bien.

Ses mots se sont bousculés hors de sa bouche.

Isabel contemple l'expression sincère sur le visage d'Emma, la mèche qu'elle tente de glisser derrière son oreille, comme si cela allait suffire à dompter sa chevelure, et elle revoit la jeune fille l'aider à surmonter sa crise d'angoisse.

Ses mains, agrippées à sa chemise, se détendent légèrement.

— Vraiment ?

Emma hoche la tête et s'approche.

— Ça s'appelle le *Sunshine Project*, dans Espéra Centre. C'est une clinique publique pour les civils à faibles revenus, ce qui... pardon si je me trompe, mais c'est ton cas, non ? Ne le prends pas mal.

Civile. Ce n'est pas un terme qu'Isabel imaginait utiliser un jour pour se décrire. Elle met un moment à se rendre compte que c'est avec la précision « à faibles revenus » qu'Emma craint de la vexer.

— Les médecins sont pas mal occupés, mais ils trouvent généralement du temps pour les urgences. Je peux te donner le numéro. Ça ne coûte rien d'essayer, pas vrai ?

Emma la regarde d'un air rempli d'espoir. Isabel n'a jamais été douée avec les mots ; ils semblent l'abandonner à la moindre occasion, si bien qu'elle met un peu trop longtemps à formuler une réponse. Le visage d'Emma se défait.

— Ou pas, reprend-elle. Je suis désolée. Je n'aurais pas dû m'en mêler. Je fais toujours ça. Ma mère m'a dit un millier de fois que je...

— N... non, l'interrompt enfin Isabel.

Péniblement, elle parvient à ajouter :

— Non, pas de souci, je... Merci. Je veux bien le numéro, s'il te plaît.

Emma se détend ; le pli sur son front disparaît.

— OK. Super. Grace, tu as un stylo ?

La bibliothécaire pince les lèvres.

— Je ne suis pas certaine que...

— *Sunny* est réglo, tu le sais.

— Ce n'est pas ce qui m'inquiète, réplique Grace en lançant un regard à Isabel. Tes parents savent que tu es malade ?

Isabel n'aurait jamais dû la mêler à cette histoire.

— Je ne vis pas avec mes parents, répond-elle d'une voix crispée.

— Ce n'est pas ce que je t'ai demandé.

Grace doit cependant voir au visage d'Isabel qu'elle n'obtiendra pas davantage d'explications, car elle sort de derrière son bureau, et remet à Emma un stylo et un bloc-notes.

— Bon, d'accord. Mais je ne suis au courant de rien, compris ? Parce que si je l'étais, je serais obligée d'en informer l'infirmière, qui s'assurerait que ton professeur principal soit au courant...

Ce n'est pas une menace, même si ça en a un peu l'air.

— Compris.

— Il faut que je passe au service informatique. Ne cassez rien en mon absence.

Que ce soit ou non un prétexte, le résultat est le même : Isabel et Emma se retrouvent seules dans la bibliothèque. Isabel fixe le sol, l'étagère de nouveautés, un clou qui refuse d'être arraché – tout, sauf l'autre fille. Emma ne semble pas s'en apercevoir. Elle griffonne un numéro sur le bloc-notes et le tend à Isabel.

— Tiens. Demande-leur le prochain créneau de libre.

Voyant l'hésitation d'Isabel, elle ajoute :

— Je peux te prêter mon portable, si tu...

— J'en ai un, répond Isabel. Mais merci.

Le couloir qui mène à la bibliothèque est désert, elle n'a donc pas à aller loin pour être tranquille. Elle compose le numéro, mais il lui faut plusieurs secondes avant de se résoudre à lancer l'appel. Le téléphone sonne une, deux fois, et Isabel se retrouve transportée en arrière – elle revit ces quelques minutes avec ce portable volé, à tenter désespérément de préparer le terrain pour sa nouvelle vie.

Elle était si pleine d'espoir, et si terrifiée, prête à saisir sa chance.

La sonnerie retentit une troisième fois, et elle entend quelqu'un décrocher à l'autre bout du fil, mais son pouce est déjà sur la touche pour raccrocher. Le souffle court, elle met fin à l'appel, puis se laisse glisser contre le mur et lâche l'appareil, qui tombe au sol dans un bruit mat.

Passe ce fichu coup de fil, Isabel, s'ordonne-t-elle, mais aujourd'hui, elle se retrouve incapable d'obéir. Elle a travaillé si dur pour en arriver là... Et maintenant, la voilà trop malade et trop effrayée pour passer un simple appel ?

La porte de la bibliothèque s'ouvre.

— Hé, fait Emma en s'accroupissant à côté d'elle pour ramasser le portable. Tout va bien. Ça va aller. Tu veux que j'appelle à ta place ?

Ce qu'elle veut, c'est être capable de passer elle-même un foutu coup de téléphone, parce qu'elle n'est plus une enfant et qu'elle n'a pas besoin qu'une inconnue vienne à son secours. Peut-être que si elle n'arrive pas à appeler la clinique, elle ne mérite pas son aide, de toute façon.

Elle ne dit rien de tout ça. Elle ne dit rien du tout. Mais Emma s'assied à côté d'elle et déclare :

— Tu sais, à un moment, je faisais des crises de panique tous les soirs. Sans exception. Ma sœur me tenait compagnie, mais il m'a fallu des mois avant que je ne me sente suffisamment en sécurité et qu'elles s'arrêtent.

— Je ne fais pas de crises de panique, répond Isabel d'une voix rauque.

Elle n'est pas certaine de dire la vérité.

— Mais tu n'es pas prête à passer cet appel, devine Emma, comme si ça tombait sous le sens. Tu sais quoi ? On est lundi, ce qui veut dire que mon frère est à la clinique. Il est bénévole au service administratif. Je peux l'appeler pour voir si des rendez-vous sont disponibles. Ce sera sûrement plus efficace que de contacter le standard, de toute façon.

Puis elle attend.

Le sens caché de sa proposition est évident : *Voilà quelque chose que tu n'aurais pas pu faire seule. Tu n'as donc pas à avoir honte de me laisser le faire à ta place.* Isabel a conscience d'être manipulée, mais Emma le fait avec infiniment plus de tact et de gentillesse que n'importe qui d'autre par le passé, si bien qu'elle ravale sa fierté et hoche la tête.

Emma sourit et compose un numéro de mémoire.

— Allô, Léo ? C'est Emma. Vous êtes très occupés aujourd'hui ? (La réponse lui fait lever les yeux au ciel.) Non, je demande vraiment pour une amie, pas la peine d'appeler maman.

Elle écoute, fronce les sourcils, puis met une main sur le téléphone.

— C'est une urgence, pas vrai ? demande-t-elle à Isabel.

Celle-ci acquiesce, la gorge nouée.

— Oui, c'est urgent, répète Emma à Léo. Est-ce que tu peux vérifier ? … Zut, OK, bon, alors tu pourras l'appeler en cas de désistement ? Oui, je suis sérieuse, c'est une priorité abso… Je me moque de l'appendice de Mr Conroy, Léo. Mets-la en haut de la liste. (Elle couvre de nouveau le téléphone.) Bella, c'est quoi ton nom de famille ?

Chaque nouveau mensonge est un peu plus facile.

— Nicholls.

— Bella Nicholls. Je t'appelle depuis son numéro. Oui, à demain. N'oublie pas d'apporter le pique-nique. Bisous.

Elle raccroche.

— Il n'y a pas de créneau disponible pour le moment, mais ne panique pas. Léo t'a mise en tête de liste pour les désistements, et il y a de fortes chances pour qu'il te trouve un rendez-vous.

C'est facile pour Emma d'être optimiste ; ce n'est pas elle qui meurt à petit feu. Isabel serre ses genoux contre son torse, et tente de ne pas se laisser submerger par le désespoir, tout en cherchant les mots pour expliquer qu'elle n'a pas besoin qu'Emma attende avec elle. Ce qui est d'autant plus difficile qu'elle n'est pas certaine que ce soit vrai.

Elle est sauvée par la sonnerie stridente de son portable. Elle décroche prudemment.

— Allô ?

— Bonne nouvelle, Miss Nicholls, annonce une voix masculine qui appartient probablement à Léo. Dès qu'Emma a raccroché, nous avons eu une annulation. Demain, 16 h 15. Ça vous convient ?

Une bouée de sauvetage. Isabel ravale la boule dans sa gorge et confirme qu'elle sera là. Elle entend à peine Léo lui dire d'arriver en avance pour remplir des papiers administratifs. Puis il débite les règles de la clinique, et termine en lui assurant que le docteur Vernant est un très bon médecin et qu'il fera son possible pour l'aider.

Isabel prend une profonde inspiration, comme pour compenser le débit effréné de Léo.

—Merci, dit-elle. Vraiment.

—Content d'avoir pu aider ! répond Léo d'un ton qui semble sincère. Je vous enverrai un message avec les détails.

—Merci.

Isabel raccroche et lance un petit sourire fragile à Emma.

—Demain, après les cours.

Le soulagement manifeste d'Emma la surprend.

—C'est super. Tu sais avec qui tu as rendez-vous ?

—Un nom qui commence par V, je crois.

Au même moment, le message de confirmation fait vibrer son téléphone.

—Docteur D. Vernant.

—Oh, Daragh ! C'est le préféré de tout le monde. Tu as de la chance, il a une liste d'attente longue comme le bras. Il n'est à la clinique que deux jours par semaine ; je crois que le reste du temps, il travaille dans un hôpital privé pour riches.

—Léo n'a pas évincé quelqu'un pour me trouver un rendez-vous, si ?

—Probablement pas, répond Emma d'un ton joyeux. Mais s'il l'a fait, c'est que l'autre personne le méritait.

Puis elle attrape la main d'Isabel, et la serre fort avant que celle-ci n'ait le temps de réagir à ce contact inattendu.

—Quel que soit le problème, Daragh va tout arranger.

La main d'Emma est chaude, et Isabel retire la sienne avec une étrange réticence. La confiance de l'autre fille est rassurante, étant donné qu'elle n'a pas la moindre idée de ce qu'elle fera si Daragh Vernant se révèle incapable de l'aider.

— Merci, répond-elle. Pour ton aide.

— Avec plaisir.

Emma se relève, puis tend la main à Isabel pour l'aider à se mettre debout.

— On se verra peut-être plus tard ? Et Bella, tout va bien se passer. Tu vas t'en sortir.

— Tu n'en sais rien.

— Bien sûr que si. Je suis prête à me battre contre l'univers tout entier dans le cas contraire. Ce n'est pas une promesse, mais un avertissement.

Tu me connais à peine, tente de protester Isabel, mais les mots restent coincés en travers de sa gorge.

C'est alors que Grace surgit en haut de l'escalier avec une ramette de feuilles blanches dans les bras, et déclare :

— Serais-tu en train de menacer des gens dans ma bibliothèque, Emma ? On a déjà eu cette discussion.

— Techniquement, on est devant la bibliothèque, répond Emma, qui offre ses sourires aussi généreusement que son amitié. Et techniquement, la réalité et le destin sont des concepts abstraits, pas des gens, donc je peux les menacer autant que je veux.

Grace hausse un sourcil.

— Très bien, je ne poserai pas de questions. Ça va bientôt sonner, vous devriez aller en cours.

— On y va ! s'exclame Emma.

Et la voilà qui dévale déjà l'escalier, Isabel dans son sillage.

8

Koloroj (couleurs)

La douleur réveille Isabel à plusieurs reprises durant la nuit. À 3 heures du matin, elle abandonne l'idée de dormir et s'attaque au manuel de sécurité de Mortimer, dans l'espoir que l'ennui finisse par l'assommer. Elle le termine dix minutes avant le début de sa tournée, et après avoir livré tous ses journaux, il lui reste juste assez d'énergie pour savourer la surprise sur le visage du professeur lorsqu'elle dépose l'épais dossier sur son bureau, au début du cours.

—Déjà fini ? dit-il.

—Pas la peine de faire traîner les choses. Et maintenant ?

Il feuillette le manuel, s'arrêtant à chaque fin de section où Isabel a complété les différents quiz de son écriture inégale. Puis il sort une chemise en carton du tiroir de son bureau.

—Maintenant, répond-il en fouillant à l'intérieur, tu as l'immense joie de passer cet examen de sécurité.

La feuille qu'il lui tend est plus petite qu'elle ne s'y attendait.

—C'est tout ?

— Ensuite, je te montrerai comment te servir correctement des différents outils, et tu signeras une décharge disant que tu ne pourras t'en prendre qu'à toi-même si tu te blesses. Mais oui, c'est tout.

Elle est à peu près certaine que Mortimer cherche à lui faire perdre du temps, mais elle ne veut pas argumenter devant les autres élèves. Elle retourne à sa place avec le test, et commence par en remplir l'en-tête.

Bella Nicholls.

Ronan Atwood est la seule personne à l'avoir appelée « Isabel » depuis des semaines. Elle ne s'était pas rendu compte que cela lui avait manqué. Bien qu'elle ait détesté entendre son prénom sur les lèvres de l'agent, elle est fatiguée de vivre dans le mensonge.

Isabel fixe sa feuille et voit ses mains trembler. Le bandage de sa main gauche cache sa paume balafrée, mais elle serre malgré tout le poing pour ne rien voir.

Comma sait depuis le début où elle se trouve.

Elle a tué un homme, et la police tout comme Colibri sont au courant.

Ses parents ont disparu, et peuvent être n'importe où.

Et elle est malade.

Il n'est pas difficile d'en tirer des conclusions, même si certains éléments restent nébuleux : elle a tué Ian Crampton, et quelqu'un a décidé de l'éliminer avant qu'elle ne devienne une véritable menace. Peu importe qui est derrière tout ça, elle n'est en état d'échapper à personne.

Un bruit métallique la tire momentanément de ses pensées. Mortimer a posé sa boîte à biscuits devant elle.

— Prends-en un, dit-il d'une voix douce.

Elle lève les yeux. Il hoche la tête d'un air encourageant, et elle obéit, mais sa bouche est trop sèche pour mordre dans le gâteau. Le brouhaha de ses camarades couvre ce qu'elle pourrait dire à Mortimer ; malgré tout, elle se sent mise à nu. Épiée.

Le biscuit se brise et s'émiette entre ses doigts.

— Je suis désolée, dit-elle, impuissante. Je suis désolée, je ne voulais pas...

— Ce n'est pas grave, répond Mortimer. Tout va bien.

Non, rien ne va. Sans un mot, elle le regarde, puis contemple sa feuille d'examen couverte de miettes – encore un moyen d'attirer l'attention sur elle. L'enseignant doit lire le désespoir sur son visage, parce qu'il lui prend la feuille et l'aide à balayer les miettes dans la poubelle.

Puis il déclare :

— Je n'arriverais pas non plus à me concentrer, avec tout ce bruit. Veux-tu aller dans mon bureau pour passer l'examen ?

Elle se moque de ce stupide test, et il est clair que Mortimer en a conscience, qu'il lui offre simplement un moyen d'échapper au regard de ses camarades. Sur le point de craquer, elle hoche la tête, attrape son sac, et le suit jusqu'au petit bureau qui donne sur la salle de classe.

La pièce, dominée par une grande imprimante couleur et une étagère remplie de dossiers, est parfaitement rangée. Isabel ne sait pas pourquoi elle en est étonnée.

Mortimer place la feuille sur le bureau, qui est aussi immaculé que le reste de la pièce. À côté, il dépose la boîte à biscuits.

— Si tu veux passer le test, il est là, dit-il d'une voix douce. Ou tu peux simplement t'asseoir et ne rien faire pendant une demi-heure. Je n'y vois pas d'inconvénient.

Isabel a suffisamment observé l'enseignant pour savoir que c'est ainsi qu'il s'adresse aux élèves qu'il craint de voir éclater en sanglots. Il a généralement raison, si bien qu'Isabel a d'autant plus conscience des larmes qui lui piquent les yeux et du nœud dans sa gorge.

—Il faut que je retourne m'occuper des autres, ajoute-t-il. Bella... je ne veux pas me mêler de ce qui ne me regarde pas, mais sache que si tu veux parler, je suis là. Et je ferai mon possible pour t'aider.

L'espace d'une seconde, elle envisage de lui raconter qu'elle ne s'appelle pas Bella, mais Isabel, et qu'elle pense être en train de mourir. Peut-être qu'il pourra lui dire quelles règles et régulations suivre pour rester en vie. Mais elle pourrait aussi bien lui tendre un couteau, en espérant qu'il ne s'en serve pas pour la poignarder : le fait qu'il soit si prompt à remarquer quand elle va mal signifie qu'il la surveille, ce qui fait de lui une menace.

Il prend son silence pour une réponse.

—N'hésite pas à te servir en biscuits, dit-il en se dirigeant vers la porte.

Isabel se racle la gorge.

—Merci, parvient-elle à croasser.

C'est une réponse pathétique et inadéquate, mais elle n'en a pas d'autres.

Une fois seule, elle fixe sa feuille, incapable de répondre aux questions de l'examen. Même si le bureau est mieux que la salle de cours, elle préférerait ne pas être ici du tout. Mais où pourrait-elle aller ? Ce n'est pas comme si elle était en sécurité chez elle. Les guildes ont le bras long ; il n'y a aucun endroit en ville hors de leur portée. Si elles veulent la blesser, rien ne peut les en empêcher. À supposer qu'elles ne l'aient pas déjà fait. Que sa maladie ne soit pas de leur fait.

Isabel presse la pointe de son portemine contre sa paume bandée jusqu'à ce qu'elle la sente presque, et résiste à la tentation de se réfugier sous le bureau de Mortimer.

Quand la sonnerie retentit enfin, elle attend que ses camarades quittent la salle, puis tend sa copie blanche au professeur.

— Désolée. Je le ferai la prochaine fois.

— Entendu.

Sans poser de question, il range la feuille dans la chemise en carton.

Isabel n'a pas de mots pour exprimer le soulagement qu'elle éprouve de ne pas être obligée de proférer d'autres mensonges que les seuls mots sur sa copie – « Bella Nicholls ».

Le tram qu'Isabel prend pour se rendre à son rendez-vous est quasiment vide. Elle s'assied à l'arrière, à côté de la sortie de secours, et regarde une passagère se faufiler *in extremis* entre les portes qui se referment. Lorsqu'elle repousse les cheveux devant son visage, légèrement hors d'haleine après son sprint, Isabel reconnaît Emma.

Le visage de celle-ci s'illumine en la voyant.

— Salut, Bella, lance-t-elle en se laissant glisser sur le siège à côté d'elle. Tu vas mieux ?

— Pas tellement.

— Quelle poisse ! Tu es nerveuse pour ton rendez-vous ?

C'est plutôt Emma qui semble nerveuse, à triturer les sangles de son sac à dos qu'elle noue et dénoue frénétiquement.

— Juste à l'idée de me perdre, répond Isabel.

Un demi-mensonge.

— Je peux te montrer le chemin, dit Emma. C'est facile, il suffit de suivre les œuvres d'art.

Elle sourit comme si ce n'était rien. Comme si la possibilité d'aider quelqu'un suffisait à la faire vibrer de joie. Le *Sunshine Project*. Le projet Soleil. Un nom ridicule, mais quand Emma sourit, Isabel commence à comprendre ce qu'il signifie. Un nom porteur d'espoir.

— Les œuvres d'art ? répète-t-elle, perplexe.

— Tu comprendras quand on y sera. Je vais t'emmener. C'est sur mon chemin, de toute façon. (Emma sourit de nouveau et relâche ses sangles.) Tout va bien se passer. Je te l'ai dit, tout le monde adore Daragh.

Isabel hoche la tête et jette un regard par la fenêtre. Une pancarte marque la limite de Weaverthorpe, l'un des plus grands quartiers contrôlés par Comma – un endroit sympa où vivre et travailler, si l'idée d'accepter de l'argent d'une guilde ne vous donne pas la chair de poule.

Elle se tourne de nouveau vers Emma.

— Et toi, tu vas où ?

— Oh, fait Emma, comme si elle n'avait pas escompté cette question. Je… (Son sourire se fait triste.) C'est l'anniversaire de ma sœur. Je vais retrouver Léo au cimetière.

C'est au tour d'Isabel de laisser échapper un petit bruit de surprise.

— Je suis désolée, dit-elle.

Ces mots lui semblent aussi poisseux que le sang sur ses mains.

Emma hausse les épaules, l'air mal à l'aise.

— Elle avait un cancer. Ce vieux bâtard impartial.

Malgré elle, Isabel ne peut s'empêcher d'être soulagée d'apprendre que les guildes n'ont rien à voir là-dedans.

— C'est vraiment moche.

Le regard d'Emma se perd un instant dans le vide, puis elle recommence à tirer sur les sangles de son sac, comme pour s'ancrer dans le présent.

— C'est la vie. Je te déposerai sur mon chemin. Ce n'est pas loin.

— Tu n'es pas obligée.

— Non. Mais on ne devrait jamais être seule quand on est malade. (Elle lance un sourire en coin à Isabel.) Je te proposerais bien de t'accompagner, mais…

— Pas la peine.

— Oui, je me doutais que tu dirais ça. Je peux au moins t'amener jusqu'à la porte. On trouve certaines des plus belles fresques de la ville par là-bas, et toutes les excuses sont bonnes pour aller les admirer.

Isabel tente de trouver une bonne raison de refuser. Sans succès.

— Merci, dit-elle enfin.

Le silence se fait entre les deux filles, chacune perdue dans ses pensées. Ce n'est que vers la fin du trajet qu'Isabel prend conscience d'une chose.

— Au téléphone hier, tu as dit à Léo d'apporter un pique-nique.

Emma hausse les épaules.

— Oui.

— Tu plaisantais ?

— Pas du tout. Je meurs de faim.

— Tu vas pique-niquer sur la tombe de ta sœur ?

Isabel sait qu'elle-même n'a pas une relation des plus conventionnelles avec la mort, mais l'idée lui semble bizarre.

Emma grimace et semble chercher ses mots. Enfin, elle explique :

— C'est ce que Jean aurait voulu. On lui raconte ce qu'elle a raté. On le faisait quand elle était malade, et on n'a jamais arrêté.

— Et ça vous aide ?

— Parfois. Et parfois, ça nous rappelle simplement à quel point elle nous manque. Mais on le fait ensemble, et c'est ce qui compte. Savoir qu'on n'est pas obligés d'affronter tout ça seuls. (Sa voix vacille.) C'est à la fois plus facile et plus dur chaque année qui passe. (Elle se lève.) Viens, c'est notre arrêt.

Isabel descend du tram, et suit Emma à travers les rues étroites d'Espéra Centre. Tout le quartier est une zone neutre chaotique, le seul endroit où employés des guildes et civils peuvent se côtoyer sans le savoir. De larges artères commerçantes disputent la place au dédale d'immeubles résidentiels. Les rues principales sont recouvertes des habituels panneaux solaires, et les passages pour piétons s'illuminent de vert sous leurs pieds, mais à mesure que les allées se font plus étroites, les panneaux solaires laissent place aux pavés fissurés, tandis que de mauvaises herbes poussent à l'ombre des immeubles qui se dressent au-dessus de leurs têtes.

Toutes les habitations d'Espéra sont bariolées ; souvent, la peinture sert à cacher les défauts de construction et le gris lugubre du vieux béton. Mais chaque quartier a son propre style : les blocs de couleurs bien ordonnés de Fordon sont aussi différents des façades écaillées de Lutton que des motifs en brique de Grindale. Espéra Centre est une véritable explosion de fresques murales et de graffiti, de dizaines de styles différents, qui couvrent la moindre surface disponible. Une maison a été soigneusement recouverte d'un treillis de roses si détaillé que de loin, les fleurs semblent vraies. Sur la maison voisine, des entrelacs et des torsades de feuilles s'enroulent autour des fenêtres et de la porte, scintillant d'or et d'argent. Des visages fixent les passants – des humains, des animaux ou d'inquiétantes créatures fantastiques. Isabel n'avait jamais vu ces fresques de si près, et l'effet d'accumulation est éblouissant.

Elle commence à comprendre pourquoi Emma lui a dit de suivre les œuvres d'art. Celles-ci bordent le chemin et les poussent à continuer pour découvrir quelle prochaine explosion de couleurs les attend. Isabel voit le plaisir qu'Emma prend à lui montrer les détails qui lui auraient autrement échappé : les petits animaux qui passent leurs têtes derrière les canalisations ou les plantes grimpantes qui dégoulinent des gouttières. Une information lui revient alors en mémoire.

— Grace m'a dit que tu avais peint à la bombe l'abri à vélos, déclare-t-elle.

Un sourire espiègle s'affiche sur le visage d'Emma, chassant la mélancolie qui s'était emparée d'elle depuis qu'elle avait mentionné sa sœur.

— Ouaip. Tu vois celle-ci ? (Elle désigne une fresque lumineuse à motif cachemire qui couvre un large mur au bout de la rue.) C'est la mienne.

— Tu as peint ça ?

Isabel aimerait s'arrêter pour examiner de plus près les torsades colorées qui s'entortillent et se fondent les unes dans les autres, pour suivre du doigt les contours dorés, afin de découvrir s'ils sont froids comme le métal ou chauds comme le soleil. Mais si elle s'arrête, elle sera en retard pour son rendez-vous.

— C'est magnifique, dit-elle en toute franchise.

Elle ne s'était jamais rendu compte qu'Espéra pouvait être aussi belle.

— J'ai failli avoir des ennuis cette fois-là aussi, confie Emma. L'art fait partie de l'identité du quartier, mais il est généralement plus poli de demander la permission avant de peindre la maison de quelqu'un d'autre. Et il se pourrait que j'aie oublié… Enfin, si les propriétaires avaient détesté le résultat, ils auraient repeint par-dessus !

Elle entraîne Isabel vers une allée particulièrement étroite, qui débouche sur une petite cour dominée par un bâtiment trapu à la façade colorée, dont le moindre centimètre est couvert de dessins estompés. Au-dessus de la porte, en lettres déliées d'un bleu outremer, quelqu'un a écrit *THE SUNSHINE PROJECT.* Un soleil jaune vif est peint au milieu du O.

— On y est, déclare Emma. Tu es sûre que ça va aller ? Léo comprendra si je suis un peu en retard.

— Oui, ne t'en fais pas, répond Isabel. Va le retrouver. J'espère… (Elle cherche les mots appropriés.) J'espère qu'aujourd'hui, ce sera plus facile que difficile.

Le sourire d'Emma brille encore plus fort que sa fresque.

— Et moi, j'espère que Daragh pourra te soigner, dit-elle avant de laisser Isabel monter seule les marches en bois menant à la porte d'entrée.

9

Veneno (poison)

L'intérieur de la clinique est froid et sombre. Isabel donne son nom à la réceptionniste, remplit une demi-dizaine de formulaires, puis s'installe sur l'une des chaises branlantes de la salle d'attente. L'odeur âcre des antiseptiques lui pique la gorge, faisant remonter des souvenirs d'autres hôpitaux et d'autres docteurs, si bien qu'elle attrape un journal sur la table pour tenter de se distraire.

Mauvais choix. La *Gazette* a publié un article sur le meurtre à Lutton, et Isabel n'a pas assez de volonté pour s'empêcher de le lire. Cet exercice inutile d'autoflagellation ne fait qu'aggraver sa nausée : la police d'Espéra n'a toujours aucune piste, mais au vu des efforts déployés pour résoudre l'affaire Ian Crampton, ce n'est qu'une question de temps avant qu'elle ne devienne un véritable danger pour Isabel. Et que se passera-t-il alors ?

Elle repose le journal et fourre ses mains dans ses poches pour les empêcher de trembler. La menace de Colibri se rapproche, et à présent, celle de la police aussi. Isabel s'est laissé distraire par sa maladie, mais l'autre épée au-dessus de sa tête est toujours aussi tranchante, prête à tomber.

— Bella Nicholls ?

Isabel lève la tête.

— C'est moi.

— Je suis Daragh Vernant. Suis-moi.

Le médecin a une trentaine d'années, des cheveux noirs et un visage doux. Elle s'attendait à une blouse blanche, mais il porte un simple pull à torsades vert, sur lequel est épinglé son badge. Isabel le suit jusqu'à une petite salle, et entend la porte se refermer derrière elle avec un mélange de soulagement et de peur.

— Assieds-toi et raconte-moi ce qui t'amène, dit le docteur Vernant.

« Tout le monde adore Daragh », lui a affirmé Emma. Il va tout arranger. Isabel se force à desserrer le poing et répond :

— Mon estomac. Il me fait tellement mal que la douleur me réveille la nuit.

— Je suis désolé de l'apprendre. Quand est-ce que ça a commencé ?

— La semaine dernière. Vendredi. C'est… sorti de nulle part. J'allais bien jusque-là.

— Peux-tu me décrire tes symptômes ?

D'une voix hésitante, elle décrit ses maux d'estomac, ses nuits hachées, sa nausée, sa souffrance intenable. Daragh prend des notes, et lorsqu'elle a terminé, il les étudie d'un air pensif.

— À quand remontent tes dernières règles ?

Isabel hésite. Elle aurait dû se douter qu'il poserait la question. Elle pourrait mentir, mais cette information a peut-être de l'importance. Il ne peut pas l'aider si elle lui cache des choses sur sa santé.

— Il y a dix-huit mois, répond-elle de mauvaise grâce.

Le docteur lève les yeux.

— Oh ?

— Je préférerais ne pas en parler. (Elle semble n'avoir que cette phrase à la bouche ces derniers temps.) Ce n'est pas un problème menstruel, je le sais de source sûre.

— S'il y a la moindre chance pour que les deux éléments soient liés, il faut que je connaisse tes antécédents médicaux.

— Ils ne le sont pas. Liés, je veux dire.

Du moins, elle l'espère. Sinon, c'est qu'elle est malade depuis bien plus longtemps qu'elle ne le croyait.

Daragh la scrute intensément, mais n'insiste pas.

— As-tu des vertiges ? Des maux de tête ?

Isabel acquiesce.

— Des migraines intenses qui m'empêchent de réfléchir.

— Hmm. Tes formulaires d'admission ne mentionnent aucune maladie sous-jacente. Y a-t-il autre chose que je devrais savoir ?

Elle secoue la tête. Le docteur relit ses notes en tapotant son stylo contre la page.

— Pas de diarrhée ?

— Non.

— Donc, ce n'est pas un norovirus. Penses-tu que tu puisses avoir été empoisonnée ?

Son ton est désinvolte, mais il surveille de près sa réaction.

Isabel se fige.

— Je…

— La plupart des gens répondent à cette question sans hésiter, fait remarquer Daragh en se calant sur son siège. Donc, tu penses que c'est une éventualité.

— Je ne sais pas, admet-elle. Ça ne tient pas debout.

— C'est inhabituel, en effet, vu ton jeune âge. Ce qui ne veut pas dire que c'est impossible. Y a-t-il une raison pour laquelle on t'aurait prise pour cible ?

J'ai tué Ian Crampton.

— Non.

Elle lève les yeux vers ce médecin au visage doux et au regard un peu trop perspicace, et demande :

— Alors, vous pensez que j'ai été empoisonnée ?

— Je pense que c'est une éventualité qu'il nous faut envisager, répond Daragh. En temps normal, je n'en arriverais pas immédiatement à cette conclusion, mais ça expliquerait la sévérité et la soudaineté de tes symptômes. Si c'est l'œuvre d'une guilde, en revanche, il est étonnant que les effets ne soient pas mortels. C'est une bonne chose, évidemment. Peut-être que la personne responsable était incompétente, ou peut-être que tu es particulièrement résistante aux poisons. Ou peut-être qu'elle ne cherchait pas à t'éliminer.

— Je..., commence Isabel, la bouche affreusement sèche. Je suis assez résistante, je crois. J'ai été... exposée à un certain nombre de poisons, et j'ai survécu.

Le docteur repose son stylo.

— Tu as été exposée à un certain nombre de poisons ? répète-t-il, comme s'il n'était pas certain d'avoir bien entendu. Délibérément ?

Elle aurait mieux fait de se taire. À présent, elle ne peut pas s'expliquer sans empirer les choses.

— Euh... en quelque sorte.

Puis, prenant conscience que sa réponse risque d'être mal interprétée, elle ajoute :

— Je n'essayais pas de me faire du mal.

— Je m'inquiétais plus que quelqu'un d'autre ait essayé de te faire du mal, rétorque Daragh, mais merci pour cette clarification. J'en déduis que tes parents ne sont pas adjacents ?

Adjacents, soit toutes les personnes employées par les guildes, en dehors de l'entité centrale : personnel administratif, d'entretien, enseignants ou encore ouvriers d'usine. Techniquement, Comma les appelle des *Hedylidae* depuis qu'un petit génie a décidé de donner à tous les départements de la guilde des noms de familles de papillons. Mais en pratique, tout le monde parle d'*adjacents*. Le terme inclut la majorité des habitants des quartiers contrôlés par les guildes ; tous ceux qui savent qu'Isabel habitait à Fordon, notamment ses enseignants à Fraser, auront supposé que sa famille appartenait à cette catégorie. Jusqu'à ce qu'elle leur donne une raison de penser le contraire, comme révéler bêtement certains détails malsains sur sa vie…

— Je…

— Bella, dit Daragh d'un ton sévère. Je ne peux t'aider que si tu me dis la vérité. Tu viens d'une famille probablement assez haut placée au sein d'une guilde, avec tous les dangers que cela implique. Je me trompe ?

Elle lui donne la seule réponse possible.

— Je suis partie. J'ai changé de vie.

Il faut qu'il sache qu'elle n'est pas membre de Comma, que la guilde ne l'aidera pas, qu'elle doit se débrouiller seule.

Le docteur la regarde un long moment.

— D'accord, finit-il par dire en glissant vers elle une feuille et un stylo. Note tous les poisons auxquels tu sais avoir été exposée au cours de l'année écoulée. Si tu prends des médicaments, écris-le aussi, même si ça te semble insignifiant.

Isabel attrape le stylo, mais ne commence pas à écrire.

— Et si j'ai oublié quelque chose ?

— L'idée est de m'aider à interpréter les résultats de la prise de sang que je m'apprête à te faire. S'il manque des éléments à ta liste, ce n'est pas la fin du monde ; je risque simplement d'être un peu décontenancé. Dis-moi ce que tu peux.

Elle rédige sa liste pendant que Daragh prépare son équipement. Une fois couché sur le papier, ça a l'air encore pire. Pas étonnant qu'elle soit malade après tout ce que son corps a subi.

Il hausse un sourcil en lisant l'inventaire, mais ne pose pas de questions.

— Tu vas avoir besoin de soins, déclare-t-il. D'abord l'antidote, mais tu as peut-être aussi des lésions internes.

Et les soins coûtent de l'argent.

— Je vais me débrouiller.

— Si Comma…

— J'ai dit que j'allais me débrouiller.

En silence, il lui prélève quelques tubes de sang. Puis il lui tend un flacon pour l'analyse d'urine.

— Il y a des toilettes à côté de la salle d'attente. Laisse le flacon à la réception, je reviendrai vers toi avec les résultats dès que possible. On établira ensuite un plan de traitement.

Il semble sur le point d'ajouter autre chose – probablement des paroles rassurantes parfaitement inutiles –, mais Isabel ne lui en laisse pas le temps. Elle se lève et renfile son pull.

Sur le pas de la porte, elle se retourne et demande :

— Vous pensez qu'il me reste combien de temps ?

— Je ne sais pas. Tout dépend du poison et des intentions de la personne qui te l'a administré.

Il ne lui ment pas. Un bon point pour lui.

— Alors, espérons qu'elle ne soit pas pressée de me voir morte, dit-elle avant de quitter la pièce.

De retour dans son appartement, Isabel fouille le sac en toile qu'elle a apporté de chez ses parents, jusqu'à ce qu'elle mette la main sur le livre qu'elle cherchait. *Poison*. Il contient peut-être des réponses. Le nom d'une substance contre laquelle elle n'est pas immunisée, qui peut être utilisée pour la faire souffrir, mais pas pour la tuer – du moins, pour l'instant.

Que lui veut-on ? Et qui est derrière tout ça ? D'ailleurs, est-elle vraiment visée personnellement ? À en croire Ronan Atwood, ses parents ont disparu. Peut-être que quelqu'un s'imagine qu'empoisonner leur fille unique fera sortir Ian et Judith Ryans du bois. Ce qui ne risque pas d'arriver. Si ce poison finit par la tuer, son père sera plus déçu qu'elle n'ait pas réussi à préparer d'antidote qu'attristé par sa mort.

Peut-être même est-il responsable de son empoisonnement.

Elle cesse abruptement de tourner les pages de son livre. Maintenant qu'elle s'est autorisée à la formuler, l'idée s'insinue en elle, glaçante, tel un venin instillé dans ses veines. Son père. Il a eu des dizaines d'occasions de l'empoisonner avant de s'évaporer dans la nature, et elle ne s'en serait jamais doutée. Mais il est bien placé pour connaître précisément la dose nécessaire pour la tuer, donc si c'est son œuvre, il ne cherche pas à lui ôter la vie.

Juste à l'affaiblir. Afin qu'elle soit désespérée. Prête à obéir au moindre de ses ordres.

Elle repose les yeux sur le livre. Si Ian Ryans est l'empoisonneur, cet ouvrage ne peut rien pour elle. Ses poisons sont des concoctions uniques créées pour que le corps de la victime se retourne contre elle, que son système immunitaire se dégrade et que ses nerfs se déchiquettent. Par le passé, Isabel savait comment ces mixtures agissaient, mais à présent, lorsqu'elle tente de se rappeler ce qu'elle a appris dans le laboratoire de son père, elle ne retrouve que des souvenirs épars, vides de sens et de contexte. Rien qui puisse la sauver.

Elle referme brusquement le livre, et au même moment, quelqu'un toque à la porte. Isabel peut compter sur les doigts d'une main le nombre de personnes qui ont son adresse ; elle n'est donc pas vraiment étonnée de découvrir Ronan Atwood appuyé contre le mur dans le sinistre couloir.

Sans un mot, elle se décale pour le laisser entrer, et il s'installe autour de la table de la cuisine. Sa tenue est de nouveau monochromatique, mais aujourd'hui, sa chemise est d'un gris plus pâle et il porte une fine cravate noire. Bien qu'il n'ait toujours aucune arme, il n'en reste pas moins une menace sérieuse.

Il désigne l'ouvrage.

— Poison ? Je pensais que tu nc t'intéressais pas à notre monde.

— En effet, répond Isabel. Mais je suis malade, donc je n'ai pas vraiment le choix.

Il écarquille légèrement les yeux, juste assez pour qu'elle en déduise que cette maladie n'est pas de son fait, que ce n'est pas une punition pour avoir tué Ian Crampton.

— Qui peut bien t'avoir empoisonnée ? demande-t-il.

— Je n'en sais pas plus que vous.

Isabel a besoin d'un thé, et elle refuse de faire des manières pour Ronan Atwood. C'est plus simple si elle prétend qu'il n'est pas vraiment à la tête de Comma, si elle remplit la bouilloire comme à l'accoutumée, et ignore le fait qu'elle tourne le dos à l'un des hommes les plus dangereux qui existe. Elle est fière de voir que ses mains ne tremblent pas lorsqu'elle attrape une tasse au fond du placard.

Il ne hasarde pas d'hypothèse sur l'identité de l'empoisonneur. Peut-être sait-il déjà de qui il s'agit.

Elle prépare le thé d'un air posé et serein. En rangeant le lait au frigo, elle le voit jouer avec une pièce de monnaie – un shilling tout neuf, aussi brillant et poli que le jour où il a été frappé. La pièce virevolte entre ses doigts, et disparaît momentanément avant de resurgir au creux de sa paume. Elle se demande à quoi rime ce petit jeu.

— Je suis venu pour tes parents, dit-il enfin.

— Je ne peux pas vous aider.

— Je ne suis pas d'accord. (Il sort de sa mallette une épaisse chemise en carton qu'il pose sur la table.) Nous avons récupéré ces documents dans les affaires de ton père, et je pense que tu peux nous aider à les déchiffrer. Tu sais comment marchent ses codes, pas vrai ?

Elle sait surtout qu'ils sont affreusement obscurs. Son père a toujours refusé de suivre la politique de communication interne de Comma, préférant se servir de ses propres cryptogrammes fantaisistes. Pour avoir une chance de les décrypter, la logique et les algorithmes ne suffisent pas ; il faut entrer dans la tête de Ian Ryans.

Elle commence à comprendre pourquoi Ronan est revenu.

— Même si c'était le cas, qu'est-ce qui vous fait croire que je vous aiderais ?

— Nous sommes prêts à revendiquer le meurtre. Tu ne seras pas sous notre protection, et nul doute que le délai va éveiller les soupçons de Colibri, mais au moins, la police te laissera en paix. Nous te dispenserons les soins médicaux dont tu as besoin. Tout ce que tu as à faire, c'est nous dire ce que tu sais.

Dite comme ça, la proposition semble presque raisonnable, ce qui signifie qu'il lui cache quelque chose.

— Et ensuite, vous ne me dérangerez plus jamais, j'imagine, réplique Isabel d'un ton ironique.

— Ce n'est pas un mauvais marché, Isabel.

Ce serait vrai si elle lui faisait confiance. Mais tout ce qu'offre Ronan Atwood a un prix.

Elle ouvre la chemise, puis jette un œil aux premières pages imprimées. C'est suffisant. Elle les repousse vers Ronan, et déclare :

— Je ne peux rien pour vous.

— Je ne te crois pas.

— Vous avez un département entier de décrypteurs. Ils iront deux fois plus vite que moi. Je sais bien moins de choses sur le travail de mon père que vous ne l'imaginez.

— Pourtant, tu l'assistais dans son laboratoire.

Est-ce la fureur ou la peur qui brûle dans ses veines, à présent ?

— Je *l'assistais* ? C'est comme ça que vous appelez ça ?

— Ses notes suggèrent que tu as joué un rôle clé dans certaines de ses plus grandes découvertes. S'il y a quoi que ce soit que tu peux nous dire…

Elle éclate de rire. Elle ne peut pas se retenir.

— Un rôle clé, répète-t-elle. Il expérimentait sur moi, Ronan. J'étais son rat de laboratoire.

Ronan reste silencieux durant quelques secondes. Puis il jure dans sa barbe, si bas que c'en est presque inaudible.

— Je ne le savais pas.

Ce n'est pas la réponse à laquelle Isabel s'attendait, et elle ne sait pas comment réagir. Durant toutes ces années, elle était persuadée que la guilde était au courant de tout, mais elle apprend désormais que les autres membres ne voyaient même pas ce qu'il se passait sous leur nez. À moins, bien sûr, que Ronan ne mente.

Après un long silence, il ajoute :

— C'est donc pour ça que tu es partie. Que tu as refusé tout net ma première proposition.

— C'est l'une des raisons, répond Isabel en avalant une gorgée de thé brûlant pour ne pas avoir à croiser son regard. Je ne reviendrai pas, Ronan. Jamais.

— Pourquoi n'as-tu dit à personne ce que ton père te faisait ?

Isabel fixe les ondulations à la surface de sa tasse pendant quelques secondes, avant d'avoir la présence d'esprit de la reposer pour ne pas renverser le liquide. Elle dissimule ses mains tremblantes sous la table, comme si cela suffisait à cacher sa peur.

— À qui aurais-je pu le dire ? Mes parents m'ont affirmé que vous étiez déjà au courant. Que vous approuviez.

— Qu'on approuvait quoi ? Des expérimentations sur toi ?

Pourquoi continue-t-il à lui poser ces questions ? Il devrait déjà être informé ; elle ne devrait pas avoir à le lui dire. La gorge d'Isabel se noue, et elle n'est pas certaine de pouvoir répondre, même si elle le voulait.

— Isabel, reprend-il d'une voix ferme, mais posée. J'ai besoin que tu m'expliques ce qu'il s'est passé.

Raconte-lui et il te laissera tranquille. Elle veut qu'il parte, mais…

Il va te dire que c'étaient les ordres de Comma, murmure une autre voix. *Que c'est ce qu'il arrive à tous les apprentis. Il va te dire que tu divagues, que tu t'es fait ça toute seule, parce que tu as toujours été une sale petite menteuse. Pas vrai, Issy chérie ?*

Cette voix, c'est celle de sa mère. Isabel s'arrache à ses doutes et reprend pied dans la réalité.

— Je ne vous aiderai pas à retrouver mon père, dit-elle à Ronan. La guilde est bien mieux sans lui. Bon débarras.

— Isabel…

— Je suis *malade*, Ronan. Et je ne sais pas vous, mais j'ai comme l'impression qu'il y a un lien entre mon état et la disparition d'un de vos empoisonneurs. Ce qui suggère fortement qu'il n'en a rien à faire de moi. Donc, pourquoi en saurais-je plus que vous à son sujet ?

La question est rhétorique, mais il essaie malgré tout d'argumenter.

— Il ne s'agit pas que de toi, déclare-t-il d'un ton crispé.

La pièce de monnaie lui glisse des doigts, roule sur la table, puis tombe par terre et vient s'arrêter aux pieds d'Isabel. Elle la ramasse ; le métal froid est à peine réchauffé par la peau de Ronan. Elle s'attendait à quelque chose de spécial, mais ce n'est qu'un simple shilling ordinaire, embossé d'un maelstrom d'ailes qui représentent les deux guildes. Il date de l'an passé, et est encore assez neuf pour briller.

— On dirait bien que si, répond-elle en reposant la pièce sur la table. Mais je vous en prie, dites-moi pourquoi je devrais me soucier de l'impact sur la guilde.

Ronan reprend la parole, les yeux rivés sur le shilling.

— La situation d'Espéra est... précaire. Et celle de Comma encore plus. Si le reste du monde cesse de faire affaire avec nous, c'est fini, nous sommes fichus. Ça ne se produira pas tant que d'autres auront besoin de ce que nous vendons, et tant que nous donnerons satisfaction. Mais si nous n'y parvenons pas...

— Est-ce vraiment possible ?

— Ton père travaillait sur une commande. Il ne l'a jamais honorée. Il a pris ses notes et ses échantillons, puis a disparu. C'est problématique pour Comma, aussi bien sur le plan financier que politique. Notre stabilité et notre prospérité dépendent de notre capacité à répondre à la demande, et les poisons de Ian sont l'un de nos meilleurs atouts. Il s'est enfui trop tard pour que nous puissions limiter les dégâts, et nous nous retrouvons à présent avec un acheteur furieux et une réputation entachée. Nous aurons de la chance si celui-ci nous repasse commande un jour.

Son père a toujours été doué pour laisser les autres recoller les pots cassés.

— Donc Comma perd de l'argent, et Colibri gagne un client. Qu'est-ce que ça peut me faire ?

— Et si le client ne se tournait pas vers Colibri ? Et s'il cessait complètement de s'approvisionner à Espéra ? La ville n'est indépendante que parce qu'elle a assez de poids pour l'exiger.

Il suffirait qu'un seul client influent s'en aille pour déclencher un exode massif qui menacerait le système tout entier.

Isabel lui lance la pièce. Ronan l'attrape sans peine.

—Si une simple transaction suffit à tout faire s'effondrer, c'est que vos fondations ne sont vraiment pas solides, fait-elle remarquer.

—Espéra a toujours été sur la corde raide. À présent, tu comprends pourquoi c'est important ?

Elle comprend pourquoi Ronan est inquiet, mais elle n'est pas persuadée que retrouver son père les aidera. À moins qu'ils ne parviennent à mettre la main sur ses notes et ses échantillons, ils ont déjà perdu cette commission et ils ne risquent pas de faire de nouveau confiance à Ian Ryans.

—Je ne peux pas vous aider, répète-t-elle en croisant les bras. Je ne sais pas sur quoi travaillait mon père, ni pourquoi il est parti, ni où il se trouve. Je ne…

Je ne m'en souviens pas, ajoute-t-elle presque, mais admettre que sa mémoire est défaillante donnerait trop de pouvoir à Ronan.

—Je n'en sais pas plus que vous.

Il tapote la pile de documents.

—Et ça ?

Elle ne connaît pas aussi bien son père que l'imagine Ronan. Ce qui ne veut pas dire qu'elle est incapable de décoder ces dossiers, mais plutôt qu'elle n'en a pas la moindre envie parce qu'elle se méfie de ce qu'elle y trouverait.

Et parce qu'entre collaborer avec Ronan Atwood et réintégrer la guilde, il n'y a qu'un pas.

—Je ne peux pas vous aider. Débrouillez-vous.

La frustration brille dans le regard de Ronan, puis son habituel masque d'impassibilité s'affiche sur son visage. Il désigne le livre sur les poisons.

— Tu dois avoir une grande confiance en ta capacité à rester en vie sans notre aide, pour refuser une offre qui pourrait te sauver, déclare-t-il posément.

Isabel le hait. Elle déteste sa manière de choisir prudemment ses mots, de simuler l'indignation et l'inquiétude à son encontre. Il *savait* ce qu'elle subissait. C'est obligé. Il est trop haut placé pour qu'il en soit autrement.

— Je survis depuis dix-sept ans sans votre aide. Je peux bien continuer quelques années de plus.

Ronan attrape un stylo, et griffonne un numéro de téléphone sur le rabat du livre avant de se lever.

— Contacte-moi quand tu auras changé d'avis.

Puis il laisse Isabel seule avec son corps ravagé par le poison, dans cet appartement où elle n'est plus – et n'a jamais été – en sécurité.

10

Konfeso (confession)

« COMMA REVENDIQUE LE MEURTRE À LUTTON »

Isabel sursaute en découvrant le gros titre qui s'étale en première page de l'*Écho*. Elle est obligée de vérifier le journal suivant dans la pile, puis celui d'encore après, pour être sûre d'avoir bien lu.

Tous disent la même chose : Ronan a revendiqué le meurtre. La police abandonne son enquête – elle ne se mêle pas des affaires de la guilde –, et maintenant que Colibri est également au courant, Isabel ne risque plus rien… Du moins, de ce côté-là.

— Tout va bien, Bella ? demande Ashvin.

Elle prend conscience qu'elle se tient immobile au milieu de la boutique, les yeux rivés sur le journal, comme si c'était le premier qu'elle voyait de sa vie.

— Oui, désolée, je… Sacré scoop au sujet du meurtre, hein ?

— Sacré scoop, confirme Ashvin en la regardant charger les journaux dans son sac. On a augmenté le tirage. N'oublie pas de vérifier la liste.

Clairement, il veut qu'elle se mette au travail. Isabel ne se le fait pas dire deux fois.

Qu'est-ce qu'il a pris à Ronan ? Est-ce parce qu'elle est un « atout précieux » qui ne doit pas tomber entre les mains de Colibri ? Ou parce qu'il pense qu'elle va changer d'avis et aider Comma ? Si c'est le cas, il se trompe. Il a laissé le dossier de son père sur la table en partant, mais Isabel l'a fourré aussitôt au fond de sa penderie et n'a aucune intention de l'en ressortir.

Ou peut-être... que Ronan Atwood essaie simplement de l'aider.

Mais elle connaît les hommes comme lui. Et surtout, elle connaît sa réputation. Il est impitoyable, ambitieux, calculateur – pas le genre à se montrer bienveillant. Il veut quelque chose en échange de cet acte de bonté présumé, et il ne lui laissera probablement pas le choix quand il viendra recouvrer sa dette.

Isabel essaie de se changer les idées, mais elle se retrouve à penser à ce que lui a dit le médecin, ce qui est encore pire. Elle est à la fois impatiente d'obtenir des réponses, et terrifiée à l'idée que Daragh lui annonce ce qu'elle soupçonne déjà : qu'il ne peut pas la guérir.

Le nouveau trajet de sa tournée l'amène non loin du lycée. Il est encore tôt lorsqu'elle fourre le sac à journaux vide dans son casier, et se dirige vers la bibliothèque pour tuer le temps jusqu'à la sonnerie. Elle entend des voix – Grace doit être déjà arrivée.

Quand elle s'approche, le murmure indistinct se transforme en mots.

— Tu dois bien avoir remarqué sa main, Grace.

Mortimer. Isabel se cache pour épier la conversation.

— Elle a une vilaine cicatrice, et alors ? répond la bibliothécaire. Elle a peut-être eu un accident : une plaque trop chaude, une bouilloire renversée…

— Elle a une vilaine cicatrice, elle est clairement traumatisée, et son dossier scolaire prétend qu'elle était au lycée public de Fordon, ce que je sais être un mensonge. Un de mes amis y travaille, et il m'a dit qu'aucune élève du nom de Bella Nicholls n'avait été scolarisée chez eux.

Merde. Ils sont en train de parler d'elle. Elle se presse encore plus près du mur, comme si cela pouvait aider.

— Qu'est-ce que tu insinues, Mortimer ?

— Tu ne trouves pas ça louche ? Qu'elle ait menti sur son lycée ?

— Pas autant que toi, apparemment, répond Grace sur un ton exaspéré. Tu crois quoi ? Qu'elle est un agent double ?

— Je ne sais pas quoi penser. Tu as entendu les rumeurs au sujet des sponsos…

— Et pour la plupart, c'est n'importe quoi. Les guildes financent peut-être les écoles, mais elles laissent les élèves tranquilles jusqu'à leur sixième année, au moins.

— Alors, pourquoi a-t-elle menti ?

Grace ne répond pas, et Mortimer insiste :

— La cicatrice sur sa main ressemble à une brûlure à l'acide. Comment une ado s'est-elle retrouvée avec une telle blessure, si ce n'est en trempant dans quelque chose de pas net ?

Le cœur d'Isabel bat si fort que c'en est presque douloureux. Elle serre le poing, et presse ses articulations contre sa bouche pour s'empêcher d'émettre le moindre bruit.

— Je crois que tu exagères, dit Grace. Peut-être qu'elle vient d'une famille violente.

— C'est ce qu'elle t'a dit ?

— Je sais qu'elle ne vit pas avec ses parents. À part ça, elle n'a rien dit. On a parlé du meurtre, de ses devoirs d'histoire… Le même genre de conversations que j'ai eu avec cinq autres élèves cette semaine.

— Vous avez parlé du meurtre ? répète Mortimer.

— Elle voulait savoir ce que j'en pensais.

Grace marque une pause.

— Mortimer, tu as cette expression sur le visage… Ne me dis pas que tu crois…

Isabel peine à respirer tant la peur lui comprime la poitrine. *Non, non, non.* Comma a revendiqué le meurtre. Elle n'est plus censée s'en inquiéter.

— Je ne dis pas que c'est elle qui a fait le coup, dit Mortimer. Mais elle était clairement bouleversée durant mon dernier cours, et plus j'en apprends sur elle, moins son histoire tient debout.

— Comma a revendiqué ce meurtre.

— Ça leur a pris une semaine. Il se trame quelque chose, et je pense que Bella est impliquée.

— Pfff, fait Grace. Ce n'est qu'une ado !

— Oui, elle a dix-sept ans. Les guildes acceptent des recrues à partir de seize ans, pas vrai ?

— Uniquement dans des circonstances exceptionnelles. Si tu as peur de Bella Nicholls, tu as mal choisi ton métier.

— Je n'ai pas peur d'elle. J'ai peur *pour* elle.

Isabel ne s'attendait pas à ça, ni à ce que le ton de Mortimer s'adoucisse.

— Grace, si elle a attiré l'attention de Comma au point d'être obligée de déménager à l'autre bout de la ville et de mentir sur son parcours scolaire pour s'échapper, elle est probablement en danger. Et si la guilde avait tué cet homme pour lui faire peur et la contraindre à rentrer dans le rang…

Un bruit sourd retentit, comme si Grace venait de lâcher une pile de livres sur son bureau.

— Je sais que tu es convaincu d'avoir l'obligation morale de protéger tous les élèves qui entrent dans ta salle de cours, Mortimer, mais si Comma veut Bella Nicholls, ce n'est pas ton rôle de te mettre en travers de son chemin.

Grace a raison. Si Mortimer avait correctement interprété la situation, interférer ne ferait que signer leur arrêt de mort à tous les deux. Et ce n'est pas comme si Isabel s'attendait à ce qu'ils lui viennent en aide. Néanmoins, entendre la bibliothécaire refuser de la protéger lui fait mal.

— Et si tu penses qu'elle présente un danger pour les autres élèves, continue Grace, agis en conséquence, mais ne viens pas me voir avec tes spéculations tirées par les cheveux.

Il faut qu'elle parte. D'une seconde à l'autre, Mortimer risque de sortir en trombe de la bibliothèque, et s'il la trouve dans le couloir, il saura qu'elle a tout entendu. Elle ne peut pas prendre ce risque, alors qu'elle n'a prévu aucun mensonge derrière lequel se cacher. Alors, elle s'échappe, dévalant l'escalier, et manque de percuter Nick en arrivant en bas des marches.

— Bella ! s'exclame-t-il, l'air ravi de la voir. Tu n'étais pas dans le tram ce matin. Tu vas bien ?

J'ai été empoisonnée, mon prof de menuiserie me soupçonne d'être de mèche avec une guilde, et un agent de Comma vient sonner chez moi tous les quatre matins.

— Ça va, répond-elle. Juste un peu fatiguée.

— Tu n'es pas la seule, dit-il avec un petit rire forcé. Je suis content d'être tombé sur toi. À vrai dire, je voulais te demander… Certains de mes amis fréquentent un club à Weaverthorpe, et apparemment, il y a une soirée pour mineurs une semaine sur deux. Est-ce que ça te dirait de m'y accompagner ?

Elle le regarde fixement sans répondre, et il se hâte de préciser :

— De *nous* accompagner. Ce ne serait pas un rencard. Je me disais juste que ça pourrait être sympa.

C'est peut-être la douleur constante qui lui embrume le cerveau, mais Isabel met bien trop de temps à comprendre que Nick lui propose de sortir en boîte, comme s'ils étaient amis. Elle devrait refuser. C'est un risque inutile, d'autant plus dans un quartier contrôlé par Comma.

Pourtant, elle s'entend répondre :

— Oui, pourquoi pas. Ce serait chouette.

Un grand sourire s'affiche sur le visage de Nick.

— Vraiment ? dit-il, apparemment aussi surpris qu'elle par cette réponse. Super ! Je t'enverrai les détails par message.

Il la regarde d'un air interrogateur jusqu'à ce qu'elle comprenne qu'il attend son numéro.

Après tout, ça ne peut pas faire de mal de le lui donner, pas vrai ? C'est ce que font les ados normaux, et Bella Nicholls est parfaitement normale. Elle tape son numéro dans le téléphone de Nick, et ils échangent encore quelques banalités. Lorsqu'elle retourne à son casier, la pression qui enserrait sa poitrine s'est légèrement détendue.

Mais sa peur est loin d'avoir disparu.

Le soir suivant, Isabel est de retour au *Sunshine Project.* Elle soupçonne Daragh d'avoir réorganisé son emploi du temps exprès pour la voir ; il est tard, et la clinique est presque vide, à l'exception d'une réceptionniste fatiguée qui lui fait signe d'entrer sans lui poser de questions.

— Alors, dit Isabel en prenant place sur une chaise, c'est grave ?

Le docteur serre les lèvres.

— Oui. Les résultats d'analyses sont… compliqués, mais il est difficile de déterminer ce qui est dû à une exposition antérieure à différents poisons. Je pense que ça n'a pas aidé, bien que ce ne soit pas la cause principale de ton état actuel.

En effet, être régulièrement empoisonnée n'est pas vraiment bon pour la santé.

— Donc, quelle est la cause principale ?

— Je ne sais pas, admet-il.

Il balaie du regard une dizaine de polycopiés couverts de notes manuscrites, comme si les chiffres qu'ils contenaient allaient soudain faire sens.

— Le dépistage toxicologique n'est pas concluant : ce n'est pas un produit connu. Tu es plus carencée en vitamines qu'un patient souffrant de malnutrition et mourant de faim. Ton nombre de leucocytes bat tous les records, ta glande surrénale est complètement détraquée. En d'autres mots, ton système immunitaire est en train de s'autodétruire, et tout ton corps est en crise. Aucun poison ordinaire ne pourrait avoir de tels effets.

Les mots du médecin mettent un moment à pénétrer le cerveau moribond d'Isabel. Quand enfin elle prend conscience de la signification du diagnostic, elle répond :

— Aucun poison ordinaire. Mais c'était – c'est – justement la spécialité de mon père.

Un bref silence, puis Daragh déclare :

— Parnassiinae.

Isabel relève brusquement les yeux, mais l'expression du docteur est impénétrable.

— Je me trompe ?

Parnassiinae. Le nom de code du laboratoire de son père, l'un des trois qui composent le département de conception d'armes chimiques et biologiques de Comma, et de loin le plus connu pour ses poisons et agents neurotoxiques agressifs.

Chose que Daragh aurait dû ignorer.

Elle se lève d'un bond, sans même savoir ce qu'elle compte faire.

— Comment savez-vous…

— Du calme, dit-il d'une voix apaisante – il ne semble pas surpris le moins du monde par sa réaction. Tu n'as pas à avoir peur de moi. Quand j'ai vu ces résultats, j'ai fait quelques recherches pour tenter de déterminer qui pourrait être responsable. C'est tout. Je ne m'étais jamais aperçu qu'il y avait un lien familial, mais j'ai vu juste, pas vrai ? C'est l'œuvre du Parnassiinae.

Lentement, Isabel se rassied, sans baisser sa garde.

— On dirait. Sauf que je ne suis pas morte.

Son père a essayé de la tuer. Elle le savait déjà – ou du moins, elle s'en doutait –, mais l'entendre de la bouche d'un inconnu est différent. Elle a passé tant de temps à se mentir, à tenter de se persuader qu'il ne lui voulait aucun mal, mais au fond, elle le savait.

Et Ronan se demande pourquoi elle s'est enfuie.

— C'est vrai que les attaques non létales sont rares pour Parnassiinae, répond Daragh. Mais ce ne serait pas la première fois qu'ils utilisent un poison à action lente pour faire passer un message. Il y a eu cet ambassadeur… (Il s'interrompt.) Les détails n'ont pas d'importance. Certains rapports suggèrent que le poison avait été enfermé dans une capsule qui se désagrégeait peu à peu, libérant ainsi la toxine dans le sang au bout de plusieurs semaines. Le temps que la victime tombe malade, l'agent avait disparu depuis longtemps, si bien qu'il était impossible de prouver qu'Espéra avait fait le coup. Si ton cas est similaire, il se peut que la capsule ait tout juste commencé à se décomposer.

Donc ce n'est que le prélude ; le pire est encore à venir.

— Ce qui signifie que ce sont juste les premiers symptômes.

— Ce qui signifie qu'on peut peut-être retirer la capsule avant que davantage de poison ne se répande dans ton sang, répond Daragh. On ne peut pas en neutraliser efficacement les effets sans antidote, mais ça te donnera une chance de survie.

Il faut une seconde à Isabel pour comprendre qu'il vient de lui annoncer une bonne nouvelle.

— Vous pouvez la retirer ?

— Moi, personnellement ? Je ne suis pas sûr. Ça dépend d'où exactement…

— Enlevez-la-moi, s'il vous plaît, le coupe Isabel avec insistance.

Il hésite.

— Faisons une échographie pour la localiser, dit-il enfin. On ne sait pas en quoi elle est faite, et il n'est pas certain qu'elle apparaisse sur une radio, mais un tel poison aurait été injecté et non ingéré. As-tu des hématomes ou des cicatrices qui pourraient nous aiguiller ?

Isabel ne manque pas de cicatrices, mais aucune d'elles n'apprendra quoi que ce soit d'utile à Daragh. Elle a en revanche une petite contusion au-dessus de la hanche, et lorsqu'elle mentionne cela au docteur, il hoche la tête.

— Commençons par là. Retire ton tee-shirt et installe-toi sur la table d'examen. Ne t'inquiète pas, ajoute-t-il devant son air inquiet, j'ai déjà tout vu.

Elle en doute fortement, mais s'exécute, et la voilà perchée sur la table, frissonnante.

Lorsqu'il la voit, il ne parvient pas à masquer sa stupeur. Elle se prépare à subir un interrogatoire en règle, mais il se contente de demander :

— Est-ce qu'on a déjà examiné tes blessures pour s'assurer qu'elles ont cicatrisé correctement ?

Ce n'est pas ce à quoi elle s'attendait.

— Vous n'allez pas me demander ce qu'il m'est arrivé ?

— Tu veux que je le fasse ? (Isabel secoue la tête.) C'est bien ce que je pensais. Est-ce qu'elles ont été soignées ?

— À peu près. (Elle passe une main sur l'épaisse ligne boursouflée qui traverse son bas-ventre, ponctuée par de petites lésions laissées par de grossiers points de suture.) Celle-ci n'a pas cicatrisé comme prévu.

— C'est une grosse cicatrice. À quand remonte-t-elle ?

— À un an et demi, environ.

Daragh fronce les sourcils.

— Ah. C'est pour cette raison que tu n'as plus tes règles ?

Quand Isabel hoche la tête, il examine la vieille blessure de plus près.

— C'est vraiment du travail de cochon.

— Ça allait… au début, répond-elle. Je guérissais. Mais ensuite… mes parents ne m'ont pas laissée assez de temps pour me remettre, et les points de suture n'ont pas tenu. Ils ont insisté pour me soigner eux-mêmes. Et voilà le résultat.

— Je vois. J'ai remarqué que tu suivais une hormonothérapie substitutive, donc tes ovaires…

— Oui, ils, euh… ne sont plus là.

— Qu'est-ce qu'il reste, exactement ?

— Disons juste que je n'aurai clairement pas d'enfants.

Ce qui ne la dérange pas. Elle est incapable d'imaginer un avenir avec des enfants et n'y tient pas. En revanche, elle ne s'est toujours pas remise d'avoir été poignardée, d'avoir failli mourir – si Michael n'avait pas été là, elle n'aurait pas survécu – parce que ses parents l'ont envoyée en mission alors qu'elle n'était pas prête. Une mission validée par Toni Rolleston et ses foutus yeux vert mousse.

— C'est une décision drastique que de retirer ton appareil reproducteur à ton âge, dit Daragh d'un ton froid. Ils n'ont pas essayé de le sauver ?

— Mes parents ont dit aux médecins de ne pas s'embêter.

— Je vois.

— Personne ne m'a demandé mon avis.

— Je vois, répète-t-il.

Cette fois, le froid semble s'être mué en colère, mais Isabel est à peu près certaine que celle-ci n'est pas dirigée contre elle.

— Et cette brûlure sur ta poitrine, c'est Comma aussi, je suppose ?

Isabel n'a pas besoin de lui demander comment il a deviné. La brûlure est en forme de papillon. L'emblème de Comma gravé dans les contours ravagés de sa peau.

— En quelque sorte.

Daragh marmonne quelque chose qui ressemble fort à « les salauds », avant de reprendre une attitude professionnelle pour demander :

— Pardonne-moi, Bella, j'ai dit que je ne te poserais pas de questions, mais es-tu disposée à me raconter ce qu'il s'est passé ?

Le problème quand on garde longtemps le silence, c'est que lorsqu'on essaie enfin de s'exprimer, les mots sont enfouis si profondément qu'il est presque impossible de les retrouver.

— Je ne…

— Tout ce que tu me diras restera entre nous, promet-il. Je veux t'aider.

Son regard critique de médecin a disparu pour laisser place à la compassion. Et étrangement, elle le croit, ou peut-être en a-t-elle simplement assez des secrets, de toujours ravaler la vérité.

Malgré tout, c'est d'une voix étranglée, à peine plus forte qu'un murmure, qu'elle répond :

— J'avais onze ans. Ma mère voulait me donner une bonne leçon. C'est mon père qui m'a tenue pour m'empêcher de bouger.

Daragh ferme brièvement les yeux, jure tout bas, puis rouvre les paupières, une expression déterminée sur le visage.

— D'accord. Bella. Je vais mettre du gel sur ton estomac, puis baisser la lumière pour mieux voir l'écran, OK ? Dis-moi s'il y a le moindre problème. (Elle hoche la tête.) Alors, voyons voir ce qu'on peut faire pour t'aider.

11

Helpo (aide)

Front plissé, Daragh triture les boutons pour rendre plus nette l'image granuleuse de l'abdomen d'Isabel. Enfin, il se rassied.

— Ce que je ne comprends pas, dit-il, c'est pourquoi Comma a fait ça.

« Je ne savais pas », a affirmé Ronan, comme si ce qu'il s'est passé dans le laboratoire n'était pas de la responsabilité de la guilde. *« Ton père a disparu. »* Et la question qu'elle-même lui a posée : *« Vous pensez qu'il a déserté ? »* Ian Ryans a prouvé qu'il ne servait que ses propres intérêts, et peut-être qu'empoisonner sa fille en fait partie. Elle ne voit pas ce que sa mort peut lui apporter, mais peut-être qu'elle ne lui est simplement plus d'aucune utilité.

— Je ne suis pas certaine que Comma ait fait quoi que ce soit, répond-elle.

Daragh fronce les sourcils, et Isabel prend conscience qu'elle ne devrait probablement pas sous-entendre que la guilde a perdu la loyauté de son empoisonneur le plus redoutable. Sans lui laisser le temps de poser une question, elle reprend :

— Où est la capsule ?

— Ici.

Le docteur désigne un renflement au milieu de la région meurtrie.

Une minuscule marque. Dire qu'elle pensait que l'ennemi rôdait en ville – ses parents, les guildes, la police – alors qu'il était là depuis le début. Dans son estomac, ses intestins, l'endroit où se trouvait son utérus. *Je suis mourante.* Elle n'a même plus l'énergie d'avoir peur. Elle veut en finir.

— Vous pouvez l'enlever ?

— Je crois. (Il lui tend un rouleau d'essuie-tout pour retirer le gel de son estomac.) Mais je ne peux rien faire pour réparer les dégâts qui ont déjà été faits. Pas sans savoir de quel poison il s'agit ou comment fabriquer un antidote. Pour ça, il te faut un empoisonneur, pas un médecin.

— Je n'irai pas voir la guilde.

Elle n'a pas les mots pour lui faire comprendre, pas dans cette langue. Elle essaie malgré tout.

— J'ignore s'ils étaient au courant. Mais ça n'a pas d'importance, parce que même s'ils ne savaient pas, c'est leur faute, vous comprenez ? Ils n'ont rien fait pour l'empêcher.

— Oui, dit-il. Je comprends. Ils ont failli à leur devoir envers toi.

Elle aimerait demander à Daragh s'il est au courant pour le Cocon. Peut-être qu'elle n'est pas sa première patiente trop jeune pour avoir de telles cicatrices. Peut-être que d'autres se sont échappés, et…

Personne ne s'échappe jamais vraiment.

— Donc, vous allez la retirer ?

Il hésite.

— Nous ne sommes pas équipés pour ce genre d'opération. La seule raison pour laquelle je l'envisage, c'est parce qu'attendre davantage te fera plus de mal que de bien.

— J'ai connu pire, répond Isabel en désignant ses cicatrices.

Daragh grimace.

— Je vois ça. (Il soupire.) Bon, d'accord. Suis-moi.

Le couloir plongé dans la pénombre n'est éclairé que par la pâle lueur de l'éclairage de secours.

— Tout le monde a déjà terminé ? devine Isabel.

Il pousse la porte d'un minuscule bloc opératoire.

— La clinique n'est pas ouverte si tard en temps normal. Il n'y a plus que nous.

Isabel est donc seule avec un homme qui s'apprête à l'ouvrir au bistouri. Peut-être que si elle était moins fatiguée, elle aurait peur. *Je vais mourir, de toute façon. Je n'ai plus rien à perdre.* C'est libérateur de savoir qu'il ne vous reste rien à craindre.

Daragh l'invite à s'asseoir sur la table d'opération pendant qu'il rassemble son matériel.

— Une anesthésie locale est plus sûre, vu le stress auquel est déjà soumis ton organisme, mais si tu préfères une anesthésie générale…

— Non. Locale, ça suffit.

Perdre connaissance est bien la dernière chose qu'elle souhaite. Elle a beau avoir plus confiance en Daragh qu'en n'importe quel autre docteur rencontré ces cinq dernières années, ça ne veut pas dire grand-chose.

— D'accord. Dis-moi si tu as mal.

Il continue à commenter le moindre de ses gestes, afin de ne la prendre par surprise à aucun moment. À plusieurs reprises, il s'interrompt pour lui rappeler qu'elle peut lui demander de s'arrêter si elle le veut. Cette simple illusion de contrôle est étrangement nouvelle pour Isabel.

Elle est incapable de regarder ce qu'il fait, si bien qu'elle se concentre sur le mur opposé de la petite pièce. Un énorme arbre y a été peint, avec ses branches couvertes de feuilles dorées, vertes et argentées sur lesquelles sont inscrits des noms.

— Qui sont tous ces gens ? demande-t-elle.

Daragh suit son regard.

— Des personnes que la clinique a aidées. Elles ont donné de l'argent pour la financer, et on a ajouté leurs noms sur l'arbre. Ou parfois, leurs amis ont fait des dons à leur place.

Tant de noms. Si elle survit, le sien s'y trouvera-t-il un jour ? Et lequel : Bella Nicholls ou Isabel Ryans ?

Tout dépend de qui sera sauvée, pense-t-elle.

Enfin, avec un grognement de concentration, Daragh retire sa pince. Entre les mors se trouve une minuscule capsule, à peine plus grosse qu'un grain de riz.

— Si petite, et pourtant si dangereuse, dit-il en la laissant tomber sur un plateau. Absurde, pas vrai ?

Isabel hoche la tête. Elle ne sait pas à quoi elle s'attendait, mais pas à… ça. Même si elle a conscience que la taille ne veut rien dire – un microgramme de polonium huit fois plus petit serait fatal –, il paraît étrange d'avoir peur de quelque chose d'aussi insignifiant.

Daragh recoud l'incision, puis la recouvre d'un pansement avant de déposer la capsule dans un flacon de prélèvement qu'il enferme dans une petite boîte.

— On n'est jamais trop prudent, dit-il en voyant qu'Isabel le regarde. Je ne sais pas ce qu'il y a là-dedans, mais mieux vaut jouer la sécurité.

— Et maintenant ?

— Maintenant, je vais te donner un maximum de vitamines, dans l'espoir de te garder en vie assez longtemps pour créer un antidote. Tu vas devoir emporter ce produit toxique à la guilde pour qu'ils mettent leurs empoisonneurs sur le coup.

— Je ne peux pas.

— Alors, va voir un dissident. Je suis médecin, Bella. Je peux traiter tes symptômes, mais je ne peux pas décortiquer le poison le plus virulent que j'ai pu voir en dix ans de carrière.

— Mais...

On ne peut pas se fier aux dissidents. Ils sont aussi cruels que les guildes et vendent leur loyauté au plus offrant. Isabel n'a pas assez d'argent pour s'assurer qu'ils ne la trahiront pas. Mais a-t-elle vraiment le choix ?

— D'accord. Vous avez quelqu'un à me recommander ?

— Je vais te donner les coordonnées d'une personne avec qui j'ai déjà travaillé, répond Daragh, l'air soulagé, en cherchant une feuille et un stylo. Elle s'appelle Grace Whittock et...

— Grace Whittock, la bibliothécaire ?

Daragh, qui s'apprêtait à noter le numéro au dos d'une carte de rendez-vous, s'interrompt.

— Merde. Tu vas au lycée Fraser, pas vrai ?

— C'est une empoisonneuse ?

— Elle est principalement spécialisée en substances non létales, et elle est douée pour créer des antidotes. Il est possible que celui-ci s'avère trop complexe pour elle, mais au moins, je lui fais confiance.

Grace Whittock, empoisonneuse dissidente. Isabel réévalue toutes ses interactions avec la bibliothécaire à la lumière de ces nouvelles informations. Est-ce pour cette raison qu'elle avait l'impression de déjà connaître Grace – un danger si familier qu'il en était presque rassurant ? Sa colère est contrebalancée par le soulagement de ne pas avoir affaire à un parfait inconnu. Si Daragh fait confiance à Grace…

Le docteur attend sa réponse. Isabel écarte ses peurs et tente de rester rationnelle, car si elle se laisse submerger par l'émotion, elle va devoir faire face au fait qu'elle est mourante.

— Je peux avoir une copie de mes résultats d'analyses ? demande-t-elle. Ça aidera peut-être Grace à déterminer ce qu'il se trouve dans le poison.

— Bonne idée. Mais je vais d'abord te faire quelques injections de vitamines et te donner un immunosuppresseur pour essayer de stabiliser ton système immunitaire. C'est un peu comme coller un pansement sur une plaie béante, mais ça ne peut pas faire de mal. La semaine prochaine, on refera une prise de sang pour voir si les choses vont dans la bonne direction.

Après coup, une fois qu'elle a rangé les divers documents dans son sac et écouté les instructions de Daragh au sujet de son incision, Isabel demande :

— Pourquoi faites-vous tout ça gratuitement ?

Il hausse les épaules.

— Parce que personne d'autre ne va t'aider, je me trompe ?

Il n'a pas tort.

Le vendredi, Isabel termine sa tournée de livraison en retard. Ce n'est donc qu'à la pause-déjeuner qu'elle prend ses résultats d'analyses et son courage à deux mains pour se rendre à la bibliothèque. Dans sa tête, elle répète ce qu'elle va dire à Grace.

— Salut, Bella ! lance Emma, affalée derrière l'accueil, les pieds sur le bureau. Grace est malade aujourd'hui. Du coup je suis aux commandes. Tu as besoin d'aide ?

— Quoi ?

La voix d'Isabel n'est plus qu'un murmure.

— Je sais, moi non plus je n'en reviens pas qu'elle m'ait laissé une telle autorité. Grosse erreur de sa part.

— Elle n'est pas là ?

Emma retire ses pieds de la table et observe Isabel de plus près.

— Tu vas bien ?

Alors qu'elle s'apprêtait à répondre par l'affirmative, Isabel s'entend dire :

— Je vais mourir.

Puis les larmes suivent, celles qu'elle s'était juré de ne pas laisser couler.

— Oh, merde.

Emma se lève précipitamment.

— Viens. Grace n'a pas fermé son bureau à clé, allons-y.

Une fois à l'intérieur de la petite pièce, Isabel presse ses paumes contre ses yeux pour tenter d'endiguer ses sanglots. Elle les ravale depuis son départ de la clinique la veille au soir, et la seule chose qui l'a aidée à tenir était la perspective que Grace allait l'aider. Mais à présent…

— Tiens, dit Emma en posant un verre d'eau et une boîte de mouchoirs à côté d'elle.

— Je suis désolée, balbutie Isabel. Je suis désolée, je…

— Ne t'excuse pas. Pleure aussi longtemps que tu en as besoin.

Isabel s'attend à ce qu'Emma la laisse et retourne surveiller les lieux, mais celle-ci s'installe sur la table, comme si elle comptait y passer la journée.

Les larmes d'Isabel finissent par se tarir, laissant place à l'épuisement et à un vague sentiment d'humiliation. Elle s'essuie le visage et avale une gorgée d'eau. Quand Emma ouvre la bouche pour parler, Isabel l'interrompt :

— Je ne veux pas en parler.

— J'allais te demander si tu voulais un câlin.

— Un câlin ?

— Oui, tu sais, ce signe d'affection qui te réconforte après avoir pleuré toutes les larmes de ton corps dans la bibliothèque pendant la pause-déjeuner, au lieu de traîner à la cantine ou je ne sais où comme les élèves dits normaux.

Isabel parvient à esquisser un petit sourire.

— La normalité, c'est surfait.

— C'est vrai, mais pas les câlins. Alors ?

— Je veux bien, concède Isabel.

Laisser quelqu'un l'enlacer lui a toujours semblé dangereux – rien de tel pour se retrouver avec une lame entre les côtes –, mais elle réussit à ne pas y penser lorsque Emma la prend dans ses bras. Après tout, il y a pire comme façon de mourir.

— J'en déduis que Daragh ne t'a pas annoncé de bonnes nouvelles, dit Emma en se dégageant.

— Pas exactement, non.

Emma s'assit en tailleur sur le bureau.

— Je sais que tu ne veux pas en parler, mais ça t'aiderait peut-être.

Excepté qu'en parler, c'est admettre que c'est vrai.

— Je ne sais pas comment, répond Isabel sincèrement.

— Tu vas vraiment mourir ?

Sans surprise, Emma met les deux pieds dans le plat. Isabel hausse les épaules d'un air désinvolte, comme si le fait qu'elle ne fêtera jamais son dix-huitième anniversaire n'avait aucune importance.

— C'est généralement ce qu'il se passe après avoir été empoisonné.

— Tu as été *empoisonnée* ?

Peut-être aurait-elle mieux fait de se taire. Il devient de plus en plus difficile de se souvenir de quoi elle est censée se soucier. Les murs qu'elle a érigés commencent à se fissurer, les secrets s'échappent, et elle n'a plus assez de volonté pour les retenir. Elle baisse les yeux vers ses mains d'une pâleur cadavérique – presque comme si elle était déjà morte.

— C'est grave, dit-elle à Emma. On ne sait pas de quoi il s'agit exactement, mais rien de bon. Et je… je ne sais pas à qui demander de l'aide.

Il y a un bref silence, et Isabel attend l'avalanche inévitable de questions, mais Emma répond simplement :

— C'est la merde.

— Tu l'as dit !

— Mais Daragh va trouver un remède, pas vrai ? Tu n'as pas baissé les bras ?

Être lucide sur ses chances de survie n'est pas « baisser les bras ».

— Pas encore, répond-elle, car elle sait que c'est ce qu'Emma veut entendre.

Cette dernière agite les doigts d'un air hésitant.

— Tu sais, quand Jean... Je veux dire, je sais un peu ce que ça fait de découvrir que tu vas mourir et... tu n'es pas obligée de gérer ça toute seule. Tu peux venir chez moi ce soir si tu veux de la compagnie.

Isabel déglutit avec peine.

— Pourquoi ?

Emma remonte ses lunettes sur son nez.

— Pourquoi pas ? Tu es mon amie.

— Vraiment ?

Tu ne connais même pas mon vrai nom.

— Bien sûr, répond-elle sans la moindre hésitation.

Quels que soient les critères d'Emma en termes d'amitié, elle a décidé qu'Isabel les remplissait. Même si presque tout ce qu'elle sait à son sujet est un mensonge. *Excepté le fait que je suis mourante*, pense Isabel, d'humeur morbide.

— Bella, je sais ce que c'est d'être seule, d'avoir peur de quiconque te témoigne la moindre gentillesse, de craindre que toutes les bonnes choses ne soient que temporaires...

— C'est vrai ?

Comment est-ce possible ? Il n'y a aucune trace de chagrin sur le visage d'Emma, aucun indice sur le genre de vie qu'elle a pu mener.

Le sourire d'Emma est triste.

— Oui. J'étais tellement convaincue que j'allais tout perdre que je me suis persuadée que rien de ce que je vivais n'était réel.

La seule chose qui ait jamais été réelle pour Isabel, c'est d'être livrée à elle-même. Elle n'a jamais eu personne sur qui compter, n'a jamais osé espérer que quelqu'un serait là pour la rattraper si elle tombait.

— Tu le pensais vraiment, je peux venir chez toi ? demande-t-elle en ravalant de nouvelles larmes – si elle recommence à pleurer, il ne restera plus rien d'elle. Je crois que je n'ai pas envie d'être seule.

À l'idée de trouver Ronan Atwood dans sa cuisine, la nausée la submerge. Elle n'a pas la force de l'envoyer paître alors qu'elle n'a qu'une envie : le supplier de la sauver, de ne pas la laisser mourir. Si Comma lui offre un marché aujourd'hui, elle n'est pas certaine d'être capable de refuser.

— Bien sûr que je le pensais, dit Emma. On se retrouve au portail à la fin de la journée.

Isabel hoche la tête. La fin de la journée. Elle peut tenir jusque-là.

12

Historio (histoire)

Emma habite dans le sud-est de Lutton, non loin de Weaverthorpe. La plupart des maisons mitoyennes de la rue sont typiques du quartier : de la brique rouge sur la moitié inférieure de la façade, du crépi granité au-dessus, les gouttières et les charpentes peintes de nuances vives, assorties aux portes d'entrée. Mais le dernier logement de la rangée sort du lot. De la couleur dégouline des fenêtres sur toute la surface du mur, telle une délicate toile d'araignée chamarrée ; les pigments coagulent dans les recoins en forme de petits animaux ou de visages malicieux, cachés sous les appuis de fenêtres ou au-dessus des grilles. Du peu qu'Isabel a vu du travail d'Emma, le résultat est mesuré, mais la maison est une véritable explosion de couleurs comparée à ses voisines.

— C'est une œuvre de jeunesse, déclare Emma avec un large sourire. La toute première maison que j'ai peinte. Avec Léo et Jean, juste après son diagnostic. J'en reviens toujours pas, que ma mère nous ait laissés faire.

Isabel s'imagine que Léo et Jean ressemblent un peu à Emma : les mêmes cheveux rebelles, la même fossette quand ils sourient, les mains qui ne cessent de bouger quand ils parlent.

— Quel âge avais-tu ?

— Treize ans. Jean... Elle était déjà en phase terminale quand les médecins ont découvert le problème. Je crois que c'est pour ça que maman nous a laissés peindre la maison. Elle voulait qu'on ait ce souvenir, tous les trois. Et puis, ajoute-t-elle d'un ton délibérément plus léger, elle se doutait que je finirais bien par peindre *quelque chose*, et voulait s'assurer d'être au courant.

Elle pousse le portail, et conduit Isabel à travers un petit jardin où poussent des légumes et des fleurs.

— Maman ? lance-t-elle en déverrouillant la porte. Bella est là.

Isabel, qui s'apprêtait à retirer sa veste, se fige lorsqu'une femme sort du salon. Elles se regardent, immobiles : Isabel avec sa frange mal coupée qui lui tombe sur les yeux ; l'autre femme avec ses yeux vert mousse et son nez trop souvent cassé.

— Bella, répète lentement Toni Rolleston.

Son regard glisse vers sa fille avant de revenir se poser sur Isabel, et elle s'efforce de sourire.

— Ravie de te rencontrer.

Elle ne peut pas être la mère d'Emma. Elles ne se ressemblent pas du tout, sans compter qu'Emma est... Toni est... C'est impossible.

Isabel bande ses muscles, sur le qui-vive, prête à s'enfuir en courant. *C'est un cauchemar.* Mais Emma est là, le visage ouvert et enjoué, ce qui n'est jamais le cas dans ses flash-back. Ce qui signifie qu'elle ne rêve pas. Et au vu du sourire d'Emma, soit elle est dans le coup, soit elle ne se doute pas le moins du monde qu'elle a mené Isabel droit dans la gueule du loup.

Toni est toujours là, à prétendre que rien ne cloche, qu'elle n'est pas le mal incarné dans cette maison colorée.

— Enchantée, répond Isabel d'une voix rauque – c'est le mensonge le plus difficile qu'elle ait eu à prononcer jusqu'à présent. Je suis désolée, Emma ne m'a pas dit votre nom…

— Toni.

Donc, elle n'utilise pas d'alias. Évidemment. Isabel est la seule à devoir se cacher. Elle est surprise de ne pas voir de papillons peints sur les murs de la maison, proclamant la véritable allégeance de Toni au monde entier.

Un long silence s'ensuit ; elles ne savent ni l'une ni l'autre comment faire semblant de ne pas se connaître, alors que les marques de leur passé commun sont gravées dans la chair d'Isabel.

Emma, qui n'a rien remarqué du malaise ambiant, annonce :

— Je vais mettre l'eau à chauffer. Tu veux du thé, Bella ?

— Je veux bien, répond-elle sans quitter Toni des yeux. Merci.

Dès qu'Emma a disparu dans la cuisine, Toni reprend la parole :

— J'aurais aimé être prévenue, petite Phalène.

— Ne m'appelle pas comme ça.

Toni devrait savoir qu'elle déteste ce surnom ; elle devrait se souvenir de la raison pour laquelle Isabel était une enfant fébrile, qui voletait de pièce sombre en pièce sombre, à la recherche d'un endroit où se cacher pour échapper aux cauchemars et aux monstres qui hantaient chaque heure éveillée. Un petit papillon de nuit. Comma l'avait toujours considérée comme une arme, un atout, plutôt que comme une enfant.

— Est-ce qu'Emma… Est-ce qu'elle sait qui tu es ?

— C'est drôle, j'allais te poser la même question.

Le ton de Toni semble suggérer qu'Isabel devrait lui être reconnaissante de ne pas avoir aussitôt détruit sa couverture. Mais elle est incapable de ressentir ce genre d'émotion face à Toni Rolleston. Toni Rolleston, qui a approuvé la mission qui a manqué de tuer Isabel. Toni Rolleston, la mère d'Emma.

Mais comment est-ce possible ?

— Vous comptez rester dans le hall d'entrée toute la soirée ? lance Emma depuis la cuisine.

— On arrive ! répond Toni avant de se tourner de nouveau vers Isabel. Elle ne sait rien.

La supplique est implicite : « Ne lui dis pas. Ne gâche pas tout. »

Toni ne mérite pas ce mensonge, mais Isabel ne peut pas dévoiler à Emma la vérité sur sa mère sans se trahir elle-même. Une promesse de destruction mutuelle. Elle montre les dents en un semblant de sourire.

— Je ne dirai rien si toi non plus, rétorque-t-elle avant de suivre l'incarnation de ses cauchemars jusqu'à la cuisine.

Emma apporte la théière sur la table, le front plissé d'inquiétude.

— Ça va, Bella ? On dirait que tu viens de voir un fantôme.

Un fantôme aurait été préférable.

— La journée a été longue, répond Isabel en s'appuyant contre le plan de travail au lieu de s'asseoir.

Machinalement, elle attrape une photo encadrée et la contemple : un portrait de famille. Emma doit avoir une dizaine d'années. Il y a aussi un ado à la peau sombre qui sourit de toutes ses dents, et une fille d'un ou deux ans de moins. Avec sa peau pâle, ses taches de rousseur et ses cheveux clairs, c'est elle qui rappelle le plus Toni – et encore, la ressemblance n'est que superficielle.

Léo et Jean, probablement.

— Vous ne vous ressemblez pas, remarque-t-elle d'un ton neutre.

C'est un euphémisme qui n'effleure même pas ce qu'elle a vraiment envie de dire à Toni : « Je ne savais pas que tu avais des enfants. » Ou plutôt : « Comment ? Comment as-tu pu participer au Cocon pendant que ces trois-là t'attendaient à la maison ? Comment pouvais-tu les border le soir dans leur lit en sachant ce que je vivais ? »

Emma répond :

— Maman est notre famille d'accueil.

Ah. Ça explique pourquoi Isabel n'avait détecté aucune trace de Toni en elle.

— À tous les trois ?

Toni hoche la tête.

— Et si tu t'asseyais, Bella ? Tu as l'air fatiguée.

— Je suis mourante, rétorque Isabel. Évidemment que j'ai l'air fatiguée.

Voyant le choc qui s'affiche sur le visage d'Emma, elle modère son ton :

— Je suis désolée. La journée…

— A été longue, termine Toni d'un ton faussement sympathique de « mère poule », comme si elle pensait être capable de duper Isabel. Emma m'a dit que tu n'allais pas bien.

Qu'est-ce qu'Emma lui a dit d'autre ? Pas assez pour qu'elle comprenne qui était « Bella », en tout cas : sa surprise en découvrant Isabel n'était pas feinte. Apprendre que son pseudonyme n'est pas arrivé aux oreilles de la guilde tout entière n'est pas aussi réconfortant que cela devrait l'être.

Isabel prend place sur une chaise, le plus loin possible de Toni, et enroule les doigts autour de la tasse qu'Emma pousse vers elle. Pourquoi est-elle venue? *« Je crois que je n'ai pas envie d'être seule. »* Pathétique. Tout ce que Toni peut lui offrir, c'est une corde pour se pendre.

Isabel se tourne vers Emma et dit la première chose qui lui vient à l'esprit :

— Je ne savais pas que tu étais adoptée.

— Placée, corrige Emma d'une voix légèrement crispée. Mes parents ont quitté Espéra quand j'avais sept ans.

Personne ne quitte Espéra comme ça. Il faut un visa, la permission des guildes et, surtout, un endroit où aller. Des passeurs peuvent vous aider à contourner les deux premiers écueils, mais le plus dur commence une fois que vous êtes sortis de la ville – si vous arrivez jusque-là.

— Ils t'ont abandonnée?

Emma hausse les épaules, yeux baissés.

— Peut-être qu'ils se sont dit que la présence d'une enfant les trahirait, répond-elle d'un ton monotone qui cache une multitude de sentiments refoulés. Je ne sais pas comment ils se sont échappés. Ni même s'ils ont réussi. Parfois, je les imagine en train de filer le parfait bonheur dans une autre ville ; parfois, abattus par la patrouille frontalière avant d'avoir réussi à franchir le mur. Ça ne change rien pour moi. J'ai été placée dans une demi-dizaine de familles différentes avant de me retrouver dans un orphelinat à Hunmanby. Puis maman m'a recueillie. (Elle lance un sourire à Toni.) C'était la seule prête à faire l'effort de transformer la créature sauvage que j'étais en humaine.

— Tu n'étais pas si terrible, proteste sa mère.

— J'étais une « enfant à problèmes », dit Emma en mimant les guillemets. J'avais des « troubles du comportement ».

— C'est le genre d'étiquettes que les institutions ont tendance à utiliser quand elles ont décidé de jeter l'éponge, dit Toni.

Le regard que la femme jette dans sa direction n'échappe pas à Isabel. Les problèmes d'Emma ont dû lui sembler insignifiants, après son expérience avec Isabel et le Cocon.

— Et maintenant, tu ne peux plus te débarrasser de moi, ajoute Emma avec un large sourire. Heureusement pour toi, je suis un pur délice.

En voyant le regard rempli de tendresse que Toni pose sur sa fille, Isabel a l'impression qu'on lui enfonce du fil barbelé dans la peau. Pourquoi la femme qui a contribué à son entraînement a-t-elle droit à *ça* ? Cette vie normale, cet amour, cette enfant qui n'a pas été irrémédiablement ruinée.

— Et les autres ? demande-t-elle, ravalant son amertume.

— J'ai eu Léo et Jean quand ils étaient bébés, dit Toni. Je n'avais pas prévu d'ajouter un troisième enfant, mais quand j'ai rencontré Emma… j'ai changé d'avis.

Emma lève les mains comme pour dire « C'est vrai, je suis irrésistible », puis se met debout.

— Il faut que j'aille aux toilettes. Je reviens.

La porte de la cuisine se referme derrière elle, laissant Isabel et Toni seules. Le silence se fait, un affrontement sans armes. C'est Isabel qui porte le premier coup.

— Va te faire foutre, Toni.

— Isabel, je suis…

— Quoi ? Désolée ?

— Si j'avais su que c'était toi, la nouvelle amie d'Emma, les choses se seraient passées autrement. Je me serais mieux préparée.

— Et si j'avais su, moi, je ne serais pas venue.

Mâchoire crispée, elle s'oblige à ajouter :

— Tu ne peux pas dire à mes parents où je suis.

— S'ils veulent le savoir, ils en sont déjà informés. Je suis à la retraite, Isabel. Je n'ai rien à gagner en te dénonçant. De toute façon, aux dernières nouvelles, Judith et Ian étaient portés disparus.

À la retraite. Étrange comme bousiller la vie des gens peut être considéré comme un métier.

— Donc maintenant, tu vis ici, dans ta jolie petite maison, avec tes pseudo-enfants, et tu te fais passer pour une civile ?

— Je *suis* une civile et ce *sont* mes enfants.

— Tu ne les as même pas adoptés, rétorque Isabel.

— Une adoption les aurait affiliés à Comma, qu'ils le veuillent ou non, et je voulais qu'ils n'aient aucun lien avec la guilde. (Toni avale une gorgée de thé.) J'essayais de les protéger.

Isabel crache sa réponse :

— Je ne pensais pas que protéger des enfants était une priorité pour toi.

Elle s'attend à ce que Toni vocifère ou la menace, mais celle-ci pousse un soupir et appuie son front contre la paume de sa main. Elle a l'air vieille, triste et fatiguée.

— Quoi que je te dise, tu ne me croiras pas, mais j'étais contre le Cocon depuis le début.

— C'est ça. Tellement contre que tu t'es portée volontaire pour y participer.

— Ils n'auraient jamais dû entraîner des mineurs. Je leur ai dit. Ils ont refusé de changer d'avis, si bien que j'ai proposé des garde-fous : un âge minimum, l'accord des enfants et la possibilité de partir à tout moment. Comma ne m'a pas écoutée. La guilde ne voulait pas que je m'en mêle. Mais je me suis dit que si je m'impliquais, je pourrais limiter les dégâts.

— C'est pour moi ou pour toi que tu essaies de te justifier ? demande froidement Isabel. Parce que ton histoire larmoyante ne change rien.

Toni ferme les yeux.

— J'ai fait tellement d'erreurs. Tu étais si jeune. Je n'aurais rien pu faire, mais j'aurais dû essayer.

Isabel fait tournoyer le thé dans sa tasse.

— Donc quand tu as recueilli Emma, tu voulais te convaincre que tu n'étais pas complètement un monstre ?

— Je voulais la sauver. Il s'avère que les parents aimants sont rarement disposés à laisser la guilde entraîner leurs enfants, et le Cocon était top-secret, Comma ne pouvait pas recruter ouvertement. Ils ont donc commencé à prendre des enfants dont personne ne se souciait. Des orphelins. Ils m'ont envoyée à Hunmanby, et c'est là que je l'ai rencontrée : elle avait dix ans, une peur sévère de l'abandon, et était sujette aux attaques de panique et aux accès de rage. Elle n'avait aucune famille pour veiller sur elle. Elle était une candidate parfaite pour le Cocon. (Toni relève la tête, ses yeux mouillés de larmes qu'elle ne mérite pas de verser.) À vrai dire, elle me faisait penser un peu à toi.

Isabel n'a rien à répondre à cela. Elle refuse d'établir un lien entre son passé et la douleur d'Emma. Mais Toni n'a pas fini.

— J'étais trop lâche pour te sauver, Isabel, donc je l'ai sauvée, elle. Je l'ai accueillie chez moi avant que Comma ne mette la main sur son dossier, et je me suis persuadée que j'avais fait une bonne action quand la guilde a pris deux autres gamins plus âgés à la place.

— Mais tu n'es pas partie, réplique Isabel. Tu es restée jusqu'à la fin. Et par ta faute, j'ai failli mourir.

Toni déglutit.

— Je sais. Je pensais que ma présence aidait, mais j'ai finalement pris conscience que je ne pouvais rien faire, que le Cocon était intrinsèquement malsain.

Sa confession semble attendre quelque chose d'Isabel : compréhension, pardon, absolution. Mais comment peut-elle accepter le fait que Toni était au courant de ce que Comma faisait et n'a pas tenté de la secourir ?

— Est-ce qu'ils savaient ? demande-t-elle. Léo et Jean ?

— Léo a découvert la vérité quand il avait seize ans. Il l'a mal pris, et je crois qu'il ne m'a toujours pas pardonnée. Jean n'a jamais rien su. Quant à Emma, le temps qu'elle soit assez grande pour comprendre, j'avais pris ma retraite. J'ai promis à Léo de lui en parler un jour, mais je n'en ai pas encore trouvé le courage.

Toni avale le reste de son thé et s'essuie la bouche avant de déposer sa tasse d'un air résolu.

— J'ai commis beaucoup d'erreurs, Isabel. Mes enfants étaient ma chance de faire mieux, et j'ai bien failli tout gâcher là aussi, encore et encore. (Elle attrape la main d'Isabel.) Pour ce que ça vaut, je suis profondément désolée de ne pas avoir été là pour toi.

Isabel se dégage d'un geste brusque. Il y a un caillou en travers de sa gorge qui refuse d'être délogé, quoi qu'elle fasse. Les mots de Toni ne cessent de résonner dans sa tête : *« Elle me faisait penser un peu à toi. »* Pourtant, Emma est un arc-en-ciel de couleurs, un rayon de soleil, avec sa main tendue et son large sourire espiègle ; l'espoir incarné. Alors qu'Isabel est un éclat de verre brisé, un morceau de fil barbelé, une lame tachée de sang, rien de plus qu'une arme ou un spectre. Et jusqu'à aujourd'hui, elle n'a jamais pensé qu'il aurait pu en être autrement.

Sa main gauche balafrée se referme instinctivement, sur la défensive. Elle fixe son poing, et tente de ne pas imaginer un monde où sa paume ne serait pas abîmée, où elle-même ne serait pas abîmée, où quelqu'un l'aurait sauvée et où elle n'aurait pas dû s'échapper seule de l'enfer.

— Je suis contente que tu aies au moins sauvé Emma, dit-elle avec difficulté.

Puis elle se lève et se dirige vers la porte de la cuisine.

— Isabel…

— Tu avais raison sur un point. Tu es lâche.

Sagement, Toni ne proteste pas. Elle ne tente pas d'empêcher Isabel d'ouvrir la porte, mais celle-ci s'arrête net. Car de l'autre côté se trouve Emma, yeux écarquillés et lèvres tremblantes. Avec un mélange de terreur, de colère et d'incrédulité, elle regarde Isabel et sa mère.

Elle nous a entendues. Depuis combien de temps se trouve-t-elle derrière cette porte ? Que sait-elle ? Isabel ouvre la bouche pour dire quelque chose, mais rien ne pourra recoller les éclats de mensonges qui gisent à leurs pieds.

— Maman ? Maman, c'est… ?

C'est vrai ? Les mots s'évanouissent sur ses lèvres, sa voix se brise, et Isabel reste figée sur place, impuissante et terrifiée d'avoir détruit une autre vie.

— Emma, je suis désolée…, commence Toni, ce qui est déjà un aveu en soi.

Emma étouffe un sanglot, puis tourne les talons et monte l'escalier en courant. Une porte claque à l'étage.

Isabel veut aller la retrouver. Elle ne peut pas retirer ce qu'elle a dit, mais elle peut… elle peut l'expliquer, pas vrai ? Trouver quelque chose d'utile à dire alors que le monde d'Emma vient de s'effondrer. Au minimum, elle peut s'excuser auprès de son amie d'avoir déclenché cette révélation sans le vouloir. Elle ne serait pas venue, si elle avait su.

— Non, dit Toni avant même qu'elle ait fait un pas en direction de l'escalier.

Isabel se retourne vers elle. L'expression de l'autre femme est sombre.

— Elle ne va pas vouloir te parler, Isabel. Tu ferais mieux de partir.

— Mais…

— C'est à moi de réparer les dégâts.

Mais elle était censée devenir mon amie. Mais c'était censé être mon nouveau départ. Mais, mais, mais…

— Je te souhaite bien du courage, lance Isabel avant de quitter la maison colorée.

13

Rekunigô (retrouvailles)

La soirée merdique d'Isabel ne fait qu'empirer quand elle arrive à l'arrêt de tram et découvre que des travaux d'entretien urgents sont en cours sur la ligne. Le bus qu'elle est obligée de prendre à la place traverse Espéra à une allure d'escargot, cerné par les phares des autres véhicules qui font le même trajet interminable à travers les rues bondées. À mi-chemin, elle commence à pleurer ; les larmes coulent trop vite sur ses joues pour qu'elle puisse les essuyer. Elle remonte l'allée d'un pas chancelant, ignorant les regards curieux des autres passagers. Le poids de son sac de cours lui fait perdre l'équilibre, et elle se rattrape à la barre à côté de la cabine du conducteur.

— Vous pouvez me laisser descendre ?

— Pas avant le prochain arrêt, répond-il sans même la regarder.

Elle frappe violemment la vitre.

— Ouvrez cette putain de porte avant que je ne tire le signal d'alarme.

Il l'insulte, mais s'exécute. Isabel lui fait un doigt d'honneur en descendant. Elle ne sait pas d'où vient cette nouvelle attitude. Peut-être est-ce un effet secondaire de la mort lente qui l'attend.

L'air frais nocturne sèche ses larmes. La colère l'étouffe presque. Elle se sent trahie : son amitié avec Emma était censée être un nouveau départ, mais tout est aussi pourri qu'avant. Revoir Toni Rolleston l'a renvoyée des années en arrière, comme si elle était de nouveau une gamine de douze ans terrifiée.

Son premier meurtre. Douze ans. Isabel pousse un juron et se défoule contre la barrière métallique qui la sépare du trafic, jusqu'à ce qu'une douleur cinglante lui suggère qu'elle s'est cassé un orteil. Quelques voitures ralentissent à sa hauteur, les conducteurs se demandant probablement si elle est ivre. Quand quelqu'un lance « Tout va bien ? », elle l'insulte à son tour.

La voix éraillée d'avoir trop crié, elle se traîne sur le dernier kilomètre qui la sépare de chez elle et grimpe avec peine l'escalier, prête à s'effondrer sur son lit et à y rester jusqu'à ce que la vie cesse d'être si affreuse.

Puis elle s'arrête net.

Sa porte d'entrée est entrouverte. Il y a quelqu'un dans son appartement. Pas Ronan, il aurait refermé la porte. Donc quelqu'un d'autre. Isabel n'est pas armée, elle n'a pas voulu déroger à la politique pacifiste de Fraser en apportant un couteau au lycée, mais elle se prépare à se battre, la tension imprégnant son corps. Elle avance à pas feutrés, pousse légèrement la porte – le grincement des gonds lui arrache une grimace – et se glisse dans l'entrebâillement.

Un jeune homme est assis sur le canapé, un sac à dos crasseux à ses pieds. Sa tête est appuyée contre sa main et ses yeux sont meurtris de fatigue. Quand il l'entend arriver, il se lève d'un bond.

— Isabel. Enfin. Je commençais à croire que je m'étais trompé d'appartement, et je ne savais pas combien de temps je pouvais encore attendre avant qu'ils ne découvrent…

— Michael. Qu'est-ce que tu fiches là ?

Elle a conscience de faire peur à voir, avec son visage rougi de larmes. Son orteil douloureux réclame son attention, mais elle se concentre uniquement sur le jeune homme qui lui fait face. Michael Griffiths.

À l'âge de neuf ans, Isabel était la plus jeune membre du tout nouveau Cocon, le programme d'entraînement pour mineurs top-secret et hautement controversé de Comma. Transformer des enfants en meurtriers avant qu'ils n'aient eu le temps de devenir quoi que ce soit d'autre était complètement illégal, sans parler d'inhumain, mais ça n'avait pas arrêté la guilde. Au début, pour Isabel, c'était une sorte de club périscolaire, une chance de parfaire les compétences que ses parents lui avaient enseignées dès qu'elle avait su marcher, un endroit où elle devenait plus forte, plus rapide, plus intelligente, et où elle oubliait ce que c'était d'être une enfant. Avec le temps, ça avait commencé à consumer toute sa vie, prenant le pas sur ses amitiés et ponctuant son dossier scolaire d'absences. Mais au moins, elle n'était plus seule.

Elle avait douze ans quand ils avaient recruté Michael, alors âgé de quinze, un pupille de la guilde orphelin depuis peu. Leurs chemins auraient pu ne faire que se croiser, mais dix-huit mois plus tard, ils avaient été envoyés ensemble accomplir une mission pour laquelle ni l'un ni l'autre n'était prêt. À cause du tir que Michael avait raté, Isabel s'était pris un coup de couteau, mais il lui avait ensuite sauvé la vie en comprimant la blessure jusqu'à l'arrivée de l'équipe d'extraction. C'était sa réactivité qui lui avait valu de devenir le protégé de la famille Ryans lorsque le Cocon avait été démantelé.

Et lorsque Ian et Judith avaient disparu, tout le monde avait cru qu'il était parti avec eux.

Sa présence fait remonter une vague de souvenirs à la surface. Les mains de Michael sur son estomac ensanglanté, l'expression désespérée du jeune homme quand il demande : « Est-ce qu'elle va survivre ? » Michael qui lui apprend à jouer aux cartes à la table de la cuisine – puis à tricher. Michael qui lui bande la main tout en disant : « Non, tu dois te tromper, Ian n'est pas comme ça... », alors qu'elle commence enfin à accepter que si, justement, il l'est.

Et enfin, Michael, qui se tient entre elle et la porte de derrière, alors qu'elle serre contre elle le cabas qui contient tout ce qu'elle a osé emporter avec elle dans sa fuite. « Où vas-tu ? » La peur, la certitude qu'il va donner l'alerte, et le mensonge qu'elle a alors professé : « Me promener. Je n'en ai pas pour longtemps. » Il s'est écarté pour la laisser passer, comme s'il la croyait, ce qui était impossible.

Il ne l'a pas aidée. Mais il ne l'a pas non plus empêchée de s'enfuir.

Et maintenant, il est là, chez elle.

— Il faut que je te parle, dit-il. Tes parents...

— On a combien de temps ?

Elle garde un sac dans l'entrée, toujours prêt. Même avec son orteil cassé, elle peut s'en aller d'ici en deux minutes top chrono. Ce qui lui fait une belle jambe, étant donné qu'elle n'a nulle part où aller.

— Quoi ?

— Combien de temps avant qu'ils n'arrivent ?

— Non, ils... ils ne vont pas venir. Je suis parti, Isabel, comme toi. Je voulais te prévenir, je...

Elle l'interrompt.

— Reste là.

Ils ne viennent pas. Elle n'a pas besoin de s'enfuir. Mais elle n'est pas en état d'avoir une conversation avec lui, pas maintenant, pas comme ça. Alors, elle se réfugie dans la salle de bains, le seul endroit où elle peut lui échapper.

Elle refuse de penser à ce qu'a dit Toni Rolleston. Ou à l'expression sur le visage d'Emma. Elle s'asperge d'eau, attache sa frange trop longue, puis observe son reflet dans le miroir. Elle a toujours mauvaise mine, mais au moins, il n'est plus aussi apparent qu'elle vient de pleurer toutes les larmes de son corps sur le côté de la route. Est-ce suffisant pour faire illusion devant Michael ? Peut-être pas. Il la connaît mieux que personne – assez pour lire en elle comme dans un livre ouvert.

Tant pis, ça fera l'affaire. Isabel récupère la trousse de premiers secours sous le lavabo, puis redresse les épaules et sort de la pièce pour faire face à Michael et au souvenir de ses parents.

Il a délaissé le canapé pour s'installer à la table de la cuisine et lui tourne le dos. Il a perdu du poids : sa montre glisse de son poignet et il nage dans ses vêtements. Ses cheveux sont coupés court, ce qui les fait paraître plus roux qu'auburn, mais elle distingue encore la mèche blanche derrière son oreille, conséquence d'une petite cicatrice qui a dépigmenté sa chevelure. Il se tourne quand elle approche, et elle voit de profil que son nez est tordu. *Encore cassé*, pense-t-elle. Cette fois, elle n'était pas là pour le lui redresser avant qu'il ne soit trop tard. La fracture doit être récente.

Ils l'ont puni ? Question stupide. Bien sûr que oui.

Isabel s'assied, pose son pied blessé sur l'une des chaises libres et retire sa chaussette.

— Tu ne devrais pas être là, dit-elle. Tu as deux minutes pour me dire pourquoi tu es venu.

— Et qu'est-ce qu'il se passera dans deux minutes ? demande-t-il avec un léger sourire.

Isabel reste de marbre.

— Je déciderai si je dois ou non te tuer.

Le sourire de Michael s'évanouit. Elle le voit peser soigneusement ses mots et s'attend à moitié à ce qu'il récite un discours tout préparé, mais il annonce simplement :

— Tes parents ont déserté.

C'est censé être une nouvelle ?

— Pour Colibri ? demande-t-elle distraitement en examinant son ongle à moitié arraché avant d'attraper une lingette antiseptique dans sa trousse de secours.

L'orteil est gonflé et étrangement tordu. Aucun doute, il est cassé.

— Non, ils… (Michael se ronge l'ongle du pouce pendant plusieurs secondes.) Ils ont fondé leur propre guilde. Une idée de ton père.

Leur propre guilde. Elle ne s'attendait pas à ça.

— Je vois, dit-elle, l'esprit en ébullition.

Lorsque les autres guildes l'apprendront, l'effusion de sang sera inévitable.

— Ian a fait faux bond à Comma pour une commande, puis lui a coupé l'herbe sous le pied, reprend Michael avec une pointe de désespoir dans la voix, comme s'il pensait qu'elle ne comprenait pas le sérieux de la situation. Il a conclu la vente tout seul, et s'est servi de l'argent pour financer sa propre organisation avec des contacts de l'extérieur. Et il… il t'a empoisonnée et droguée pour que tu oublies.

Quel peut bien être l'objectif de son père ? Plus de pouvoir ? D'argent ? Elle aurait cru qu'il en avait déjà bien assez.

— Je vois, répète-t-elle d'un ton parfaitement neutre.

— C'est tout ?

Isabel termine de nettoyer le sang sur son orteil et lève les yeux.

— Qu'est-ce que tu veux que je dise ?

— Autre chose qu'un simple « je vois », alors que je viens de t'apprendre que ton père t'avait empoisonnée !

Elle examine son orteil, qui est bien représentatif de l'état actuel de sa vie.

— Et je suis censée être surprise ?

— Tu *savais* ?

Pas avec certitude.

— Maintenant, oui, dit-elle en sortant le bandage microporeux pour attacher l'orteil fracturé à son voisin. Je savais que j'étais malade. Je savais qu'il avait disparu. Je ne savais pas qu'il avait trafiqué mes souvenirs, mais ça explique beaucoup de choses. As-tu de vraies nouvelles à m'annoncer ?

— Ian est le seul à pouvoir te guérir.

Isabel s'interrompt, bandage à la main.

— C'est ce qu'il t'a affirmé ?

— C'est la vérité. Comma ne le trouvera jamais. Ils ont vidé son laboratoire, pris toutes ses notes, mais ils n'arriveront pas à analyser son poison avant qu'il ne te tue. Sans tes parents, tu n'auras pas d'antidote.

— Hmm.

Elle termine de bander son orteil et repose le rouleau sur la table.

— Il me semble que tes deux minutes sont écoulées. C'était le plan de qui, exactement ? De ma mère, je parie ? Tu l'as toujours adulée.

— Non, elle n'a rien… Je ne… Je suis venu te prévenir.

— Le truc, c'est que je ne te crois pas. Parce que fuir mon père pour venir m'aider serait courageux et altruiste, et tu es beaucoup de choses, Michael, mais tu n'as jamais été un martyr. Donc, que fais-tu *vraiment* ici ?

Il la regarde comme s'il croyait sérieusement qu'elle allait le tuer. Ou peut-être qu'il est simplement dégoûté par son pied. C'est vrai qu'il n'est pas beau à voir.

— Ils ont déserté, répète-t-il.

Elle s'apprête à l'interrompre, quand il ajoute d'une petite voix :

— Et ils ne m'ont pas emmené.

Ah.

— Je comprends mieux. Ils t'ont abandonné, du coup tu es venu te jeter dans mes bras. Quand tu m'as dit que tu étais parti, j'ai cru que tu avais enfin pris ton courage à deux mains.

— J'aurais pu retourner auprès de Comma, répond-il comme pour se défendre, avec un air de chien battu. Mais je voulais que tu saches ce qu'ils ont fait.

Isabel tente de remuer les orteils. Une douleur vive lui traverse le pied, mais au moins, elle ne semble pas avoir bloqué sa circulation sanguine.

— Je suis étonnée qu'ils ne t'aient pas emmené, répond-elle en toute sincérité. Ça ne leur ressemble pas de rejeter un sous-fifre docile.

— Après ton départ, ta mère…

Il hésite, et elle ne peut s'empêcher de remarquer de nouveau son nez cassé.

— Elle m'a reproché de ne pas t'avoir retenue. Elle m'a dit que tu étais la seule raison pour laquelle ils m'avaient gardé si longtemps.

— Ça a dû être dur à entendre, dit Isabel qui a vaguement conscience d'être odieuse, mais est incapable de s'arrêter, après tout ce temps à projeter ton syndrome d'Œdipe sur elle.

L'insulte est trop ciblée pour être considérée comme une plaisanterie, et Michael n'essaie même pas d'argumenter. La mort de sa propre mère avait été soudaine : elle avait quitté la ville pour ce qui devait être une mission de routine, excepté que le client avait doublé Comma, et c'était son corps à elle qui avait été repêché dans la rivière et renvoyé à Espéra en guise d'avertissement. Sous le choc et endeuillé, Michael s'était retrouvé au Cocon, car il n'avait nulle part d'autre où aller. Le genre de vulnérabilité que Judith Ryans savait parfaitement exploiter.

— Je ne l'avais jamais vue comme ça, dit-il. Isabel, je suis désolé. J'aurais dû t'écouter.

— Oui. Tu aurais dû. Mais c'est trop tard maintenant, pas vrai ?

— Mais je… je t'ai laissée partir. Je ne leur ai pas dit…

Isabel lui coupe la parole.

— Tu m'as laissée partir ? Quel héros ! Merci, vraiment ! Après des années de mauvais traitements, j'ai enfin réussi à m'échapper, et tu ne m'as pas ramenée de force. Bravo ! Ça mérite une médaille.

— Pas la peine d'être aussi vache.

— C'est mon traumatisme. Je réagis comme je veux.

— C'est ça. Parce que moi, à l'inverse, j'ai vécu une adolescence idyllique, rétorque Michael. Je ne sais pas ce qui était le mieux, l'assassinat de ma mère, être recruté contre ma volonté au sein du Cocon, ou écouter la guilde discuter de s'il valait mieux m'éliminer ou juste me jeter dehors après que notre mission a mal tourné. Mais l'un dans l'autre…

— Bref, aucun de nous n'a eu une vie de rêve. Mais tu n'es pas exactement le sauveur que tu as l'air de t'imaginer.

— J'ai essayé d'être ton ami ! C'est toi qui n'as fait que me repousser. Je n'ai jamais demandé à tes parents de m'accueillir, mais je n'avais pas beaucoup d'autres options. Désolé d'avoir pris ce que je pouvais et de m'y être accroché le plus longtemps possible !

— Va te faire voir, Michael.

Ils se taisent, dans l'impasse.

Michael, assis à la table de la cuisine, qui lui apprend à jouer aux cartes – un acte de bonté durant ces dix-huit mois d'isolement, entre sa blessure et son départ de chez ses parents durant lesquels elle n'a pas eu accès au monde extérieur.

Michael qui lui bande la main. Michael, de retour des courses, qui lui rapporte des livres et des jeux qu'elle cache dans une boîte à chaussures sous son lit, et qu'elle doit laisser derrière elle en partant.

Ce n'était pas de l'amitié. Mais c'était quelque chose.

— Mes parents ne nous auraient jamais laissés être amis, déclare enfin Isabel. Tu le sais.

— Et alors ? Quelle importance ?

— Ils s'en seraient servis pour nous manipuler.

« Ne t'attache à personne qui ne puisse se défendre », lui a répété sa mère, encore et encore. Et Michael en était incapable. Si ses parents voulaient s'en prendre à lui pour la punir, il n'aurait pas pu les en empêcher. Mieux valait leur laisser croire qu'elle s'en moquait.

Ou mieux, s'en moquer sincèrement.

Isabel se détourne. Ce n'était pas si terrible pour lui. Ils le traitaient moins durement. Mais elle l'a quand même abandonné. Elle n'avait pas pris conscience, jusqu'à maintenant, que cela lui pesait autant.

Michael s'avachit sur sa chaise.

— Donc, c'est pour ça ? demande-t-il. C'est pour cette raison que tu as refusé d'être mon amie ?

Isabel hausse les épaules.

— Si on avait été amis, ils ne t'auraient jamais laissé rester. Ils me prenaient tout.

Michael digère un long moment en silence ce qu'il vient d'apprendre. Enfin, il secoue la tête et pousse un juron.

— Je suis désolé.

— Ouais. Moi aussi.

Parce qu'ils ont beau ne pas être amis, Michael a lui aussi survécu à Ian et Judith Ryans. C'est la seule personne de toute la ville à comprendre ce que vivait Isabel avant de s'enfuir.

Et c'était un vrai cauchemar pour eux deux.

Elle pourrait lui ordonner de partir. Lui dire que Comma l'accueillera à bras ouverts s'il l'aide à trouver Judith et Ian. Mais elle n'a que peu d'alliés, et elle lui doit la vie. Alors, elle lui propose du thé en gage de réconciliation, et parce que Michael la connaît bien, il comprend aussitôt et accepte la boisson et le rameau d'olivier.

Lorsque Isabel apporte les tasses fumantes, il sort de son sac un jeu de cartes bon marché qu'il pose sans un mot sur la table.

Elle le regarde et lâche un petit rire.

— OK. Une partie. En souvenir du bon vieux temps.

14

Ĉifro (code)

Pendant la partie, Isabel parle à Michael du lycée, d'Emma, de la nouvelle vie qu'elle se construit. Elle ne peut se défaire de l'impression qu'elle essaie de lui prouver quelque chose. Elle lui parle de Toni aussi, et voit son visage se durcir en entendant ce prénom. Donc, il se souvient d'elle. Ce n'est pas surprenant ; cette fameuse mission a failli le tuer, lui aussi.

En échange, il lui parle de l'auberge de jeunesse qu'il a trouvée à Grindalythe, où il partage une chambre avec six autres hommes, juste à côté de l'usine. Il lui dit que les autres le connaissent sous le nom de Matthew, qu'il a dépensé tout l'argent qu'il lui restait pour se procurer de faux papiers, et qu'il a donc trouvé un boulot à l'usine. Qu'il n'a pas bien dormi depuis des jours, parce que l'un de ses camarades de chambre ronfle. Il raconte tout ça avec un sourire ironique, comme si ce n'était rien, mais ses traits tirés n'échappent pas à Isabel. Dans un élan de philanthropie inhabituel, elle regrette brièvement que son appartement ne soit pas assez grand pour l'accueillir. Mais il ne lui demande pas, et elle ne lui propose pas.

— Tu as un plan ? dit-il en rassemblant les cartes après l'avoir battue pour la troisième fois d'affilée. Pour cette histoire d'empoisonnement.

Isabel le regarde mélanger pendant quelques secondes avant de répondre :

— Il y a une dissidente qui pourrait peut-être m'aider à mettre au point un antidote. Mais je ne l'ai pas encore contactée. À part ça, je ne sais pas.

— Tu peux te le permettre ?

Elle n'a pas la moindre idée des tarifs que pratique Grace.

— J'ai un boulot de livreuse de journaux, dit-elle comme si Ashvin la payait assez pour embaucher une empoisonneuse. Je vais me débrouiller.

— Et tu es sûre que c'est sans danger d'aller voir une dissidente ?

Sans danger. À ces mots, Isabel sent son cœur se serrer de nostalgie pour quelque chose qu'elle n'a jamais eu.

— C'est ma seule option, répond-elle en prenant la pile de cartes qu'il glisse vers elle. Il faut bien que j'essaie, pas vrai ?

— Bien sûr, mais… Je ne plaisantais pas quand je t'ai dit que ton père était le seul à pouvoir t'aider. Tu pourrais peut-être, je ne sais pas, négocier avec lui.

— Mon père ne *négocie* pas.

— Tu es sûre ? Parce que s'il voulait te tuer, je ne crois pas qu'on serait là à discuter. Le fait qu'il soit investi dans ta survie te donne un avantage.

— Oh, il ne veut pas me tuer, réplique Isabel, qui sent ses vieilles peurs resurgir et la camaraderie du jeu de cartes se dissiper. Juste que je sois suffisamment désespérée pour le supplier. C'est toujours la même histoire, il veut me contrôler.

Savait-il qu'elle s'apprêtait à partir, ou voyait-il simplement que sa fille grandissait et devenait plus difficile à manipuler ? Mais enfin, s'il s'était douté de ses intentions, il aurait forcément cherché à l'arrêter.

— Il te sous-estime, déclare Michael avec sérieux. Tu t'es enfuie une fois, tu peux recommencer.

Comme si c'était si simple.

— Il m'a fallu quinze mois de planification la première fois. Des mois à voler de l'argent petit à petit, en couvrant systématiquement mes traces. Tu n'imagines même pas à quel point il est difficile de se créer une nouvelle vie sans avoir aucun contact avec le monde extérieur. Et si tu crois que mon père ne me rendra pas la tâche encore plus compliquée une seconde fois, c'est toi qui le sous-estimes.

— Donc, tu mises ta survie sur l'espoir qu'une dissidente de second ordre sera capable de créer un antidote pour un poison du Parnassiinae ? (Il secoue la tête.) On n'a même pas ses notes. Je suis retourné à son laboratoire, et Comma avait fouillé l'endroit de fond en comble. Disques durs, carnets, ils ont tout pris.

Isabel fronce les sourcils.

— Quoi ?

— Comma a vidé le laboratoire de ton père, répète Michael. La guilde a soumis la moitié des techniciens à un interrogatoire, et les autres se sont envolés. Il a dû les emmener.

— Tu y es retourné ?

— J'espérais trouver quelque chose que je pourrais vendre.

L'idée de se rendre au labo de son père, et, pire encore, d'y voler quelque chose – même quelque chose qu'il aurait laissé derrière lui – lui noue le ventre de peur, dans l'attente de l'inévitable punition. Bien sûr, elle a passé des mois à détourner de l'argent du compte en banque de ses parents avant de s'enfuir, mais c'est différent.

— Comma a pris ses notes…, dit-elle d'une voix lente. Tu crois qu'il aurait écrit quelque chose au sujet du poison ?

C'est au tour de Michael de froncer les sourcils.

— Probablement ? J'imagine qu'il a emporté tout ce qu'il estimait utile, mais il devait avoir des copies. Enfin, tout a dû disparaître dans les méandres de Comma, à présent. On ne mettra jamais la main dessus, à moins que tu ne comptes leur demander de l'aide.

— Pas la peine, répond Isabel en se levant. Parce qu'ils m'ont demandé en premier.

Michael la regarde, perplexe, traverser la pièce jusqu'à sa penderie et exhumer l'épais dossier que Ronan lui a laissé. Elle le laisse tomber sur la table, éparpillant leurs cartes à jouer aux quatre vents.

— Qu'est-ce que c'est ? demande-t-il.

— Les notes de Ian. Apparemment, ses codes posent toutes sortes de problèmes à la guilde. Ronan Atwood a pensé que je pourrais les éclairer.

— C'est Ronan Atwood qui te les a données ? s'exclame-t-il en attrapant plusieurs pages sur le dessus de la pile pour les examiner. Je peux comprendre qu'ils n'arrivent pas à grand-chose, mais… tu as passé un marché avec Ronan Atwood ?

— Bien sûr que non. Tu me prends pour qui ?

— Pour quelqu'un qui essaie de survivre, répond Michael d'un ton pragmatique en reposant les documents. Mais ces notes sont indéchiffrables. Je suis à peu près certain qu'il s'agit d'un code impossible à craquer.

— Je ne crois pas.

Évidemment, elle s'est posé la question au début, mais ces documents sont les notes personnelles de son père, des notes qu'il pouvait avoir besoin de reconsulter. Il a donc dû s'assurer de pouvoir les décoder de nouveau. Et s'il en est capable, alors Isabel aussi. Même s'il lui faudra du temps.

Elle ne s'est pas attaquée à un tel morceau depuis un moment, mais elle se souvient du principe. En revanche, elle va devoir redoubler d'efforts pour faire remonter à la surface les souvenirs de son père.

En parlant de souvenirs…

— Quand tu m'as dit qu'il m'avait droguée pour que j'oublie, dit-elle en tentant de paraître indifférente, c'était pour que j'oublie quoi, exactement ? Qu'il m'avait empoisonnée, ou y avait-il autre chose ?

Elle savait que sa mémoire était défaillante, mais elle pensait que c'était un mécanisme de défense inconscient de la part de son cerveau, et non une énième violence qu'elle avait subie.

Michael hausse les épaules.

— C'était peut-être une simple habitude ?

— Une habitude ? Tu veux dire que ce n'était pas la première fois ?

Son hésitation veut tout dire.

— Je pensais que tu étais au courant, dit-il.

Isabel se sent mal.

— Clairement pas, puisque les drogues m'ont forcée à oublier. Combien de temps ?

— Je l'ignore. Pas longtemps après notre rencontre, je crois, mais c'est difficile d'en être certain.

Donc, cinq ans.

Si même Michael savait, pourquoi ne s'est-elle rendu compte de rien ? Elle ne manque pas de mauvais souvenirs du laboratoire, donc qu'est-ce que son père a bien pu lui enlever ? Quelque chose d'encore pire ?

— Pourquoi ?

— Je n'en ai aucune idée.

— Pourquoi ? répète-t-elle, soudain furieuse. Tu viens ici en prétendant avoir toutes les réponses, mais en réalité, tu n'as que des suppositions ! Tu n'en sais pas plus que moi !

Il frémit sous la force de son regard.

— Je sais qu'il t'a empoisonnée, répond-il d'une voix rauque, parce qu'il m'a obligé à te tenir.

Bon sang. Comme si les choses pouvaient être pires.

— Quoi ?

— Il m'a dit que ce n'était que temporaire, que tu ne souffrirais pas et ne te souviendrais de rien. C'est là que j'ai compris…

— Que je ne souffrirais pas ?

— Ta mère a protesté. Ils se sont disputés, et elle est partie en claquant la porte. C'est pour ça que Ian s'est servi de moi. Je ne crois pas qu'il m'aurait impliqué sinon. Il ne m'a rien expliqué d'autre, en tout cas.

Les mots de Michael font écho aux cauchemars d'Isabel : des mains autour de ses poignets qui l'immobilisent, un souffle chaud contre sa joue, une douleur vive sur son flanc qui dure et dure. Quelle que soit la drogue que son père a utilisée, elle ne l'a pas entièrement dépossédée de la vérité.

Isabel se laisse retomber sur sa chaise.

— Putain, lâche-t-elle dans un sursaut de colère.

— Je n'aurais rien pu faire, ajoute presque timidement Michael. Je voulais te trouver plus tôt, te prévenir, mais j'ai mis tout ce temps à te localiser.

Elle ne lui en veut pas. Elle est bien placée pour savoir qu'il est impossible de désobéir aux ordres de son père. Mais bien que la présence de Michael soit la bienvenue – elle avait désespérément besoin d'un allié à qui elle n'avait pas besoin de mentir –, elle aurait préféré qu'il apporte des informations utiles. Quelque chose qui puisse lui sauver la vie.

À la place, elle a cette pile de documents codés qu'elle est incapable de déchiffrer, et le nom d'une empoisonneuse dissidente.

Puis elle-même. La seule personne sur laquelle elle a toujours pu compter.

— OK, dit-elle. Donc, à moi de me débrouiller seule.

— Isabel…

— Tu as raison. Je me suis déjà échappée une fois. Je ne vais pas attendre que quelqu'un d'autre vienne me sauver. Et hors de question que je supplie mon père. Ce qui veut dire que je dois me débrouiller par moi-même.

Michael la regarde, avec son air obstiné et son regard d'acier.

— Tu n'es pas seule, répond-il en s'appuyant contre le dossier de sa chaise, bras croisés, comme s'il n'avait pas l'intention d'en bouger. Je ne partirai pas tant qu'on n'aura pas trouvé de solution.

Elle lui est reconnaissante de son soutien, mais elle se souvient aussi qu'il a toujours été nul en décodage. Et pour être honnête, elle n'est pas certaine de vouloir de témoin, ne sachant pas ce qui l'attend dans les papiers de son père.

Elle le lui dit, s'attendant à ce qu'il proteste et à ce que la conversation dégénère, mais il répond simplement :

— D'accord. Tu as un téléphone ?

Il tend la main pour qu'elle le lui donne, ajoute son numéro au répertoire et le lui rend.

— Si ça devient trop dur à gérer, si tu as besoin de quelqu'un ou si tu veux jouer au black-jack à 3 heures du matin, appelle-moi.

Il enfile ses baskets usées, attrape son sac, puis se dirige vers la porte. Là, il se retourne.

— Oh, et sérieusement, change de verrous. J'ai mis trois secondes à forcer ceux-là.

— Merci, dit-elle, avant d'ajouter avec l'ombre d'un sourire : Salue tes camarades de chambre de ma part.

— Sûrement pas, répond-il avec un large sourire, comme s'ils étaient amis.

Puis le voilà parti, et Isabel se retrouve seule avec la certitude qu'elle va bientôt mourir.

Cette pensée envahit de nouveau son esprit, maintenant qu'il n'y a plus rien d'autre pour la distraire. Douleur, peur… colère. Elle met un moment à identifier cette dernière émotion, mais c'est bien ça. Une vague de fureur. Parce qu'elle mérite mieux. Mieux qu'un corps rongé de l'intérieur alors qu'elle commençait enfin à mener sa vie comme elle l'entendait.

Michael a-t-il raison ? Pourrait-elle négocier avec son père ? A-t-elle suffisamment envie de vivre pour accepter de retomber sous sa coupe ? Si elle survit, Ian Ryans ne la laissera plus jamais partir. Il préférerait la voir morte qu'en liberté.

Il est tard. Elle devrait manger quelque chose, se reposer. Mais elle n'a pas d'appétit, et ne peut ignorer l'espoir mêlé d'appréhension que déclenche en elle la pile de documents sur la table. Avec la chance qu'elle a, il ne s'agit probablement que d'archives des pires moments de sa vie. Mais peut-être que si l'univers est d'humeur charitable, ces notes pourront la sauver…

Elle attrape la feuille du dessus, et reste un long moment assise, à la fixer.

Les codes de Ian Ryans ne sont pas si compliqués – du moins, le cryptage ne l'est pas. Ils sont même moins sécurisés que ceux que Comma utilise pour ses communications internes, qui sont à usage unique et quasiment inviolables tant que cette règle est respectée. Son père, lui, préfère les codes basés sur des phrases mnémoniques, ce qui signifie qu'en décrypter un permet souvent de décoder le suivant. Cette faiblesse est justement la raison pour laquelle la guilde a changé de politique de sécurité, mais Ian s'en moquait éperdument.

Évidemment, Isabel commence à comprendre pourquoi il ne voulait pas que Comma lise ses dossiers. Code peu sécurisé ou non, ses notes sont un cauchemar à décrypter, en grande partie parce qu'elles sont écrites en un minimum de trois langues et deux alphabets. Il utilise de l'espéranto transcrit en caractères cyrilliques, ou du russe en alphabet latin, et mélange le tout avec de l'allemand, de l'anglais, du français… Il est donc presque impossible d'identifier les phrases clés, et même si l'on y parvient, le texte qui en résulte est incompréhensible sans de solides connaissances en langues – que la plupart des Espérans ne possèdent pas. Isabel s'arrachait les cheveux lorsqu'il « oubliait » de décoder les recettes qu'il lui donnait, l'obligeant à plancher durant de longues heures avant même de pouvoir commencer sa tâche.

Nul doute que c'était justement l'objectif. Mais le résultat, c'est qu'Isabel connaît son style de cryptage mieux que quiconque au sein de la guilde, et qu'elle maîtrise les bases des différentes langues qu'il parle. Sans compter que sa détermination ferait passer les décrypteurs de Comma les plus dévoués pour des tire-au-flanc.

Merci, papa… Isabel déchire une feuille de son cahier de maths, et commence à établir les tableaux qui vont l'aider à décoder ces notes.

Tard dans la nuit, elle identifie enfin l'une des phrases clés, qui lui permet de déchiffrer rapidement les premières pages. Elle décode des fragments de chacune, tentant de déterminer si ces annotations peuvent lui être utiles avant qu'elle ne s'attaque au reste. Mais à la place des formules ou des explications tant espérées, voilà ce qu'elle découvre :

« Dans son élément au labo… une vraie petite scientifique… le combat n'est peut-être pas son point fort… aucun souvenir de l'expérience… ne soupçonne rien. »

C'est un rapport sur elle.

Un goût de bile emplit sa bouche, et Isabel déglutit avec peine. La personne qui a imprimé ces documents – un membre de la guilde, probablement – a inclus les dates et les noms des fichiers dans la marge supérieure, mais elle n'a pas besoin de vérifier pour savoir qu'il s'agit de l'un des épisodes dont elle n'a aucun souvenir. Ian a dû la droguer à maintes reprises. Peut-être trouvait-il plus simple qu'elle oublie la douleur. Ainsi, elle n'avait pas peur du laboratoire ou de ce qu'il risquait de lui faire.

Son cœur se brise en repensant à la fillette qu'elle était – qui ne savait rien et n'aurait rien pu faire, même dans le cas contraire. Quelqu'un aurait dû venir à son secours. Quelqu'un aurait dû voir ce qu'il se passait et l'aider.

La page suivante est à l'avenant.

« Elle était très affaiblie lorsqu'on lui a administré l'antidote ; la dose était peut-être trop forte. J'oublie toujours qu'elle est petite pour son âge. »

Douze ans.

Dire qu'elle aimait aller travailler au laboratoire. C'était l'occasion pour elle de s'échapper du gymnase, d'apprendre quelque chose de nouveau. Elle ne se rappelle pas quand c'est devenu aussi douloureux que le reste de son entraînement, ni quand elle a pris conscience que son père se servait d'elle comme cobaye, mais ces notes suggèrent que c'était bien plus tôt qu'elle ne l'imaginait.

Combien de temps a-t-elle passé à douter d'elle-même ? Sa mère y a contribué en lui racontant des histoires qui ont déformé ses souvenirs, jusqu'à ce qu'elle se retrouve incapable de discerner le vrai du faux. Une partie de son cerveau tente encore de la convaincre que ses parents n'ont jamais voulu lui faire de mal, que ces punitions étaient pour son bien, qu'elle est responsable de sa propre souffrance.

Ces dossiers sont la preuve concrète, objective, que ses parents l'ont maltraitée. Peut-être que quelque part dans la pile se trouve un compte-rendu du jour où son père lui a plongé la main dans une flaque d'acide. Y aura-t-il une description de ses cris, ou juste une rapide description de l'incident ?

Elle se remettait alors encore de sa blessure à l'estomac et de la chirurgie qui s'en était suivie. Elle n'était pas assez en forme pour reprendre l'entraînement, si bien qu'elle passait son temps dans le laboratoire. Mais son traitement faisait trembler ses mains, l'acide s'était renversé, et son père…

Elle avait alors pris conscience qu'elle aurait beau passer sa vie à faire exactement ce qu'il attendait d'elle, elle ne serait jamais en sécurité.

Elle se demande s'il sait que c'est le jour où elle a commencé à planifier sa fuite.

Sur la page suivante, le code change. Elle recommence le processus laborieux consistant à chercher des indices, à tenter d'identifier un mot qui se révélerait être le fil capable de détricoter tout le reste. Le jour commence à poindre lorsqu'elle déchiffre enfin le document – une simple liste cette fois, qui recense les différentes substances qu'il lui a administrées et la manière dont elle y a réagi. Il a testé certains poisons sur lui-même, et d'autres sur eux deux, comparant l'influence de leur âge et de leur constitution physique sur les symptômes.

Elle se souvient de certaines occurrences. Les autres forment des trous dans sa mémoire que les mots sur la feuille rebouchent lentement. Elle les avait profondément enfouies, mais les cadavres finissent toujours par remonter à la surface.

Isabel continue sa lecture, jusqu'à ce que le code n'ait plus le moindre secret à lui révéler. Des mots et des formules s'amalgament dans sa tête, et elle attrape un stylo et un bout de papier pour coucher par écrit ce dont elle se souvient. Certains ne veulent rien dire, d'autres ressemblent aux formules dans les notes de son père. Son écriture se fait presque illisible, les lettres se chevauchent et se mélangent, mais elle est incapable de s'arrêter, incapable de ralentir. Elle refuse de laisser ces souvenirs s'échapper, malgré son cœur qui bat si fort qu'il semble prêt à s'échapper de sa poitrine; et si l'un d'eux contenait la réponse? Elle pourrait se sauver, elle pourrait purger ce poison de son corps, réparer ce que son père lui a fait subir. Il faut juste qu'elle perce le brouillard qui embrume son esprit, et qu'elle se souvienne, se souvienne, se souvienne...

Elle repousse les documents et prend une profonde inspiration. Cinq choses qu'elle voit: la pointe du stylo, les lignes sur la page, le grain de la table, l'encre sur son doigt, le coin déchiré de son cahier de maths. Non. Elle ferme les paupières de toutes ses forces et les rouvre, tentant de se débarrasser de ses œillères. Cinq choses: son sac de cours, la chaise vide en face, la pendule du four, la lessive d'hier, la lumière matinale qui perce par la fenêtre. C'est mieux. Cinq choses qu'elle entend: sa respiration entrecoupée, l'évier qui fuit, le bourdonnement du frigo, la cloche du tram qui passe, les bruits de pas des voisins du dessus.

Elle est chez elle. Seule. En sécurité – ou autant qu'elle peut l'être.

Plus calme, Isabel repasse en revue les pages qu'elle a décodées, à la recherche de dates et d'autres détails. Il est évident qu'aucune ne mentionne le poison qui ravage actuellement son corps, seulement d'autres substances cruelles, depuis longtemps vendues à divers gouvernements ou utilisées par la guilde. Même si elle ne s'attendait pas à ce que la tâche soit simple, un profond découragement la submerge lorsqu'elle voit combien de pages il lui reste encore à décrypter. La réponse pourrait se cacher n'importe où.

Peut-être que cette fois, son père a vraiment réussi à la tuer.

15

Vereco (VÉRITÉ)

Le week-end passe en un tourbillon de siestes, de codes et de douleur. Les heures se fondent les unes dans les autres, jusqu'à ce qu'elles soient aussi enchevêtrées que les mots qu'Isabel démêle lentement. Elle chasse de son esprit Toni Rolleston et l'horrible expression sur le visage d'Emma pour se concentrer sur ce problème, mais ça ne la mène nulle part : aucune des pages qu'elle parvient à déchiffrer ne lui apprend quoi que ce soit qui puisse l'aider.

Alors, lundi matin, Isabel distribue ses journaux à toute allure, puis part à la recherche de Grace Whittock avant le début des cours. Elle n'en a aucune envie : demander l'aide d'une dissidente est risqué de base, et d'autant plus lorsque celle-ci travaille dans son lycée. C'est bien le signe qu'elle est désespérée. La douleur empire chaque jour, et elle ne peut pas se montrer difficile.

Elle est presque arrivée à la bibliothèque lorsque la porte s'ouvre, et qu'elle se retrouve nez à nez avec Emma.

Celle-ci refuse de croiser son regard et semble décidée à l'ignorer, mais Isabel l'attrape par le bras, l'obligeant à s'arrêter.

— Emma…

Emma se dégage d'un geste brusque.

— Je n'ai rien à te dire.

— Je voulais juste m'assurer que tu vas bien.

Pathétique. En vérité, elle est tellement préoccupée qu'elle n'a même pas réfléchi à ce qu'elle dirait à Emma si elle la croisait.

— Qu'est-ce que ça peut te faire ? Tu m'as menti depuis le début.

Elle n'a pas tort.

— Qu'est-ce que tu as…

— Qu'est-ce que j'ai entendu ? Assez pour savoir que tu fais partie de Comma, répond Emma d'une voix basse, mais hargneuse. J'ai obligé ma mère à me raconter le reste, après.

Isabel jette un œil autour d'elle. Il n'y a personne à proximité, mais ça ne veut pas dire qu'un couloir du lycée est un endroit adapté à une telle conversation.

— Je suis partie, Emma. Je ne suis pas… je ne…

— Mais ça ne change rien au fait que tu as tué des gens, pas vrai ? Donc, à moins que tu veuilles que le lycée entier apprenne que tu es une meurtrière, ne m'adresse plus la parole, *Bella*.

Sur ces mots, elle s'éloigne d'un pas vif. Isabel la regarde partir le cœur lourd. Cette menace n'est rien à côté du poids qui s'est abattu sur sa poitrine en voyant le dégoût sur le visage d'Emma.

Quand elle entre enfin dans la bibliothèque, Grace est derrière son bureau, occupée à réparer un livre défraîchi. Isabel balaie la salle du regard pour vérifier qu'elles sont seules, puis déclare :

— J'ai besoin de votre aide.

— Bien sûr. Qu'est-ce que je peux faire pour toi ?

— Il me faut un antidote.

Grace repose sa colle.

— Ah. Qui t'en a parlé ?

— Daragh Vernant.

La porte s'ouvre, et un autre élève entre dans la bibliothèque, salue Grace d'un signe de tête, puis se dirige vers les étagères.

— Allons dans mon bureau, dit la bibliothécaire en joignant le geste à la parole.

Une fois à l'intérieur, la porte close, Isabel a une seconde d'hésitation. Que doit-elle révéler ? Peut-elle vraiment faire confiance à Grace ? Mais elle n'a pas le temps de s'en soucier – si elle veut de l'aide, elle doit se dévoiler, quel que soit le risque.

Elle se met à parler à toute vitesse, avant de se dégonfler.

— On n'a pas identifié le poison, mais on sait que c'est grave. Il a été injecté par voie intramusculaire, puis enrobé dans une capsule qui a retardé ses effets. Daragh l'a retirée, mais sans antidote, il ne peut rien faire de plus. Je n'ai pas la formule, mais j'ai la capsule et des copies de mes résultats d'analyses sanguines, si ça peut aider.

Isabel se tait et attend. Grace cligne plusieurs fois des yeux.

— Bella, c'est…

— Si c'est trop complexe, je comprends.

— Ce n'est pas le problème. (La bibliothécaire retire ses lunettes et les nettoie sur son pull.) Je suis désolée, je… Tu as été empoisonnée ? Tu en es sûre ?

Sa surprise est compréhensible, mais Isabel n'a pas le temps pour ça.

— Je ne serais pas là si ce n'était pas le cas.

—Je… Oui, bien sûr. (Grace rechausse ses lunettes.) Sais-tu par qui ?

Elle ne s'attend probablement qu'à un nom de guilde, mais Isabel décide de la tester.

—Daragh pense qu'il s'agit du travail du Parnassiinae. Ça vous évoque quelque chose ?

À en juger par les yeux écarquillés de Grace, le nom lui est familier.

—Tous les empoisonneurs dignes de ce nom connaissent ce laboratoire, répond-elle. Leurs poisons sont…

—Légendaires ?

—J'allais dire effroyables. Pourquoi Comma t'aurait-elle prise pour cible ?

Grace est plus informée qu'Isabel ne s'y attendait, pour une dissidente. Elle lui dévoile donc un autre renseignement.

—Je ne crois pas que ce soit Comma. Je pense que c'est personnel. Parnassiinae est le laboratoire de mon père.

La bibliothécaire met quelques secondes à digérer l'information.

—Tu ne t'appelles pas vraiment Bella Nicholls, je me trompe ?

C'est un soulagement de se défaire de tous ces mensonges.

—Non. Je m'appelle Isabel Ryans.

Grace hoche la tête.

—Enchantée, Isabel. Tu as dit que tu avais des résultats d'analyses ?

Isabel lui tend les documents.

—Daragh a inclus sa propre analyse à la fin, et j'ai ajouté les composants que je suis parvenue à identifier. Celui-ci, ajoute-t-elle en désignant un passage surligné, semble être un inhibiteur agissant sur la mémoire. Je sais de source sûre que mon père m'a droguée, mais je n'ai pas réussi à déterminer précisément ce qu'il avait utilisé.

Le regard de Grace papillonne de la feuille à Isabel.

— Tu dois avoir raison, dit-elle d'une voix faible.

À l'évidence, elle peine à concilier l'idée qu'elle s'était faite d'Isabel et celle de la fille qui lui fait face. Elle feuillette toutefois le reste des documents, s'arrêtant parfois pour grimacer.

Enfin, elle déclare :

— C'est l'œuvre d'un sadique.

— Absolument.

— Je vais être honnête : je ne suis pas certaine de pouvoir faire grand-chose pour toi. Je peux neutraliser l'inhibiteur de mémoire, mais s'il est dans ton système depuis longtemps, l'antidote risque de ne pas faire effet. Pour le reste… un poison aussi complexe me dépasse complètement. Je ne sais même pas si le terme de poison est vraiment le bon : ce n'est pas tant que la substance est toxique, mais plutôt qu'elle parvient à pousser ton corps à s'autodétruire.

— Donc, vous ne pouvez rien faire ?

— Il n'y a pas un seul individu en ville capable de contrer les effets d'une telle arme biologique, affirme Grace en reposant les résultats d'analyses sur son bureau. J'aimerais t'aider, mais le Parnassiinae joue hors catégorie. Si tu penses vraiment que Comma n'est pas derrière cette attaque, tu ferais mieux d'implorer son aide. Personne d'autre n'a les compétences pour purger ce genre de substance de ton système.

— Et quelqu'un formé par Comma ?

— Peut-être. Mais où trouverait-on… (Grace relève lentement la tête et regarde Isabel dans les yeux.) Oh. Tu…

— J'ai passé des années à travailler dans le laboratoire de mon père. Il voulait que je marche sur ses traces.

Quant à savoir si elle se souvient d'assez de choses, c'est une autre histoire. Elle essaie encore d'accepter ce que son père lui a volé.

— J'ai entendu des rumeurs affirmant que Comma entraînait des enfants, dit Grace d'un ton prudent. Je ne pensais pas qu'elles étaient vraies.

Isabel hausse les épaules.

— Ils ont arrêté, à présent.

C'est drôle que le fait qu'elle ait frôlé la mort les ait effrayés au point de démanteler le programme. Ils savaient pourtant depuis le début que le Cocon mettait des enfants en danger.

— Écoutez, continue-t-elle, si je pouvais me débrouiller seule, je ne serais jamais venue vers vous, mais j'en suis incapable. Avec vos compétences et mes connaissances, on a peut-être une chance.

— Bella… Isabel. Je ne veux pas te donner de faux espoirs. Je ne suis clairement pas assez qualifiée. Je ne sais pas si je peux t'aider.

— Mais vous allez essayer ?

La bibliothécaire la regarde un long moment, puis soupire.

— Je vais essayer. C'est tout ce que je peux te promettre.

— Merci. C'est tout ce que je demande.

Grace se penche de nouveau sur les documents, et sur l'écriture de Daragh et d'Isabel dans la marge.

— Tu as travaillé dans le laboratoire de ton père, dit-elle pensivement. En quoi est-ce que ça consistait ?

— Eh bien, le plus souvent, je lui servais de cobaye, répond Isabel.

Elle regrette brièvement son ton cavalier en voyant l'expression horrifiée de la bibliothécaire. Ah oui, c'est vrai que c'est tordu et qu'elle n'est pas censée en parler de manière aussi désinvolte. Elle se souvient que Mortimer a dit d'elle qu'elle était « clairement traumatisée », et elle se demande si ça a toujours été une évidence pour les gens autour elle. Et si elle aurait dû comprendre plus tôt que ce qu'il lui arrivait n'était pas normal.

— Je veux dire…

— L'as-tu déjà aidé à fabriquer des poisons ? l'interrompt Grace avant qu'elle n'ait le temps de trouver comment dédramatiser sa révélation.

Isabel réfléchit un instant.

— Oui, parfois. Des créations plus anciennes, plus simples. Rien de récent, d'après mes souvenirs, mais ça ne veut pas forcément dire grand-chose.

— Ah oui, l'inhibiteur…, dit Grace en tapotant la formule dans la marge de son stylo. Il s'est déjà largement décomposé, mais puisqu'il en reste des traces dans ton système, le neutraliser t'aidera peut-être à recouvrer certains souvenirs. Crois-tu que ça pourrait inclure des informations au sujet de ce poison ?

— Genre, je vais me rappeler la formule comme par magie ? J'en doute.

Il était plus probable qu'elle se souvienne plutôt du moment où son père l'avait empoisonnée. Et encore. Elle était partie depuis un mois déjà, il était sûrement trop tard.

—Je suis d'accord, il y a peu de chances, admet la bibliothécaire. Mais c'est la seule piste qu'on a. Isabel, je suis spécialisée en substances non létales, le genre que les gens mettent dans la nourriture d'un collègue pour l'envoyer passer deux jours sur les toilettes. Ce n'est pas très glorieux, mais j'estime que la diarrhée est une vengeance plus appropriée que si les guildes s'en mêlaient. Je sauve quelques vies par an, et ça me permet de payer les factures. C'est tout. Rien à voir avec ce type de poison.

Le sens de ses paroles est limpide: quelles que soient ses bonnes intentions, elle ne pourra que retarder l'inévitable. Si Isabel veut survivre, elle doit aller voir la guilde.

Elle ne peut pas. Elle ne veut pas. Peut-être que Grace a raison et que la formule se cache dans un recoin de son esprit. Peut-être que Michael dit vrai et que seul son père la connaît. Dans un cas comme dans l'autre, il y a forcément une solution qui n'implique pas de s'en remettre à Ronan Atwood.

—Chaque chose en son temps, répond Isabel d'une voix mal assurée. Commençons par neutraliser l'inhibiteur. On verra le reste plus tard.

Grace hoche la tête.

—D'accord. J'essaierai de t'apporter ça demain.

C'est au moins l'illusion de contrôle, l'effet placebo qui lui donne l'impression d'avoir pris la situation en main. Il est l'heure de se rendre en cours. Elle laisse les résultats d'analyses à Grace et tente de ne plus y penser, ce qui est plus facile à dire qu'à faire, étant donné la fatigue et les douleurs qui la tenaillent.

Sans compter qu'elle a menuiserie aujourd'hui. Depuis qu'elle a surpris la conversation entre Mortimer et Grace, elle redoute une confrontation avec le professeur, mais celui-ci était mystérieusement absent mercredi dernier. Elle doute que ce soit de nouveau le cas, et est tentée d'aller se cacher à l'infirmerie jusqu'à la fin du cours.

Mais elle résiste. Et bien sûr, Mortimer est revenu. Elle échappe toutefois à son examen sur les mesures de sécurité, parce qu'il veut que toute la classe assiste à la démonstration du jour. Isabel reste au fond de la salle, et parvient à éviter tout contact visuel jusqu'à ce que, cinq minutes avant la fin, il lui demande d'aller chercher des documents au service reprographie.

C'est à l'autre bout du bâtiment, et la leçon sera terminée le temps qu'elle revienne, mais elle n'a pas de bonne raison de refuser. Malgré la méfiance qui lui noue l'estomac, elle laisse son sac sous l'établi et s'en va.

Sans surprise, à son retour, la salle est vide. Même Mortimer semble avoir disparu. Elle dépose la pile de polycopiés sur son bureau, puis retourne récupérer son sac.

Au moment où elle s'accroupit, une main lui effleure le coude. Elle fait volte-face, ses doigts se referment sur le poignet et le tordent violemment, déclenchant un grognement de douleur. Elle reconnaît trop tard la chemise à carreaux verts de Mortimer. Elle le relâche et recule aussitôt, mais se retrouve acculée contre l'établi.

Isabel lève prudemment les yeux.

Mortimer se masse le poignet avec une grimace. Il hausse les sourcils.

— Eh bien, ça répond déjà à une question. *Kiom longe ili trejnas vin ?* (Depuis quand te forment-ils ?)

Isabel se fige. De l'espéranto. La langue des guildes. Mais comment Mortimer peut-il la connaître ? Comma aurait-elle placé des espions au lycée pour garder un œil sur elle ? Ou est-il un membre de Colibri, sous couverture pour repérer des recrues potentielles ?

Mais des recrues douées en… menuiserie ? Ça ne tient pas debout.

— Je ne comprends pas, répond-elle prudemment en se faufilant imperceptiblement le long de l'établi, dans l'espoir de s'extirper de ce recoin. Je suis désolée, je ne parle pas espéranto.

— *Vere ?* (Vraiment ?)

Il grimace toujours, mais il n'y a aucune malveillance sur son visage. Malgré tout, Isabel y voit une sagacité qui l'inquiète.

— La plupart des gens n'auraient pas réagi ainsi, ajoute Mortimer.

— Je…

Elle n'a aucune excuse.

— Je suis désolée. Je ne voulais pas vous faire de mal.

— Oh, je crois que si. Du moins, tu voulais faire du mal à quelqu'un. Peut-être pas à moi, mais c'est une autre histoire. Quoi qu'il en soit, je suis désolé de t'avoir prise par surprise. Je pensais… Peu importe ce que je pensais. Il semblerait que j'aie eu ma réponse.

— Donc, vous vouliez me tester, dit Isabel, méfiante. Voir comment j'allais réagir.

— Étonnamment, je n'avais pas envisagé que tu risquais de me briser le poignet, ce qui, avec le recul, était idiot de ma part, répond-il avec un sourire forcé qui ne la rassure absolument pas.

Donc, j'imagine que c'est Comma, non ? À moins que tu n'aies menti en prétendant venir de Fordon.

Il attend.

De mauvaise grâce, Isabel tombe le masque.

—Vous d'abord. Colibri ?

Mortimer secoue furieusement la tête.

—Absolument pas. Je ne fais pas partie de ce monde-là. Les guildes n'ont que faire d'un menuisier, et c'est réciproque.

—Mais vous parlez espéranto.

—Je me suis dit que ça pourrait se révéler utile. Connais ton ennemi, comme on dit. (Il glisse une main dans ses cheveux.) Je pensais que ta famille faisait partie du top six et que tu tentais d'échapper aux tentatives de Comma pour te recruter. Je n'avais jamais imaginé que tu puisses avoir déjà été entraînée. Il faut croire que je t'ai sous-estimée.

Par « top six », Isabel sait qu'il entend les six départements qui constituent le noyau dur de Comma, par opposition aux adjacents qui forment la septième catégorie, qui est aussi la plus grande. Pour un menuisier civil, Mortimer semble bien trop renseigné sur les rouages internes de la guilde.

—Vous n'êtes pas le premier, répond Isabel en s'éloignant encore en peu.

Il y a un ciseau au bout de l'établi. Peut-être que si elle parvient à l'attraper, elle pourra… Quoi ? Le lui planter dans le cou ? Assassiner des gens ne s'est pas vraiment révélé concluant pour résoudre ses problèmes.

—Alors, jusqu'où es-tu allée ? demande-t-il.

Voyant son regard vide, il clarifie :

—Ton entraînement. C'est bien pour ça que tu t'es enfuie ?

Elle comprend alors qu'il n'est pas au courant pour le Cocon. Il en sait trop, mais ce secret est encore bien gardé. Il la prend pour une nouvelle recrue, enrôlée à la suite d'une formation accélérée à l'école sponsorisée où elle était. C'est suffisant pour qu'elle soit foutue, mais pas assez pour en dire autant de la guilde.

— Assez loin pour savoir que ce n'était pas ce que je voulais, répond-elle sans entrer dans les détails.

Elle jette un œil à la porte. Elle ne veut vraiment pas faire de mal à Mortimer, mais s'il essaie de l'arrêter…

— Vous allez me livrer à eux ?

Il semble surpris par cette question.

— À Comma ? Pourquoi est-ce que je ferais ça ?

Isabel hausse les épaules.

— Les gens font beaucoup de choses pour plein de raisons différentes. Vous auriez sûrement droit à une récompense. Ou au moins à une faveur.

— Je n'ai pas besoin de ce genre de faveur, répond Mortimer d'un ton dur.

— Alors, pourquoi est-ce que vous avez essayé de me tester ? Qu'est-ce que ça peut vous faire que j'aie changé d'école ? J'étais à Linnaeus, d'ailleurs, puisque je sais que vous êtes allé fouiner à droite et à gauche. Félicitations, vous m'avez démasquée.

— Tu m'as entendu discuter avec Grace.

— Elle avait raison, ce ne sont pas vos affaires.

Mortimer recule d'un pas, comme s'il venait tout juste de prendre conscience qu'il l'avait acculée.

— Je m'inquiétais pour toi.

« Clairement traumatisée. »

— Je vais bien. Je m'en suis tirée.

Mortimer n'a pas l'air convaincu, bien qu'il ne sache même pas qu'elle est mourante.

— Bella, je...

— Je vais bien, répète-t-elle d'un ton plus ferme. Sauf que maintenant, je suis en retard pour les maths. Il faut que j'y aille, ou bien Ms Carey va me tuer.

Il la laisse partir.

Ce n'est qu'une fois dans le couloir, alors qu'elle reprend son souffle après avoir fermé la porte derrière elle, qu'Isabel prend conscience que, malgré sa peur, elle n'a jamais vraiment cru qu'il l'en empêcherait.

16

Kulpo (culpabilité)

Le lendemain après-midi, après une autre nuit agitée et une horrible journée de cours qui semble avoir duré plusieurs années, Isabel se rend à la bibliothèque. La peur lui brûle la gorge comme de l'acide, à l'idée des souvenirs qui pourraient remonter à la surface une fois l'inhibiteur de mémoire neutralisé. Elle n'a rien appris de positif sur son passé dans les notes de son père qu'elle est parvenue à décoder. Mais elle ne peut pas faire machine arrière maintenant.

Grace est assise à son bureau, la tête entre les mains.

—Je vous dérange ? demande Isabel.

La bibliothécaire se redresse, l'air épuisé.

—Quoi ? Oh, non. Entre.

Une fois que la porte est refermée, Grace ajoute :

—Tu ne m'avais pas dit que la mère d'Emma faisait partie de Comma.

—Je ne pensais pas que c'était important, répond Isabel en toute bonne foi. Comment l'avez-vous appris ?

— Emma a eu une crise de nerfs dans mon bureau à l'heure du déjeuner. Elle ne t'a pas trahie, au fait. Elle est en colère, mais ton nom n'a pas franchi ses lèvres. Si ça t'importe.

Ça lui importe bien plus qu'Isabel ne veut l'admettre.

— Est-ce qu'il y a autre chose que tu aurais omis de mentionner avant qu'on ne continue ?

Les mots s'échappent de sa bouche.

— J'ai tué Ian Crampton.

Elle s'attendait à une réaction choquée, ou au moins surprise, mais Grace se contente de hocher la tête.

— Je m'en doutais. (Puis elle fait pivoter sa chaise vers le mini-frigo dans le coin.) Donc, cet antidote. Tu es prête ?

— Je... Oui, mais...

— Si tu as changé d'avis, je ne t'en voudrai pas. Tu n'es pas obligée.

— Ce n'est pas ça.

Quel est le protocole pour ce genre de choses ? Quelle que soit la manière de le formuler, ça lui semble malpoli.

— C'est... Combien est-ce que ça va coûter ? Je n'ai pas beaucoup d'argent.

La bibliothécaire pianote des doigts sur l'accoudoir de sa chaise.

— Je n'y ai pas réfléchi. Et si on s'arrangeait plus tard ?

— Si vous ne faites ça que par pitié...

— Ce n'est pas de la pitié, Isabel, répond Grace d'un ton vaguement exaspéré. J'ai dit qu'on s'arrangerait plus tard. Pour l'heure, tu es une ado de dix-sept sans revenus et à l'article de la mort. Il me semble que notre priorité devrait être ton état de santé. L'argent peut attendre.

Isabel serait soulagée si elle en avait encore la force.

— Une dernière chose, dit-elle. Mortimer Sark.

— Qu'est-ce qu'il a ?

— Je vous ai entendus parler tous les deux. J'ai entendu ce qu'il a dit à mon sujet. Il se peut qu'il ait deviné mon lien avec la guilde.

— Ah. Sur le coup, j'ai cru que sa paranoïa avait eu raison de lui, mais j'ai rapidement changé d'avis depuis. Quand tu dis « il se peut qu'il ait deviné »...

— Il ne sait pas que j'ai été empoisonnée ni que j'ai été entraînée depuis l'enfance, mais il en sait suffisamment pour me faire expulser du lycée. Le fait que j'ai menti dans mon dossier scolaire suffirait.

Et changer de vie avait été déjà bien assez compliqué la première fois, quand elle avait l'argent et les ressources nécessaires pour se forger une nouvelle identité. Elle n'est pas certaine d'être capable de recommencer. Ce qui signifie que si Mortimer la dénonce, elle devra soit renoncer à ses études, soit retourner à Linnaeus et réintégrer Comma. Auquel cas, elle aurait mieux fait d'accepter la proposition de Ronan.

— Tu veux que je l'empoisonne ? propose Grace.

Isabel lève les yeux, sous le choc.

— Non ! Bien sûr que non. Vous seriez vraiment... Attendez. (Les lèvres de la bibliothécaire tressaillent.) C'était une blague.

— Plutôt, oui. Malgré ses nombreux défauts, je considère Mortimer comme un ami, et je préférerais ne pas l'empoisonner. Mais si tu m'avais demandé de le faire, je l'aurais envisagé. Avec quelque chose d'incommodant, mais de non létal.

Dire qu'Isabel pensait que Grace ne chercherait pas à la protéger.

— Merci, j'apprécie vraiment, dit-elle avec sincérité, mais s'il vous plaît, n'empoisonnez pas Mortimer.

— Message reçu. Est-il au courant pour Ian Crampton ?

— Il ne sait rien de concret et n'a aucune preuve, mais… je ne peux pas me permettre d'être renvoyée, Grace.

Il semble étrange qu'elle s'inquiète de sa scolarité future alors qu'elle risque de n'avoir aucun avenir, mais si elle ne prétend pas qu'elle va survivre, elle n'arrivera pas à tenir le coup.

— Vous pensez qu'il me dénoncera ?

Grace réfléchit.

— Non, répond-elle enfin. Mortimer est un fouineur et sa perspicacité le perdra, mais il ne chercherait pas à te nuire délibérément. Et puisqu'il pense que tu as fui la guilde, il ne fera rien, à moins d'être persuadé d'agir pour ton bien. Tu n'as pas à t'inquiéter.

Isabel hoche la tête, rassurée. Mortimer pourrait toujours la mettre dans le pétrin par accident, mais c'est un vrai soulagement de ne pas être obligée de le considérer comme une menace imminente.

— D'accord. Alors, cet antidote…

— Il va mettre quelques heures à faire effet, explique Grace en sortant la seringue du mini-frigo. Et ça ne va pas être une partie de plaisir. Tu ferais mieux de rentrer directement chez toi après l'injection.

Ce qui veut probablement dire qu'elle doit s'attendre à des vomissements. À ce stade, Isabel connaît déjà intimement la cuvette de ses toilettes.

— Vous êtes sûre de vous ? demande-t-elle en examinant le liquide transparent.

— Je fais très bien mon travail. Dans mes deux métiers. Et toi, tu es sûre de vouloir continuer ?

Il est encore temps de faire marche arrière. Tant que cette aiguille n'a pas percé sa peau, elle peut encore conserver ce semblant de paix que l'oubli lui procure.

— Oui, je suis sûre.

La piqûre est indolore. Autant dire que ce n'est rien à côté de tout ce que son corps a déjà subi. Grace colle un petit pansement sur la minuscule goutte de sang qui perle à la surface, et offre un verre d'eau à Isabel.

Puis elle ajoute :

— Je pourrais parler à Emma pour toi, si tu veux. Elle m'écouterait peut-être.

— Pour dire quoi ?

Grace Whittock ouvre la bouche et la referme sans répondre.

— J'ai dix-sept ans et j'ai tué quatre personnes, Grace. Je ne suis pas exactement l'amie rêvée.

C'est la première fois qu'elle formule les choses si crûment, mais il n'y a aucun moyen de changer la donne, de faire passer la pilule ou de convaincre Emma qu'au fond, Isabel est quelqu'un de bien. Elles le savent aussi bien l'une que l'autre, et Isabel en a sa claque des mensonges.

— Elle m'écouterait peut-être, répète la bibliothécaire sans grande conviction.

Isabel hisse son sac sur son dos.

— Vous en avez déjà assez fait. Je me charge du reste.

—Stulta. *(La voix de son père.)* Faru ĝin denove.

—*Je ne peux pas.*

Des mains qui tremblent. Un cabas caché dans son placard, à moitié rempli. Un téléphone secret sous son matelas. Un élan de défi, de désespoir, de destruction.

—*Je ne peux pas.*

—*Je t'ai dit de recommencer. Où sont tes notes ?*

—*Ici, mais…*

—Kia malbela fekero. *Qu'est-ce que c'est que ça ? Tu as essayé, au moins ?*

—*Je ne peux pas le faire.*

Sa voix est trop basse, comme un nuage lourd dans le ciel avant que l'éclair ne frappe.

—*Pourquoi pas ?*

—*C'est trop compliqué. Je n'ai jamais rien fait de tel. Et je suis tellement fatiguée… ça fait des heures. Je…*

—*Tu t'arrêteras quand tu auras terminé.*

Il se dresse au-dessus d'elle. Elle n'ose pas reculer et agrippe de toutes ses forces le rebord de la paillasse.

—*Ce n'est pas trop difficile pour toi,* noktopapilio.

—*Si. Je t'en supplie.*

Son soupir est désabusé.

—*Tu vas l'annoncer à ta mère, alors ?*

Elle serre les doigts si fort qu'ils en sont douloureux.

—*Non, pitié, j'ai essayé. Tu dois lui dire que j'ai essayé. Je fais de mon mieux.*

—*Je dois ?*

Une erreur. Elle a fait une erreur. Elle se tient prête, les muscles bandés comme la corde d'un arc, et tout aussi dangereux.

— Tu es sûre que tu fais vraiment de ton mieux, Issy ? Parce que j'ai plutôt l'impression que tu n'essaies même pas.

— Si, je le jure ! S'il te plaît, je suis là depuis des heures et je ne…

Une douleur vive dans sa joue. Elle recule d'un pas chancelant, un goût métallique dans la bouche.

Puis il lui prend le visage entre les mains, doucement, et essuie les gouttes de sang.

— Issy, Issy, Issy, dit-il. Je sais que tu ne veux pas me contrarier. Peut-être que j'ai été trop dur avec toi, c'est ça ? Ça fait longtemps, pas vrai ? Il faut peut-être te rafraîchir la mémoire sur les effets de ces ingrédients. Je ne suis pas étonné que tu aies oublié.

Se dégager ne fera qu'empirer les choses. Ses yeux se remplissent de larmes qu'elle n'est pas autorisée à verser.

— Non, je m'en souviens, je m'en souviens ! Pitié, ne…

— Eh bien, si tu t'en souviens… (Il la relâche.) Je suis très occupé, Issy. J'ai des choses à régler. À mon retour, je veux que ce soit terminé. Compris ? (Elle hoche la tête.) Parfait, petite Phalène. Je savais que je pouvais compter sur toi.

Il se dirige vers la porte, ses clés à la main. Il va l'enfermer, la laisser mourir de faim jusqu'à ce qu'elle ait décortiqué cette horrible formule, ce poison cauchemardesque qu'il a imaginé. Il est impossible à fabriquer, elle le sait – c'est une arme inhumaine, l'œuvre d'un fou –, mais il jure que si et qu'elle doit s'en charger.

Elle n'a pas le choix. Elle entend la clé tourner dans la serrure et s'autorise un sanglot, un soupir, une crise d'angoisse tronquée. Puis elle attrape la feuille où est inscrite la formule, de l'écriture en pattes de mouche de son père, si noire contre le fond blanc. Elle…

… se réveille.

Isabel fixe le plafond au-dessus de son lit, le souffle court et douloureux. Elle se souvient. Enfin. Ce n'est pas son père qui a fabriqué ce poison.

C'est elle. Elle a préparé cette substance cruelle qui la détruit à présent de l'intérieur.

Pour la première fois de sa vie, elle regrette de s'être réveillée d'un cauchemar. Quelques instants de plus, et elle aurait eu la formule, elle aurait eu une chance de découvrir un remède. Maintenant, la voilà de retour à la case départ, excepté qu'elle doit désormais vivre en sachant que ses propres mains ont transformé cette torture hypothétique en véritable condamnation à mort.

C'est le milieu de la nuit ; dehors, la ville est plongée dans le noir, mais elle est trop fébrile pour se rendormir. Elle met de l'eau à chauffer pour se préparer une tasse de thé à la menthe, qui calmera peut-être son estomac. Ses yeux se posent sur les documents, qui attendent encore d'être décodés. La réponse se trouve-t-elle à l'intérieur ? Si oui, la reconnaîtra-t-elle ? Ou est-ce que ce souvenir n'est bon qu'à la tourmenter ?

Pour se changer les idées, elle sort son téléphone. L'écran indique 04:23, et elle a trois nouveaux messages. Les deux premiers viennent de Nick.

J'espère que ça va, je ne t'ai pas beaucoup vue ces derniers jours.

Puis, plus tard :

Si ça te dit toujours de tester ce club, Rob m'a donné les infos. Tiens-moi au courant. Pas d'urgence.

Elle ne lui a même pas dit qu'elle était malade. Elle ne saurait pas par où commencer.

À sa grande surprise, le troisième message provient d'Emma.

Pourquoi parlais-tu à Grace ? Je veux la vérité.

Il date de quelques heures. Emma est donc probablement endormie à présent, ce qui lui laisse le temps de réfléchir à une réponse. Il y a des dizaines de raisons parfaitement innocentes pour lesquelles Isabel pourrait discuter avec la bibliothécaire du lycée, mais elle sait ce qu'Emma veut vraiment savoir : *Grace est-elle aussi membre d'une guilde ?* Et Isabel refuse d'insulter Emma en faisant mine de ne pas avoir lu entre les lignes.

Mais ce n'est pas à elle de dévoiler les secrets de Grace ; elle doit donc se montrer prudente. Elle s'apprête à remettre son téléphone dans la poche de son sac quand il se met à sonner.

Michael.

— J'aurais pu être en train de dormir, dit-elle en guise de réponse.

— Tu aurais pu, mais je me suis dit que dans ce cas, tu ne décrocherais pas, dit-il d'une voix rauque, comme s'il était lui-même à peine éveillé. Je suis content que tu aies répondu.

— Il s'est passé quelque chose ?

— Juste un cauchemar. Désolé. Je n'aurais pas dû te déranger.

— Pas grave.

Savoir qu'elle n'est pas la seule à passer une nuit merdique lui met un peu de baume au cœur.

— J'en ai fait un, moi aussi.

Il lâche un petit rire.

— On fait vraiment la paire. Deux individus parfaitement équilibrés.

— Les meilleurs atouts du Cocon, renchérit Isabel.

Elle change son téléphone d'oreille, et entend au loin des bruits de circulation ainsi qu'une alarme de voiture.

— Où es-tu ?

— Assis dans l'escalier de secours de l'auberge, répond Michael. Je ne voulais pas réveiller mes camarades de chambre. Même si, franchement, Gregory le mériterait bien : il ronfle comme un rameur.

— Un rameur ? répète Isabel, amusée malgré elle.

— Tu sais, la machine. Un long bruit sifflant, puis ffffiouh, il relâche tout. Je n'ai jamais connu personne avec des narines si encombrées.

— Pauvre Gregory.

— Pauvre Gregory ? Pauvre moi, tu veux dire ! Je suis à deux doigts de l'étouffer dans son sommeil.

— Je te le déconseille. Il s'avère que tuer des gens est rarement bien vu.

— Ça alors. Tu me surprends. Bon, tu veux commencer ?

— Comment ça ?

— Nos cauchemars. Je te raconterai le mien si tu me racontes le tien.

Tu savais que j'avais fabriqué le poison ? Elle brûle d'envie de lui poser la question, mais s'il le savait, il lui aurait dit, non ?

— Oh, ici, comme d'habitude, répond-elle en ramassant un stylo qu'elle fait tournoyer entre ses doigts. Mon père. Le laboratoire.

— Je vois.

— Et toi ?

Il pousse un soupir qui crépite dans le combiné.

— Pareil, comme d'habitude. La mission. Toi qui te vides de ton sang sous mes yeux. Sauf que cette fois, tes parents ne m'accueillent pas chez eux, et Comma me fait assassiner.

— Oh.

Il a déjà mentionné le fait que la guilde avait débattu de son sort. Elle ne savait pas qu'une exécution avait été envisagée. Mais il est vrai que Comma n'a jamais aimé laisser des choses en suspens. Pas étonnant qu'il soit venu la retrouver, elle.

— Donc, quand tu ne m'appelles pas au milieu de la nuit, comment gères-tu tes cauchemars, d'habitude ?

Il rit.

— Je bois jusqu'à ce que je me rendorme. Je ne le recommande pas non plus. Mais j'ai entendu du bien de la thérapie.

— Ah oui ?

— On devrait peut-être essayer.

— Peut-être. (Isabel jette un regard à la pendule.) Il faut que j'y aille. J'ai encore le temps de faire une sieste avant d'aller livrer mes journaux.

— D'accord, je te laisse.

Le silence se fait à l'autre bout du fil. Elle pense qu'il a raccroché, jusqu'à ce qu'il ajoute :

— Merci d'avoir répondu. Ça m'a fait du bien.

Isabel sourit, bien qu'il ne puisse pas la voir.

— Bonne nuit, Michael. Ne trucide pas Gregory.

— Je vais faire de mon mieux, assure-t-il avant de raccrocher.

Il ne serait jamais venu à l'esprit d'Isabel de l'appeler. Mais ce court moment de partage, ce lien, lui a fait du bien, à elle aussi. Il lui a rappelé que d'autres personnes savaient ce qu'il lui était arrivé, que c'était vrai, en dépit de sa mémoire défaillante.

Elle ne peut pas se fier à grand-chose ces derniers temps, pas même à son propre esprit, mais au moins, elle n'est pas seule avec ces doutes et ces cauchemars. C'est une maigre consolation, mais c'est tout ce qu'elle a.

17

Batalhalto (trêve)

— Parfait, tu es en avance, dit Ashvin. C'est ce que j'espérais. Alfie m'a appelé à 5 heures du matin pour m'annoncer qu'il était malade. À 5 heures ! Qu'est-ce que je suis censé faire, moi ? Tiens, tu peux te charger de ceux-là aussi, pas vrai ? Ce ne sera pas long. Les détails sont dans le sac.

Isabel accepte machinalement le sac. Il est bien plus léger que celui dont elle a l'habitude.

— Mais…

Ashvin ne la laisse pas finir.

— On peut compter sur toi. Je n'ai eu aucune plainte à ton sujet. Je te fais confiance.

Elle s'apprête à lui dire qu'elle a à peine assez d'énergie pour faire sa propre tournée, sans parler d'un détour, mais son regard se pose alors sur le contenu du sac. Ce n'est pas l'*Écho*, ce dont elle aurait pu se douter. Elle ne s'attendait toutefois pas au papier recyclé densément couvert de caractères d'imprimerie gris du *Bulletin hebdomadaire de la Presse Libre*.

Elle lève les yeux vers Ashvin. Elle ne s'attendait pas à ça de sa part. Voyant la question sur son visage, il répond :

— Les nouvelles sont les nouvelles. Les affaires sont les affaires. Tu les prends ?

« Je te fais confiance », lui a-t-il dit, et à l'évidence, il n'a pas menti, car ce n'est pas seulement lui qui risque gros, mais tous les gens dont l'adresse figure sur la liste d'abonnés. Lire le *Bulletin* ne suffit pas à faire d'eux une cible, mais c'est assez pour qu'ils se retrouvent sous la surveillance des guildes. Et si celles-ci trouvent des preuves d'activité abolitionniste…

Comment Ashvin peut-il lui donner de telles informations comme si ce n'était rien ?

— Je les prends, répond-elle en glissant les anses du sac sur son épaule. Pas de problème.

Une fois hors de vue du marchand, elle est tentée de lire elle-même le journal. Elle n'a jamais eu accès à une publication de la Presse Libre, et elle est curieuse de découvrir la part d'idéologie et la part d'informations auxquelles les civils lambda ne devraient pas avoir accès. Mais si elle s'arrête maintenant, elle sera en retard au lycée, et prouver à Ashvin qu'il a eu raison de lui faire confiance pourrait se révéler payant sur le long terme.

C'est un matin morne, l'air automnal est trop frais pour un simple pull, mais pas assez pour justifier d'enfiler un manteau. Des nuages menaçants flottent mollement au-dessus des toits de Lutton, et le gris ambiant affadit les façades colorées. Isabel retrouve son rythme habituel : plier le journal, le glisser dans la fente, ne pas traîner à la maison avec le gros chien, caresser le chat gris perché sur la boîte aux lettres au bout de la rue.

Elle est un peu plus lente que d'habitude, et doit s'arrêter plusieurs fois pour se reposer, mais au moins, elle a commencé en avance.

Sur les dernières rues, la tournée d'Alfie et la sienne se recoupent, si bien que lorsqu'il ne lui reste plus que quelques exemplaires de l'*Écho*, elle sort la liste du garçon et vérifie trois fois chaque adresse avant de déposer les journaux. Se tromper en livrant l'*Écho*, c'est la garantie d'un client mécontent. Dans le cas du *Bulletin*… elle n'ose même pas y penser. Heureusement, les abonnés ne semblent pas être des lève-tôt, et les maisons sont encore plongées dans le noir ; elle ne risque donc de croiser personne.

Jusqu'à la dernière maison. Alors qu'elle remonte l'allée, la lumière s'allume dans l'entrée. Elle comptait glisser le papier dans la fente et partir en courant, mais elle vient à peine d'arriver sur le porche que la porte s'ouvre.

Donne-lui le journal et va-t'en. Ne croise pas son regard. Ne montre pas ton visage. Elle plonge la main dans son sac et en sort un exemplaire qu'elle tend à l'aveuglette.

— Tenez.

— Bella ? lance une voix incrédule.

Elle relève lentement la tête. Mortimer se tient sur le pas de la porte, le *Bulletin* à la main.

Merde.

Ils se regardent un long moment en silence. Tout devient clair : sa maîtrise de l'espéranto, sa connaissance des guildes, le fait qu'il les ait qualifiées « d'ennemies ». Isabel avait cru à une plaisanterie, mais elle aurait dû se douter que Mortimer était un abolitionniste. Pas étonnant qu'il se soit autant intéressé à quelqu'un qu'il soupçonnait de s'être enfui de Comma. Il la testait pour voir si elle serait sympathisante à sa cause.

Et maintenant, sa vie est entre les mains d'Isabel – il suffirait qu'elle glisse un mot à la bonne personne, et il se retrouverait sur la liste des gens à abattre de Comma. Elle comprend à l'expression sur son visage qu'il le sait, et qu'il attend de voir ce qu'elle compte faire.

Elle prend conscience que l'ancienne Isabel, celle qui n'avait jamais imaginé quitter un jour la maison de ses parents, l'aurait fait sans hésiter. Et maintenant qu'elle tente de se persuader qu'elle s'en est tirée et qu'elle ne retournera jamais auprès de Comma, à qui va sa loyauté ?

Avant qu'elle ne soit parvenue à une décision, Mortimer reprend la parole.

— Par pitié, dis-moi qu'Alfie ne gît pas dans une ruelle, la gorge tranchée.

Elle n'est pas étonnée qu'il connaisse le prénom du garçon.

— Il est malade. Ashvin m'a demandé de le remplacer. Je livre l'*Écho*, d'habitude.

— Me voilà soulagé, déclare-t-il avec un sourire crispé. Je me demandais pourquoi il était en retard.

— Vous devriez rentrer avant que quelqu'un ne voie ça, répond Isabel avec un signe de tête en direction du journal.

Mortimer le glisse sous son bras.

— Quelqu'un d'autre, tu veux dire. Inutile de me cacher, si tu comptes me dénoncer.

C'est à la fois une provocation et une question. Isabel n'a pas de réponse. Elle pourrait monnayer cette information. Le livrer à Ronan comme un sacrifice humain en échange d'un peu plus de temps, d'informations, ou de n'importe quoi qui puisse l'aider à survivre. Mais…

« Je m'inquiétais pour toi », avait-il dit.

Et Isabel ne fait plus partie de Comma.

— Heureusement que je n'en ai pas l'intention, alors, répond-elle en glissant le sac vide dans la sacoche de l'*Écho*. À moins que vous ne me donniez une raison de le faire.

Il hausse un sourcil.

— Du chantage, Bella ? C'est un jeu dangereux.

— J'ai joué à pire.

— Oui, dit Mortimer d'un air songeur. Je veux bien te croire. (Il la salue avec le journal.) Je te verrai au lycée, dans ce cas.

Ce n'est pas une alliance, plutôt une impasse. Mais pour la première fois depuis bien trop longtemps, Isabel a l'impression d'avoir le contrôle de la situation, de s'être réapproprié un soupçon de pouvoir. Après des semaines à se sentir impuissante, c'est grisant.

Elle dépose les derniers exemplaires de l'*Écho*, puis se dirige vers l'arrêt de tram. Assise sur le banc métallique, elle répond à Emma avant de se dégonfler.

Je parlais à Grace parce qu'elle m'aide.

— Tu as une mine affreuse, déclare Nick. Ça va ?

Elle ne l'avait même pas remarqué.

— Pas vraiment, répond Isabel en tentant de se souvenir du jour de la semaine et de ce qu'elle fait là. Désolée, ce sera une prochaine fois pour le club. Je crois que j'ai eu les yeux plus gros que le ventre, ce semestre.

Il semble soulagé qu'elle lui offre une excuse, au lieu de prétendre que la conversation n'a jamais eu lieu.

— Livrer des journaux te met sur les rotules, j'imagine ?

— On peut dire ça.

On doit être mercredi. Peut-être. Elle a l'impression que son dernier mercredi remonte à un moment.

Son portable vibre pile au moment où le tram arrive. Elle le sort d'une main, et scanne sa carte de transport de l'autre, tentant de ne rien lâcher dans la cohue. Elle a reçu un message d'Emma.

Elle fait partie d'une guilde ?

Non.

Isabel aimerait dire toute la vérité à Emma, mais les secrets de Grace n'appartiennent qu'à elle. Pour l'instant, une simple dénégation devra suffire.

Elle est presque arrivée au lycée, quand son téléphone vibre de nouveau.

Tu me mens ?

Non.

Tu es vraiment mourante ?

Oui. Mon père m'a empoisonnée.

Le message suivant n'arrive qu'au milieu de la première heure de cours.

C'est toi qui as tué Ian Crampton ?

Cette fois, elle hésite avant de répondre.

Oui.

Puis elle pose une question à son tour :

Tu me détestes ?

L'attente d'une réponse est insoutenable. Isabel se surprend à vérifier son téléphone toutes les dix secondes, comme si elle risquait d'avoir raté une notification.

Enfin, lorsque la sonnerie stridente marque la fin du cours, un message arrive :

Non.

Un simple mot, aussi précieux qu'un cadeau, qui l'aide à tenir durant le restant de la matinée. Et à l'heure du déjeuner, Emma lui emboîte le pas lorsque Isabel s'éloigne de son casier.

— Salut.

— Salut, répond Isabel, surprise. Tu me reparles ?

— Ne t'y habitue pas trop vite. Si les choses deviennent trop bizarres, je me tire.

Emma lui lance un petit sourire en coin qui ne creuse pas tout à fait sa fossette, mais qui suffit à délester Isabel d'un léger poids.

—Pour info, je suis encore furieuse que tu m'aies menti. Mais j'en ai parlé avec Léo, et il m'a fait remarquer que tu essayais juste de rester en vie, et que si je devais être fâchée contre quelqu'un, ce devrait plutôt être contre maman, qui m'a caché toute cette histoire pendant des années!

—Je suis désolée que tu aies découvert tout ça par ma faute. Je n'étais vraiment pas au courant.

—Je sais. Et au moins, maintenant, je connais la vérité. Léo m'a dit qu'elle avait promis de m'en parler un jour, mais... (Emma grimace.) Je suis fâchée contre lui aussi, mais bon, tout est relatif. Je loge chez lui pour le moment. Je ne me sens pas capable de faire face à ma mère.

Isabel hoche la tête. À la place d'Emma, si elle venait d'apprendre que sa mère d'adoption lui avait menti pendant près d'une décennie, elle aurait probablement elle aussi besoin d'un peu d'espace pour digérer la nouvelle.

—Donc, tu ne me détestes pas?

—Je ne te déteste pas.

Il ne fait pas particulièrement beau, mais sans se concerter, elles se dirigent ensemble vers un banc sur le terrain de sport boueux, plutôt que vers la cantine chauffée. Emma se perche sur le dossier, les pieds sur l'assise, tandis qu'Isabel prend place sur l'accoudoir.

—Que ce soit bien clair, ça me bouffe de savoir que tu as tué des gens. Mais plus je pense au Cocon, plus je prends conscience que ce n'était pas ta faute. Tu étais une enfant, littéralement.

C'est complètement tordu. Et je serais une vraie garce si je te détestais pour ça. Donc, voilà où on en est.

Isabel déglutit. À entendre Emma, ça paraît si simple… et même si elle n'est pas certaine que la situation soit aussi claire et nette que cela, elle est juste soulagée de retrouver son amie.

—Merci, répond-elle, ne sachant que dire d'autre.

—Mais en échange, tu dois me promettre d'être honnête avec moi. Plus de mensonges. J'en ai assez qu'on me cache des choses.

—Je vais essayer, dit Isabel d'un air de doute. Certaines choses… c'est difficile d'en parler.

—Commence par Grace. Tu m'as dit qu'elle n'était pas membre d'une guilde, mais dans ce cas, comment peut-elle t'aider ?

« Plus de mensonges » semble aussitôt bien plus compliqué que cinq secondes plus tôt, si elle veut garder le secret de Grace. Après un bref débat intérieur, Isabel craque.

—Grace est une empoisonneuse dissidente. Elle est douée pour fabriquer des antidotes et m'aide à traiter mes symptômes.

Le visage d'Emma est vide de toute expression.

—Merde, alors. Je suis allée prendre le thé chez elle !

Ce n'est pas exactement la réaction à laquelle Isabel s'attendait.

—C'est tout ?

—Oh, je suis furieuse qu'une autre figure d'autorité m'ait menti, bien sûr. Mais j'ai déjà atteint mon niveau de rage maximum, il ne reste plus rien dans le réservoir. Donc, oui, pour le moment, c'est tout. Je lui crierai dessus plus tard, quand j'aurai retrouvé assez d'énergie mentale.

— Je vois.

— Honnêtement, je ne suis pas équipée pour digérer tout ça. Ma mère est une meurtrière ! Tu es le fruit d'un programme d'entraînement top-secret de Comma ! La bibliothécaire est une empoisonneuse ! Mon cerveau a déclaré forfait, Bel.

Bel. Le surnom prend Isabel par surprise et lui fait oublier l'anxiété qu'elle éprouve à discuter de tout ça dans un lieu public.

— Tu m'as appelée Bel, dit-elle.

— Ah oui ? Si tu détestes, je ne recommencerai pas.

Isabel secoue la tête si vite qu'elle en a le tournis.

— Non, je… je ne déteste pas.

— Cool.

Emma sort son déjeuner et déballe un sandwich. Isabel tente de trouver l'appétit pour faire de même, mais sa nausée l'emporte.

— Donc Grace t'aide, reprend son amie, la bouche pleine. Et Daragh ?

— Il veut faire d'autres analyses. Je vais à la clinique après les cours.

Comme si ça allait aider…

— Je ne savais pas que Daragh travaillait le mercredi.

— Oui. Soit il m'a à la bonne, soit il est excité de percer le mystère de mon agonie. Quoi qu'il en soit, il a l'air déterminé à me caser dans son emploi du temps.

— Espérons que c'est la première option. Tu as quoi cet après-midi ?

— Double cours de menuiserie.

L'idée de passer presque deux heures avec Mortimer ne l'enchante guère.

— J'envisage de sécher pour pouvoir faire une sieste avant mon rendez-vous, ajoute Isabel.

— Je vais t'aider, répond aussitôt Emma, avant de prendre un air vexé face à l'étonnement d'Isabel. Quoi, tu croyais que Grace mentait quand elle m'a traitée de délinquante ? Si tu cherches à t'éclipser en pleine journée, je suis celle qu'il te faut. Grace pense que je suis repentie, mais en vérité, travailler à la bibliothèque m'a donné l'immunité ultime. Personne ne me soupçonne jamais de mijoter un mauvais coup.

— Tu peux vraiment m'aider à sécher les cours ?

Emma lui lance un regard apitoyé.

— Qu'est-ce qu'ils t'ont appris dans ton école d'assassins ? Rien d'utile, on dirait.

— On n'était pas vraiment encouragés à faire l'école buissonnière.

— C'est bien dommage. Tu as vraiment une sale mine. Il faut que tu partes d'ici, il n'y a aucun doute là-dessus, répond Emma avec un grand sourire, en rangeant son déjeuner dans son sac. Tu as déjà trouvé le vieux portail ?

Isabel pensait avoir repéré toutes les sorties, mais elle s'est essentiellement concentrée sur les bâtiments.

— Il y a un autre portail ?

Emma saute du banc.

— Ouaip. Je vais te montrer.

Isabel hésite, et jette un regard alentour pour vérifier que personne ne les voie s'échapper. Il semble ridicule de s'inquiéter d'enfreindre le règlement après tout ce qu'elle a fait, mais elle ne veut pas tirer une croix sur ce lycée.

— Tu es sûre que ça ne te gêne pas de rater les cours par ma faute ?

— J'ai une heure de trou. Personne ne va se rendre compte de mon absence avant un moment. Viens.

Isabel prend la main que lui tend Emma et se laisse entraîner. Le vieux portail est à demi caché par un petit bosquet, à l'autre bout du terrain de sport. Il est fermé par un cadenas verrouillé, et envahi par des ronces et une haie de buis mal entretenue. Mais sur la gauche, la clôture grillagée qui encercle le terrain pendouille des poteaux en béton. Il n'est pas difficile de l'enjamber, bien que la boue rende le sol glissant. Emma retient Isabel quand ses jambes affaiblies menacent de céder, et les voilà de l'autre côté.

— L'administration n'est pas au courant ? demande Isabel.

Emma lâche un petit rire moqueur.

— Bien sûr que si. Mais elle laisse ça en l'état pour que les profs puissent sortir se griller discrètement une cigarette.

Emma lui tient toujours la main, et Isabel répugne à se dégager. Elle tente de se persuader qu'elle a besoin de ce soutien pour ne pas trébucher, mais elle n'est pas certaine que ce soit l'entière vérité.

— On va où, maintenant ? demande Emma. Tu voulais faire la sieste, pas vrai ?

Ce que veut Isabel, c'est une nuit, une semaine, une année de sommeil. Une mort temporaire jusqu'à ce qu'elle ne soit plus si exténuée. Mais Emma ne la hait pas, et le soulagement la fait vibrer.

— Les fresques que tu m'as montrées, répond-elle. Tu en as fait d'autres ?

Le sourire d'Emma est aveuglant, une supernova.

— Carrément. Tu veux que je te montre ?

Isabel hoche la tête. Elle pourrait probablement les trouver seule, en déambulant dans les rues jusqu'à ce qu'elle repère le style distinctif d'Emma, mais elle n'en a pas envie. Il est plus facile de voir la beauté d'Espéra avec Emma à ses côtés, et elle veut en profiter avant qu'il ne soit trop tard – *ne pense pas à ça, tu ne vas pas mourir, tu ne vas pas mourir.*

Elles prennent un tram qui les conduit à Espéra Centre. Puis Emma fait à Isabel une visite guidée de son monde, une ville entièrement faite de ruelles peintes de mille couleurs et de places cachées où l'art règne en maître. Certaines fresques sont d'elle, d'autres non. Elle laisse Isabel deviner, et rayonne de bonheur lorsque celle-ci voit juste. Certaines œuvres sont délicates, mélancoliques, des scènes pastorales incongrues entre deux barres d'immeubles ; d'autres, furieuses, pleines d'espoir, rebelles. Ici et là, des murs ont été nettoyés au karcher ; il ne reste plus que quelques traces de couleur et une sensation de menace diffuse.

— Il y avait une fresque abolitionniste ici, dit Emma en glissant ses mains sur l'un d'entre eux. Une peinture de la ville avec ses portes ouvertes et un flot de gens en sortant. Elle était apparue durant la nuit. (Elle touche les briques rugueuses comme si elle sentait encore l'image disparue.) Ils s'en sont débarrassés presque aussi vite. Parfois, ils mettent plusieurs mois à s'en rendre compte, mais celle-ci n'a même pas tenu une semaine. Quelqu'un a dû la signaler.

Ce mur vide est comme une plaie béante.

— Tu pourrais repeindre par-dessus, suggère Isabel, bien qu'elle soit incapable d'imaginer quelque chose d'autre.

Elle ne sait pas créer des images dans sa tête comme Emma.

— Peut-être que je le ferai, répond cette dernière. Si personne ne me devance.

Elles continuent leur tour, mais Isabel faiblit et doit s'appuyer lourdement contre le mur à chaque arrêt. Il n'y a pas de bancs dans ce quartier, et le sol est encore couvert de flaques.

— Est-ce qu'il y a un endroit pour s'asseoir dans le coin ? demande-t-elle, humiliée de devoir poser la question.

— Merde, désolée, tu aurais dû me dire. Il y a des bancs au cimetière… C'est juste au coin de la rue. Tu peux tenir jusque-là ?

Elle va bien devoir. Isabel serre les dents et trouve la force de suivre Emma jusqu'au portail en fer forgé, puis le long des chemins parfaitement balisés qui les mènent à un banc. Tout autour, le sol est jonché de feuilles mortes orangées. Seules quelques-unes, téméraires, s'agrippent encore aux branches au-dessus de leurs têtes.

Isabel s'assied avec soulagement et son regard tombe sur la stèle juste en face. Jean Aran. Elle jette un regard en coin à Emma.

— C'est…

— Ma sœur.

Le visage d'Emma est étrangement vide, comme si elle ne savait pas vraiment quoi ressentir.

— Désolée si tu trouves ça bizarre que je t'amène ici. C'est l'habitude, il faut croire. Je viens souvent après avoir peint. J'aime lui parler de mon travail.

— Ce n'est pas bizarre, répond Isabel, bien qu'elle soit mal placée pour en juger. Tu l'aimais beaucoup, on dirait.

Emma laisse échapper un long soupir.

— Oui.

Isabel est parfaitement heureuse de rester assise là en silence, à profiter de ce moment ensemble avant son rendez-vous avec Daragh. Le cimetière est paisible et étrangement vivant, bien plus que le reste de la ville. Même en automne, alors que les arbres perdent leurs feuilles et que la majorité des fleurs ont fané, l'endroit déborde de plantes et d'insectes.

Mais au bout d'un moment, Emma prend la parole si doucement qu'il n'est pas clair si elle parle à Isabel, à Jean, ou si elle s'adresse à elle-même.

— Quand je suis allée vivre chez maman, j'étais en colère parce que j'étais terrifiée. Terrifiée à l'idée d'être de nouveau abandonnée, trimballée d'une famille à l'autre comme un colis dont personne ne veut, jusqu'à ce qu'on m'oublie dans un coin quelque part. Et je ne savais pas comment avoir peur sans m'effondrer, si bien que je suis devenue méchante. Plus personne ne voulait m'approcher. J'étais persuadée que Toni allait me ramener à l'orphelinat, ou bien que tout ça n'était qu'un rêve dont j'allais finir par me réveiller. Mais la nuit, c'était plus difficile d'être en colère, et c'est là que je paniquais. Je me cachais sous ma couverture pour que personne ne m'entende, mais un soir, Jean m'a entendue et elle est venue s'asseoir à côté de moi. Elle m'a aidée à reprendre pied. Puis la nuit suivante, celle d'après, celle d'encore après. Elle est restée avec moi jusqu'à ce que ça s'arrête.

Isabel contemple la tombe. C'est une simple stèle, mais quelqu'un s'est assuré de désherber régulièrement l'endroit, qui doit être recouvert de fleurs l'été.

— Quand elle est partie, continue Emma, j'ignorais quoi faire. J'avais tellement pris l'habitude qu'elle soit là que j'en avais oublié comment être seule. Tu sais le pire ? Quand une personne meurt, elle… reste morte. C'est fini, terminé pour toujours. Et tu ne peux pas t'empêcher de te dire que si tu attends assez longtemps, ça changera peut-être, que tu finiras par la revoir. Mais non. La vie continue d'avancer, et tu veux savoir ce qu'elle aurait dit ou pensé, mais tu ne peux pas, parce qu'il ne reste d'elle que l'image qui vit dans ta tête, et elle ne te surprendra plus jamais.

Emma ne semble pas attendre de réponse, mais Isabel presse son épaule contre celle de son amie et dit :

— Moi, je sais une chose qu'elle aurait pensée.

— Ah oui ?

— Que le chagrin aurait pu te rendre cruelle. Mais au contraire, il t'a rendue encore plus gentille.

Elle comprend à présent pourquoi Emma ne voulait pas la laisser traverser seule cette crise de panique dans les toilettes du lycée. Pourquoi elle s'inquiète qu'Isabel soit malade, alors qu'elle ne devrait pas s'en soucier. Ce n'est pas envers Isabel qu'elle a une dette, mais envers sa sœur, une sœur qui ne reviendra jamais. Pourtant, elle est bien décidée à rembourser cette dette, d'une manière ou d'une autre.

Emma pose la tête sur l'épaule d'Isabel.

— Tu ne mets pas la barre très haut en termes de gentillesse, rétorque-t-elle.

Mais elle semble réconfortée par cette proximité, et les deux filles restent assises là jusqu'à ce qu'il soit presque l'heure du rendez-vous d'Isabel.

Alors, Emma lui prend la main pour l'aider à se lever, et elles se dirigent ensemble vers la clinique.

18

Ĉano (déclencheur)

Le jeudi passe dans un brouillard de pensées éparses et de mots perdus, qui s'enfuient quand Isabel tente de parler. Elle essaie de réprimer sa peur, mais ne peut ignorer le poison qui la consume et détruit le fil de sa pensée. En rentrant du lycée, elle ne prend même pas la peine de regarder les fichiers de son père : décoder quoi que ce soit est impossible quand elle est à peine capable de se souvenir de son propre nom.

« *Tu perds du temps, Isabel*, murmure une petite voix dans sa tête. *Comma pourrait te sauver. Ton père pourrait te sauver.* »

Mais elle refuse de retomber sous leur coupe.

Le vendredi, son esprit est plus vif, mais la douleur aussi : elle lui ronge l'estomac, lui brûle la gorge et fait gonfler ses lèvres. Son corps s'autodétruit de l'intérieur. Voyant son état, Ashvin la renvoie aussitôt au lit. Bien que cela l'oblige à renoncer à sa paie du jour, Isabel n'a pas la force de protester. Épuisée, elle se traîne jusque chez elle, où elle sombre dans le sommeil. Elle n'entend même pas son réveil sonner. Au lieu d'aller en cours, elle reste là, sur le canapé, dans un état de torpeur grisâtre.

Elle parvient malgré tout à aller jusqu'à la table de la cuisine, où elle fixe, impuissante, une page indéchiffrable du code de Ian, quand Daragh l'appelle. Les nouvelles ne sont pas bonnes. D'une voix douce et désolée, il lui explique ses résultats : son état empire. La source du poison a beau avoir disparu, l'analyse sanguine en a détecté plus de traces que précédemment. Ce qui signifie que l'immunosuppresseur n'a pas fait effet, et que le poison se propage dans son organisme, mobilisant ses propres anticorps pour faire le sale boulot. Son corps se transforme en arme.

Ça ressemble bien à son père.

— Je suis désolé, dit Daragh, mais cela n'augure rien de bon.

Elle l'entend vaguement expliquer les options qui se présentent à elle, l'encourager de nouveau à accepter l'offre de la guilde, prononcer des termes tels que « pronostic », puis voyant qu'elle ne réagit pas à ses suggestions, « soins palliatifs » et « gestion de la douleur ». Mais Isabel refuse de mourir ainsi. Tout comme elle refuse de supplier son père de la sauver, ce qui semble être l'unique bouée de sauvetage que les gens soient prêts à lui lancer alors qu'elle se noie peu à peu dans les ténèbres grandissantes du poison. Sans même parler du fait qu'il s'est volatilisé et qu'elle ne saurait pas où le trouver, elle s'interdit d'essayer. Elle refuse de lui donner cette satisfaction.

Et elle n'ira pas non plus supplier Ronan.

Quand Daragh termine de lister toutes les manières dont elle pourrait capituler, Isabel lui demande :

— Vous avez le numéro de Grace Whittock ?

— Oui, mais...

— Et j'imagine qu'elle a un laboratoire ?

— Bella, quoi que tu comptes fai…

— Je compte arranger les choses. Vous allez me donner son numéro, oui ou non ?

Il le lui donne.

Voilà comment, le samedi, Isabel se retrouve, indécise, au pied du perron menant à une maison non mitoyenne dans le nord de Lutton.

— Tu es sûre que c'est une bonne idée ? lance Michael.

Elle lui a demandé de l'accompagner, parce qu'elle ne voulait pas être seule et ne voulait pas impliquer davantage Emma. Mais à présent, elle commence à regretter sa décision. Ce serait peut-être plus facile sans témoin pour la voir vaciller sur ses pieds, le souffle court et la vision trouble. À trois reprises sur le trajet, il lui a demandé si ça allait. À trois reprises, elle lui a menti et répondu « oui ».

— Tu en as une meilleure ? réplique-t-elle.

— Oui, toujours la même.

Va voir ton père. Il te veut en vie, tu peux négocier avec lui. Personne dans cette ville ne connaît aussi bien Isabel que Michael. Et pourtant, il ne la comprend toujours pas.

— Je vais y arriver, affirme-t-elle, bien que les lumières colorées des panneaux solaires du trottoir lui brûlent les yeux. Mais je… je vais peut-être avoir besoin d'aide pour monter les marches.

Michael étouffe un juron, mais il lui offre son bras, et elle arrive jusqu'à la porte d'entrée, où elle sonne une fois, deux fois, trois fois, conformément aux instructions de Grace.

La bibliothécaire est différente en dehors du lycée. Son gros pull et sa chemise ont laissé place à un tee-shirt ajusté à manches longues et à un jean foncé. Pour la première fois, Isabel prend conscience que Grace est musclée – preuve s'il en fallait qu'elle ne fait pas que porter des livres. Même ses cheveux courts semblent plus stricts.

— Entre avant de t'écrouler, dit-elle en aidant Isabel à franchir le seuil. Et tu dois être Michael. Isabel m'a prévenue que tu viendrais aider.

Michael lui adresse un sourire gauche.

— Elle a peut-être exagéré mes compétences.

— Ne t'inquiète pas, répond Isabel. J'ai expliqué que j'étais le cerveau, et toi les muscles.

Elle n'a certainement pas de muscles pour le moment ; elle est obligée de s'appuyer contre la console de l'entrée pour rester debout, prenant garde à ne pas faire tomber la montagne de lettres et de babioles par terre. Elle a besoin d'une minute, ou de dix, pour se remettre du trajet depuis l'arrêt de tram, mais si elle attend, elle va se dégonfler. Elle lève les yeux vers Grace.

— Tout est prêt ?

— Presque. Tu as apporté l'échantillon ?

L'échantillon. Un mot bien trop innocent pour désigner la capsule que Daragh a extraite de son corps. Mais Isabel confirme d'un signe de tête. Le plan est de décomposer le mélange et d'en analyser les différents constituants, afin de déterminer les principaux ingrédients du poison. Elles sauront alors s'il est possible de créer un antidote.

Enfin, c'est la moitié du plan, plus exactement.

Grace les entraîne dans le couloir. Au bout, après l'escalier, se trouve une porte verrouillée qui nécessite une empreinte digitale et rétinienne avant de s'ouvrir et de dévoiler un laboratoire petit, mais bien équipé. En le voyant, Isabel sent son estomac se nouer. Elle doit se forcer à en franchir le seuil, alors que ses souvenirs menacent de la submerger.

Ce qui est justement l'objectif. Elle a bien avancé sur les dossiers de son père, mais quelques pages refusent obstinément de livrer leurs secrets. L'une d'elles est la plus récente de toutes celles que Ronan lui a apportées, elle remonte au 20 août. À peine sept semaines plus tôt. Cette date lui rappelle vaguement quelque chose, mais dès qu'elle essaie de se souvenir de cette journée, une vague d'angoisse l'engloutit.

S'il y a quoi que ce soit dans ces notes au sujet du poison, elle est persuadée que c'est sur cette page. Un jour dont elle n'a aucun souvenir, moins de deux semaines avant sa fuite… ça ne peut pas être une coïncidence. Mais elle a tout essayé pour la décoder, en vain. La logique de son père reste impénétrable. Son seul espoir est de se remémorer comment le code a été écrit en premier lieu, d'assembler les fragments de ses cauchemars pour reconstituer cette journée.

Avec le temps, peut-être que ses souvenirs reviendront d'eux-mêmes, mais elle ne peut pas se permettre d'attendre. Hier, Daragh lui a annoncé qu'elle souffrait d'insuffisance rénale. Bientôt, le poison déclenchera une réaction en cascade, et le reste de ses organes suivra. Il lui faut récupérer ces souvenirs tout de suite, et le laboratoire de Grace est sa meilleure option. Être là suffira peut-être à déclencher un flash-back.

Ou peut-être pas. Mais elle n'a pas d'autre idée.

Isabel se laisse tomber sur un tabouret, enfile une paire de gants et accepte les lunettes que Grace lui tend.

— Michael, tu as l'échantillon ?

— Tiens. (Il dépose la boîte renfermant la capsule empoisonnée sur la paillasse.) Je peux faire quelque chose pour aider ?

Isabel examine la machine à côté d'elle, impressionnée malgré elle. Quand elle a demandé à Grace si son laboratoire était équipé pour une chromatographie en phase liquide à haute performance, elle craignait que la réponse soit négative, ou que la machine de Grace soit une antiquité de la taille d'un placard. Mais il s'agit en réalité d'un appareil autonome et moderne – quoique pas aussi haut de gamme que celui du laboratoire de son père. Ça va simplifier les choses.

— Pas encore, répond-elle.

Elle doit faire le plus de choses possible seule, être au plus proche de l'action, si elle veut faire tomber les barrières mentales qui obscurcissent ses souvenirs, même s'il ne faut pas trop qu'elle compte sur sa mémoire musculaire – son corps n'est décidément plus digne de confiance.

— Vous auriez une loupe ? demande-t-elle à Grace.

La bibliothécaire hoche la tête et en sort une d'un tiroir. Prudemment, Isabel retire la capsule de son flacon et la dépose sur une coupelle en verre devant elle.

C'est la première fois qu'elle l'observe de si près, et jusqu'à présent, elle n'avait pas vraiment compris ce que signifiait avoir reçu une dose sublétale. La capsule est encore intacte, mais s'est suffisamment dégradée pour devenir perméable et relâcher lentement sa charge mortelle. Si elle avait attendu ne serait-ce qu'un jour de plus pour la retirer, elle serait morte. En l'état actuel des choses, elle n'est probablement encore en vie que grâce à l'intervention de Daragh.

Et c'est si petit.

Elle repose la loupe, et adresse un sourire tremblotant aux deux autres.

—Allez, c'est parti.

La première étape consiste à extraire le poison dans un solvant, afin d'avoir une solution qui puisse être introduite dans la machine. C'est indispensable, mais Isabel hésite lorsqu'elle se retrouve avec la capsule entre les mors de sa pince, à quelques centimètres du solvant. Elle n'a que ce minuscule échantillon ; si quelque chose tourne mal, elle n'aura rien d'autre à analyser.

Enfin, elle a l'habitude de ne pas avoir de seconde chance. Elle lâche la capsule.

Un simple geste. Mais il fait remonter les souvenirs d'une enfance passée dans un laboratoire, à apprendre à mélanger des produits chimiques jusqu'à ce qu'ils crachent des flammes ou changent de couleur. Son père, qui lui apprenait à tester leur acidité avec de petits morceaux de papier coloré. Qui la félicitait quand elle trouvait la bonne réponse. Qui écrivait des instructions de plus en plus compliquées sur le tableau à l'avant de la salle, et refusait de la laisser partir tant qu'elle n'avait pas terminé.

Son père, qui testait ses créations sur elle, qui la regardait, impassible, se tordre de douleur. Son père, qui exigeait qu'elle prépare son propre antidote, alors même qu'elle vomissait du sang dans l'évier.

Ce ne sont que des souvenirs, se répète Isabel. Mais ses mains tremblent lorsqu'elle aspire la solution à la seringue. Elle laisse échapper le filtre trois fois avant de déclarer forfait et de laisser Grace le mettre en place, puis injecter la solution dans une fiole.

— Tout va bien, dit Grace à voix basse en installant la fiole au bon endroit. Dis-moi ce que tu veux que je fasse.

Isabel se mord la lèvre, frustrée par sa propre impuissance. Elle veut le faire ; elle en a besoin. Mais la cicatrice sur sa paume gauche est là pour lui rappeler ce qu'il s'est passé la dernière fois qu'elle a manipulé un produit dangereux avec des mains tremblantes. Elle ne peut pas se permettre de laisser son obstination tout gâcher.

— Ça va, répond-elle. Il n'y a plus qu'à attendre les résultats maintenant, pas vrai ?

— C'est ça.

Grace lui lance un dernier regard inquiet, puis aide Michael à préparer la prochaine étape du processus. Une fois qu'ils auront séparé les différents composants, ils les analyseront à l'aide du spectromètre de masse. Avec un peu de chance, ça leur permettra d'obtenir les formules chimiques nécessaires à leur identification.

Isabel regarde les résultats de la première étape s'afficher sur le moniteur. Chaque pic du graphe correspondant à un composant différent, et c'est presque beau à regarder, malgré l'atrocité de la chose. La complexité du mélange en fait un chef-d'œuvre : une dizaine d'ingrédients travaillant en harmonie pour détruire un corps de l'intérieur. Son père a beau être un monstre, c'est aussi un génie ; Isabel ne doit pas l'oublier.

Grace abandonne Michael et s'approche. Elle émet un sifflement en voyant l'écran.

— C'est un sacré poison, déclare-t-elle, ce qui est l'euphémisme de l'année. Tu ne te souviens vraiment de rien ?

Le graphe chatouille l'esprit d'Isabel, comme la date sur les notes de son père, mais les souvenirs refusent de refaire surface.

— De rien d'utile. On va devoir s'en tenir à la méthode longue.

Ce qui est toujours mieux que de baisser les bras. Il y a encore de l'espoir. Isabel attend que le moniteur lui indique que c'est prêt, puis elle récupère le plateau de tubes à essai du collecteur de fractions. Le composé chimique est devenu une dizaine d'ingrédients différents ; chacun d'entre eux renferme ses propres secrets et doit être analysé, quel que soit le nombre d'étapes nécessaires.

Rien que l'idée l'épuise, mais lorsqu'elle attrape la première éprouvette, un frisson d'excitation la traverse et dissipe légèrement le brouillard d'épuisement et de douleur dans son esprit. Ce n'est pas que le laboratoire de son père lui a manqué, mais elle avait presque l'impression de ne fonctionner qu'à mi-régime, à devoir prétendre en savoir moins qu'elle n'en sait réellement. Être ordinaire. Jouer un rôle. Ici, loin des regards curieux et de son identité de civile, elle peut enfin être elle-même.

« Une vraie petite scientifique. »

Le tube à essai lui glisse des doigts et se fracasse contre la paillasse. Isabel tressaille lorsque le liquide forme une flaque autour du verre brisé, et commence à s'écouler dans toutes les directions, comme s'il la cherchait. *Merde.*

— Tu vas bien ? demande Grace.

Bien sûr que non. Elle a cassé un tube à essai, perdu un ingrédient. Un ingrédient qui ne sera jamais analysé, pour lequel elle n'aura jamais de remède. Maintenant, quoi qu'elle fasse, il manquera toujours quelque chose. Elle a tout gâché, elle n'est vraiment qu'une ratée qui n'a pas sa place dans un laboratoire, et son père avait raison quand il…

—Isabel! aboie Grace, l'obligeant à reprendre ses esprits. Quelques gouttes ont éclaboussé tes gants. Tu devrais en changer.

Ah oui. Il y a un risque de contamination. C'est bien la dernière chose dont elle a besoin alors qu'elle essaie encore de déterminer ce qu'il se trouve dans ce poison. Isabel déglutit, s'écarte du plan de travail et retire ses gants souillés pendant que Grace nettoie les dégâts. Elle sent presque le poison pénétrer sa peau et la consumer, bien qu'elle sache que les gouttes étaient trop diluées pour être vraiment dangereuses.

Lorsqu'elle allume le robinet pour se laver les mains, Grace passe l'éprouvette suivante à Michael –plus d'accidents– et regarde les résultats de la chromatographie.

—C'est étrange, dit-elle en surlignant une section pour l'examiner de plus près. Qu'est-ce que c'est? Une sorte de protéine?

—Une protéine? répète Michael. Comment ça?

Isabel se frotte les mains, comme si elle pouvait faire disparaître sa peau et ses cicatrices. Il n'y a plus de poison. Pourtant, elle se sent encore en danger.

—Je ne peux pas en être certaine sans d'autres analyses, reprend Grace, mais à vue de nez, je dirais qu'il s'agit d'un venin d'araignée.

Foutues bestioles.

Le bruit de l'eau qui coule est à la fois incroyablement sonore et insignifiant. Elle ne sait plus comment éteindre le robinet. Elle ne sait plus comment bouger, paralysée par la peur qui envahit ses veines, changeant son sang en acide aussi brûlant que la haine. Un venin d'araignée. Évidemment. Elle aurait dû s'en douter dès l'instant où elle a découvert que son père en était responsable. Et maintenant…

Isabel fixe les mains pâles devant elle, qui tremblent tant qu'elles semblent sur le point de se déliter et de laisser des petits bouts d'os sur le plan de travail gris. Seule la brûlure sur celle de gauche lui confirme qu'il s'agit des siennes. Elle se sent flotter, comme si les souvenirs avaient coupé le fil qui la rattachait à son propre corps. Puis, soudain, les sensations reviennent sous la forme d'une intense panique qui lui griffe la gorge, et elle regagne son enveloppe de chair. Incarnée et terrifiée.

— Issy ?

Son père s'avance vers elle, la main levée ; elle tente de reculer, mais elle est acculée contre la paillasse. Elle cherche à tâtons une arme, mais il n'y a rien à portée de main, ni bistouri ni seringue avec lesquels elle pourrait se défendre, et…

— Bella, dit une voix.

Une voix de femme. Grace Whittock. Parce qu'elle est dans le laboratoire de Grace, dans la maison de Grace. Elle ferme les yeux de toutes ses forces, puis les rouvre. Ce n'est pas son père devant elle, mais Michael, bras ballants. Il n'était pas… il n'allait pas… il…

Elle prend une profonde inspiration et éclate en sanglots.

19

Heredo (HÉRITAGE)

Isabel se pelotonne sur le canapé dans le salon de Grace, une tasse de thé entre les mains, emmitouflée dans une couverture. Elle est glacée jusqu'aux os, vidée d'avoir trop pleuré et incapable de s'arrêter de trembler.

— J'aurais dû m'y attendre, dit-elle avec un sourire vacillant. Après tout, j'essayais de déclencher un flash-back. Ça ne risquait pas d'être marrant.

Même si « flash-back » n'est peut-être pas le bon terme pour une demi-dizaine de souvenirs inachevés, teintés de panique.

— J'ai cru… (Elle jette un regard à Michael, assis gauchement dans un fauteuil.) J'ai cru que tu étais mon père. Je me suis… perdue.

Non, ce n'est pas la bonne formulation. C'est plutôt comme si le laboratoire avait fait disparaître tous les artifices, ne laissant que son essence profonde : Isabel Ryans, la fille de son père.

Elle ne cessera jamais d'avoir peur, elle ne sera jamais rien d'autre que sa créature.

— Ce n'est pas grave, répond Michael, bien que ce soit clairement faux.

En dehors du laboratoire, il n'est pas menaçant, ne ressemble en rien à son père, et elle peine à comprendre comment elle a pu les confondre.

— À ta place, je ne crois pas que j'aurais eu le courage de remettre le pied dans un laboratoire, ajoute Grace. Tu es courageuse.

Elle ne l'est pas. Juste un écho de son père, qui suit les mêmes pistes, encore et encore. Des pistes qui ne mènent nulle part.

— Peu importe, répond Isabel en fixant l'intérieur de sa tasse d'un œil morne. C'est sans espoir.

— Ce n'est pas sans espoir ! proteste la bibliothécaire. C'est dommage pour l'ingrédient manquant, mais le reste...

— Et le venin d'araignée ? l'interrompt Isabel. Même si on savait de quelle espèce il s'agit, vous savez à quel point il est difficile de mettre la main sur un sérum antivenin sans une licence de guilde. Et les trafiquants ne sont pas rapides. Sans compter que ce n'est qu'un ingrédient. Les autres risquent d'être encore pires.

Peut-être que si elle avait la formule, elle pourrait déterminer si elle a ou non une chance, si le venin joue un rôle central. Mais elle ne s'est souvenue que de cette peur qui l'a envahie, ce qui ne l'aidera pas à décoder les notes de son père.

— Eh bien..., commence Grace avant de s'avouer vaincue, incapable de trouver des paroles réconfortantes.

Car elle sait qu'Isabel a raison.

— Et maintenant ? demande-t-elle à la place.

— Honnêtement ? dit Isabel. Aucune idée.

Elle est tellement fatiguée. Tellement prête à fermer les yeux et à ne plus jamais les rouvrir. Pourquoi est-ce à elle de trouver une solution ? Pourquoi est-ce que personne d'autre ne peut la sauver, pour changer ?

— Il faut qu'on retrouve ton père, déclare une nouvelle fois Michael. Il saura quoi faire. Il lui reste peut-être des antidotes à la suite de la phase de test.

— Non. (Un mot qui ressemble à un sanglot.) On ne peut pas, tu le sais. S'il remet la main sur moi, il ne me laissera plus jamais partir.

— Tu n'as jamais eu besoin qu'il te *laisse* faire quoi que ce soit.

— On ne sait même pas où il est ! Comment est-on censés négocier avec un fantôme ?

Isabel s'effondre sur le canapé, son éclat de voix l'ayant vidée de ses dernières forces.

— On peut le trouver, s'obstine Michael. Personne ne peut cacher bien longtemps une guilde entière.

— Comma ne l'a pas trouvé.

— Comma ne nous a pas, nous.

Grace les regarde tous les deux – Isabel recroquevillée sous sa couverture, Michael qui gesticule frénétiquement –, et dit :

— Michael, peux-tu nous laisser un instant ?

— Ne me donnez pas d'ordres. Je ne…

— Bon sang, Michael, le coupe Isabel d'une voix pathétiquement faible. Donne-nous une minute.

Il se renfrogne, mais quitte la pièce en claquant la porte derrière lui.

— Tu ne m'avais pas dit que ton père avait disparu, commente Grace d'un ton prudent. Et Michael vient de parler de cacher une guilde…

— Il a déserté. Voilà pourquoi j'ai dit que mon empoisonnement n'était pas l'œuvre de Comma. Parnassiinae a fait sécession.

La bibliothécaire étouffe un petit cri de surprise.

— Comma ne doit pas être ravie.

Isabel secoue la tête.

— Ce n'est rien de le dire.

— Donc si tu n'as pas été empoisonnée sur ordre de Comma, crois-tu que la guilde serait ouverte à la négociation ?

Isabel se remémore le visage de Ronan, la violence implacable de ses propositions.

— Elle a déjà essayé. J'ai refusé.

Elle ne mentionne pas qu'ayant décodé une grande partie des documents de son père, elle a presque rempli sa part du second marché. Elle ne veut pas de l'aide de Ronan et des conditions qui y sont rattachées. Et plus longtemps elle empêchera la guilde de mettre la main sur ces formules barbares, mieux ce sera.

— Grace, je ne sais pas si je peux continuer. Je suis tellement fatiguée.

Grace pose sa tasse et s'assied à côté d'Isabel.

— Je sais. Personne ne te jetterait la pierre si tu rendais les armes.

— Vous voulez dire que je devrais ? demande Isabel d'une voix mal assurée.

— Non. (Grace lui prend la main et glisse son pouce sur les doigts d'Isabel.) Je pense que tu as tellement plus à offrir que ce que tu as eu l'occasion de montrer jusqu'à présent.

Isabel doit se faire violence pour ne pas dégager sa main.

— Je n'en suis pas si sûre. Dans ce laboratoire, j'ai…

— Tu as pris conscience de tout ce que tu as hérité de ton père, et ça t'a effrayée.

Isabel se tourne pour la regarder.

— Comment le savez-vous ? murmure-t-elle.

Après un bref moment de silence, Grace répond :

— Ma mère était membre de Colibri.

C'est tout ce qu'Isabel avait besoin de savoir.

Puis elle ajoute :

— Un jour, tu n'auras plus peur, Isabel.

Je ne sais même plus ce que ça fait, de ne pas avoir peur.

— C'est moi qui ai fabriqué ce poison. Moi. Pas lui. Tout ce qu'il arrive est ma faute. Je suis aussi mauvaise que lui.

C'est la première fois qu'elle le dit à voix haute, et sa voix tremble.

— Tu n'as rien à voir avec lui, Isabel Ryans. Tu n'étais qu'une enfant, il t'a maltraitée et manipulée jusqu'à ce que tu deviennes celle que tu es aujourd'hui. Cette fille a encore assez d'humanité en elle pour savoir qu'elle veut être plus. La personne que ton père a essayé de créer n'est qu'une petite partie de qui tu es, et une fraction de ce que tu es capable de devenir.

Isabel dégage sa main et serre ses genoux contre sa poitrine sous la couverture. C'est vrai, elle veut devenir plus que la marionnette de son père, mais elle n'en a plus l'énergie.

— Au moins, si je meurs, je n'aurai pas à retourner auprès de lui.

Grace la regarde intensément.

— Tu le penses vraiment ? Mourir vaut mieux que retourner auprès de ton père ?

Il doit bien y avoir un autre moyen. Une autre option. Mais pour l'heure, avec la menace de Ian qui plane sur elle, Isabel peine à se rappeler pourquoi elle veut rester en vie.

— Ça vous surprend ? Après ce qu'il a fait ?

— Je voulais juste savoir. Si c'est vraiment ce que tu ressens, je respecterai ta décision.

— Je veux…

Isabel n'a aucune idée de comment terminer cette phrase. *Je ne veux pas mourir.* Cette affirmation ressemble de plus en plus à un mensonge. Survivre nécessite de l'énergie. Il faut en avoir envie. Isabel ne sait plus comment vouloir quoi que ce soit, à part que tout ça se termine.

Défaillance multi-organique. Au moins, ça devrait être rapide.

— Je peux continuer à analyser les échantillons, propose Grace. Voir ce que je peux identifier, préparer des antidotes. Si ça peut t'aider.

Des remèdes pour émousser la lame qui la tue lentement. Est-ce suffisant ? Non. Mais c'est déjà quelque chose.

— Vous feriez ça ?

— Je peux essayer.

Isabel appuie la tête contre le dossier du canapé. Elle est si lourde que son cou ne semble plus capable de la soutenir.

— Alors, faisons ça, dit-elle en fermant les yeux. Je suis désolée. Je suis tellement fatiguée.

Grace l'enroule dans la couverture.

— Alors, dors. Je vais parler à Michael, puis appeler Emma.

Isabel rouvre les yeux avec peine.

— Pourquoi ?

— Tu te sens mieux quand elle est là.

La vérité a toujours semblé compliquée à Isabel ; pourtant, les mots de Grace sont si simples.

— Oh, fait-elle avant de refermer les paupières.

Peut-être que quand elle se réveillera, Emma sera là et tout ira bien.

Michael s'en va avant l'arrivée d'Emma, prétextant une course à faire. Isabel n'insiste pas. Elle voit bien qu'il est mal à l'aise en présence de Grace et à l'idée de dévoiler leurs secrets à une dissidente, en plus d'être frustré par sa propre impuissance. Elle ne lui en veut pas.

Emma lui tient la main pendant que Grace lui injecte un cocktail d'antidotes incomplets, sur la base des quelques ingrédients qu'elles ont réussi à identifier. Ce n'est qu'un salut provisoire, qui ne suffit pas à compenser l'accumulation de ses symptômes. Mais deux heures plus tard, quand Grace la dépose chez elle, elle parvient à monter seule l'escalier, preuve que quelque chose a dû faire effet malgré tout.

Elle passe son dimanche à dormir. Le lundi, en dépit de toute logique et des protestations d'Ashvin, elle brave le crachin pour aller livrer ses journaux, puis se traîne jusqu'au lycée.

Elle ne retient rien du double cours de physique, dont les équations viennent se fracasser contre le mur de sa douleur. À la pause, elle n'arrive pas à grimper les marches menant à la bibliothèque. Elle regagne à grand-peine son casier, et contemple l'intérieur comme si elle pouvait y trouver l'envie de vivre.

— Bella, dit une voix.

La voix d'Emma.

Elle se tourne et découvre son amie, trempée de la tête aux pieds. Le crachin a dû se transformer en véritable déluge.

— On peut parler ?

Isabel balaie le couloir du regard.

— Ici ?

Emma secoue la tête. Elle semble en état de choc, ses yeux sont rouges et gonflés, comme si elle venait de pleurer. Quelque chose d'horrible a dû se produire.

— En privé, répond-elle d'une voix brisée. S'il te plaît ?

À l'autre bout du couloir se trouve une salle de classe, qui est rarement utilisée et jamais fermée à clé. Isabel y a fait une ou deux siestes illicites. L'intérieur est baigné d'une lumière grisâtre, tandis que la pluie se déchaîne contre les carreaux. Isabel ferme la porte et attend qu'Emma prenne la parole, mais celle-ci semble incapable de trouver ses mots.

Aussi doucement que possible, Isabel demande :

— Emma, que s'est-il passé ?

Et Emma de répondre :

— Grace Whittock est morte.

20

Malgajno (perte)

Le silence s'abat sur la pièce, qui semble soudain un peu plus vide.

Isabel s'appuie sur une table, et contemple la cour détrempée par la fenêtre. La pluie martèle le béton, gris sur gris, comme le grésillement dans sa tête. Toute cette eau brouille les contours du monde, la frontière entre réel et irréel, au point que plus rien n'ait de sens. *Grace Whittock est morte.*

Elle fixe la pluie jusqu'à retrouver l'usage de la parole.

— Quoi ?

— Grace est morte.

Les bottines d'Emma sont maculées de boue, ses vêtements trempés. Elle tente d'essuyer ses lunettes sur son tee-shirt, mais le tissu est trop mouillé pour que cela fasse la moindre différence. Isabel la regarde faire sans réagir, incapable de prodiguer le moindre conseil.

— C'est impossible.

— J'ai vu son corps, Bel, rétorque Emma d'une voix rauque avant de repousser ses cheveux ruisselants. C'était elle, j'en suis certaine. On lui a… On lui a tiré dessus. En plein cœur.

— Mais…

Isabel ravale ses objections inutiles. Peu importe que ce ne soit pas juste.

— Comment l'as-tu découverte ?

Emma contemple elle aussi la pluie. La lumière des salles de classe du bâtiment opposé ne suffit pas à contrebalancer les lourds nuages noirs ; il semble déjà faire nuit en cette fin de matinée.

— Je devais l'aider à transporter du matériel pour les élèves de deuxième année. Je lui ai envoyé un message pour savoir si elle avait besoin de moi pour charger sa voiture, ou si elle voulait que je la retrouve ici. Elle n'a jamais répondu. Grace répond toujours à mes messages. Toujours. Alors, je suis allée chez elle ce matin, et… (Elle déglutit.) Elle gisait sur le perron. Le tueur a dû sonner à sa porte et la tuer quand elle est venue ouvrir.

Si Isabel était quelqu'un de bien, quelqu'un de normal, elle demanderait à Emma comment elle se sent. Elle serrerait dans ses bras le corps tremblant de son amie, qui s'agrippe contre une table comme si c'était la seule chose qui l'empêchait de s'écrouler.

Mais tout ce qu'elle parvient à dire, c'est :

— Qui ?

Par pitié, pas Comma. Par pitié, pas Comma. Par pitié, pas Comma. Comme si ça changeait quoi que ce soit.

— Il y avait…

Emma sort son téléphone, ouvre son dossier de photos, puis le tend à Isabel en détournant le regard.

— Je ne voulais pas prendre de photo, mais il fallait bien que quelqu'un…

Isabel a vu beaucoup de choses dans sa vie, mais rien ne l'avait préparée à la vue du corps sans vie de Grace avec, gravée sur la joue, une araignée. L'effet est grotesque, sanguinolent, avec les pattes qui s'étendent sur le reste du visage. La sonnerie stridente du lycée retentit, mais les deux amies l'ignorent. La cacophonie des couloirs bondés n'est qu'un bruit de fond insignifiant face à l'horreur de la situation.

Une troisième guilde qui s'approprie le symbole de l'araignée. Isabel regarde la photo le plus longtemps possible, puis éteint l'écran.

— Merde. Mes parents.

Une troisième guilde, c'est la garantie d'une lutte de pouvoir. Comma et Colibri vont chercher à éliminer cette nouvelle menace sans se soucier des dommages collatéraux. Michael l'avait prévenue, mais Isabel prend seulement conscience du sérieux de la chose. Et si elle avait le moindre doute que son père était derrière tout ça, l'araignée l'aurait levé.

Emma reprend son téléphone d'une main tremblante.

— Tu sais, dit-elle d'une voix mal assurée qui contraste avec son ton délibérément léger, plus j'en apprends sur tes parents, plus je comprends pourquoi tu es comme tu es.

Une tueuse. Le monstre créé par son père. La digne fille de ses parents.

— Il paraît que les chiens ne font pas des chats.

— Ce n'est pas ce que je voulais dire.

Mais Emma ne clarifie pas sa pensée. Elle se laisse glisser par terre, adossée contre le mur, et serre ses genoux contre sa poitrine, comme pour s'empêcher de craquer.

Après une seconde d'hésitation, Isabel s'assied à côté d'elle. Les mots lui viennent enfin, bien trop tard.

— Ça va ?

Emma fait tomber la boue de sa chaussure gauche avec la semelle de la droite.

— Non. Pas du tout.

Évidemment. Isabel se sent écrasée par le poids de la culpabilité. Grace l'a aidée, et maintenant, elle est morte, et Isabel ne peut rien y faire. Elle n'a qu'une envie, rester assise là jusqu'à ce que ce ne soit plus sa faute.

— Je suis désolée, dit-elle.

— Tu n'as rien fait.

— Quelqu'un a dû leur dire qu'elle m'aidait. C'est arrivé à cause de moi.

— Non, répond Emma d'une petite voix ferme. C'est arrivé parce que ce sont des salauds. C'est leur faute, pas la tienne. Et je les déteste. Je les déteste !

Sa voix résonne dans la salle vide. Quelqu'un ne va pas tarder à les découvrir, et Isabel sera obligée d'annoncer que Grace Whittock est morte. Ce qui est injuste, car Grace ne devrait pas l'être. Isabel ne devrait pas avoir à prononcer ces mots.

— On ferait mieux d'aller ailleurs, dit-elle. En lieu sûr.

Emma se tourne vers elle, et Isabel sait ce qu'elle voit. Elle a aperçu son reflet ce matin dans le miroir : un teint trop pâle, des lèvres irritées et enflées, des yeux lourds de fatigue. Elle n'a pas eu le courage de se maquiller pour tenter de faire illusion. Elle ne peut presque plus rien avaler, sa gorge se ferme quand elle déglutit, comme si la nourriture était l'ennemie. De toute façon, son corps ne ressent même plus la faim.

Un lieu sûr, à quoi bon ?

— D'accord, répond Emma. Où ?

Pas son appartement. Ronan l'a trouvé, Michael aussi, ses parents y parviendront sans peine. Pas chez Emma, il y a Toni. Pas le lycée, puisque Grace Whittock est morte.

— Mortimer.

— Mortimer ? répète Emma. Le prof de menuiserie ?

Isabel hoche la tête. Elle ignore ce qui lui a fait dire ça, mais elle n'a pas de meilleure idée. Et même si elle ne lui fait pas entièrement confiance, elle sait avec certitude qu'il ne fait pas partie d'une guilde. Il saura quoi faire. À qui parler. Quel formulaire remplir pour tout arranger. Car quelqu'un va pouvoir tout arranger, pas vrai ? Les pleurs d'Emma, ses vêtements trempés, la disparition de Grace.

Mortimer doit savoir. Il connaît toutes les règles.

— Il n'est pas en cours ?

Isabel se rend compte qu'il était censé lui faire enfin passer l'examen de sécurité – s'il n'a pas oublié. L'idée que sa salle de cours puisse être dangereuse lui semble absurde.

— On ira tout à l'heure. Il passe la quatrième heure à corriger ses copies. Je l'ai vu faire.

L'attente va être longue, mais elle n'a pas assez d'énergie pour bouger et pourrait rester à jamais recroquevillée contre le mur.

Emma semble être dans le même état, car elle ne proteste pas. Au bout de quelques minutes de silence, elle recommence à sangloter, couvrant son visage de ses mains tremblantes.

— Je suis désolée. Je ne devrais pas…

— Tout va bien.

Rien ne va. Emma pleure, et Isabel ne sait pas quoi faire pour arranger les choses.

— Veux-tu un câlin ?

— Un câlin ?

— Oui, tu sais, ce signe d'affection qui te réconforte après avoir pleuré toutes les larmes de ton corps dans une salle de classe vide, au lieu d'aller en cours comme les élèves normaux.

Un petit sourire larmoyant se dessine sur les lèvres d'Emma.

— La normalité n'est peut-être pas si surfaite que ça, après tout. Mais oui, je veux bien un câlin.

Isabel enlace gauchement son amie, trahissant son manque de pratique. Les cheveux trempés d'Emma imbibent le tee-shirt d'Isabel en quelques secondes. Elle s'en moque. Son amie la serre si fort qu'elle peine à respirer, le corps secoué de sanglots qui déchirent le cœur d'Isabel. Emma est censée être la plus forte, mais cet incident l'a brisée, ce qui signifie qu'Isabel ne peut pas pleurer, ne peut pas s'effondrer. Il faut que l'une d'elles tienne bon.

— Qui d'autre vais-je encore perdre ? demande Emma.

Isabel a pour seule réponse :

— On va les faire payer, Emma. Ils vont payer pour tout ce qu'ils nous ont fait.

Quand la sonnerie suivante retentit, elles attendent que le flot d'élèves se tarisse avant de se lever. Emma est presque aussi chancelante qu'Isabel, le visage blême, et Isabel n'ose pas prendre appui sur elle pour rejoindre la salle de Mortimer. C'est un soulagement de franchir la porte, et de le découvrir assis à son bureau avec une pile de copies.

—Bella, tu n'étais pas… (Il aperçoit Emma en pleurs et termine :) en cours. Mais je suppose que tu avais une bonne raison. Asseyez-vous.

Il leur tire deux chaises, attrape Isabel par le bras lorsqu'elle vacille, puis dépose sa boîte de biscuits ouverte devant les deux jeunes filles.

—Que s'est-il passé ?

—*La bibliotekisto mortis*, répond Isabel. (La bibliothécaire est morte.)

Toute autre langue que l'espéranto, sa langue maternelle, lui semble vide de sens, comme si le chagrin lui avait volé ses mots. Heureusement que Mortimer la comprend.

—Emma a trouvé le corps.

Il pousse un juron.

—Mais qui… Pourquoi s'en prendraient-ils à Grace? demande-t-il en espéranto.

—Parce qu'elle m'aidait, répond Isabel, sentant le poids de la culpabilité s'alourdir encore davantage. Parce qu'elle était ma meilleure chance de survivre sans eux.

Mortimer fronce les sourcils.

—Comment ça ?

Elle se rappelle trop tard qu'il n'est pas au courant.

—Je suis mourante, explique-t-elle d'un air sombre. Mon père m'a empoisonnée. Et Grace est, enfin était, une empoisonneuse dissidente, spécialisée dans les antidotes. Elle essayait de m'aider.

L'enseignant a l'air sonné. Isabel regrette un peu de lui avoir annoncé tant de choses d'un coup, mais elle-même n'a pas exactement eu le temps de souffler. La vie lui a balancé un nombre croissant de saloperies en pleine figure, et Isabel n'a plus l'énergie nécessaire pour prendre des gants.

— Merde ! s'exclame Mortimer.

— Oui, fait Isabel.

Ça résume bien la situation.

— Qu'est-ce que vous racontez ? demande Emma.

Son regard va de l'un à l'autre et finit par se poser sur Mortimer.

— Vous parlez espéranto ? Vous faites partie d'une guilde ?

— Isabel me racontait ce qu'il s'est passé, répond-il d'une voix douce. Et non, je ne fais partie d'aucune guilde. Tu es Emma Westray, c'est bien ça ?

D'un air extrêmement soupçonneux, Emma hoche la tête.

Mortimer pousse la boîte de biscuits vers elle.

— Je connais ton frère, Léo. Nous avons... des amis en commun.

Au vu de l'expression fuyante sur le visage de Mortimer, Isabel est à peu près certaine qu'il parle de la Presse Libre. Ce qui signifie que son abonnement au *Bulletin* n'est pas qu'un simple intérêt passager. Elle se demande si Toni sait que son fils est abolitionniste. Probablement. Pas étonnant qu'il ait été si furieux contre elle.

Emma prend un biscuit.

— Vous connaissez Léo ? dit-elle d'une voix encore incertaine, mais qui commence à s'adoucir.

— Il parle souvent de toi. J'espérais avoir un jour l'occasion de te rencontrer en personne.

Mortimer sourit à Emma, puis se tourne vers Isabel et repasse à l'espéranto.

— Donc, tu es malade et Grace est morte. À quelle guilde a-t-on affaire ?

— Aucune des deux. Une troisième.

— Une troisième guilde.

— Mes parents. C'est une longue histoire.

— Je commence à m'en rendre compte. Tu as l'intention de me la raconter ?

Elle n'a pas le choix, si elle veut son aide – et il doit l'aider, parce qu'elle n'a personne d'autre vers qui se tourner. Elle regarde Mortimer droit dans les yeux et dit :

— Vous avez entendu parler du Cocon ?

Le mot empoisonne l'air entre eux deux. Mortimer jette un regard en direction d'Emma.

— Est-ce qu'elle...

— Elle est au courant. Je n'ai pas de secrets pour elle.

Il hésite encore un peu, puis répond, en anglais cette fois :

— J'ai eu connaissance d'une rumeur dans le *Bulletin*, il y a quelques années. Mais je pensais que le journal cherchait simplement à faire des vagues. Je n'ai pas cru un seul instant que c'était vrai. Tu veux dire que Comma entraîne des mineurs ?

— Entraînait. Elle a arrêté.

— Et tu en faisais partie. C'est pour ça que tu t'es enfuie. (Isabel hoche la tête.) Et Ian Crampton ?

Elle est trop épuisée pour mentir.

— Je l'ai tué.

Il s'en doutait, elle le sait, mais le silence qui lui répond est lourd de menaces. Enfin, il reprend :

— Je ne crois pas me tromper en disant que tu n'es pas en meilleurs termes avec Comma à l'heure actuelle ?

—C'est… correct. Vous allez me dénoncer ?

Il semble surpris par cette question.

—Quoi, à Comma ? Ils semblent déjà au courant.

—Ou au lycée, à la Presse Libre. Je ne sais pas.

Mortimer secoue la tête.

—Tu t'es enfuie de la guilde et tu es venue me demander mon aide. Je considère que l'ennemie de mon ennemi est mon amie. Tes secrets ne risquent rien avec moi.

Isabel a beaucoup plus d'ennemis que d'amis.

—Je m'appelle Isabel, dit-elle en signe de confiance. Isabel Ryans.

—Isabel Ryans, répète-t-il. Et tu as dit… tu as dit que ton père t'avait empoisonnée ?

—Parnassiinae.

Voyant à ses yeux écarquillés qu'il reconnaît le nom, elle ajoute :

—Vous aviez raison. Top six.

Mortimer glisse une main dans ses cheveux.

—Je ne m'attendais pas à ce que ce soit si catastrophique, admet-il. Et Grace t'aidait ? Et maintenant…

—Et maintenant, elle est morte, dit Emma, occupée à tracer des motifs dans la poussière de l'établi.

Non, pas des motifs. Une araignée.

—Je ne sais pas quoi faire, déclare Isabel. Je ne sais pas qui d'autre est au courant que mes parents ont décidé de former leur propre guilde. Je ne sais pas ce qu'il se passera quand la police trouvera le corps de Grace. Est-ce qu'elle pensera qu'il s'agit d'un homicide, ou d'un coup d'une guilde ? J'ignorais à qui d'autre en parler, du coup…

— Tu es venue me voir, termine Mortimer, l'air épuisé. Mais je ne sais pas comment t'aider.

« Je ne sais pas comment t'aider. » Les mots s'enfoncent dans la poitrine d'Isabel comme du plomb. Il ne sait pas. Elle n'aurait jamais rien dû lui raconter. Voilà qu'elle a dévoilé tous ses secrets – le Cocon, ses parents, Ian Crampton.

— Je pensais... vous êtes abolitionniste, pas vrai ? insiste-t-elle désespérément. Vous savez peut-être quelque chose qu'on ignore... Vous connaissez peut-être quelqu'un qui puisse nous aider...

— Il y a une différence entre lire un journal et faire la révolution, Isabel, dit-il d'une voix douce. J'ai bien peur d'en savoir moins que tu ne l'imagines.

— Mais alors, qu'est-ce que vous foutez ?

À sa place, elle serait déjà allée voir la Presse Libre. Elle ne comprend pas pourquoi il laisse filer l'occasion de discréditer Comma. Sans être anéantie, la guilde serait considérablement affaiblie si la ville d'Espéra apprenait qu'elle avait formé des enfants. Si Colibri l'apprenait...

Et pourquoi pas, après tout ? Si Comma s'effondrait, ne serait-elle pas en sécurité ?

Non. Ils la tueraient aussitôt. Elle ne vivrait pas assez longtemps pour assister à leur chute.

« Tu n'en as plus pour longtemps, de toute façon », murmure la petite voix dans sa tête. Bizarrement, elle l'avait presque oublié. Et ce rappel lui procure un étrange sentiment de liberté : Isabel Ryans est mourante, et ça la rend invulnérable. Elle n'a plus rien à perdre. C'est libérateur, une sorte de soulagement morbide, jusqu'à ce que...

— Alors, on fait quoi maintenant ? demande Emma.

Emma.

Isabel ne mérite pas cette amitié, si généreusement offerte malgré la violence qui lie leurs deux familles. Elle ne mérite rien de tout ça – cette nouvelle vie, ces espoirs et ces rêves. C'est peut-être pour cette raison qu'y renoncer lui semblait être un sacrifice approprié, surtout si cela contrariait les projets de son père. Pourtant, en entendant la voix d'Emma, une furieuse envie de vivre rugit soudain en elle.

Sans Grace, elle ne découvrira jamais l'antidote. Pas sans en payer le prix. Mais il s'avère qu'Isabel a encore une raison de vivre : le sourire d'Emma, son amour de l'art, son amitié et le goût inconnu d'un éclat de rire. Tout ce qu'elle n'a jamais eu et qu'elle refuse de perdre.

— Maintenant, répond-elle, on contre-attaque.

Elle sort son téléphone et appelle Michael.

Il décroche à la troisième sonnerie.

— Isabel ? Tout va bien ?

Non. Tout fout le camp, et seuls la rage et l'espoir l'aident encore à tenir debout. *Je veux vivre. Je n'ai pas encore dit mon dernier mot. Ils ne m'arracheront pas ça.*

— Je vais avoir besoin de ton aide, déclare-t-elle.

Il répond aussitôt :

— Bien sûr. De quoi as-tu besoin ?

— De trouver mon père.

21

Planoj (plans)

Le silence règne dans son appartement, troublé uniquement par le bourdonnement du frigo et le bruit lointain de la circulation. Malgré tout, Isabel hésite avant de franchir le seuil, aux aguets, puis s'autorise enfin à baisser sa garde et poser son sac.

Michael travaille tard pour remplacer un collègue, mais il a promis de passer demain. Emma est partie du lycée à la pause-déjeuner pour se rendre chez son frère – l'endroit le plus sûr pour elle, probablement, parce que les parents d'Isabel connaissent Toni, mais pas Léo. Sa présence lui manque déjà.

Isabel est épuisée après cette journée, mais elle a du pain sur la planche si elle veut localiser son père. Il ne lui reste plus qu'un tiers des documents à décoder. Jusqu'à présent, elle s'est concentrée sur les comptes-rendus de laboratoire, à la recherche d'indices au sujet du poison, mais il est temps de se pencher sur les autres pages.

Lovée sur le canapé avec les papiers, Isabel ne peut s'empêcher de se demander pourquoi son père aurait fait tout ça.

L'empoisonner est une chose – la cruauté lui ressemble bien, même si elle ne comprend pas précisément ses intentions. Mais pourquoi lancer sa propre guilde, alors que Comma lui a toujours donné tout ce qu'il voulait ? Grace n'exagérait pas en affirmant que ses poisons étaient légendaires ; la réputation de Ian Ryans n'est plus à faire, et grâce à ses concoctions aussi subtiles que létales, Comma croule sous les clients, si bien que la guilde ne lui a jamais rien refusé.

Sauf…

Le Cocon.

Isabel ne sait pas qui a pris la décision finale de fermer le programme. Quand elle s'est réveillée après sa chirurgie, on lui a annoncé que c'était terminé, comme si ça lui importait sur le moment. Elle était sous sédatif et incapable de ressentir quoi que ce soit, mais elle se souvient de la fureur de son père, de son acharnement à faire changer la guilde d'avis. Le fait qu'elle ait failli mourir ne semblait pas l'avoir affecté le moins du monde.

Aussitôt, la lumière se fait dans l'esprit d'Isabel : c'est évident, voilà ce qu'il compte faire dans sa guilde-araignée. Entraîner des enfants, comme il l'a fait avec Isabel. La seule chose que Comma lui a interdite. Il n'a peut-être pas encore commencé, mais c'est forcément son objectif ultime.

Voilà donc le *pourquoi*, mais qu'en est-il du *comment* ? Il lui a fallu des alliés, mais il est doué pour convaincre les gens de faire ce qu'il veut, et il a de nombreux contacts en dehors de la ville – trafiquants, fournisseurs et acheteurs. Est-ce trop demander qu'il ait noté ce genre de renseignements dans ce dossier ? Probablement. D'autant qu'elle soupçonne Ronan de ne pas lui avoir tout donné. Peut-être lui manque-t-il une information cruciale.

Et elle est si fatiguée, accablée par la douleur et le chagrin. Elle s'est mise en mode résolution de problèmes pour éviter de s'appesantir sur la mort de Grace, parce qu'elle n'a aucune idée de ce qu'elle est censée ressentir. A-t-elle le droit d'être triste ? Elle la connaissait à peine, et son chagrin est insignifiant à côté de celui d'Emma. Mais la bibliothécaire l'a aidée, et elle était gentille. Quelqu'un de si gentil n'aurait pas dû mourir ainsi.

Mais si elle commence à y penser, toutes ces émotions vont la submerger, et Isabel n'est pas douée pour ce genre de choses. Elle comprend la mort, pas le deuil. Elle a déjà vu cette étincelle de vie s'envoler du regard d'une personne, mais elle ne sait pas comment accepter la disparition de quelqu'un qui ne le méritait pas.

Et qui ne reviendra pas.

C'est trop : son père, la souffrance constante, l'araignée gravée dans la joue de Grace. Elle n'aura bientôt plus la force de continuer à se battre ; l'épuisement emplit ses os de plomb et son esprit de bruits. Les ténèbres envahissent son champ de vision, et elle se pince la peau du poignet. Mais elle est si engourdie que la douleur ne suffit pas à l'empêcher de sombrer dans l'inconscience.

Quand elle reprend connaissance, le ciel par la fenêtre est noir d'encre ; la seule source de lumière provient d'un lampadaire dans la ruelle en contrebas. La pendule du four indique 23 h 13. Pendant quelques minutes, Isabel reste figée sur le canapé, à se demander comment elle est arrivée là. La dernière chose dont elle se souvient est *la voix de sa mère* – non, elle était là – *un pistolet dans sa main* – elle était assise sur le canapé, elle était là – *un homme qui lui tourne le dos* – était-elle vraiment là ? – *un pistolet dans sa main, un homme mort lui tourne le dos, et la voix de sa mère : « C'est bien, bravo, brave fille, ma brave petite... »*

Elle était là. Ce n'est qu'un cauchemar, un souvenir. Elle n'est plus une enfant, et elle n'est plus à eux non plus.

Elle a dix-sept ans, elle est en sécurité, et elle s'en est tirée.

Peut-être qu'un jour, elle aura enfin l'impression que c'est vrai.

La lumière matinale est tristement grise, et la pluie continue de tambouriner contre la fenêtre. De mauvaise grâce, Isabel admet qu'elle n'est pas en état d'aller faire sa tournée et envoie un message d'excuse à Ashvin. Ce n'est pas l'argent qui l'embête – elle a d'autres chats à fouetter –, mais le fait de lui faire faux bond. Encore un signe que sa vie de civile lui glisse entre les doigts.

À chaque nouveau morceau de normalité qu'elle perd, l'impression de n'avoir jamais échappé à Comma grandit.

Le lycée est également plus qu'elle ne peut en supporter. Elle se prépare une tasse de thé et s'installe avec les derniers fichiers ; désormais, elle ne cherche plus des formules, mais des noms, des adresses, tout ce qui pourrait l'aider à trouver son père.

La matinée a déjà bien avancé lorsqu'elle tombe enfin sur quelque chose. Au début, ça ne semble être qu'une liste de chiffres, mais il devient rapidement évident qu'il s'agit des comptes de son père – et vu le code utilisé, elle le soupçonne d'avoir caché ces transactions à la guilde. Elle n'a jamais vraiment réfléchi à la question, mais elle sait que Comma conclut des marchés avec des gouvernements du monde entier, soit directement, soit *via* des marchands d'armes qui servent d'intermédiaires. Il paraît logique que la guilde ait une clientèle privée, mais à en juger par les dates sur ce document, Ian négocie dans son dos depuis au moins trois ans.

Prévoyait-il de partir depuis le début ? Ou cherchait-il simplement à se faire de l'argent en plus ? Chaque fois qu'elle croit comprendre ses motivations, elle vise à côté. Savoir que l'esprit de son père ne fonctionne pas comme le sien devrait être un soulagement ; pourtant, ce n'est pas le cas.

Son téléphone vibre, et elle s'arrache aux documents pour y répondre.

— Allô ?

— Tu vas au lycée aujourd'hui ? demande Emma.

Isabel jette un coup d'œil à la pendule. La deuxième heure de cours est à moitié terminée et elle a décroché son téléphone ; sa réponse ne devrait donc pas être une surprise.

— Non. Et toi ?

— Non, soupire Emma. Je ne peux pas. Grace était… c'était grâce à elle que le lycée était supportable.

Isabel ne sait pas comment réagir.

— Je suis désolée, tente-t-elle maladroitement.

— Je n'ai pas réussi à dormir. Chaque fois que je fermais les yeux… Son corps, Bel, c'était tellement horrible, tu n'imagines même pas. Enfin… (Un petit rire forcé.) J'imagine que si.

Isabel a vu beaucoup de cadavres, mais personne dont elle se souciait réellement.

— Non, pas vraiment, répond-elle en toute franchise. Ça va ?

— Non. Ça ne va pas. Léo est au travail, je suis toute seule, et je n'arrive à penser à rien d'autre. Je ne savais pas qui appeler à part toi. Au lycée, tu crois que les gens savent qu'elle est morte ? (Sa voix se brise sur ce dernier mot.) Merde.

Isabel n'a pas l'habitude d'avoir des amis, de les réconforter ou d'aider quelqu'un dont le monde est en train de s'écrouler, mais elle sait qu'elle non plus ne veut pas rester seule.

— Viens chez moi, propose-t-elle instinctivement. Je vais t'envoyer mon adresse.

— Vraiment ?

Emma semble déborder d'espoir.

— Tu risques d'être obligée de me regarder décoder des documents barbants, mais…

— N'importe quelle distraction sera la bienvenue, réplique Emma avec ferveur. Si je recommence à pleurer, j'ai peur de ne plus jamais m'arrêter.

— Alors, viens. Je ne suis pas de très bonne compagnie…

Isabel fixe la feuille sous ses yeux et la compare au tableau de transposition qu'elle a établi pour les documents financiers. Le code semble presque identique.

— J'arrive dès que possible, promet Emma. Et j'apporterai le déjeuner, OK ?

— Hmm, répond Isabel en changeant le téléphone d'oreille pour attraper un stylo et tester sa théorie. À tout à l'heure.

La phrase clé est la même, à un mot près. Est-ce vraiment si simple ? Il ne lui faut qu'un instant pour modifier le tableau, puis le code se dévoile et les mots prennent forme à mesure qu'elle échange les lettres et les chiffres.

« 74 Gauntlet Drive. Nouvelles toiles, plus grosses mouches. »

Elle prend vaguement conscience qu'Emma a raccroché, et lui envoie son adresse avant d'oublier, puis fixe celle qui se trouve sur la feuille.

Gauntlet Drive. Ce nom de rue ne lui est pas familier, mais ça n'a rien d'étonnant, puisqu'elle ne connaît vraiment que Fordon et Lutton. Sa tablette cassée met un temps interminable à charger une carte d'Espéra, lui arrachant un soupir de frustration.

Enfin.

La rue est dans Espéra Centre. Non loin du *Sunshine Project*.

Est-ce là qu'elle trouvera son père ? Il semble impossible qu'il se cache là-bas ; le quartier est pauvre, peu adapté aux activités d'une guilde. Mais c'est peut-être un point en sa faveur : c'est le dernier endroit où Comma et Colibri iraient le chercher. Elle vérifie la date du fichier. Fin juillet. Assez récent pour que cela vaille la peine de s'y intéresser de plus près.

Elle envisage d'envoyer un message à Michael, mais il lui a dit qu'il viendrait à 11 heures, et mieux vaut ne pas partager ce genre d'information sur une ligne téléphonique non sécurisée. Leurs portables pourraient être sur écoute. En attendant, elle décode le reste de la page, sans plus de succès.

Près d'une heure plus tard, Emma arrive.

— Alors, voilà où tu vis... dit-elle en accrochant son manteau humide à côté de la porte avant de retirer ses baskets. Ce n'est pas aussi étriqué que je m'y attendais. Quand tu m'as parlé d'un studio, je me suis dit que le lit serait littéralement dans la chambre. Mais il y a des meubles entre les deux.

— C'est un vrai palais, confirme Isabel. Tu veux du thé ?

— Je veux bien, merci.

Pendant qu'Isabel met la bouilloire à chauffer, Emma s'approche de la table et ramasse l'un des documents.

— Tu arrives à lire ça ? On dirait du charabia.

— C'est crypté, explique Isabel en désignant ses tableaux de transposition soigneusement tracés sur des bouts de papier, d'une main de plus en plus tremblante. Mais oui, j'arrive à le lire. Après des heures de travail, et seulement si mon père ne fait pas trop son salaud en choisissant ses codes.

Emma examine les tableaux avec de grands yeux.

— Tu es un génie ? demande-t-elle, apparemment sincère.

— Non. Loin de là. J'ai juste des... compétences extrêmement spécifiques.

Elle finit de préparer le thé, et apporte une tasse à la fois sur la table.

— Tiens. Fais comme chez toi. Je...

Avant qu'elle ne puisse mentionner l'adresse qu'elle vient de trouver, Michael fait son entrée. Sans autre cérémonie, il range ses crochets dans sa poche et referme la porte derrière lui.

— Désolé, je suis en retard, lance-t-il joyeusement en ôtant son sweat trempé. Il fait un temps de chien.

Son visage s'assombrit en voyant Emma.

— Oh. Je ne savais pas qu'on aurait de la compagnie.

L'air inquiet d'Emma rappelle à Isabel que ces deux-là ne se sont jamais rencontrés.

— Voici Michael, se hâte-t-elle de dire. C'est lui que j'ai appelé hier. Il va nous aider. Michael, voici Emma.

Michael la dévisage.

— La gamine de Toni Rolleston, dit-il, mi-question, mi-affirmation.

Emma hoche la tête, mal à l'aise, puis se retourne vers Isabel.

— Un autre papillon ?

Isabel grimace. Elle sait que les civils ont leurs propres surnoms pour les membres des guildes, et « papillon » est l'un des plus anodins, mais il a malgré tout un côté déshumanisant.

— En quelque sorte.

— On a grandi ensemble, déclare Michael avant de brandir un sac en plastique trempé. J'ai apporté à manger. Je me suis dit que tu ne te sentirais pas de cuisiner, Isabel.

Ce n'est pas une mauvaise supposition : l'appétit d'Isabel a diminué en même temps que ses forces, et elle ne se souvient même pas de son dernier repas. Ce qui explique peut-être pourquoi son cerveau lui semble rempli de boue.

— Merci.

— Si j'avais su que tu serais là…, ajoute-t-il en regardant Emma.

— J'ai apporté ce qu'il faut, répond celle-ci avec un sourire pincé. Et pour info, je ne m'attendais pas non plus à ta présence.

— Je suis dévasté d'apprendre que je ne suis pas le sujet constant de vos discussions, mais je suis sûr que tu vas te remettre de cette surprise. (Il sort de son sac une boîte en plastique qu'il tend à Isabel.) Gratin de pâtes. Il est tôt pour déjeuner, mais si tu n'as pas mangé depuis longtemps…

— Je pourrais manger un morceau maintenant. Les assiettes sont dans le placard à ta gauche.

Michael met le récipient au micro-ondes et se retourne vers elle.

— Tu as avancé sur les fichiers ?

En réponse, elle pousse la dernière feuille vers lui.

— J'ai décodé ça ce matin. Gauntlet Drive, ça te parle ?

Il secoue la tête, mais Emma répond :

— Moi, oui. J'ai peint là-bas plusieurs fois.

— Le document date de juillet, et je n'ai trouvé aucune autre adresse. Même s'ils ont changé d'endroit depuis…

— Il restera peut-être des indices, conclut Michael.

Puis il désigne la phrase suivante : « Nouvelles toiles, plus grosses mouches. »

— Et ça ?

— Je ne sais pas, admet Isabel. Peut-être une sorte de slogan. Je ne sais pas comment ils ont nommé leur guilde, mais je crois que leur symbole est une araignée.

Elle n'est pas rentrée dans les détails au sujet de la mort de Grace au téléphone, et il n'a pas vu la photo. Mais il ne met pas en doute son raisonnement.

— Ça semble approprié pour ton père.

À cet instant, le micro-ondes bipe, et Michael lui sert une assiette de pâtes fumantes.

— Mange. Tu as besoin de reprendre des forces.

Il a toujours été bon cuisinier, bien qu'elle ne sache pas s'il a appris par goût ou par nécessité – sa mère lui attribuait les tâches dont personne d'autre ne voulait. Elle hume l'odeur du plat et tente de cacher son haut-le-cœur.

— Merci, Michael.

Elle attrape une fourchette, mais en une seule bouchée, sa gorge se ferme, ses lèvres enflent et elle ne peut plus respirer…

— Merde, jure-t-il en la voyant suffoquer.

Isabel entend Emma s'exclamer, furieuse :

— Si tu l'as empoisonnée, je…

Michael fouille désespérément dans son sac.

— Bien sûr que non ! Pousse-toi de là. Elle fait une réaction allergique.

Anaphylaxie. Isabel n'avait jamais eu la moindre allergie jusqu'à présent. Elle tente de prendre une inspiration, et sent Michael lui planter quelque chose dans la cuisse – son EpiPen, comprend-elle, le cœur battant la chamade.

— Merde ! dit Emma. Qu'est-ce qu'il faut faire ?

— L'emmener à l'hôpital, mais ce n'est pas vraiment une option, réplique Michael d'une voix terrifiée, haut perchée.

Il sort des comprimés de leur plaquette, les réduit en poudre et verse le tout dans un verre d'eau.

— Tiens, Isabel. Tu peux boire ça ?

Elle avale un peu de liquide, s'étouffe, recommence. Boire la moitié du verre lui prend une éternité ; la sensation de suffocation ne s'estompe que lentement.

— C'était ton EpiPen ? parvient-elle à demander une fois que sa gorge se dénoue. Tu ne devrais pas…

— J'en prendrai un autre. Ça va mieux ?

Pas vraiment. Il a raison, elle devrait se rendre à l'hôpital. Mais si c'était possible, elle n'en serait pas là.

— Qu'est-ce que tu m'as donné ?

— Une tonne d'antihistaminiques. Ça va aider, mais ça ne suffira pas. (Il lance un regard à Emma.) Désolé d'avoir crié. J'ai paniqué.

Emma balaie ses excuses d'un geste de la main. Elle semble aussi secouée que si c'était elle qui venait d'échapper de justesse à la mort.

—Qu'est-ce qui a déclenché cette réaction ? demande-t-elle à Isabel.

—Aucune idée.

Avec le poison qui ravage son système, ça pourrait être n'importe quoi, et elle n'a aucune envie de pousser l'expérience plus loin.

—Mais il faut bien que tu manges, dit Michael qui a l'air véritablement inquiet. Est-ce que tu sais s'il y a des ingrédients qui ne présentent pas de danger ?

—J'ai mangé des chips hier, et je suis encore en vie.

—C'est un début. Tu as des patates ? (Elle hoche la tête et fait un signe vague en direction du placard.) Alors, je vais te faire de la purée. Ne meurs pas avant qu'elle ne soit prête.

Il récupère les pommes de terre et commence à les éplucher d'un geste rapide et efficace.

—On devrait appeler Daragh, déclare Emma.

—Non, refuse Isabel.

Si le médecin apprend qu'elle se met à faire des crises d'allergie complètement arbitraires –si c'est bien ce dont il s'agit–, il insistera pour qu'elle contacte la guilde, prétextant qu'il est trop tard pour quoi que ce soit d'autre.

—Il faut qu'on trouve mon père, ajoute-t-elle.

—Isabel, tu aurais pu mourir !

Elle lance un regard las à Emma.

—Oui. C'est justement pour cette raison qu'on fait tout ça.

C'est difficile pour Emma, qui n'a pas frôlé la mort à de nombreuses reprises comme Isabel et Michael. Mais Isabel n'a plus assez d'énergie pour la réconforter. Elle parvient à peine à récupérer sa tablette pour étudier la carte.

— Le numéro 74 ressemble à n'importe quelle autre maison, dit-elle.

— Attends, tu comptes y aller ? s'exclame Emma.

— Non, j'avais prévu de ne pas suivre l'unique piste que j'ai. Bien sûr que je compte y aller !

— Tu n'es pas assez en forme, proteste Emma, juste au moment où Michael déclare :

— Je vais y aller.

Elles se tournent toutes les deux vers lui.

— Quoi ? Je suis aussi investi que toi dans cette affaire, et je ne suis pas mourant. Je peux u faire un saut tout à l'heure et voir ce que je trouve.

— Et s'il est là ? dit Isabel. Il se fera la malle en te voyant et on ne sera pas plus avancés.

— Parce que tu serais prête à lui faire face ? Tu en es sûre ? rétorque-t-il.

Elle se tait. Elle ne veut pas que Michael livre ses batailles à sa place. Elle ne veut pas céder le contrôle de sa seule chance de progresser. Mais à l'idée de voir son père, sa gorge se noue de nouveau, et aucun médicament ne peut rien y faire.

— On ira tous ensemble, décrète Emma. Demain. Michael peut passer en premier pour évaluer le danger, et Isabel et moi suivrons.

« Tu n'es pas censée te mêler de cette histoire », aimerait répondre Isabel, mais elle sait déjà qu'Emma aura le dernier mot. Et à l'évidence, son amie n'a aucun scrupule à sécher les cours. À sa grande surprise, Michael ne proteste pas. Il se contente de demander :

— Tu es sûre qu'on peut se permettre d'attendre demain ?

À ces mots, ils se tournent tous les deux vers Isabel, et elle entend la question qu'ils n'osent pas poser : *combien de temps te reste-t-il ?*

— Pas le choix, répond-elle. Pour l'instant, je ne suis même pas capable de marcher jusqu'à la porte.

La réaction allergique l'a vidée du peu de forces qu'il lui restait.

Michael soupire, égoutte les pommes de terre et les écrase en purée.

— Bon, d'accord, dit-il enfin en apportant l'assiette sur la table. Avale donc ça. Si ça ne te tue pas, j'accepterai votre plan insensé de traverser la moitié de la ville pour nous rendre dans un endroit mystère qui pourrait regorger de dangers en tous genres.

Isabel lui lance un faible sourire.

— On te retrouvera à l'arrêt de tram sur la rue principale. Je serai celle qui a l'air à deux doigts de passer l'arme à gauche.

22

Disfalo (effondrement)

Emma vient la chercher à 9 heures du matin, bien qu'Isabel lui ait assuré qu'elle pouvait prendre le tram seule.

— Tu *pourrais*, a répondu Emma, mais ça ne veut pas dire que c'est une bonne idée. Au moins, si tu t'effondres, je serai là.

Isabel ne va pas s'effondrer. Elle a enfilé ses bottines les plus solides, et leur rigidité la maintient bien droite. Elle a caché deux couteaux sur elle, réconfortée par leur poids familier, et glissé la page de code indéchiffrable, celle datée du 20 août, dans sa poche arrière. C'est un drôle de porte-bonheur, mais elle est étrangement réticente à s'en séparer.

Bien que la pluie se soit arrêtée, l'air frais la fait frissonner. Elle semble incapable de se réchauffer, ces derniers temps.

L'heure de pointe étant déjà passée, le tram est presque vide. Emma se glisse sur le siège à côté d'Isabel.

— Alors, lance-t-elle d'une voix enjouée malgré ses traits tirés par l'insomnie, c'est qui ce Michael, exactement ? Ami, allié, collègue chelou dont tu n'arrives pas à te débarrasser ?

— Il m'a sauvé la vie, répond Isabel.

— Oui, j'ai vu, mais…

— Pas hier. Avant. (Elle s'interrompt avant d'ajouter : « quand on a failli mourir à cause de ta mère ».) On est amis.

Emma plisse le nez, peu convaincue.

— Vous avez vraiment grandi ensemble ?

— Plus ou moins. Il a vécu avec ma famille pendant un temps.

— Hmm.

Elle jette un coup d'œil par la fenêtre. Le tram vient d'arriver dans Weaverthorpe, et le ciel gris vire peu à peu au blanc.

— Tant mieux si tu lui fais confiance. Moi, il me donne un peu la chair de poule.

Probablement parce qu'il est plus difficile pour Emma d'oublier que Michael faisait partie de Comma. Isabel, elle, est pathétique et a besoin d'aide. Ce n'est pas le cas de Michael, ce qui le rend dangereux. Mais il serait impoli d'insinuer qu'Emma a peur de lui ; Isabel garde donc ses pensées pour elle.

Lorsque le tram approche du centre-ville, Emma demande :

— Si on descend un arrêt plus tôt, tu penses pouvoir terminer à pied ? J'ai quelque chose à te montrer.

— Pas de problème.

— Tu es sûre ? Tu n'es pas obligée d'accepter. J'ai pris des photos, je peux…

— Je peux marcher cinq minutes de plus, Emma. Et dans le cas contraire, on dira à Michael de venir nous rejoindre.

Emma ne semble pas convaincue, mais elle n'insiste pas. Lorsqu'elles arrivent à l'arrêt, elle aide Isabel à descendre la marche.

— Qu'est-ce que tu veux me montrer ? demande Isabel en continuant à s'appuyer contre son amie.

Sans répondre, Emma l'entraîne dans le dédale de ruelles colorées, jusqu'au mur où se trouvait la fresque abolitionniste.

Il n'est plus blanc, désormais.

Isabel découvre avec stupeur son visage entouré d'un tourbillon de couleurs – du moins, elle pense que c'est son visage. La figure porte une crête violette, un piercing au sourcil et une épingle à nourrice dans l'oreille gauche. Elle est vêtue d'une veste en cuir, d'un jean déchiré et d'un tee-shirt qui proclame haut et fort que c'est UNE QUESTION D'ART OU DE MORT. Mais elle a aussi les épais sourcils d'Isabel, ses pommettes bien définies, son petit sourire de guingois. Dans une main, elle tient un grand papillon de nuit. Dans l'autre, une bombe de peinture avec sur l'étiquette DÉSOBÉISSANCE.

C'est une autre Isabel, audacieuse, reconstruite de toutes pièces. Un double de la vraie.

Elle n'a pas besoin de demander à Emma si c'est son œuvre : elle reconnaît le style, les accents dorés et argentés.

— Quand as-tu fait ça ?

— La nuit dernière, principalement, répond Emma en triturant une mèche de ses cheveux. Je ne tenais pas en place. (Elle dévisage Isabel pour jauger sa réaction.) Tu détestes ?

— Est-ce que je déteste ? répète Isabel, incrédule. Bien sûr que non.

La personne sur cette fresque n'est pas mourante. Elle n'est pas qu'une tueuse et elle tient son avenir entre ses mains. Isabel trace d'un doigt révérencieux le visage peint et s'arrête sur les piercings.

— Tu m'as transformée en punk.

Ce qui était censé être une simple remarque semble presque accusateur. Pourtant, Emma sourit.

— Je sais. C'est génial, pas vrai ?

La fille sur le mur se tient bien droite, la tête haute, comme si elle exigeait qu'on la remarque. La vraie Isabel, elle, n'a même pas le contrôle de son propre corps. Mais il y a quelque chose dans cette fresque qui l'attire, qui la prend aux tripes et l'empêche de détourner le regard. Elle est fascinée par cette épingle plantée dans le lobe de l'oreille. *Je suis la seule personne qui puisse infliger des dégâts à ce corps.* Subjuguée par le pouvoir de ces vêtements, de cette bombe de peinture : DÉSOBÉISSANCE.

Elle ne s'est jamais sentie moins punk rock qu'en cet instant, épuisée, percluse de douleurs et sur les traces d'un homme qu'elle ne veut pas retrouver. Mais l'espace d'une seconde, elle s'autorise à imaginer un monde où ce portrait la représenterait vraiment.

— Vraiment génial, confirme-t-elle. Pas complètement convaincue par les cheveux, en revanche.

— Non ? Mince, je trouvais que ça t'allait bien. (Emma examine sa peinture, puis Isabel.) Peut-être une coupe rasée sur les côtés ? Et… du bleu. Oui, du bleu.

Au moins, ses cheveux seraient assortis à la couleur de ses ongles. Isabel glisse ses mains glacées et engourdies dans ses poches pour ne plus y penser.

— Peut-être que quand je ne serai plus mourante, tu pourras me faire une nouvelle coupe.

Ses parents l'avaient poussée à devenir invisible. Ils détesteraient la voir ainsi, toute de couleur et de rage. Le regard d'Isabel se pose sur le grand papillon de nuit qui tient à peine dans la main de son alter ego. *Petite Phalène*. Au moins, cette fresque invente un monde où elle a le choix.

— Je n'étais pas sûre de ce que tu en penserais, dit Emma d'une voix hésitante.

Isabel se tourne vers elle.

— C'est incroyable. Je me sens…

En vie. À ma place.

Elle ne termine pas sa phrase, et espère que son silence dit ce que les mots ne peuvent pas.

Emma sourit.

— Si tu fais partie de l'art, tu fais partie de la ville. Maintenant, allons retrouver Michael.

Ce qui est plus facile à dire qu'à faire. À mi-chemin du lieu de rendez-vous, Isabel doit s'arrêter pour prendre appui contre un mur, ses jambes menaçant de se dérober sous son poids. Elle sent un poids sur sa poitrine et peine à respirer.

— Ça va ? demande Emma avec hésitation.

Le monde vire brièvement au noir, mais Isabel reprend connaissance si vite qu'elle n'a pas le temps de tomber. Elle se force à sourire.

— J'ai juste besoin d'une pause. Ça ira mieux dans une minute.

Car tout va bien. Elle se le répète : elle va bien. Elle se redresse, s'appuie sur Emma et parvient à faire quelques pas sans s'effondrer. Elle arrive à respirer. Pas de quoi s'inquiéter.

Elles mettent une éternité à rejoindre l'arrêt de tram où Michael les attend. Il se précipite pour prendre l'autre bras d'Isabel, bien qu'elle lui affirme pouvoir se débrouiller (ce qui est faux).

— C'est juste au coin de la rue, annonce-t-il. Il n'y a pas de danger visible, mais ça ne veut pas dire grand-chose.

L'endroit ne paie pas de mine. C'est la dernière maison de la rangée, apparemment vide, avec ses fenêtres poussiéreuses et ses appuis pourris. Elle semble inhabitée depuis bien longtemps, mais malgré la brume macabre qui trouble la vue d'Isabel, elle aperçoit quelques discrètes mesures de sécurité – des scanners et des pièges pour protéger le bâtiment contre les intrus.

— OK, dit-elle. Allons-y.

Le scanner d'iris à côté de la porte est fissuré, et le lecteur d'empreintes digitales près de la serrure affiche un écran noir. Michael pousse doucement la porte qui s'ouvre, dévoilant un couloir vide.

Trop vide. Lorsqu'ils y pénètrent prudemment, ils découvrent que le mur mitoyen avec la maison voisine a été démoli pour créer un large espace au rez-de-chaussée. La moquette et les meubles ont disparu. Il ne reste plus rien que des marques sur l'encadrement de la porte, là où l'équipement a été retiré à la hâte.

— Qui qu'il y ait eu ici, il s'est clairement envolé, déclare Emma.

Michael lâche Isabel et se précipite à l'étage, ouvrant les portes avec fracas. Le bruit résonne dans les pièces vides. S'il y avait des preuves de la présence de Ian Ryans dans cette maison, elles semblent avoir été soigneusement effacées.

À une exception près. Isabel recule d'un pas, entraînant Emma avec elle, pour mieux voir. À première vue, on dirait de simples traces de poussière sur le sol, à l'endroit où les meubles ont été enlevés, mais c'est bien plus que ça.

— Regarde, murmure-t-elle en tendant un doigt tremblant.

Emma obéit, traverse la pièce pour mieux voir, puis revient vers Isabel.

— Tu as vu ?

Emma hoche la tête. Elle a vu. Elles se tiennent au milieu d'une gigantesque toile d'araignée, peinte à la bombe sur le plancher nu.

« Nouvelles toiles, plus grosses mouches. »

— C'est un piège, déclare Emma d'une voix nouée par la peur.

Évidemment.

Si Isabel n'était pas mourante, elle s'en serait rendu compte plus tôt. Le silence. La rue vide. La maison qui semble retenir son souffle. Ce ne sont pas des signes d'abandon, mais le calme avant l'embuscade.

Alors qu'elle glisse une main vers l'un de ses couteaux, elle entend le bruit sec d'un pistolet, et une ombre se dessine sur le seuil : une silhouette vêtue de noir, masquée et anonyme. Isabel pousse Emma par terre juste au moment où une balle lui effleure l'épaule, avant d'aller se loger dans le mur du fond dans une pluie de plâtre. Sans laisser le temps à l'assaillant de tirer de nouveau, Isabel lance son couteau d'une main tremblante. Elle ne le touche qu'à la jambe, mais cela suffit à lui faire baisser son arme et leur permet de gagner quelques précieuses secondes. Un homme surgit alors de la cuisine, et Isabel n'a qu'une idée en tête : sortir Emma de là.

Son amie est affalée par terre et semble incapable de bouger. Isabel l'attrape par le bras, mais elle n'a pas assez de force pour la hisser debout ; elles reculent frénétiquement pour s'éloigner des deux silhouettes qui avancent vers elles, mais se retrouvent bientôt acculées contre le mur, sans nulle part où aller. Une vague de désespoir submerge Isabel. Elle tente de sortir son second couteau, en vain. Sa main tremble trop. La voilà trahie par son corps défaillant.

L'intrus le plus proche lève son pistolet. *Emma n'est pas censée mourir ici*, pense Isabel comme si elle avait le choix, puis elle se jette devant son amie pour faire rempart de son corps. Et…

Le tireur a une seconde d'hésitation.

Ce qui suffit à Michael pour dévaler l'escalier, agripper le premier assaillant et lui arracher le pistolet des mains. L'arme glisse par terre, Isabel l'attrape et tire à l'aveuglette – un bruit assourdissant. Le second agent s'effondre, une balle dans la cuisse. Mais à présent, le premier a arraché le couteau d'Isabel planté dans sa jambe et saute à la gorge de Michael. Celui-ci ne parvient pas complètement à bloquer l'attaque, la lame lui entaille l'épaule, et il laisse échapper un grognement de douleur avant que le second tir d'Isabel ne frappe son adversaire en plein estomac.

Emma pousse un gémissement.

Isabel lâche le pistolet, épuisée par l'effort. Michael presse une paume contre son épaule blessée en jurant.

— Tu es blessée ? demande-t-il. Tu saignes. Où as-tu été touchée ?

Elle ne s'en était même pas aperçue. Elle touche la blessure sur son bras et ne ressent qu'une vague douleur. Le bruit des coups de feu résonne encore à l'intérieur de son crâne.

— Il n'a pas essayé de me tuer, dit-elle d'une voix faible. Il visait Emma.

Michael ne remet pas sa parole en doute.

— Tes parents ont dû les envoyer, et d'autres vont probablement arriver.

— Ils sont morts ? demande Emma.

Il suit son regard et contemple les deux hommes écroulés par terre.

— Pas encore. Mais au moins, ils ne pourront pas nous poursuivre. Partons avant que quelqu'un d'autre ne le fasse.

Les parents d'Isabel les ont envoyés. Pour la recapturer, probablement, et se débarrasser des témoins gênants. Ce qui signifie qu'ils savaient qu'elle serait là. Elle devrait sûrement s'en inquiéter, se demander si son père est au courant qu'elle a ses dossiers. Mais cette maison vide n'en reste pas moins une impasse – il n'est pas là, l'antidote et les réponses non plus. Lorsqu'elle se force à se mettre debout, elle se sent étrangement vide. La colère et la peur lui semblent à des années-lumière. Elle est… perdue.

Elle ne se souvient pas de sa chute, simplement de l'impact de ses genoux et de ses paumes contre le plancher. Sa vision s'obscurcit, mais elle s'oblige à rester consciente. Elle va bien. Elle est juste tombée, il suffit qu'elle se relève.

Emma crie le nom de Michael, mais Isabel ne les voit pas. Elle entend un horrible râle et veut leur demander si eux aussi, puis elle prend conscience que c'est sa propre respiration, haletante et paniquée. Il lui faut encore quelques secondes pour que la douleur se propage comme des flammes dans son corps.

Son cœur cogne frénétiquement dans sa poitrine, comme s'il cherchait à expulser de force le poison. Ses entrailles semblent remplies de lames et de lave. Elle n'est plus que souffrance.

Défaillance multi-organique.

Et ils n'ont même plus de piste à suivre.

— Il faut qu'on l'emmène à *Sunny*, déclare Emma. Ton épaule… Tu peux la porter ?

Avant que Michael ne puisse répondre, ils entendent un crissement de pas sur le gravier, en provenance du jardin. Il y a quelqu'un.

— Il va bien falloir, répond-il en hissant Isabel dans ses bras avec un sifflement de douleur. Prends le pistolet. Tu sais tirer ?

— Bien sûr que non !

La voix d'Emma est stridente, paniquée.

Michael pousse un nouveau juron.

— Alors, barrons-nous avant que tu ne sois obligée d'apprendre.

Isabel laisse aller sa tête contre le torse de Michael. Elle entend un autre coup de feu, bien trop proche, mais il ne ralentit pas, et Emma pantelle toujours à côté d'eux. Le tireur, qui qu'il soit, ne les a pas touchés.

— Je ne t'abandonne pas, tu m'entends ? répète Emma en boucle. Ça va aller, Isabel. Tout va bien se passer, c'est promis.

Le *Sunshine Project* n'est pas loin, mais le temps qu'ils y arrivent, la chemise de Michael est maculée de sang, et il halète douloureusement. Isabel entrevoit Emma à la réception, exigeant de savoir où se trouve Daragh ; elle l'entend dire : « Elle est en train de mourir, Léo ! » Puis les voilà en train de dévaler le couloir en direction des salles de consultation.

Des éclats de voix leur parviennent de derrière une porte close.

— Comment ça ? Elle est mourante et tu l'as laissée partir ?

Ronan Atwood. Isabel aurait reconnu sa voix n'importe où.

—Qu'est-ce que tu voulais que je fasse, Ronan ? réplique Daragh. La retenir contre sa volonté ? L'obliger à subir une autre chirurgie non consentie ? Elle a fait son choix.

—Elle a dix-sept ans. Elle ne sait pas ce qu'elle veut. Tu étais censé m'appeler. Nous avions un accord.

« Nous avions un accord. » La phrase lui fait l'effet d'une balle dans l'estomac. Il connaît Ronan, a toujours su qui elle était. Daragh Vernant – civil, de confiance – a passé un accord avec Comma.

Elle aurait dû se douter qu'elle n'échapperait jamais à la guilde.

—Comma a fait bien assez de dégâts comme ça, répond Daragh.

—Bon sang, arrête avec ta haine de la guilde. Plus que trois semaines, et tu…

—Il ne s'agit pas de moi, Ronan ! (Il crie, à présent.) Ce n'est pas parce que personne d'autre ne se soucie de ses choix…

Emma ouvre brusquement la porte, interrompant la conversation. Daragh se lève d'un bond.

—J'ai dit à Léo que j'étais… Oh.

Il voit Isabel, la chemise ensanglantée de Michael, tout. Même Ronan, appuyé contre le bureau, semble pris de court et pousse un juron.

—Aidez-la, supplie Emma. Elle est en train de mourir. Aidez-la.

Isabel n'a plus le choix. Plus d'options, plus de branches auxquelles se raccrocher. Elle est mourante, elle n'a pas trouvé son père, et Ronan Atwood est là.

Elle essaie de dire : *Je vous donnerai les dossiers de mon père si vous me soignez.*

Elle essaie de dire : *Gardez-moi en vie assez longtemps, et je m'en sortirai seule.*

Elle essaie de dire : *Vous me devez une vie, après tout ce que la guilde m'a fait.*

Mais elle dit :

— Je ferai… n'importe quoi.

Elle capitule. C'est bien plus simple qu'elle ne s'y attendait, de renoncer à tout ce qu'elle est, et à tout ce pour quoi elle s'est battue.

23

Savo (salut)

Isabel se réveille dans une pièce aux murs d'un gris si pâle qu'ils semblent blancs, un tube d'oxygène dans le nez, et une dizaine d'autres dans les bras. Elle tente de se redresser, sans succès, et se laisse retomber contre les oreillers, exténuée.

— Tu es réveillée ! lance une voix depuis le pas de la porte.

Elle tourne la tête. La blouse verte de Daragh est une tache de couleur dans cet endroit monochrome.

— Comment te sens-tu ? demande-t-il avec un doux sourire.

Comment se sent-elle ? Affreusement mal. Elle ne sait même pas comment elle est arrivée là. Elle revoit la fresque d'Emma, les couleurs, la maison vide. Puis les coups de feu, le sang. Elle se rappelle être tombée, et ensuite…

Elle a dit à Ronan Atwood qu'elle ferait tout ce qu'il voudrait.

Isabel ferme les yeux et détourne la tête pour que Daragh ne voie pas son visage. Elle a cédé. Après tout ce temps passé à se battre, elle est retournée à la case départ. Sa nouvelle vie est finie.

— Si bien que ça, hmm ? reprend Daragh.

Elle se souvient alors qu'il lui a menti. Il lui a laissé croire qu'elle était en sécurité, alors qu'il était à la solde de Comma depuis le début. « Tu étais censé m'appeler », a dit Ronan – parce qu'ils avaient discuté d'elle, parce que Daragh savait qui elle était dès l'instant où elle a franchi la porte de son cabinet. Quelle idiote elle est de lui avoir fait confiance juste parce qu'elle le trouvait gentil.

— Où suis-je ? demande-t-elle sans ouvrir les yeux.

— À Chadwick Green. C'est un hôpital géré par Comma, à Weaverthorpe.

— Emma et Michael vont bien ?

— Michael a eu besoin de quelques points de suture à l'épaule, mais il va guérir.

— Et Emma ?

Face au silence du médecin, la panique surgit de nouveau ; des visions du corps sans vie de son amie, entaillé d'un symbole d'araignée comme Grace, envahissent son esprit. Elle retente de s'asseoir.

— Où est-elle ? Elle m'a promis d'être là. Pourquoi n'est-elle pas là, est-ce qu'elle va bien ?

— Emma est en sécurité, répond enfin Daragh. Chez elle.

Pourquoi a-t-elle l'impression que ce n'est pas l'entière vérité ?

— Elle m'a dit qu'elle ne m'abandonnerait pas.

— C'est une civile, dit-il d'un ton d'excuse. Pour des raisons de sécurité…

— C'est la fille de Toni Rolleston !

Elle est en vie. En sécurité. Ce sont juste des bâtards. Isabel n'a jamais été aussi soulagée d'être en butte à la bureaucratie de la guilde.

— Je sais. Je vais voir ce que je peux faire.

Si Comma refuse d'autoriser la présence d'Emma, Daragh ne pourra rien y faire. Isabel sait comment ça marche. Elle a conclu un marché, sa vie appartient désormais à la guilde, et Comma aura toujours le dernier mot.

Peut-être aurait-elle dû renoncer, plutôt qu'accepter de mener une vie de tueuse à la botte de ces gens-là. Mais elle ne veut pas mourir. Elle a beau être vidée de ses forces, elle veut se gorger de couleurs, d'art, et du sourire d'Emma, avant de se laisser mourir dans des pièces monochromes comme celle-ci.

À présent, il est trop tard pour changer d'avis. *« Je ferai… n'importe quoi. »* Elle ne doute pas une seule seconde que Ronan va exploiter cette promesse jusqu'à la dernière goutte de sang. Il est trop intelligent pour ne pas saisir l'opportunité qui se présente à lui.

Elle se hisse avec peine sur ses coudes, et découvre ce qu'elle n'avait pas vu jusqu'à présent : un papillon noir brodé sur un coin du dessus-de-lit blanc. Et un autre, à côté de la poignée de porte. Encore un près de la fenêtre. Il n'y a aucun doute quant à qui appartient cet endroit.

À qui elle-même appartient, désormais.

— Ronan n'est pas très subtil, hein ? Le décor…

Elle voit Daragh réprimer un sourire, puis hausser les épaules.

— Un décor digne de Comma.

— Et un médecin digne de Comma.

Comme il ne répond pas, elle insiste.

— Je vous ai entendu parler avec Ronan. Vous m'avez laissée croire que vous étiez un civil, mais vous le connaissez.

Peu importe qu'il ait tenté de la défendre et qu'il ait semblé furieux de ce que la guilde lui avait fait. Il lui a menti, et cette trahison est comme une plaie à vif.

Daragh soupire, retire ses lunettes et essuie soigneusement chaque verre l'un après l'autre.

— Oui, je connais Ronan. Nous sommes cousins.

Elle ne s'attendait pas à ça. Peut-être parce qu'elle préférait imaginer que Ronan n'avait aucune famille, qu'il n'était que le représentant humanoïde de Comma. Ou peut-être parce que la peau brune de Daragh est très loin du teint d'albâtre de Ronan. En plissant les yeux, elle détecte une vague ressemblance dans la forme de leurs nez, mais ce n'est pas assez pour changer le fait que le visage de Ronan lui donne des envies de meurtre, contrairement à celui de Daragh.

— Cousins ? répète-t-elle, incrédule.

— Nos mères sont sœurs.

— Merci, je sais comment ça marche, répond-elle d'un ton sec. Donc, il vous a dit de me tenir à l'œil, c'est ça ?

— Il m'a donné ton nom d'emprunt, et m'a demandé de te recevoir si tu venais à la clinique. Il pensait que tu risquais de te retrouver à court de médicaments.

Ce qui explique qu'elle ait obtenu si facilement un rendez-vous, même si elle est vexée que Ronan ne l'ait pas crue capable de se débrouiller sur le marché noir.

— Infiltrer un médecin dans la clinique juste pour soigner une fugueuse semble être un gâchis de ressources.

— Non, je… je travaillais déjà là-bas. J'y suis depuis des années.

— Mais vous êtes membre de la guilde.

Daragh hausse les épaules.

— Oui.

Elle aimerait exiger une explication – qu'est-ce qu'un médecin de la guilde fait à travailler dans une clinique gratuite pour civils ? –, mais la fatigue alourdit déjà ses paupières.

— Repose-toi, dit-il. Ton corps en a besoin.

— Je suis toujours mourante, pas vrai ? demande-t-elle tandis qu'il la borde doucement.

C'est le papillon sur le couvre-lit qui semble être un mensonge, et non la gentillesse de Daragh. Il n'est pas à sa place ici. Comma, c'est Ronan, les parents d'Isabel, le marchandage, la violence et la cruauté. Mais étrangement, c'est aussi Daragh.

— Oui, répond-il à voix basse. Tu es toujours mourante. Nous t'avons fait plusieurs transfusions sanguines pour te stabiliser, mais nous n'avons pas d'antidote, et nous ne savons pas comment réparer les dégâts que le poison a occasionnés à ton système immunitaire. Pas encore.

Isabel ferme les yeux. Elle ne devrait pas être surprise. Elle a toujours su que la guilde ne pourrait pas la sauver. Au moins, mourir lui permettra d'échapper au marché passé avec Comma.

Il faut voir le bon côté des choses.

Elle sombre dans le sommeil, se réveillant de temps à autre avec de nouveaux tubes sur ses bras et de nouvelles infirmières dans sa chambre. Quand Daragh est présent, il lui explique les différents traitements – transfusions sanguines, dialyse – et les résultats de ses dernières analyses, bien qu'elle n'y comprenne pas grand-chose. Quand il est absent, elle fait mine de ne pas être gênée de voir son corps ainsi violé par toutes ces aiguilles et ces tubes, et elle tente d'ignorer l'anxiété qui l'étreint à force d'être clouée dans ce lit. C'est plus facile lorsqu'elle divague et qu'elle peut se laisser flotter, gravitant vers une ultime implosion.

Parfois, elle se souvient qu'elle est censée rester en vie, mais inévitablement, ces moments de lucidité laissent place à l'étrange iridescence de ses rêves – des rêves qui peuvent être des hallucinations, des souvenirs, ou les deux à la fois, tous baignés de sang. Parfois, ils sont accompagnés d'une bande-son. Elle croit reconnaître l'écho de ses propres cris.

Elle se réveille de l'un de ces cauchemars, couverte de sueur, et découvre Daragh à son chevet.

— Tout va bien, dit-il.

Il ne la touche pas, mais sa main est là, si bien qu'Isabel l'attrape pour s'ancrer dans la réalité. Sa poigne est solide, rassurante.

— C'était un cauchemar. Tu es en sécurité.

Elle est agrippée à la main d'un docteur de la guilde, la seule personne dans tout le bâtiment qui se soucie d'elle. Elle n'est pas en sécurité. Du tout.

— Je veux voir Emma, dit-elle pour ce qui doit être la centième fois.

— Ronan a dit…, commence-t-il, aussi pour la centième fois.

— Ronan peut aller se faire foutre. Je veux la voir.

— Je suis désolé. Je peux peut-être faire en sorte que tu lui parles au téléphone ?

C'est un lot de consolation pathétique : elle veut Emma en personne, la voir inonder cette pièce morne de couleurs, chasser le monochrome impersonnel de Comma. Mais Isabel saute malgré tout sur l'occasion.

— Oui. Je veux lui parler. S'il vous plaît.

— OK. Je vais me renseigner.

Elle sent les doigts chauds du médecin se poser sur son poignet, prendre son pouls. Trop irrégulier. Lent, puis frénétique, puis une pause si longue que les battements semblent s'être arrêtés, avant de repartir au galop. Elle sent son cœur tressaillir dans sa poitrine et recommencer à battre, propulsant du sang empoisonné à son organisme, qui n'a rien demandé.

— Tu sais, ce cauchemar… c'est bon signe, si c'est un souvenir, reprend Daragh. Ça veut dire que les traitements fonctionnent.

Ce n'est pourtant pas l'impression qu'elle a. Peut-être que son esprit est un peu moins embrumé, ses pensées un peu plus vives, mais elle sait qu'il ne lui reste plus beaucoup de temps.

— Ils n'ont toujours pas trouvé d'antidote, pas vrai ? demande-t-elle. Et même s'ils y arrivent, le poison a déjà modifié mon système immunitaire pour l'obliger à s'autodétruire.

Daragh détourne le regard.

— Il y a des… complications, en effet. (Puis il soupire, et cesse les faux-semblants :) Tu devrais déjà être morte, Isabel.

Elle l'apprécie bien plus quand il est honnête avec elle.

— Vous ne pensez pas que je vais m'en tirer, c'est ça ?

Elle le voit à son expression chaque fois qu'il regarde les résultats d'analyses. Et à la manière dont il la regarde quand il la croit endormie.

— Les traces de neurotoxines que nous avons réussi à identifier auraient dû suffire à elles seules à te tuer, et elles ont été mélangées à une dizaine d'autres substances. Je ne sais pas comment ça se fait que tu respires encore.

— C'est mon esprit de contradiction, répond-elle avec l'ombre d'un sourire.

Et des années de morsures d'araignées, de piqûres d'aiguilles, de nourriture contaminée et d'heures passées à pleurer par terre dans la salle de bains, à attendre que la douleur passe. La résistance d'Isabel n'est pas parfaite, mais a été durement gagnée.

Daragh ajuste son oreiller, et l'aide à poser sa tête plus confortablement.

— Eh bien, essaie de t'obstiner encore un peu, et tu arriveras peut-être à en réchapper.

Une minuscule capsule.

Juste là, sous la lentille du microscope, si petite comparée aux nombreuses heures de travail et à la quantité de larmes qu'elle représente. Elle doit se concentrer pour se tenir droite et ne pas trembler pendant que son père inspecte son travail.

— Ce n'est pas ce que je t'ai demandé, dit-il en fronçant les sourcils.

Sa bouche est complètement sèche. Elle s'enfonce les ongles dans la paume de sa main.

— J'ai légèrement… modifié l'approche. Une administration par aérosol aurait présenté un risque pour l'agent, puisque aucun antidote préventif n'existe. Une capsule solide protège l'agent, élimine l'éventualité de dommages collatéraux, et rend le produit plus difficile à détecter.

— T'ai-je demandé de planifier l'attaque ?

— Non, mais…

— Non, l'interrompt-il, sans toutefois relever la tête du microscope. Parle-moi de cette capsule.

— Elle est conçue pour se désagréger graduellement à l'intérieur du corps. Les symptômes vont empirer lentement, mais le temps que la cible prenne conscience qu'elle a été empoisonnée, elle aura déjà reçu une dose létale. Il sera impossible de trouver l'antidote avant qu'il ne soit trop tard.

— Combien de temps ?

— Tout dépend de la masse corporelle de la cible, mais un mois, peut-être. Par injection intramusculaire.

Il hoche la tête et continue d'examiner la capsule.

— Une seringue pneumatique ferait l'affaire.

Elle hoche la tête. Il suffit d'un stylo trafiqué et d'une collision, ou d'un petit coup de parapluie dans la cheville, et la cible se retrouve légèrement blessée et de mauvaise humeur, sans jamais suspecter qu'elle vient d'être empoisonnée.

— La capsule est assez petite pour que ça puisse fonctionner. Mais un mois… l'aérosol aurait été plus rapide.

— Assez rapide pour que l'agent soit attrapé, répond-elle avant de se mordre la lèvre, car sa remarque ressemble un peu trop à une critique. C'est… cette option est plus discrète. Pas de dommages collatéraux, pas de témoins… La cible aurait du mal à déterminer le moment de l'empoisonnement, et pendant ce temps, l'agent serait déjà à des milliers de kilomètres de là. Tout le monde saurait que nous avons fait le coup, mais personne ne pourrait le prouver.

— Et l'invisibilité, c'est le pouvoir. (Son père relève la tête.) Eh bien, petite Phalène, voyons ce que ton esprit agile

a imaginé. Montre-moi les changements que tu as apportés à la formule.

Elle essaie d'empêcher ses mains de trembler quand elle lui tend ses notes – il la punira si elle montre sa peur. Elle a réussi. Elle a fabriqué cette arme impossible, mieux qu'il n'aurait pu le faire. Il n'a aucune raison de lui faire du mal.

Non pas que ça l'ait arrêté par le passé.

Il examine attentivement ses notes, suit chaque calcul du bout du doigt. Lorsqu'il a terminé, il repose les feuilles sur la paillasse et la regarde. Puis il sourit.

—Incroyable, dit-il.

Il n'est pas en colère. Il semble... fier.

À présent, il le sait : elle est aussi ingénieuse, créative, sadique et indifférente à la souffrance d'autrui que lui. Personne d'autre au sein de Comma n'aurait été capable de faire ce qu'elle a fait, et personne d'autre que lui n'aurait pu faire d'elle qui elle est.

L'arme la plus meurtrière que Ian Ryans ait jamais créée est sa propre fille.

Isabel est réveillée.

Sa chambre d'hôpital n'est éclairée que par la lueur verdâtre du panneau de sortie de secours et la lumière aveuglante du couloir sous sa porte. Elle fixe le plafond et cherche des formes dans les reflets verts qui y dansent, tout en s'efforçant de réapprendre à respirer. Il lui est parfois difficile de discerner si c'est la peur ou les neurotoxines dans son sang qui lui coupent le souffle.

Elle inspire profondément, expire, puis recommence. Cinq choses qu'elle entend : une sirène au-dehors, des bruits de pas, le cliquètement lointain d'un chariot à un autre étage, le bourdonnement des machines, ses poumons qui lâchent. Cinq choses qu'elle voit : le plafond, le coin de la porte, une étroite bande de lumière, un reflet vert sur le pied à perfusion, sa mort imminente.

— Daragh ?

Elle n'a plus la force de crier ; il serait tellement affreux de mourir maintenant, alors qu'elle a enfin la réponse. Puis elle se souvient de son bouton d'appel, et le presse frénétiquement jusqu'à ce que le médecin arrive en courant.

— Qu'est-ce qu'il y a ? demande-t-il.

— Il y avait une feuille dans la poche de mon jean, quand je suis arrivée. Où est-elle ?

Daragh attrape quelque chose sur la table qu'il presse dans sa main.

— C'est ça ?

Elle la déplie en tremblant. *Là.* Ce n'est pas le code de son père. Pas étonnant qu'elle n'ait pas réussi à le décrypter en suivant ses méthodes à lui.

Car c'est elle qui l'a créé.

Daragh lui trouve un stylo et un porte-bloc pour y prendre appui. Tremblante sous l'effort, elle démêle son propre code, ligne après ligne. Son compte-rendu. Sa formule.

Lorsque l'exercice touche à sa fin, son écriture est à peine lisible. Elle prend un instant pour rassembler ses forces, puis tire un trait et commence à écrire. Chaque mot est un battement de cœur, saccadé et incertain. Son corps proteste, ses poumons se rebellent. *Juste un jour de plus,* supplie-t-elle. *Donne-moi juste une journée, une demie, une heure.*

Le stylo lui tombe des mains et roule sur le lit.

Elle a tout donné.

— *La antidoto*, dit-elle lorsque Daragh lui reprend la feuille. *Jen ĝi*. (Le voici.)

« *Il sera impossible de trouver l'antidote avant qu'il ne soit trop tard.* » Mais le poison n'était pas conçu pour être utilisé contre sa créatrice.

Daragh tend déjà la main vers son téléphone. Alors qu'elle commence à perdre connaissance, elle l'entend aboyer des ordres d'un ton urgent, tenter d'organiser son salut. Elle-même ne ressent plus la moindre urgence. Elle lâche prise. Elle a fait sa part. Daragh a la formule, il peut donc la sauver. Elle a une chance de se réveiller.

Elle en a assez fait.

Elle s'est battue jusqu'au bout.

Elle n'a plus rien à donner.

Isabel ferme les yeux et s'abandonne aux ténèbres.

Son cœur

si rapide

ralentit

et s'arrête.

24

Rezigno (capitulation)

Au réveil, il n'y a aucun soulagement, juste du bruit. Le hurlement des machines. Des cris et des chocs, son cœur qui ricoche en morse contre ses côtes fêlées. Et une douleur qui dévore ses os et brûle sa peau qui fond en une agonie incandescente. Crier serait un soulagement, mais ses poumons se ratatinent sur eux-mêmes, tandis que ses cordes vocales se cassent comme les cordes d'un violon et l'abandonnent à son sort.

Elle n'aurait jamais cru que mourir serait un tel supplice.

Elle se serait battue davantage, si elle avait su.

25

Relevigo (résurrection)

— Heureux de te revoir.

La mort est une couverture d'hôpital sous ses doigts et un oreiller frais contre sa joue. Isabel rouvre les yeux. Daragh est assis à son chevet, les yeux cernés et les joues couvertes d'une barbe naissante. Elle ouvre la bouche pour parler, et découvre, à sa grande surprise, qu'elle en est capable.

— Je suis en vie ? demande-t-elle d'une voix rauque où perce l'incrédulité.

— À toute peine, répond-il avec un sourire las. Tu as bien failli y passer. Ton cœur s'est arrêté deux fois.

— Et dire que les gens prétendent que je n'en ai pas.

Le docteur rit bien plus fort que ne le mérite cette mauvaise plaisanterie. De soulagement, comprend-elle. Il pensait qu'elle allait mourir – et étonnamment, il en aurait été affecté.

— Tu es en soins intensifs. Toujours à Chadwick Green, à Weaverthorpe. Tu étais sous respirateur artificiel jusqu'à ce matin. On l'a ôté après s'être assurés que ton cœur n'allait pas de nouveau s'arrêter, mais tu vas rester ici jusqu'à ce que ton état se stabilise.

— Quel jour est-on ?

— Samedi. Le 20 octobre.

Les gens au lycée doivent se demander où elle est passée. Elle espère qu'Ashvin a trouvé quelqu'un pour la remplacer, qu'il ne lui en veut pas trop d'avoir disparu – elle doute toutefois de pouvoir récupérer son travail si elle le lui demandait.

De toute façon, elle n'en aura pas l'occasion. Pas après avoir passé un marché avec Comma.

Elle ferme les yeux, soudain épuisée.

— Il a disparu ? Le poison ? Vous avez préparé l'antidote ?

Le médecin lui prend la main et la serre.

— Oui, répond-il avec une pointe de fierté dans la voix. Il a disparu. Tu nous as donné la clé.

Il l'a sauvée. Daragh Vernant, bienveillant, menteur et allié de Comma, lui a sauvé la vie.

— Tu ne risques plus rien.

Alors pourquoi ai-je encore l'impression de pourrir de l'intérieur ?

Être en vie est épuisant. Son corps se souvient encore de l'alternative et essaie de retomber dans cet oubli, dans ce néant, mais les machines l'en empêchent.

— Et maintenant ?

— Maintenant, tu te reposes et tu guéris. Il va te falloir du temps pour te remettre de ce qu'il t'a été fait.

« Ce qu'il t'a été fait. » Une tournure passive pour un acte de cruauté si actif, une violence que rien ne pourra jamais réparer. Même quand le poison aura totalement quitté son système, il lui restera ce fait : c'est elle qui l'a fabriqué, et son père s'en est servi contre elle.

Et si ce n'avait pas été elle, il s'en serait servi contre quelqu'un d'autre, ou l'aurait vendu au plus offrant. Elle avait beau le savoir, ça ne l'a pas arrêtée, et maintenant, elle a le culot de se plaindre que ce n'est *pas juste* et qu'elle *ne mérite pas ça*.

Elle aurait dû en prendre conscience après ce tout premier flash-back. Ou dans le laboratoire de Grace. Ou lorsqu'elle a tué Ian Crampton sans même le vouloir. Mais il lui a fallu jusqu'à maintenant pour regarder la vérité en face : Isabel Ryans ne peut s'en prendre qu'à elle-même.

Daragh voudrait qu'elle se repose, qu'elle dorme, qu'elle vive, parce qu'il la voit comme une victime de la guilde et qu'il veut l'aider.

Mais en réalité, elle est son propre bourreau.

Son corps se souvient de l'étreinte de la mort, et se laisse glisser aisément dans le sommeil.

Guérir est un processus affreusement lent et presque aussi éprouvant que la lente descente vers la mort.

Isabel se réveille tous les matins dans la douleur. Parfois, les souvenirs remontent à la surface si violemment qu'elle reste figée sur son lit, jusqu'à ce que l'oxygène dans son nez la pousse à respirer de nouveau seule. Des jours entiers passent avant qu'elle ne parvienne à se lever. Mais dans cette cage stérile, le temps a perdu tout son sens. Elle avance jusqu'à la fenêtre, soutenue par un pied à perfusion et le bras de Daragh, et a l'impression d'avoir couru un marathon.

Elle doit empêcher Daragh de s'excuser chaque fois qu'elle grimace à cause de ses côtes endolories. Comme si elle lui en voulait de les avoir brisées pour relancer son cœur. Comme si elle pouvait regretter d'être en vie.

Mais parfois…

Parfois, elle n'a pas tant l'impression d'être convalescente que d'avoir réintégré le Cocon, armée cette fois d'un moniteur cardiaque et d'une bouteille d'oxygène. La manière dont on la pousse à se mouvoir, à enrouler ses doigts autour d'un objet jusqu'à ce qu'elle ait la force de le ramasser, à se lever, à marcher autant que son corps à peine fonctionnel le lui permet. La manière dont on teste sa mémoire et ses fonctions cérébrales – mais au lieu de lui poser des questions d'histoire ou de problèmes de maths, on lui demande quelle artère sectionner pour une mort rapide, quels poisons sont les plus difficiles à détecter, comment briser un os en exerçant un minimum de force.

Elle répond malgré tout, et tombe toujours juste. Elle connaît mille façons de tuer quelqu'un. Elle ne peut pas se fier à ses propres souvenirs, mais ça, elle ne l'a pas oublié.

— Tes capacités cognitives s'améliorent de jour en jour, déclare Daragh en rangeant ses fiches de questions. Ce sont des informations stockées dans ta mémoire à long terme, c'est donc bon signe que tu puisses y accéder. Il semblerait que l'exposition répétée aux inhibiteurs de mémoire n'ait pas fait de dégâts trop importants.

— Vous n'avez pas l'air ravi, pourtant, dit-elle.

Il soupire.

— Bien sûr que je suis content. C'est bon signe. Je regrette juste…

— Que Comma ait recommencé mon entraînement ?

La guilde se fourre le doigt dans l'œil si elle pense qu'Isabel n'a rien remarqué.

— J'ai conclu un marché. Je savais à quoi je m'engageais.

— Tu étais mourante, proteste Daragh. Tu n'étais pas en pleine possession de tes facultés, et ce n'était pas un choix librement consenti. J'ai essayé de le dire à Ronan, mais...

— Bien sûr que si, c'était un choix librement consenti. Un choix pourri, entre mourir ou tuer, mais un choix quand même, et je l'ai fait. Ne faites-vous pas partie de la guilde ? Ne devriez-vous pas vous réjouir ?

— Je travaille pour Comma, répond-il comme s'il s'agissait d'une clarification. Je... je ne crois pas que c'est ce que tu veux, toi.

Ce qu'elle veut n'a aucune importance. Elle n'a cessé de prouver quels étaient ses points forts. Personne ne l'a obligée à tuer Ian Crampton, mais elle l'a fait, parce que c'est ce qu'elle est. Lorsqu'on enlève le poison et la peur, il ne reste qu'elle, Isabel Ryans, la Phalène, une tueuse. Après tout, lutter contre sa nature ne l'a menée nulle part, et ne vaut-il mieux pas s'engager dans cette voie la tête haute, plutôt que d'y être entraînée de force par Ronan ?

Quelques souvenirs confus de ses derniers instants à la clinique lui reviennent.

— Ronan a dit que vous détestiez la guilde. C'est vrai ?

Daragh pèse soigneusement ses mots, puis répond :

— Détester est un bien grand mot pour parler de l'institution qui m'a permis d'en arriver là où je suis aujourd'hui. Mais je n'ai jamais été à l'aise à l'idée d'en faire partie.

— Alors, pourquoi êtes-vous encore là ?

Elle doit voir une dizaine d'infirmières différentes chaque jour, mais Daragh est sa seule constante. Toujours là quand elle se réveille, avec sa voix douce et ses paroles apaisantes. Elle ne le comprend pas et veut y remédier.

Il hausse les épaules.

— Je voulais être médecin.

— Vous auriez pu y arriver sans la guilde, non ?

Il existe des docteurs civils, elle le sait. Ceux des guildes sont mieux formés, mais l'option existe malgré tout.

— Pas quand tu viens d'un quartier industriel. (Il sourit légèrement en la voyant si surprise.) Oui. Ronan a beau être mon cousin, notre famille n'est pas originaire de la guilde. On a grandi à Ganton, où la plupart des gens travaillent à l'usine de la sortie de l'école jusqu'à leur mort. C'est Ronan qui a compris que la guilde pouvait nous offrir autre chose. Il savait que je voulais être docteur ; il m'a donc convaincu de postuler pour être sponsorisé par Comma. Je pouvais étudier la médecine et en échange, je devrais dix ans à la guilde, tant que je réussissais l'entraînement de base. C'était – c'est – une très bonne opportunité. Bien sûr, j'ai sauté sur l'occasion. C'était ma seule chance de devenir médecin, et la plupart de mes patients ne sont pas des assassins, juste des adjacents et leurs familles. J'ai fait naître des bébés.

— On dirait que vous essayez de vous convaincre vous-même, répond Isabel.

Daragh lâche un petit rire.

— Crois-moi, j'ai passé suffisamment d'années à tenter de me mettre d'accord avec ma conscience. J'avais presque réussi à me persuader que je pouvais faire partie de Comma sans me rendre complice des activités de la guilde. Jusqu'à Christopher.

Il se tait.

— Christopher ?

— Mon partenaire, dit-il, presque à contrecœur. On avait prévu de se marier, une fois qu'on serait moins jeunes et moins fauchés. Il était artiste. C'est lui qui a peint *Sunny*.

Isabel relève l'imparfait.

— Il est mort ?

Daragh hoche la tête.

— Colibri. Et le pire, c'est que c'était… pour rien. Il s'est battu dans un bar avec un type riche, très riche. C'était un civil, un avocat, mais il était sous la protection de la guilde et avait tous les trafiquants d'Espéra dans la poche. Et pire encore, il connaissait le nom de Chris. Chris n'a cessé de me répéter que personne n'engagerait un tueur à gages contre un civil qui avait trop bu, mais il avait tort. Son corps a été retrouvé trois jours plus tard. J'étais au travail quand je l'ai appris.

Isabel redresse ses oreilles, puis se rallonge.

— D'où la crise de conscience, j'imagine.

— On peut dire ça. J'ai toujours ignoré lesquels de mes patients étaient des assassins, tu sais. Je demandais qu'on raye cette information du dossier médical, parce que j'étais dans le déni. Je posais une dizaine de points de suture et j'essayais de me convaincre que je faisais quelque chose de bien, mais pour ce que j'en savais, ils allaient peut-être tuer quelqu'un en sortant de l'hôpital. Quelqu'un comme Christopher, qui comptait plus que tout pour moi. En prendre conscience au bout de trois ans alors que j'avais signé un contrat de dix ans… c'était insoutenable.

J'errais dans les rues après le travail en tentant de trouver quoi faire, et tout ce que je voyais me faisait penser à lui. Ses œuvres d'art, partout sur les murs. Il avait dû taguer la moitié d'Espéra. Je les ai suivies à travers toute la ville, jusqu'à ce que j'arrive à *Sunny*. Quand j'ai interrogé ceux qui y travaillaient, ils m'ont dit qu'il avait passé des mois à peindre la façade et qu'il avait refusé d'accepter le moindre paiement. Il avait peint l'intérieur aussi, l'arbre de gratitude que tu as vu. Je ne sais pas pourquoi il ne m'en a jamais parlé.

Isabel place soigneusement ces pièces sur le puzzle à l'effigie de Daragh dans sa tête.

—C'est donc pour ça que vous travaillez là-bas. Par culpabilité.

—Oui, en quelque sorte.

Il se lève et s'approche de la fenêtre, tournant le dos à Isabel.

—Il vous reste combien de temps ? demande-t-elle.

—Quoi ?

—Sur vos dix ans.

Il hésite.

—Cinq jours, finit-il par répondre.

Cinq jours. Cinq jours avant qu'il ne l'abandonne. Cinq jours avant qu'il ne la laisse à la merci d'un médecin anonyme de la guilde. Cinq jours avant qu'il ne vive la vie qu'il aurait toujours dû mener : aider les civils, les enfants, les innocents. Pendant qu'elle sera encore là.

Elle refuse de céder à la panique. Elle n'en a pas le droit.

Daragh se tourne vers elle.

—Isabel, dit-il d'un ton qui suggère qu'il lit la peur sur son visage. Je ne vais pas t'abandonner.

Un espoir fragile naît.

— Quoi ?

— Je ne vais pas confier ton cas à qui que ce soit d'autre. Pour être franc, je ne leur fais pas confiance.

— Mais votre contrat…

— J'ai passé des années à me répéter qu'en faisant partie de Comma, je pouvais améliorer la guilde de l'intérieur. C'est enfin l'occasion d'essayer. D'être de ceux qui ne te laisseront pas tomber.

Il est si sincère qu'elle est incapable de soutenir son regard et baisse les yeux.

— Parce que dès l'instant où je t'ai rencontrée à *Sunny*, Isabel, tout ce que j'ai vu, c'est à quel point la guilde avait failli à sa mission avec toi. Tu étais une enfant, et les gens qui auraient dû t'élever ont choisi de te maltraiter à la place, de se servir de toi. J'ai vu tes cicatrices. Rien de tout ça n'aurait dû t'arriver. Il est trop tard pour revenir en arrière, mais je ne t'abandonnerai pas. (Il se tourne de nouveau vers la fenêtre.) Pas si je veux prétendre être une meilleure personne que mon cousin.

Isabel déglutit.

— Vous ne… Vous devriez…

Il ne devrait pas rester pour elle, alors qu'il a une chance de partir. Elle ne le ferait pas à sa place. Elle ne peut imaginer renoncer à sa liberté pour quelqu'un d'autre. Mais elle ne peut se résoudre à lui dire qu'elle n'a pas besoin de lui.

— Je serai là jusqu'à ce que tu ailles mieux. Pas simplement sur le plan médical. Jusqu'à ce que tu sois en sécurité, Isabel. Et ensuite, peut-être que je m'en irai. Mais pas avant.

En sécurité.

Elle ne l'a jamais été, et n'aurait jamais cru l'être ici, entre les mains d'un médecin de la guilde.

26

Korinklino (affection)

— Tu as raté mon anniversaire, déclare Emma, environ trois secondes après avoir décroché.

— Quoi ?

— Mon anniversaire. C'était lundi dernier. Tu étais trop occupée à « perdre connaissance ». (Isabel l'imagine sans peine mimer des guillemets avec ses doigts.) J'ai dix-huit ans, maintenant.

— Je suis désolée, répond Isabel, prise de court. Je ne savais pas.

Emma éclate de rire.

— T'inquiète ! Je sais que tu serais venue, si tu n'avais pas littéralement été à l'article de la mort. Et s'ils m'avaient laissée te rendre visite à l'hôpital, j'aurais amené la fête jusqu'à toi.

— Tu as fait la fête ?

— Pas vraiment. Je suis allée manger avec Léo et maman, et j'ai traîné avec quelques personnes du lycée. C'était plutôt tranquille.

Isabel est soulagée d'apprendre qu'Emma et Toni s'adressent de nouveau la parole et qu'elle n'a pas ruiné définitivement leur relation. Emma ne méritait pas ça.

—Léo et moi sommes en compétition pour trouver le pire roman à l'eau de rose possible, mais après les trois qu'il vient de m'offrir, je crois que je n'ai plus aucune chance. J'ai tellement de questions ! D'où sort cette idée de publier l'histoire d'amants maudits venant de guildes ennemies ? Sérieusement, qui rencontre l'âme sœur autour d'un cadavre ?

—Et c'est autorisé par les guildes ? demande Isabel. Ce n'est pas la Presse Libre ou autre ?

—C'est complètement légal. Dingue, hein ? Enfin, les romans ne sont pas si nuls, si tu fais abstraction du postulat de base...

—Je te crois sur parole.

Emma doit être sur haut-parleur, car Isabel entend le tintement d'une cuillère contre le bord d'une tasse, puis un petit cliquetis lorsqu'elle la repose.

—Et toi ? Comment te sens-tu, après avoir frôlé la mort autant de fois ?

Isabel ne pensait pas vouloir en parler, mais à présent, avec la voix d'Emma dans son oreille, elle découvre que si.

—Apparemment, je suis vraiment morte. Daragh dit que mon cœur s'est arrêté à deux reprises.

—Oh. Mais il t'a sauvée, pas vrai ?

—Non, ceci est un appel d'outre-tombe.

—Dis donc, la version ressuscitée d'Isabel a l'option sarcasme en prime. Impressionnant, ton médecin.

Isabel sent ses lèvres s'étirer en un sourire.

— En effet, il l'est.

— Tant mieux. Sinon j'aurais été obligée de le provoquer en duel. Enfin, c'est Daragh Vernant, ce n'est pas pour rien que tout le monde l'apprécie. Même si je ne suis plus tout à fait certaine d'être d'accord, maintenant que je sais qu'il était membre de Comma depuis le début. C'est tordu, comme histoire. Je n'aurais jamais deviné.

— Ne t'inquiète pas, répond Isabel. Il n'en a probablement plus pour très longtemps à faire partie de la guilde, donc tu peux continuer à l'aduler.

— Ah bon ? Comment ça se fait ?

— Son contrat est sur le point de se terminer, et je n'ai pas l'impression qu'il compte le renouveler. (Elle se mord la lèvre.) Et toi ? Tu vas bien ? Après ce qu'il s'est passé à Gauntlet Drive…

Un long silence lui répond.

Puis :

— Je crois que je ne vais pas oublier de sitôt de t'avoir vu tirer sur quelqu'un devant moi. Je m'attendais à faire des cauchemars, mais pour l'instant, j'y repense surtout en journée.

Pas de cauchemars, Isabel ne pouvait pas espérer mieux.

— Je regrette que tu aies dû assister à ça.

— C'est bizarre. J'avais beau savoir de quoi tu étais capable, c'était différent de le voir de mes propres yeux. Ça avait l'air si… facile pour toi.

— J'ai raté ma cible, fait remarquer Isabel.

— Tu ne les as pas tués, corrige Emma. Ce n'est pas la même chose. Tu m'as sauvé la vie.

Isabel déglutit. Elle s'attendait à moitié à ce qu'Emma ne veuille plus entendre parler d'elle, après l'avoir vue à l'œuvre.

— Tu sais ce qu'il leur est arrivé, après ?

Elle entend des assiettes s'entrechoquer en arrière-plan.

— Quand tu as perdu connaissance, Ronan a envoyé une équipe sur place. Ma mère m'a dit que l'un des deux s'était enfui – celui que tu n'as pas blessé –, mais les deux autres sont en détention.

Emma s'interrompt quelques secondes, puis ajoute :

— Je crois que je n'ai jamais eu aussi peur de ma vie. Tu étais en train de mourir, ils nous tiraient dessus, et…

— Je suis désolée, répond Isabel, écrasée par la culpabilité. Je n'aurais jamais dû t'impliquer dans cette histoire.

Elle se sent responsable non seulement de la peur d'Emma, mais aussi de la blessure de Michael, qui s'est aggravée quand il a été obligé de la porter. Bien que Daragh lui ait répété à de nombreuses reprises que le jeune homme guérissait bien, elle continue de s'inquiéter.

— C'est moi qui ai insisté pour venir, dit Emma. Tu n'y es pour rien.

Mais Isabel sait que ces hommes étaient là pour elle. Elle l'a su à l'instant où le tireur a hésité. Son père ne veut pas la voir morte, mais l'avoir sous son emprise, et pour ça, il est prêt à tout. La ville tout entière est remplie de pièges. Si Emma s'était retrouvée prise sous les tirs croisés, elle ne se le serait jamais pardonné.

— Tu vas revenir au lycée ? demande son amie.

Isabel lui renvoie la balle, peu disposée à discuter de son avenir avec Emma.

— Et toi, tu y es retournée ?

— Non, admet celle-ci. Enfin, j'y suis allée une fois, j'ai passé trois heures de cours à sursauter au moindre bruit, puis je me suis cachée dans la salle de Mortimer durant le restant de la journée. Il fait passer mes devoirs par Léo, depuis. Je comprends pourquoi tu l'apprécies.

—Je n'ai jamais dit que je l'appréciais. On est juste...

—Vous vous faites chanter mutuellement, je sais. Il me l'a dit. Tu as vraiment une drôle de conception de l'amitié.

—Il te l'a dit?

—Bon, pas exactement, mais j'ai fini par le comprendre. Je ne crois pas qu'il aurait parlé de toi à qui que ce soit. Ça ne ressemblerait pas à quelqu'un qui se sent obligé d'offrir des biscuits aux gens à la moindre occasion.

—Est-ce que...

Isabel s'interrompt et tente de mieux formuler sa pensée.

—Qu'est-ce que tu lui as dit?

—La vérité, en gros. Je ne lui ai pas parlé de Gauntlet Drive, mais je lui ai dit que tu avais fait un malaise et que tu étais à l'hôpital. Il m'a demandé si c'était un hôpital de la guilde, et j'ai dit que oui. Puis il m'a demandé ce que Comma avait exigé en échange, et... je n'avais pas la réponse.

Isabel non plus. Elle n'a reçu aucune visite de Ronan Atwood, aucun ultimatum, mais elle reste constamment sur ses gardes.

—Alors? relance Emma. Qu'est-ce que Comma veut en échange?

Isabel soupire. Elle aurait dû se douter qu'elle ne pourrait pas éviter cette conversation.

—Pour l'instant, rien. Mais ça va venir. Je ne crois pas que je pourrai reprendre le lycée, quoi qu'il en soit. Tu devrais probablement dire à Nick Larrington que j'ai déménagé.

— Il m'a demandé de tes nouvelles. Le jour où j'y suis allée, j'ai récupéré certaines de mes affaires dans le bureau de Grace, et il travaillait à la bibliothèque. Il m'a dit qu'il t'avait envoyé un message, mais que tu n'avais jamais répondu.

— Je n'ai plus mon téléphone.

Elle ne sait pas ce qu'il est devenu après son arrivée à l'hôpital. À vrai dire, elle ne sait pas du tout ce que sont devenues ses affaires – sont-elles encore à son appartement, ou son propriétaire s'est-il aperçu qu'elle n'avait pas payé son loyer et les a-t-il balancées dans une benne à ordures ?

— Dis à Nick que ce n'est pas contre lui, d'accord ? J'ai apprécié ses efforts pour nouer une amitié avec moi, même s'ils étaient malavisés.

— Malavisés ? répète Emma avec incrédulité. Qu'est-ce que tu racontes ?

— Je n'en vaux vraiment pas la peine.

Ce n'est pas de l'auto-apitoiement, c'est la vérité : objectivement, elle a plus besoin d'Emma que l'inverse. Elle se sent comme un parasite qui abuse de la gentillesse d'autrui sans rien offrir en retour.

— N'importe quoi. Tu veux dire que je n'aurais pas dû devenir ton amie ?

— Peut-être. (Elle change le téléphone d'oreille.) Si tu ne l'avais pas fait, Grace serait encore en vie, tu n'aurais pas découvert la vérité au sujet de ta mère, et…

— Premièrement, le fait que ma mère aurait continué à me mentir n'a rien de positif. Quant à Grace…

— Elle est morte par ma faute. Tu ne peux pas le nier.

— Elle est morte parce que quelqu'un l'a tuée. Tu n'y es pour rien. C'est affreux, mais ce n'est pas ta faute.

— Mais tu détestes les guildes, insiste Isabel.

Elle ne sait pas pourquoi, mais il lui paraît important de rappeler à Emma qui elle est vraiment, afin qu'elle ne perde pas tous ses repères, comme elle.

— Bon sang, tu m'as vue tirer sur quelqu'un ! Qu'est-ce qu'il te faut de plus ?

— Tu n'as pas à me dicter ce que je dois ressentir, réplique Emma. Et de toute façon, tu n'es pas les guildes.

Excepté que si. Comma est dans sa peau, dans ses os, dans son sang. Et à sa mort, quand on la disséquera, on découvrira la marque d'un papillon gravé sur son cœur.

— Je suis une tueuse, Emma.

— Tu es une ado de dix-sept ans qui a été empoisonnée par son père.

— Ces deux choses ne l'excluent pas. (Isabel prend une profonde inspiration.) C'est… c'est moi qui ai fabriqué le poison. C'est ma faute s'il était si nocif.

Ce n'est pas plus facile de l'avouer à Emma qu'à Grace.

— Oh, pour l'amour d'Espéra…, s'exclame Emma en ravalant un juron. Isabel, ce n'est pas ta faute, et le fait que tu aies fabriqué le poison ne signifie pas que tu méritais de mourir. Essaies-tu honnêtement de me dire que tu penses avoir mérité toute cette douleur ? Que parce que tu n'es pas parfaitement innocente, toutes les choses horribles qui te sont arrivées étaient justifiées ?

Isabel ne répond pas. Dis comme ça, ça paraît… absurde. Et pourtant, c'est vrai, non ? Elle n'a eu que ce qu'elle méritait.

Après tout, elle était prête à laisser d'autres personnes mourir à cause de ce poison ; ce n'est donc que justice qu'elle ait été elle-même empoisonnée.

— J'en déduis à ton silence que tu es en train de faire l'idiote, reprend Emma. Quoi que tu penses, arrête tout de suite.

— J'ai tué quatre personnes. Plus, si tu comptes toutes celles qui sont mortes à cause de mon travail dans le laboratoire de mon père.

— Tu veux dire, toutes ces fois où il a testé du poison sur toi ? Ce n'est pas une espèce de punition cosmique, tu sais. Bientôt, tu vas me dire que tu méritais ce que tes parents t'ont fait.

Emma est douée pour lui renvoyer ses propres mots en pleine figure, mais elle ne peut pas comprendre. Elle ne connaît qu'une version idéalisée d'Isabel. Une victime. Pas la plus belle réussite du Cocon, la Isabel qui a appris à tuer comme elle respire.

— Je sais qu'ils avaient tort, répond-elle après une trop longue hésitation.

— Bel, reprend Emma avec sérieux. Je sais qu'ils t'en ont fait voir de toutes les couleurs, mais dis-moi une chose. Si tu voyais un autre enfant subir ce que tu as subi, penserais-tu qu'il le mérite probablement et l'abandonnerais-tu à son sort sans chercher à l'aider ?

— C'est différent.

— En quoi est-ce différent ?

Les autres enfants ne sont pas Isabel.

— Je ne veux pas continuer cette conversation, Emma.

— OK.

L'espace d'une seconde, Isabel pense qu'elles vont en rester là, jusqu'à ce que son amie ajoute :

— Mais je suis curieuse. Je sais que ton père est un empoisonneur. Et ta mère, alors ? Qu'est-ce qu'elle fait ?

Isabel n'a aucune envie de parler de sa mère, mais elle n'est pas prête à perdre sa connexion avec Emma en raccrochant.

— Elle est tueuse à gages. Agente de terrain. Queue d'hirondelle, si ça t'évoque quelque chose.

— Pas vraiment, admet Emma.

Ce n'est pas étonnant. Elle n'a pas de raison d'avoir prêté attention aux pseudonymes des agents de Comma.

— Quel rôle penses-tu qu'elle a joué dans cette histoire ? Le poison, la nouvelle guilde…

Isabel a essayé de ne pas trop y penser, ce qui est son mode opératoire habituel dès qu'il s'agit de Judith.

— D'après Michael, elle était contre l'idée de m'empoisonner. Apparemment, mes parents se sont disputés à ce sujet. Mais où qu'ils soient, ils sont ensemble, donc ce n'était clairement pas si grave que ça.

— Elle était contre ? (Emma semble surprise.) C'est une bonne chose, non ?

Isabel voit son moniteur cardiaque s'affoler et tente de se détendre.

— Pas quand il s'agit de ma mère.

Elle sait qu'Emma attend encore des réponses, mais la peur lui noue la gorge. Elle parvient toutefois à ajouter :

— C'est à cause d'elle que j'ai une brûlure en forme de papillon sur la poitrine. Elle était probablement contre le poison, parce qu'elle pensait que je méritais pire. C'est tout ce que tu as besoin de savoir.

Emma pousse un juron.

—Elle *quoi*?

—Laisse tomber, Emma.

Ces questions font remonter à la surface des souvenirs qu'elle a enfouis le plus profondément possible depuis qu'elle a quitté la maison de ses parents. Son père est un sadique qui n'a aucun problème à la faire souffrir, mais sa mère... Sa mère est pire. Sa mère, ce sont les bleus sous ses vêtements, là où personne ne peut les voir, les mensonges qui pervertissent ses souvenirs jusqu'à ce qu'elle doute de sa propre santé mentale, la honte incessante, le pistolet dans sa main qui lui a volé les derniers lambeaux de son innocence. Sa mère, c'est la promesse que personne ne l'écouterait, et la peur qui l'a empêchée d'essayer.

Isabel sait qu'elle ne mérite pas ce qu'ils lui ont fait, mais savoir et croire sont deux choses bien différentes quand on a passé sa vie à s'entendre répéter le contraire. La voix de sa mère a transformé la vérité en mensonge et la réalité en illusion. Les drogues de son père ne sont pas la seule raison pour laquelle elle peine à faire confiance à sa mémoire.

À l'autre bout du fil, elle entend une porte claquer et le cliquètement d'un jeu de clés.

—Emma? lance une voix. Je crois que j'ai un nouveau gagnant potentiel. Ça parle...

—Je suis au téléphone, Léo. (Des bruits de pas.) Ah oui, quand même...

—Oui. Tu es avec Isabel? Ça l'amuserait peut-être?

—Bizarrement, j'en doute.

Une porte se referme, puis Emma revient vers le téléphone.

— Désolée. Les amis de Léo travaillent dans une bibliothèque, et ils vendaient de vieux livres. Il a ramené un candidat encore plus improbable pour le prix du Pire Roman à l'eau de rose d'Espéra.

Isabel est prête à passer des heures à décortiquer de mauvais romans d'amour, si cela signifie ne plus parler de sa mère.

— Raconte.

Elle croit d'abord que son amie va refuser de changer de sujet, mais Emma semble prendre conscience qu'insister risque de déclencher une nouvelle crise de panique chez Isabel, parce qu'elle répond :

— Ça parle d'une agente qui tombe amoureuse de sa cible, donc très bon début.

— Ça commence bien.

— C'est le coup de foudre, bien sûr.

— Bien sûr, renchérit Isabel. Elle ne serait pas très douée dans son travail si elle avait le temps de se rapprocher de la cible.

— « La tueuse tendit la main vers sa lame, lit Emma d'une voix théâtrale, mais la pitié la fit hésiter. Elle n'avait rien ressenti de tel depuis des années, mais lorsqu'elle vit la chevelure sombre qui encadrait le visage de l'homme sur l'oreiller, elle ne put s'empêcher de… »

— Je vais te raccrocher au nez.

— Oh, attends, il y a un passage croustillant à la page suivante. Écoute…

— Au revoir.

Le rire d'Emma fait grésiller le minuscule haut-parleur du téléphone de l'hôpital.

— Je t'épargne la scène olé olé si tu promets d'arrêter de t'autoflageller.

Ce n'est pas de l'autoflagellation. C'est de l'honnêteté.

— J'essaierai. Je ne promets rien.

— Alors, rappelle-moi demain pour que je puisse te remonter les bretelles.

Un léger sourire étire les muscles rouillés du visage d'Isabel.

— D'accord.

— Je compte sur toi.

Isabel imagine Emma attendre que son téléphone sonne. Elle n'en revient pas que quelqu'un ait envie d'entendre sa voix, que quelqu'un veuille discuter avec elle de navets à l'eau de rose.

— Dis à Mortimer… lance-t-elle impulsivement avant d'hésiter. Dis-lui… Remercie-le de s'être inquiété pour moi.

Ce n'est pas assez. Elle ne peut pas se défaire de l'impression qu'elle n'a pas honoré l'accord qu'ils avaient passé. *« L'ennemie de mon ennemi… »* Mais ça ne s'applique plus à elle, pas vrai ?

— Et dis-lui que je lui dois un paquet de biscuits.

— Je lui transmettrai. Il sera content d'avoir de tes nouvelles.

Un mois plus tôt, Isabel ne l'aurait pas cru. Mais elle commence à penser que, peut-être, certaines personnes se soucient de son sort.

Après qu'Isabel a raccroché, le souvenir de sa mère lui laisse un arrière-goût désagréable. Mais elle se raccroche à ces brefs moments de joie, à ces rires, à cette amitié qu'elle n'escomptait pas. Et l'espace d'un instant, ils chassent sa peur et forment un bouclier entre elle et un passé qui refuse de tomber dans l'oubli.

27

Elektoj (choix)

Daragh a enfin déclaré qu'Isabel était en assez bonne forme pour recevoir des visiteurs – enfin, des visiteurs approuvés par la guilde, ce qui ne laisse personne à part Michael. Mais il lui a manqué, et quand elle lui demande de venir, il accepte si rapidement qu'elle soupçonne que c'est réciproque.

C'est donc une surprise quand Ronan Atwood se présente sur le pas de la porte, vêtu de son costume gris qui fait tache dans cette pièce immaculée. Il l'observe de son regard de pierre.

— Tu as l'air d'aller mieux.

Isabel était occupée à faire les cent pas, tentant de tromper l'ennui de sa convalescence. En vain. L'unique petite fenêtre de la chambre donne sur une rangée de maisons mitoyennes sans intérêt, ce qui confirme les soupçons d'Isabel : quand Daragh se tourne dans cette direction durant leurs conversations, ce n'est pas pour la vue éblouissante, mais pour ne pas avoir à la regarder dans les yeux.

— Suffisamment mieux pour m'ennuyer à mourir, sans mauvais jeu de mots. Qu'est-ce que vous faites là ?

— Je me suis dit qu'il était temps qu'on discute des termes de ton accord avec Comma.

Isabel se prépare à cet instant depuis qu'elle s'est réveillée à l'hôpital, mais elle sent malgré tout son estomac se nouer.

— Vous voulez que je travaille pour vous.

— Tu as dit que tu ferais n'importe quoi.

Ronan prend place sur la seule chaise de la chambre, ce qui l'oblige à lever les yeux vers elle. Pourtant, elle ne se sent plus maîtresse de la discussion.

— Bien sûr, c'est prématuré. Tu es encore convalescente. Mais mieux vaut que nous en parlions pour que chacun sache à quoi s'en tenir.

— Il n'y a rien à dire.

— Il y a beaucoup à dire, mais commençons par les dossiers de ton père. Nous les avons récupérés à ton appartement, et je dois dire que tes capacités de décryptage dépassent largement mes attentes.

Isabel recommence à arpenter la pièce.

— Je ne l'ai pas fait pour vous.

Les mains de Ronan sont posées sur ses genoux, d'un blanc cadavérique contre le tissu sombre de son pantalon.

— Non. Mais si tu avais accepté mon offre, rien de tout cela n'aurait été nécessaire. Tu en as conscience, n'est-ce pas ?

Bien sûr que oui. Ronan avait offert de la soigner, ce qu'elle avait refusé pour se raccrocher à une indépendance illusoire, tout ça finalement pour se retrouver à sa merci. Elle n'a pas besoin qu'il remue le couteau dans la plaie.

— Qu'est-ce que vous voulez ?

— Que tu viennes travailler dans notre laboratoire.

Le sang d'Isabel se fige dans ses veines, et elle s'arrête net, paralysée. Il lui faut plusieurs secondes pour retrouver le contrôle de ses membres et se retourner vers lui.

— Quoi ?

— Tu es la seule personne de la guilde à avoir été formée par ton père, et tu as prouvé tes capacités. Les modifications que tu as apportées à ce poison…

— Ont failli me tuer.

— … étaient ingénieuses. Maintenant que ton père n'est plus là, nous avons besoin de quelqu'un pour le remplacer.

Il n'avait pas effleuré l'esprit d'Isabel qu'en trouvant le remède, elle leur avait aussi donné la formule du poison – de son poison. Comma peut maintenant s'en servir comme bon lui semble.

— Non. Je ne veux pas… Je ne deviendrai pas comme mon père.

Elle refuse de prendre la relève au Parnassiinae et de passer sa vie à inventer les manières les plus cruelles possibles de tuer des gens. C'est précisément parce qu'elle sait en être capable que cette idée la terrifie.

— D'accord, répond Ronan, prenant conscience de son erreur. Pas comme lui. Mais tu pourrais être utile…

Elle l'interrompt.

— Je veux que vous les détruisiez.

Il plisse le front, perplexe.

— Quoi ?

— La formule. Le poison, si vous avez essayé d'en fabriquer. Je veux qu'il soit détruit.

— Isabel…

— Ce n'est pas la création de mon père, c'est la mienne, et je n'ai jamais accepté de la donner à la guilde. Vous n'avez aucun droit dessus.

Détruire la formule ne sauvera personne. Comma a d'autres poisons tout aussi dangereux, et changer les moyens ne change pas la fin. Mais l'idée que la guilde s'en serve…

— Il ne serait pas dans notre intérêt d'anéantir une arme si précieuse, répond Ronan.

— Je m'en moque. Vous n'en avez pas besoin. Mon père vous a déjà coupé l'herbe sous le pied, donc ça ne vous rapportera pas grand-chose sur le marché international de toute façon, sans compter que vous avez d'autres poisons plus rapides et moins compliqués à produire. La seule raison que vous auriez d'utiliser celui-ci, c'est si vous vouliez que votre cible meure terrifiée et dans d'atroces souffrances. Et je vous dis de le détruire.

Je ne deviendrai pas mon père. Tant que ce poison existe, cette porte reste ouverte, et cette version d'Isabel survit.

Ronan garde un long moment le silence. Elle imagine les rouages de son cerveau s'activer pour intégrer cet obstacle inattendu.

— Détruisez-les, répète-t-elle. Tout ce que je vous ai donné, les notes, la capsule. Et quand vous mettrez la main sur mon père…

Les mots restent coincés en travers de sa gorge. Elle suppose que la guilde est toujours à sa recherche, mais elle n'ose pas demander ce qu'ils ont prévu. S'ils comptent le tuer. S'ils le feront payer.

— Tu veux qu'on détruise aussi sa copie, conclut Ronan.

— Je n'aurais pas décrypté ses documents, si j'avais eu le choix. Je ne peux pas revenir en arrière, mais je ne l'aurais pas fait.

Les yeux de Ronan sont deux étendues d'eau saumâtre, implacables.

— Tu es bien exigeante, pour quelqu'un qui nous doit déjà la vie.

— Vous avez besoin de moi. C'est vous qui avez refusé de me laisser partir. Si vous m'aviez laissée tranquille, je ne vous devrais rien.

Elle serait aussi morte, mais là n'est pas la question.

— Tu as raison. Nous avons besoin de toi. Mais supposons que tu sois en mesure de dicter les termes de notre accord. Supposons que nous acceptions de détruire la formule. Que pourrais-tu nous offrir en échange, pour que cela en vaille la peine ? Qu'as-tu à nous donner ?

Elle n'a rien. Rien qui soit suffisant. Rien qui lui permette de se tirer de ce pétrin.

— Qu'est-ce que vous voulez ?

Ronan hausse les épaules.

— Envoyer un cerveau comme le tien sur le terrain semble du gâchis, mais si le travail en laboratoire ne t'intéresse pas...

Si Isabel avait eu les idées claires, elle aurait compris plus tôt que c'était son plan depuis le début. Il veut la renvoyer sur le terrain. Il veut qu'elle tue, qu'elle accepte des contrats, qu'elle devienne tout ce qu'Emma déteste. Nul doute qu'il a commencé par lui offrir une position au laboratoire pour lui donner l'impression que sa seconde proposition était une concession plutôt qu'une condamnation. Ce n'est pas qu'elle doute d'en être capable – elle sait parfaitement qu'elle est une tueuse accomplie. Elle pourrait être tout ce dont rêve Ronan.

Mais elle perdrait tout : son espoir d'une vie meilleure, sa conscience, la seule amie qu'elle a jamais eue. Car si elle accepte, aucun mensonge n'empêchera jamais Emma de la voir telle qu'elle est vraiment.

— Je ne suis pas encore assez en forme, objecte-t-elle. Je n'ai encore pas quitté cette chambre.

— Il y a un gymnase en bas, répond-il en lui adressant un petit sourire hypocrite. Je suis sûr que le temps que je te trouve une mission adaptée à tes talents, tu seras de nouveau sur pied.

Voilà donc le seul choix qu'il lui reste : tuer avec un couteau, ou laisser la guilde se servir de son poison pour anéantir les gens de l'intérieur. Dans les deux cas, elle restera une meurtrière.

— Et vous le détruirez ? insiste-t-elle. Si j'accepte… vous le détruirez ?

— Bien sûr. Après tout, tu es une arme bien plus précieuse qu'un simple poison.

Je ne suis pas une arme, aimerait-elle protester, mais c'est faux. C'est ce qu'elle a toujours été.

— D'accord.

Elle voulait paraître sûre d'elle, comme si elle avait obtenu exactement ce qu'elle espérait, mais sa voix n'était qu'un murmure. Perdue, brisée. *Je ferai n'importe quoi, tant que je ne deviens pas mon père.*

Ronan lui adresse un sourire obséquieux.

— Alors, c'est entendu. Je te recontacterai le moment venu.

Dès qu'il est parti, Isabel retourne s'asseoir sur le lit, les jambes en coton.

— Isabel ? lance Daragh depuis le seuil. J'ai vu Ronan dans le couloir. Tu vas bien ?

Elle hoche la tête, mais un sanglot étranglé lui échappe, la contredisant aussitôt. Daragh traverse la pièce pour s'asseoir à ses côtés.

— Tout va bien. Je suis là. Qu'est-ce qu'il t'a dit ?

Isabel hausse les épaules.

— Il est venu discuter de notre accord.

Il doit y avoir un meilleur terme pour désigner un marché conclu alors que l'une des parties est à l'article de la mort.

— Il voulait parler de mon *avenir*, ajoute-t-elle.

Daragh pousse un soupir.

— Évidemment, dit-il en écartant la frange devant les yeux d'Isabel. Mais il ne peut rien faire si je lui dis que tu es encore convalescente, tu sais. Donc si tu veux que je passe les six prochains mois à me mettre en travers de son chemin, je le ferai.

Elle se force à sourire, bien qu'elle ne voie pas l'intérêt de repousser l'inévitable.

— Merci, Daragh. Vous êtes sûr que vous êtes cousins, avec Ronan ?

Il fronce les sourcils, décontenancé.

— Oui.

— Et vous avez vraiment grandi ensemble ?

— Oui.

— Alors comment se fait-il que ce soit un bâtard et pas vous ?

Il éclate de rire.

— Tu me croirais si je te disais qu'il n'est pas si terrible en dehors du travail ?

— Non, répond franchement Isabel. Parce que je suis incapable d'imaginer Ronan en dehors de Comma sans que mon cerveau implose. Est-ce qu'il a… des hobbies ? Une personnalité ? Ne me dites pas qu'il vit dans un appartement au lieu de se ranger dans un tiroir de son bureau à la fin de la journée !

— Il a une maison. Et un chat.

— Un chat ?

— Une chatte, plus précisément. Elle est adorable.

— Vous vous payez ma tête ! (Elle s'attend à ce que Daragh confirme, mais son expression reste parfaitement innocente.) Pas vrai ? Vous ne voulez pas vraiment dire que Ronan Atwood a un chat ?

— Elle s'appelle Rory.

— *Quoi ?*

Le docteur sort son portable de sa poche, et fait défiler ses photos jusqu'à ce qu'il tombe sur celle qu'il cherchait. Il tend le téléphone à Isabel.

C'est bien un chat. Un petit chat noir avec une bouille étrangement enjouée. Et pour preuve supplémentaire, en arrière-plan se trouve Ronan qui rit, une tasse à la main.

— La photo a été prise le mois dernier, précise Daragh.

Ronan qui porte un *jean*.

Le cerveau d'Isabel refuse catégoriquement d'accepter que le Ronan sur l'écran soit le même que celui qu'elle connaît.

— Mais c'est un salaud ! Il… Je ne comprends pas.

— Il est ambitieux. Il sait ce qu'il veut et il est prêt à tout pour l'obtenir. Certaines personnes diraient que c'est admirable.

— Et vous ?

— Tout dépend de ce que ça implique. (Il range son portable.) Je suis désolé de ne pas l'avoir intercepté à temps. Michael devrait arriver bientôt. As-tu besoin de quelque chose avant que je ne parte ?

Isabel secoue la tête.

— Non, ça va, ment-elle.

Il lui serre une dernière fois l'épaule, puis prend congé.

Michael arrive quelques minutes plus tard.

— Eh bien, tu as l'air un million de fois mieux que la dernière fois que je t'ai vue. J'ai l'impression d'assister à une résurrection.

— Isabel, revenue d'entre les morts, c'est moi, répond-elle avec un sourire en coin. Et toi ? Comment va ton épaule ?

— Ma carrière de bodybuilder est en pause, mais à part ça…

Elle prend conscience que le sarcasme du jeune homme lui avait manqué. Cette pointe de familiarité vient rompre la monotonie de la vie d'hôpital.

— J'ai eu de la chance, ajoute-t-il. Le couteau n'a rien touché de vital. Daragh m'a ordonné de ne pas trop m'activer pour ne pas faire sauter mes points de suture, mais sinon, tout va bien.

— Et… mentalement ?

Il lui avait avoué faire encore des cauchemars au sujet de leur dernière mission ensemble, de la dernière fois qu'elle avait failli mourir. Ça n'a pas dû être facile de la regarder s'effondrer de nouveau.

Il grimace.

— J'irais mieux si je savais où se cachent tes parents… et ce qu'ils mijotent. J'ai l'impression d'attendre constamment le prochain piège.

Ce qu'ils mijotent, là est la question. Le poison n'a pas achevé Isabel. Le tireur ne l'a pas tuée. Son père veut quelque chose, mais elle ne sait pas quoi, et c'est ce qui lui fait peur. Quel qu'ait été l'objectif de l'embuscade de Gauntlet Drive, ce n'est probablement pas terminé.

—Emma m'a dit que Comma avait fait des prisonniers. Ils ont parlé ?

—Pas encore. Celui que tu as touché en plein estomac n'est pas au meilleur de sa forme.

Elle devrait probablement se sentir coupable, mais ce n'est pas le cas. Il a menacé Emma, et elle aurait fait bien pire que lui tirer dessus si elle n'avait pas été en si piètre état.

—Quant à l'autre type, soit il ne sait rien, soit ta mère a été particulièrement efficace en l'entraînant à résister à un interrogatoire.

Tout allié de ses parents n'a que ce qu'il mérite, mais un interrogatoire de la guilde n'est jamais rien d'autre qu'un enfer sur terre. Peut-être qu'une balle dans l'estomac était l'option la plus charitable, finalement.

—Tu me tiendras au courant si tu apprends quelque chose ? Personne ne veut rien me dire.

—Bien sûr. Mais je doute qu'on me dise quoi que ce soit. Ronan m'a offert un emploi de logisticien.

Isabel grimace. Même si Michael n'a aucune envie de devenir un agent de terrain, un tel rôle d'adjacent subalterne est une insulte doublée d'une menace. Il en sait trop, Comma ne le laissera pas partir. La guilde veut le garder à l'œil, mais ne l'estime pas suffisamment pour lui offrir une autre position.

—Ça pourrait être pire, répond-elle.

— C'est vrai. Ils auraient pu m'accuser d'avoir conspiré avec ton père et m'exécuter.

Elle a comme l'impression que Michael passe beaucoup de temps à anticiper le moment où Comma décidera qu'il n'est plus assez utile pour rester en vie. C'est une peur qui les réunit, mais Isabel a la douteuse consolation de savoir que, pour l'heure, la guilde ne la laissera pas mourir.

— Ils ne…, commence-t-elle, cherchant les mots pour le réconforter.

— Ne t'embête pas, Isabel. Je vais bien. (Il sort son vieux jeu de cartes de sa poche.) Daragh m'a dit que tu t'ennuyais. On fait une partie ?

Le changement de sujet n'a rien de subtil, mais Isabel accepte avec plaisir.

— Alors, dit-il lorsqu'ils commencent à jouer, c'est quoi, le plan ?

— Quel plan ?

— Pour trouver ton père.

Il lance ça comme s'il s'agissait d'une évidence, mais Isabel et lui ne sont clairement pas sur la même longueur d'onde.

— Mais on a trouvé l'antidote.

Michael fronce les sourcils.

— Et alors ? Il reste une menace, Isabel.

Isabel triture l'une de ses cartes, glisse un ongle le long du bord.

— Je ne crois pas qu'il veuille me tuer. Tu l'as dit toi-même. Si c'était le cas, on ne serait pas là à en discuter. Et à Gauntlet Drive…

— Ça ne veut pas dire qu'il ne peut pas te faire de mal.

— Ça veut dire qu'il veut me remettre le grappin dessus. Si je pars à sa poursuite, je ferai exactement ce qu'il veut. Mieux vaut que je garde mes distances, c'est plus sûr.

— Plus sûr ? De rester à Comma ?

Elle tressaille en percevant le jugement dans sa voix.

— C'est compliqué…

— Je croyais que l'idée était de laisser tout ça derrière toi ! Tu n'étais pas censée t'échapper ?

— Exactement. M'échapper, c'est ne pas retomber entre les griffes de mon père. C'est ne pas me retrouver de nouveau sous son emprise !

— Donc, à la place, tu préfères rester sous celle de Comma, c'est ça ? Quel marché as-tu conclu, Isabel ? Qu'as-tu promis à Ronan ?

Isabel baisse les yeux vers ses cartes, surprise par ce ton si véhément.

— J'ai promis de retourner sur le terrain. De… de recommencer à tuer pour Comma.

C'est la première fois qu'elle le dit à voix haute, qu'elle prend réellement conscience de ce qui l'attend.

Elle relève la tête juste à temps pour voir le dégoût sur le visage de Michael.

— Comment as-tu pu faire ça ? Ta vie civile…

— Était déjà terminée. Elle s'est finie dès que je suis tombée malade.

— Mais tu n'étais pas obligée de retourner sur le terrain !

— C'était soit ça, soit le laboratoire. Qu'est-ce que tu aurais voulu que je fasse ? Je ne peux pas y retourner. Pas après tout ce qu'il s'est passé. Je serais devenue comme mon père.

Michael ne comprend pas, il n'était pas là, il ne sait pas ce que c'est de voir ses propres cauchemars se refléter chaque jour dans le miroir.

— Tu es tellement déterminée à ne pas ressembler à Ian que tu vas te transformer en Judith, à la place.

Isabel tressaille, comme s'il l'avait frappée. Elle n'est pas sa mère. Elle ne le sera jamais.

— Ce n'est pas… je ne suis pas… Il me faudrait bien plus que quelques contrats pour devenir comme elle.

— Vraiment ? dit-il en abandonnant ses cartes sur le lit. Parce que d'après ce que je vois, tu préfères tuer plutôt que tenir tête à ton père, donc je ne vois pas une grande différence.

— Ce n'est pas juste !

— Alors, dis-moi ce qui l'est ! crache Michael. Je croyais qu'on voulait la même chose, toi et moi. Faire payer ton père pour tout ce qu'il nous a fait, ce qu'il a fait à Grace Whittock, à…

— Bien sûr que je veux qu'il paie ! Mais je ne peux pas !

Elle veut le voir souffrir pour toute la douleur qu'il lui a causée. Elle veut le voir se vider de son sang. Mais chaque fois qu'elle envisage de se retrouver face à lui, elle est prise d'une envie de s'enfuir à toutes jambes.

— Le marché que tu as passé avec Ronan ne te protégera jamais, dit Michael en rassemblant les cartes avant de les ranger brusquement dans son sac. Tu le sais, j'espère ? Ronan n'en a rien à faire de nous, il se moque de ce qu'on a traversé. Tu ne seras jamais vengée, à moins de traquer ton père toi-même.

— Et ensuite, quoi ? Le tuer ?

— C'est ce que tu veux, non ?

Isabel essaie de s'imaginer tuer son père, mais elle en est incapable, tout comme elle est incapable de ressentir la rage que Michael semble attendre d'elle. Il veut qu'elle soit à ses côtés, brûlante de passion et de violence, à exiger réparation pour les torts qui leur ont été faits. Deux survivants, armés jusqu'aux dents, en quête de vengeance.

Mais si elle fait tomber ce mur qui la protège de ses émotions, elle finira noyée.

— Je ne suis pas toi, Michael.

— Non, tu es lâche, répond-il. Quand as-tu arrêté de fuir, Isabel ? Quand as-tu décidé que tu serais à l'abri au sein de Comma ?

Quand elle a pris conscience qu'elle n'avait nulle part d'autre où aller.

Bella Nicholls est morte. Cet avenir, cette liberté se sont envolés à l'instant où elle a supplié la guilde de lui sauver la vie. Et bien que Ronan ne puisse pas lui mettre de force un couteau entre les mains et l'obliger à tuer, il n'en a pas besoin. Il sait que s'il l'enferme ici suffisamment longtemps, elle finira par tuer juste pour revoir le ciel.

— Michael.

— Laisse tomber.

Il se lève, hisse son sac sur son dos.

— Appelle-moi quand tu en auras marre d'être la tueuse apprivoisée de Ronan et que tu décideras de reprendre le contrôle de ta vie.

— Non ! proteste Isabel, horrifiée d'entendre sa voix se briser. S'il te plaît, ne pars pas. Ne me laisse pas seule.

— Seule ? Tu as toute une guilde à tes côtés ! Et moi, Isabel ? Et ceux dont Comma ne veut pas ? Je croyais qu'on était dans le même camp.

— On l'est.

Mais pas vraiment. Michael, lui, s'est vu offrir un boulot de logisticien – un job pourri, un job d'adjacent, mais un job qui lui offre une liberté de mouvement à laquelle Isabel n'aura jamais droit, pas tant que Ronan la considérera comme une arme utile.

— J'essaie juste de survivre, Michael.

Il ne se laisse pas attendrir, mais hésite avant de répondre :

— Comme nous tous. Appelle-moi quand tu auras changé d'avis. Je t'attendrai.

C'est presque une promesse. Presque une déclaration d'amitié. Isabel se raccroche à ce qu'elle peut.

— Je le ferai, répond-elle.

Et elle le pense, même si elle est incapable de s'imaginer changer d'avis.

28

Konsento (acceptation)

Isabel passe les deux semaines suivantes au gymnase, à lentement réapprendre la maîtrise de son corps et à tenter d'oublier ses cauchemars à force d'épuisement. Daragh ne cesse de lui dire de se ménager, mais elle ne supporte pas de rester seule avec ses pensées.

« *Quand as-tu arrêté de fuir ?* » Jamais. Depuis le début, ceux qu'elle cherchait à fuir étaient ses parents.

Le jour où Ronan revient la voir, elle termine tout juste son échauffement. Elle descend du tapis de course et le voit dans l'encadrement de la porte, avec à la main une fine chemise en carton, qu'il lui tend.

— Une mission pour toi, annonce-t-il cordialement.

Quand elle découvre le profil de la cible, elle croit à une erreur.

— Seize ans. Il a… seize ans ?

— Nos infos suggèrent qu'il sera en boîte de nuit, au *Dancejo*, samedi soir. Ça te laisse encore quelques jours pour t'entraîner.

La cible a seize ans.

— Depuis quand est-ce que Comma tue des mineurs ?

Ronan serre les lèvres en une fine ligne désapprobatrice.

— Depuis que ton père a déserté en emportant un poison hors de prix que tu refuses de nous laisser utiliser.

— Vous n'avez pas intérêt…

— C'est une grosse somme, l'interrompt-il. Nous ne sommes pas en mesure de refuser cette opportunité. Seras-tu prête samedi, ou as-tu besoin de plus de temps ?

Elle fixe le dossier, incapable de digérer l'âge du garçon. Seize ans. Elle a beau savoir mieux que quiconque que Comma se moque royalement des règles censées encadrer leurs activités, ce chiffre la heurte.

— Qu'est-ce qu'il a fait ? demande-t-elle, comme s'il pouvait y avoir une explication valable.

— Ça ne te concerne pas.

— Mais, il y a bien une raison ? Si c'est une grosse somme, ça veut dire qu'il y a une commission, et donc que quelqu'un veut qu'il meure. Qui mettrait la tête d'un ado de seize ans à prix ?

— Ça ne te concerne pas, répète Ronan. Sache simplement que c'est assez d'argent pour que cela vaille la peine qu'on s'y intéresse. Seras-tu prête ?

C'est clairement un test pour voir si elle acceptera de franchir cette limite. Qui que soit le client, il est apparemment riche comme Crésus et dépourvu de sens moral. Peut-être que c'est tout ce qui importe pour la guilde, mais Isabel doute que la mission ait trouvé beaucoup de preneurs. Même les agents de Comma ont des scrupules à l'idée de tuer des enfants.

Mais si Isabel refuse, la prochaine mission sera encore pire. Elle est dos au mur, sans issue de secours, et Ronan le sait.

« *Je ferai n'importe quoi.* » La tueuse apprivoisée de Ronan. Sa vie entre les mains de la guilde.

Isabel referme le dossier.

— Oui. Je serai prête.

L'entraînement n'est plus pareil après le départ de Ronan. Chaque lancer de couteau rappelle à Isabel la photo du dossier, chaque battement de cœur murmure *seize ans, seize ans, seize ans*. Peu importe, a-t-elle envie de crier. Peu importe qu'il ait seize ans, vingt-six ou soixante : un meurtre est un meurtre, une mission est une mission.

Mais elle n'arrive pas à s'en convaincre.

Quand elle a terminé, elle s'assied un moment sur le banc, sa serviette sur les épaules, et ferme les yeux. Elle entend des bruits de pas familiers approcher, puis quelqu'un prend place à côté d'elle.

— Tu n'as pas à le faire, déclare Daragh.

Isabel rouvre les paupières.

— Vraiment ?

Elle accepte la poche de glace qu'il lui tend, et la presse avec une grimace contre ses côtes endolories.

— Je sais que tu es persuadée que retourner sur le terrain est inévitable, mais je t'ai dit que je me dresserais en travers du chemin de Ronan, et je le pensais. Tu n'es pas obligée d'accepter, pas maintenant.

Elle n'a jamais parlé à Daragh du marché qu'elle a conclu avec Ronan lors de sa dernière visite. Ni de la dette qu'elle lui doit, ni de la promesse qu'elle s'est faite, ni de tout ce qu'elle essaie de ne pas devenir. Elle ne veut pas qu'il lui pardonne ses choix.

— Ça aurait de toute façon fini par se produire, répond-elle. Autant que je contrôle quand.

Comme si elle contrôlait quoi que ce soit.

D'une voix aussi douce que celle qu'il a adoptée lorsqu'elle était mourante, il dit :

— Tu utilises ton propre couteau contre toi-même, Isabel. Tu cherches à devancer le mal que les autres pourraient te faire.

Excepté que Ronan le lui a déjà planté dans le dos.

— Ou peut-être que j'accepte simplement parce que je suis douée pour tuer. Inutile de me psychanalyser, Daragh, le résultat ne nous plaira ni à l'un ni à l'autre.

Il soupire.

— Je n'essaie pas de te psychanalyser, juste de t'aider. Quoi que t'ait affirmé Ronan, tu as encore des options. Si tu veux, on peut y réfléchir ensemble.

Elle essaie de s'imaginer annoncer à Ronan qu'elle veut rejoindre le département médical, et lui demander de l'envoyer en fac de médecine. Ou prendre un boulot au service des renseignements, où elle pourra rester cachée en coulisse et prétendre qu'elle n'a pas de sang sur les mains. Daragh est peut-être capable de se mentir pour excuser sa complicité dans les atrocités commises par la guilde, mais Isabel n'a jamais été douée pour ça.

— Ma meilleure option, c'est ça, déclare-t-elle en désignant le dossier.

— Ce n'est pas une obligation.

Daragh ramasse la chemise en carton et l'ouvre, puis se fige.

Il n'était donc pas au courant.

Il est venu la voir, parce que Ronan lui a dit qu'elle avait accepté une mission, mais à l'évidence, il n'est pas rentré dans les détails. Elle aurait dû s'en douter : Daragh ne serait jamais resté aussi calme s'il avait su.

— C'est un enfant, dit-il en la regardant, comme pour vérifier qu'elle en a conscience.

— On a au moins un point commun, répond Isabel avec un sourire crispé.

— Isabel, tu ne peux pas…

— Un meurtre est un meurtre, une mission est une mission. J'ai déjà dit à Ronan que j'acceptais.

— Mais pourquoi ?

Bien sûr, elle pourrait lui parler du poison, de la formule, du marteau et de l'enclume entre lesquels elle est prise. Il serait compatissant. Ça correspondrait à l'image qu'il se fait d'elle : une victime contrainte à commettre des atrocités. Une chance pour lui de se racheter. Il a besoin qu'elle soit une pauvre chose brisée et traumatisée, car il peut ainsi la sauver et prétendre que cela suffit à compenser les dix années passées en tant que rouage de la machine sanguinaire qu'est Comma.

Mais au fond, Isabel sait qu'elle ne vaut pas mieux que les autres monstres qu'il a soignés au fil des ans, et elle ne sait pas comment le lui faire comprendre, si ce n'est en le laissant croire que cette mission est son choix.

— Pourquoi pas ?

Elle s'attend à ce qu'il lui dise que c'est immoral, que la guilde ne devrait pas s'attaquer à des enfants, qu'elle aurait dû se donner plus de mal pour négocier sa liberté. Mais il se contente de contempler le dossier pendant un long moment avant de le refermer.

— Tu vas le dire à Emma ?

La question la met au pied du mur.

— Je…

— Les détails doivent rester confidentiels, bien sûr. Mais lui cacher le fait que tu recommences à tuer n'est pas anodin.

Son ton est très calme, prudent, comme s'il redoutait la réaction d'Isabel.

— Je vais lui dire, répond-elle, bien qu'elle ne sache pas comment.

— Et ça ne t'inquiète pas ? Comment elle va réagir ?

Donc, voilà sa stratégie : faire comprendre à Isabel que si elle continue sur cette voie, elle devra renoncer à la seule chose positive dans sa vie. Pas de chance pour lui, elle s'y attend depuis la première fois qu'Emma lui a souri.

— Ça ne changera pas grand-chose. J'ai toujours su qu'elle finirait par me détester.

— Pourquoi ?

— Parce que je…

Parce qu'elle fait partie de Comma. Parce qu'elle est fondamentalement mauvaise. Parce qu'elle ne sait pas comment être quelqu'un de bien, et encore moins une bonne amie.

— Parce que… pourquoi en irait-il autrement ?

Daragh se lève.

— Tu as le droit d'être aimée, Isabel. Tu le sais, pas vrai ?

Vraiment ?

Et par qui ? Par lui ? Pour qu'il puisse étouffer la culpabilité qu'il ressent d'être membre de la guilde ? Par Emma, qui ne la voit pas pour ce qu'elle est vraiment, qui croit encore qu'elle est capable d'être plus qu'une tueuse d'enfants ?

Un long silence s'ensuit, durant lequel Daragh attend sa réponse, et elle attend qu'il s'en aille.

C'est lui qui finit par céder. Il repose le dossier sur le banc à côté d'elle et s'éloigne.

Il s'arrête sur le pas de la porte.

— Je voulais que tu le saches, dit-il à voix basse. C'est tout.

Quand la porte du gymnase se referme derrière lui, Isabel se couvre le visage des mains et se met à pleurer.

— Alors, dit Emma d'une voix désapprobatrice. Qu'est-ce qui t'occupe tant pour que tu n'aies trouvé le temps de m'appeler que deux fois cette semaine ? Je suis affligée par ce manque d'attention, Bel.

Il faut qu'elle lui dise. Isabel a essayé de trouver le courage de le faire toute la semaine, elle sait que ça ne pourra pas durer bien longtemps. Plus vite elle crèvera l'abcès, plus vite elle pourra se concentrer sur sa guérison. Mais elle n'arrive pas à s'y résoudre. *Encore quelques jours*, se répète-t-elle en boucle. *Rien que quelques jours durant lesquels Emma ne me déteste pas. Laissez-moi juste ce petit mensonge.*

— Je suis désolée, répond-elle en se dégonflant de nouveau. Toute la kiné, tu sais, c'est… prenant.

— La kiné.

Le ton d'Emma suggère qu'elle n'est pas dupe, mais qu'elle est trop gentille pour ne pas obliger Isabel à mentir en lui demandant franchement si elle a repris l'entraînement.

Cette curiosité voilée est presque pire, car il est encore plus dur pour Isabel de jauger ce que son amie a deviné.

— Je reprends peu à peu des forces, mais il va me falloir du temps pour me sentir aussi bien qu'avant.

— Quand crois-tu qu'on te laissera sortir de l'hôpital ?

— Je ne sais pas encore.

Cette fois, au moins, c'est la vérité. Elle ne peut pas partir tant que Daragh ne l'y a pas autorisée. Il doit encore déterminer ce qu'elle peut manger sans déclencher de réaction anaphylactique – le poison a fait des ravages sur la libération d'histamine. Il y a aussi le problème de l'argent. Aux dernières nouvelles, il lui restait à peu près une couronne. La commission pour la mission que Ronan lui a confiée va renflouer ses caisses, mais elle doit d'abord la remplir.

Emma soupire.

— Tu me manques. Si seulement je pouvais venir te rendre visite. Mortimer doit en avoir marre de moi.

— Il t'apporte toujours tes devoirs ?

— Oui. Même si je crois qu'il vient surtout voir Léo. Il a repris de tes nouvelles aujourd'hui.

Isabel aimerait trouver une manière neutre de demander à Emma si Mortimer a dit quoi que ce soit suggérant qu'il envisageait de révéler l'existence du Cocon à la Presse Libre, mais elle n'y parvient pas.

— Tu lui fais confiance ? dit-elle à la place.

— Oui, répond aussitôt Emma, comprenant parfaitement de quoi il retourne. Léo aussi, et il sait bien cerner les gens. Mortimer ne te dénoncera pas, Bel.

Car c'est le risque. S'il veut accuser Comma d'entraîner des mineurs, il lui faut une preuve. Une preuve qu'Isabel, avec ses cicatrices et les dossiers de son père, pourrait fournir.

— Tu ne peux pas en être sûre.

— Si. Il sait ce que tu as vécu au sein de la guilde, et il ne t'obligerait pas à revivre ce traumatisme en te propulsant au cœur d'une tempête médiatique. D'autant que le Cocon n'est plus actif, donc il ne protégerait personne.

— Mais il ferait du tort à Comma.

— Peut-être, mais je ne crois pas qu'il soit un aussi fervent abolitionniste que tu ne l'imagines. Il tient plus à ce que tu sois saine et sauve qu'à discréditer les guildes. (Emma lâche un petit rire.) Tu sais, il m'a dit en plaisantant qu'il t'aurait bien envoyé un bloc de bois pour que tu apprennes à sculpter, mais apparemment tu n'as jamais passé son test de sécurité.

De surprise, Isabel éclate de rire.

— Et pourtant, les gens semblent déterminés à me mettre des couteaux entre les mains.

La plaisanterie tombe à plat, et un silence gêné s'installe.

— Isabel, dit enfin Emma, est-ce que tu as… Est-ce que Ronan…

— Est-ce qu'il a changé miraculeusement d'avis et décidé que je ne devais finalement rien à la guilde ? Non. (Elle déglutit.) J'ai passé un marché, Emma. Je ne peux pas revenir dessus, même si je sais que tu espérais le contraire.

— Tu étais mourante.

— Ça ne change rien.

— Mais tu as d'autres options. Daragh…

— Ça ne ferait aucune différence. Que je sois tueuse à gages ou médecin, tant que je fais partie de Comma, des gens mourront par ma faute. Au moins, quand je tiens moi-même le couteau, je ne me voile pas la face.

— Je continue de penser que tu pourrais trouver une solution si tu le souhaitais.

Voyant qu'Isabel ne répond pas aussitôt, Emma insiste :

— Tu ne veux pas, c'est ça ?

— Je ne sais pas ce que je veux, Emma.

Isabel a l'impression que c'est la première réponse sincère qui sort de sa bouche depuis des semaines. Elle voulait une vie normale, mais elle a échoué. Elle voulait vivre, et la voilà maintenant en vie, perdue, son avenir incertain.

— Je suis douée pour ça, continue-t-elle. C'est… normal pour moi, plus que n'importe quoi d'autre. Je sais que c'est mal, mais personne d'autre n'est condamné pour ses mauvaises actions.

— Tu n'es pas condamnée à tuer des gens, Bel. Tu peux faire autre chose de ta vie.

Pourtant, toutes ses tentatives se sont soldées par un échec et l'ont ramenée à la case départ.

— Vraiment ? J'ai l'impression que tu as créé une version idéalisée de qui je suis, une Isabel Ryans qui est une victime qu'on ne peut blâmer pour rien. Mais j'ai tué Ian Crampton parce qu'il était là et que je pouvais le faire, et maintenant, il est mort. Voilà qui je suis vraiment.

Après quelques secondes de silence, Emma répond :

— Tu sais ce que je pense ? Je pense que tu as tué Ian parce que tu avais peur, et que tu ne sais pas comment faire face à une menace autrement.

— Et pour le reste ?

— Je crois que tu as passé ta vie à avoir peur.

Isabel ne peut pas vraiment prétendre le contraire. Sa peur, sa rage et le sang sur ses mains font tous partie d'elle ; ce sont les facettes d'une même fille.

— Tu as été privée de choix toute ta vie, continue Emma. Tu as été privée d'amour, et tu es persuadée que tu seras toujours celle que tu es à présent. Mais ce n'est que l'ombre de celle que tu peux devenir. Je sais que tu me prends pour une idéaliste incapable de voir la réalité en face, mais tu te trompes. Tu es bien plus que ce que tes parents ont fait de toi.

Les protestations d'Isabel s'évanouissent sur ses lèvres.

— Je…

— Tu es persuadée de n'avoir que des ténèbres en toi, Isabel, mais je vois ta lumière. Elle est petite et vacillante, mais elle existe. Et j'aimerais que tu la voies, toi aussi.

— Une bougie ne peut rien contre un trou noir.

— Alors, allumes-en une autre.

Isabel ravale sa salive. Elle aimerait pouvoir croire à la vision utopique d'Emma. Elle aimerait qu'il y ait une Isabel aussi douce, gentille. Mais cette Isabel n'a jamais existé, et il ne reste que des éclats brisés qui blessent quiconque tente de recoller les morceaux.

— Je vais faire ce que Ronan me demande. J'ai passé un marché. Je vais tenir parole. Et tu dois décider si tu peux supporter ou non de savoir de quoi je suis capable.

Pars maintenant. Ce sera plus simple pour tout le monde.

— Voilà qui je suis, Emma. Pas une personne imaginaire que tu as créée dans ta tête. Et je n'ai jamais rien été d'autre.

— Je sais qui tu es. Tu es une fille qui a fait des choix de merde parce qu'elle n'a eu que des options de merde. Et maintenant, tu es complètement ravagée, et tu essaies de me repousser parce que tu ne sais pas comment accepter le fait que quelqu'un se soucie de ton sort. Mais c'est un mécanisme de défense, et ça ne marchera pas avec moi.

Silence.

— Très bien. Fais ce que tu veux. Mais ne viens pas te plaindre si tu n'aimes pas ce que tu vois.

— Va te faire foutre, Isabel, réplique Emma.

Mais elle ne raccroche pas, et Isabel non plus.

29

Infano (enfant)

La musique est si forte qu'Isabel ne s'entend même plus penser.

Elle savait, en théorie, que les boîtes de nuit étaient comme ça, mais c'est la première fois qu'elle en fait l'expérience en personne. Les basses cognent à ses oreilles tandis qu'elle se fraie un chemin à travers la foule d'adolescents qui se trémoussent sur la piste. La plupart d'entre eux sont encore à cet âge ingrat où ils n'ont pas vraiment le contrôle de leurs membres.

Elle a déjà repéré sa cible, qui discute avec des amis à l'autre bout de la salle. Même comparé aux autres ados présents, le garçon semble particulièrement jeune ; son visage n'a pas encore perdu les rondeurs de l'enfance – et ne les perdra jamais.

Elle est trop à cran pour passer immédiatement à l'acte et se dirige donc vers le bar. C'est une soirée réservée aux mineurs, et toute la population de moins de dix-huit ans de l'ouest de la ville semble s'être donné rendez-vous dans ce club populaire de Weaverthorpe. L'endroit ne sert pas d'alcool, Isabel n'a donc pas besoin de justifier sa sobriété, mais cela signifie aussi que les autres sont tout aussi sobres et alertes qu'elle. Quelques garçons lui jettent des coups d'œil en coin lorsqu'elle s'appuie contre le bar ; quelques filles, aussi. Elle croise le regard de l'une d'elles, hausse un sourcil, et l'adolescente se détourne en rougissant. L'échange lui procure une légère sensation de puissance, mais ce genre de jeu n'a jamais intéressé Isabel.

À la place, elle sirote sa boisson en balayant la salle du regard tout en tentant de calmer ses nerfs à vif. Elle voit les amis du garçon tenter de le convaincre de danser, mais il résiste. *Il est distrait*, pense-t-elle. *Il ne sera pas difficile de l'attirer à l'écart.* Une fois son verre terminé, elle rassemble son courage, se lève et traverse aussi discrètement que possible la salle bondée.

Soudain, quelqu'un lui coupe le passage.

— Bella ?

Elle met plusieurs secondes à le reconnaître.

— Nick !

Merde. Elle se souvient à présent qu'il l'avait invitée à cette soirée il y a des semaines, dans une autre vie. Elle aurait dû se douter que des élèves de Fraser seraient présents. C'est bien sa veine de tomber sur l'un des rares capables de la reconnaître aussitôt.

— C'est bien toi ! s'exclame-t-il. Ouah, tu as l'air… changée.

Elle ne sait pas s'il fait référence à ses habits, à ses cheveux en bataille ou aux ombres sur son visage à la suite de son expérience de mort imminente. Mais elle s'en moque. Elle s'efforce de répondre d'une voix légère :

— Je ne savais pas que tu serais là.

De toute évidence, c'est un échec, car Nick semble pris de court.

— Pas la peine d'avoir l'air si déçue. On est tout un groupe. Tu veux te joindre à nous, ou tu es avec… des amis ?

— Je suis avec…

Elle fait un geste vague en direction de sa cible. L'adolescent n'a pas bougé de son coin, mais si Nick reste planté là, elle va rater sa chance.

— … des gens.

— Je vois ça. (Il s'écarte pour la laisser passer.) Je ne voudrais pas t'empêcher de rejoindre tes « gens ».

— Je suis désolée.

Nick hausse les épaules.

— Pourquoi ? D'avoir disparu ou de ne même pas vouloir me dire où tu étais passée ?

— Les deux, répond-elle, bien que « désolée » ne soit pas tout à fait le bon terme pour exprimer ce qu'elle ressent.

Elle sait qu'elle devrait être désolée, qu'elle a blessé Nick en disparaissant ainsi, et qu'elle aggrave encore les choses à présent. Elle n'est pas certaine de l'être toutefois, mais les sentiments – les siens et ceux des autres – restent un mystère inaccessible, aussi difficiles à identifier qu'à exprimer. « Désolée » devra donc suffire. C'est tout ce qu'elle peut lui offrir, même si elle sait que ce n'est pas assez.

Il la suit du regard lorsqu'elle continue son chemin. C'est une distraction dont elle n'a pas besoin. Isabel tente de se recentrer. La mission est sa priorité absolue. Rien d'autre ne compte.

Elle arrive enfin devant sa cible et l'invite à danser, criant à moitié pour se faire entendre par-dessus la musique. L'adolescent accepte à contrecœur, et ses amis le charrient gentiment quand il les rejoint sur la piste. Isabel se retrouve pressée contre lui par le mouvement des corps autour d'eux ; elle n'a presque pas besoin de bouger pour faire croire qu'elle danse.

Plus ils restent collés l'un contre l'autre, plus le garçon semble s'intéresser à Isabel.

— Tu veux prendre l'air ? demande-t-il en désignant la porte qui ouvre sur la ruelle adjacente au club.

Il fait pratiquement le travail à sa place. Elle se laisse entraîner au-dehors.

— Je ne t'avais encore jamais vue ici, dit-il avec un sourire mi-charmeur, mi-carnassier.

— Je n'étais encore jamais venue, répond-elle, tentant d'avoir l'air d'une ado naïve plutôt que d'une tueuse à gages. Ce n'est pas ce à quoi je m'attendais.

— Ah oui ?

Il s'approche d'elle, et elle est soudain terrifiée à l'idée qu'il tente de l'embrasser.

Puis il pose une main sur sa cuisse, et les masques tombent.

La jupe d'Isabel est courte, son haut moulant, si bien qu'en l'absence d'autre cachette, elle a attaché son couteau à sa cuisse. Les doigts du garçon effleurent l'épaisse sangle du fourreau, et il écarquille les yeux, comme s'il savait exactement ce que c'était et ce qu'Isabel faisait là.

Ils sont si proches qu'elle pourrait l'embrasser. À la place, elle murmure :

— Ne bouge pas.

Il se fige, et pousse un léger soupir qu'Isabel sent contre ses lèvres.

— Tu es là pour moi, pas vrai ?

Elle baisse sa main droite vers la sangle, leurs jambes toujours pressées l'une contre l'autre.

—Oui.

—Je n'ai rien dit à personne, dit-il paniqué, mais assez malin pour ne pas bouger. Il m'a fait jurer. Je ne… J'ai tenu ma langue.

—Je fais juste mon travail, répond Isabel en extirpant son couteau du fourreau. Je ne prends pas les décisions.

—Pitié!

Mais elle n'est pas là pour écouter ses supplications. La lame glisse aisément entre les côtes du garçon, et il s'effondre sur elle, ses lèvres moites contre son cou. Elle le tient jusqu'à ce qu'elle sente son souffle s'arrêter et son cœur cesser de battre dans sa poitrine maigrichonne. Puis elle laisse le corps glisser le long du mur. La mort le diminue et le rajeunit; elle fait s'envoler ce semblant de maturité, pour ne laisser que le corps d'un adolescent et un vide à l'intérieur d'Isabel, là où devrait se trouver la culpabilité.

Elle s'attendait à ressentir peut-être autre chose, mais un meurtre est un meurtre, et il est mort comme tous les autres.

La porte de la boîte s'ouvre brusquement.

—Bella?

La voix de Nick.

Merde.

—Je croyais bien t'avoir vue sortir par là. Je voulais te… Bella?

Lentement, Isabel se tourne.

—Tu aurais dû rester à l'intérieur, Nick.

Il voit le couteau, le sang, le corps, et sa respiration se fait laborieuse.

— Merde, il est… il est mort ? Tu l'as… ?

Il recule d'un pas chancelant.

— Tu l'as tué. C'était juste un gamin et tu l'as tué. Il doit avoir à peine seize ans.

— Nick…

— Tu fais partie d'une guilde, c'est ça ?

Il est acculé contre la porte, à présent. C'est une porte coupe-feu qui ne s'ouvre que de l'intérieur, et elle l'entend jurer dans sa barbe en tentant de la forcer. Il finit par capituler, et se presse contre le panneau comme s'il espérait disparaître à travers.

— C'est pour ça que tu es partie du lycée ? Emma m'a dit que tu étais malade.

— Je l'ai été.

Pourquoi faut-il que ce soit Nick ? Pourquoi a-t-il décidé de la suivre, alors qu'il aurait pu rester en sécurité à l'intérieur ?

— Mais, ce gamin… (Il regarde la cible par-dessus son épaule.) Tu l'as tué. Je croyais… je croyais que les guildes ne tuaient pas de mineurs.

— Tu croyais mal.

— Bella…

S'il était un inconnu, il serait déjà mort. « Pas de pitié, pas d'hésitation, pas de témoin » : les trois règles de survie sur le terrain. Mais c'est Nick. Nick Larrington au cœur tendre qui pleure en lisant les nécrologies dans le journal. Qui lui a témoigné de la gentillesse même quand elle ne le méritait pas.

Nick qui a vu son visage et sait ce qu'elle a fait.

— Pitié. Je ne dirai rien à personne. Je ne savais pas que tu…

— Ce sera rapide, promet-elle, car c'est la moindre des choses. Tu ne sentiras rien.

— Tu ne peux pas me tuer. Tu ne peux pas me tuer, moi. Je croyais qu'on était amis.

Il tremble de tous ses membres et semble vouloir prendre ses jambes à son cou.

— Tu ne peux pas, tu ne peux pas, non.

— Nick…

— Non.

Il cherche un moyen de s'échapper, comme s'il n'était pas le dernier de la classe en sport à cause de son asthme.

— Ne t'approche pas, Bella. Je jure que je…

— Tu vas faire quoi, Nick ? demande-t-elle en avançant d'un pas. Crier ? Tu crois que quelqu'un viendra à ton secours ? Tu crois qu'il sera plus rapide que moi ?

Il sanglote à présent.

— Pitié, ne fais pas ça, Bella.

Il se sert de son nom comme pour lui faire entendre raison, mais il ne sait pas qu'il essaie de ramener un fantôme à la vie. Supplier Bella Nicholls ne sert à rien : c'est Isabel Ryans qui tient le couteau.

— Je n'ai pas le choix.

— Mais si. Quoi que t'ait raconté ta guilde, quoi qu'elle t'ait promis, tu as le choix. Bella. S'il te plaît !

En un éclair, Isabel le plaque contre la porte et glisse le couteau sous son menton.

— Tu ne sais rien de mes choix.

— Je sais que me tuer n'est pas forcé d'en être un. Je te jure que je tiendrai ma langue. Personne ne saura jamais ce que j'ai vu. Promis.

— Les promesses ne veulent rien dire pour Comma. Tu finiras par vendre la mèche. Dans une semaine, un mois, un an. Tu ouvriras la bouche, et ils t'élimineront. C'est plus simple comme ça.

— C'est ce qu'il est arrivé à Emma ?

Elle accuse le coup.

— Quoi ?

Il profite de sa distraction pour se dégager d'un geste plus vif qu'elle ne l'en aurait cru capable.

— C'est pour ça qu'Emma ne vient plus en cours ? Tu l'as tuée, elle aussi ? Et la bibliothécaire qui est morte, c'était ta faute ? Elles sont mortes à cause de toi ? Ou est-ce que tu…

Il trébuche, baisse les yeux et semble surpris de voir le couteau fiché dans sa poitrine, le sang se répandre rapidement sur sa chemise.

— Tu…

— Je suis désolée.

Ce n'est toujours pas le terme adapté. Mais c'est toujours le seul qu'elle a.

Nick la fixe et s'effondre à genoux.

— Bella…

Le reste de ses mots se perd dans le néant.

Elle récupère son couteau, l'essuie sur la chemise de Nick – la sienne est maculée du sang de la cible. D'un doigt ensanglanté, elle trace le symbole de la guilde sur le visage de l'adolescent : une virgule pour le corps, et trois lignes incurvées pour les ailes du papillon. Après une brève hésitation, elle fait de même sur la joue de Nick.

À présent, il faut qu'elle parte.

Si elle n'était pas couverte de sang, elle attendrait qu'un groupe quitte le club et tenterait de se fondre dans la masse, mais vu l'état dans lequel elle se trouve, elle doit s'éclipser aussi discrètement que possible, avant que les amis des deux garçons ne partent à leur recherche. Elle rase les bâtiments, évite les rues principales, et arrive miraculeusement à l'hôpital sans avoir été arrêtée malgré le sang sur ses vêtements.

Le hall d'entrée est vide. Elle décide d'attendre le matin pour faire valider sa mission, et se dirige vers sa chambre, où elle retire ses habits et jette ceux qu'elle ne remettra jamais. Puis elle prend une douche, faisant disparaître la marque des lèvres de la cible sur son cou. Elle a accompli sa mission, mais l'incident avec Nick l'a déstabilisée.

« C'est ce qu'il est arrivé à Emma ? »

Elle ne va pas réussir à cacher ce qu'il s'est passé. Emma va vite comprendre, et tout s'écroulera.

Le pire, c'est que ça lui a semblé si simple.

« Quand as-tu arrêté de fuir, Isabel ? » Elle se demande ce que Michael aurait pensé en la voyant dans cette ruelle, avec la cible pressée contre elle, avide de quelque chose qu'elle n'était pas disposée à offrir. Que dira-t-il en apprenant qu'elle a tué deux adolescents en l'espace de quelques minutes ? Elle se demande s'il sera dégoûté ou s'il comprendra, ne serait-ce qu'un peu.

Ça devrait être plus difficile que ça, de vivre avec ce qu'elle a fait.

Isabel enfile son pyjama, et se glisse dans le lit en tentant de ne plus penser à la mission. Elle a tué Nick. La cible – *Oliver, c'était une personne et il s'appelait Oliver* – était un job, mais

Nick Larrington avait essayé d'être son ami. Il tenait à elle. Et quand Emma l'apprendra…

« C'était juste un gamin », a dit Nick, et elle imagine les gros titres de demain qui hurleront que Comma a tué un mineur. Un enfant, juste un enfant.

Mais alors que le sommeil l'emporte, la seule pensée qui traverse l'esprit d'Isabel est : *Moi aussi, c'est ce que j'étais.*

30

Homstelo (enlèvement)

Lorsque Isabel ouvre les yeux, ses joues sont mouillées de larmes, et elle se demande si elle a crié dans son sommeil.

— Rêvais-tu de la nuit dernière ? demande Daragh.

Elle se redresse avec peine, encore à moitié endormie, et le découvre debout, face à la fenêtre.

— Pas exactement.

— Tu es sûre ? insiste-t-il de sa « voix de thérapeute », comme elle l'appelle. Tu veux en parler ?

— Pas vraiment.

En parler à Daragh, ça voudrait dire y repenser, ce qui est trop dangereux. Elle ne veut pas prendre le risque de se laisser submerger par les émotions qui hantent ses rêves, quand les barrières si soigneusement construites durant la journée tombent en ruine. Isabel ne connaît qu'une seule manière de survivre, et ce n'est pas en étant à l'écoute de ses sentiments.

— C'était ta première mission volontaire, et tu as tué un enfant. Ces deux choses prises séparément suffiraient…

— Laissez-moi reformuler, l'interrompt-elle puisqu'il ne semble pas avoir compris le message. Je ne veux assurément pas en parler. Merci d'arrêter les séances de thérapie au tomber du lit.

— Il est presque midi, et tu dois te lever. Ronan veut te parler.

Soudain, le poids de ses actions de la veille la percute de plein fouet.

— Merde.

— Oh, et tu as fait la une. (Daragh lui lance un journal, qu'elle repousse sans même y jeter un regard.) Tout le monde spécule à ton sujet, tu sais. Enfin, au sujet du nouvel agent de Comma. Pas de carte de visite, donc pas de pseudonyme pour revendiquer le meurtre.

Elle ne veut pas associer son nom à cette mission, elle ne veut pas donner à la ville une cible à blâmer. Seule *La Revuo*, le journal de la guilde, publie les pseudonymes à côté des nécrologies, mais l'information finit toujours par se propager au reste d'Espéra. « Trois meurtres pour Queue d'hirondelle ce mois-ci », disent les gens qui y prêtent attention. Ou : « Pas de nouvelles d'Hespérie ces derniers temps, vous pensez qu'il a pris sa retraite ? » Ces commentaires trahissent du soulagement ou de la peur : pour chaque agent qui se retire des affaires, un autre plus jeune vient prendre sa place et son nom.

Isabel ne veut pas d'un alias recyclé. Elle a déjà le sien : Phalène. Un papillon qui sévit la nuit.

Elle repousse sa couverture et sort du lit.

— Je ne sais pas pourquoi ils en font toute une histoire, dit-elle en cherchant ses vêtements.

— La cible était jeune, répond Daragh. Ça change la donne.

Elle se passerait bien de son ton désapprobateur, en plus du reste.

— Ronan arrive dans combien de temps ?

— Une demi-heure, maximum. Tu devrais probablement réfléchir à ce que tu vas lui dire.

Mais quand vient le moment fatidique, elle n'a aucune excuse.

— Donc, dit Ronan. Tu as merdé.

— La cible est morte, non ?

— Tu as tué un témoin.

— Je ne pensais pas que vous voudriez que je lui laisse la vie sauve.

— En premier lieu, il n'y aurait pas dû y avoir de témoin. Encore moins un autre adolescent.

Il marque une pause, comme pour bien lui faire sentir sa déception.

— J'ai cru comprendre que tu connaissais Nicholas Larrington.

— Il allait au même lycée que moi.

C'était mon ami. Non. Elle ne peut pas penser à ça. Nick a cessé d'être son ami à l'instant où il l'a vue avec la cible.

— Il m'a reconnue dans le club, et de nouveau dans la ruelle. Mon identité était compromise, si bien que j'ai éliminé la menace du mieux que j'ai pu.

— Ce qui aurait été admirable, si l'affaire avait été moins controversée.

— Controversée ?

—La cible était un mineur, Isabel. Et le motif était… personnel. Certaines personnes n'étaient pas certaines que l'on doive accepter la mission.

Elle ne voit pas en quoi c'est son problème.

—Et pourtant, vous l'avez acceptée.

—Et toi, tu as tué deux adolescents que tu as marqués de leur sang. Un peu mélodramatique, tu ne trouves pas ?

Elle voudrait répondre : « Je n'avais pas de stylo », mais elle se contente de :

—Je n'aurais pas tué Nick, si j'avais eu le choix. Il m'a vue. Je ne pouvais pas le laisser partir.

—Ce n'était pas à toi de prendre cette décision.

Tellement de règles pour un meurtre. Elle n'en voit pas l'intérêt : soit tu es un meurtrier, soit tu n'en es pas un. Les détails n'y changent rien.

—Je n'avais pas vraiment le temps de venir vous consulter.

Elle attend l'inévitable punition, mobilisant toute sa volonté pour se tenir bien droite sur sa chaise et ne pas montrer sa peur.

Enfin, Ronan déclare :

—Que ça ne se reproduise pas.

Elle le dévisage.

—C'est tout ?

—Tu as raison, il devait mourir. Mais ce n'était pas à toi d'en décider. Tu n'es pas la juge, Isabel Ryans. Tu es le bourreau, rien de plus.

Qui prend ces décisions exactement ? Ronan ? Qui choisit quelles commissions la guilde accepte, quels motifs sont suffisamment valables, quel montant est assez élevé ? Elle n'y a jamais vraiment réfléchi. Il est plus simple de suivre les ordres que de se demander qui les donne.

— Compris, répond-elle. Ne tue personne sans avoir d'abord obligé quelqu'un d'autre à remplir la paperasse.

Ronan réprime un sourire, et elle ressent un léger frisson de satisfaction. Puis il lui tend un porte-cartes métallique.

— Tiens. C'est pour toi.

Isabel l'ouvre avec prudence. Comme il n'y a ni explosion ni nuage toxique, elle sort l'une des cartes qui se trouvent à l'intérieur. Elle est en épais papier couleur crème, avec une simple bordure noire à quelques millimètres du rebord. Au centre, à l'encre rouge, se trouve le symbole de Comma : une virgule pour le corps, et trois lignes incurvées pour les ailes.

— Vous avez déjà fait imprimer des cartes ?

— Je ne voyais aucune raison d'attendre.

Elle retourne la carte. Là, au centre, en police sans sérif, est écrit :

Noktopapilio | Phalène

— J'ai eu vent que c'est ainsi qu'on te surnommait, dit-il. Le papillon de nuit.

— Vous savez pourquoi ?

Elle glisse son pouce le long du rebord, et sent le papier s'enfoncer dans sa peau.

— Ça n'a pas d'importance.

Soit il sait et n'apprécie pas l'explication, soit il n'a pas eu accès à cette information et refuse de l'admettre.

— La ville a besoin d'un nom. Pour savoir que nous avons une nouvelle recrue.

Isabel range la carte dans le boîtier qu'elle glisse dans sa poche. Elle n'aurait pas choisi un autre nom si on lui avait posé la question, mais ce sobriquet la met quand même mal à l'aise. Et personne ne lui a demandé son avis.

— Ça te correspond bien, dit Ronan en l'observant.

— Tout comme être un salaud vous correspond, réplique-t-elle.

Un léger sourire.

— C'est sûrement pour ça que je continue, répond-il. Pendant que j'y suis, j'ai autre chose pour toi.

Il lui tend un téléphone noir dernier cri, à côté duquel son vieux portable paraît encore plus minable qu'il ne l'est.

— La ligne est sécurisée, donc tu n'as pas besoin de coder tes messages. Mais fais quand même attention à ce que tu dis et à qui.

Pour la première fois depuis son arrivée à l'hôpital, Isabel a un lien avec le monde extérieur. Et il a suffi pour cela que deux personnes perdent la vie.

— Merci, dit-elle d'un ton hésitant.

— Je t'en prie. Tu le mérites.

Savoir qu'elle a payé ce téléphone en versant le sang lui donne envie de ne plus jamais le toucher, mais elle le glisse malgré tout dans sa poche.

— Ça ne veut toujours pas dire que je vous apprécie. Daragh prétend que vous n'êtes pas si mauvais que ça, mais je commence à croire qu'il trouverait des points positifs à une mitrailleuse.

— Ça a toujours été l'une de ses meilleures qualités. Heureusement, je n'ai pas besoin que tu m'apprécies. Juste que tu tues pour moi.

— Je le ferai. Mais je ne mourrai pas pour vous.

— Entendu.

Ronan lui tend la main. Sa peau est fine et sèche, mais sa poignée de main est assurée.

— Bienvenue à Comma, Isabel Ryans.

Et voilà. C'est la fin du voyage. Pensait-elle vraiment qu'une autre issue serait possible quand elle s'est enfuie de chez elle ?

Ronan se dirige vers la porte, puis s'arrête.

— Si Nick Larrington était un élève de ton lycée, je suppose que ton amie Emma le connaissait également.

La gorge d'Isabel se noue.

— Un peu.

— Quelqu'un va devoir la prévenir qu'il est mort.

« Tu l'as tuée, elle aussi ? Elles sont mortes à cause de toi ? » Isabel a tout gâché. Détruit tout espoir de conserver cette amitié. Et elle ne sait pas quoi faire pour arranger les choses.

— Elle l'apprendra dans le journal. Mais je… je lui dirai quand elle m'appellera.

— Fais ça. Et, Isabel ? (Elle lève les yeux.) Ne laisse pas les gros titres te monter à la tête.

Après son départ, elle ramasse le journal que Daragh lui a donné et parcourt rapidement l'article. Elle tente de se persuader qu'elle veut juste savoir quelles informations sont de notoriété publique, mais en vérité, c'est une punition. Étrangement, c'est encore pire de lire ce qu'elle a fait étalé en première page, mais elle n'a pas le droit de fermer les yeux.

« Oliver Roe, 16 ans, était l'aîné de quatre enfants. Ses parents… »

Si Emma voit ce journal, combien de temps va-t-elle mettre à comprendre qui a fait le coup ? Si Isabel était plus courageuse, elle le lui aurait déjà avoué, mais elle a préféré rater leurs derniers rendez-vous téléphoniques que de mentir ouvertement à Emma. Maintenant, elle se retrouve à broder des excuses, au cas où son amie ne serait pas déjà au courant. Elle pourrait dire que Ronan l'a obligée, mais qu'est-ce que ça changerait ? C'est sa main à elle qui tenait le couteau.

Rongée par l'angoisse, elle compose le numéro d'Emma à l'heure habituelle. Elle passe en revue ses excuses en écoutant le téléphone sonner, improvise une conversation hypothétique, et essaie d'anticiper les questions de son amie. Elle déteste chaque mensonge qu'elle envisage de proférer, mais déteste encore plus la vérité. Lorsque la communication finit par être coupée, Isabel est prise de panique.

Emma n'a pas décroché.

Emma n'a pas décroché. Elle imagine son amie regarder le téléphone en attendant qu'il cesse de sonner, parce qu'elle ne veut pas parler à une meurtrière doublée d'une menteuse.

Elle essaie de nouveau. La sonnerie laisse place à un désagréable bourdonnement statique, mais Isabel reste figée sur place. Elle met une éternité à se souvenir qu'elle doit raccrocher. Elle appelle alors la ligne fixe d'Emma, au cas où cette dernière aurait égaré son téléphone. Sans plus de succès.

Si Emma voulait lui parler, elle aurait décroché. Emma décroche toujours.

Ce qui signifie qu'elle est au courant, et qu'à présent, elle la déteste.

Évidemment. Non contente d'avoir accepté d'assassiner des gens pour Comma de son plein gré, Isabel a tué Nick, un innocent, quelqu'un qu'elles connaissaient. Comment a-t-elle pu croire un seul instant qu'Emma lui pardonnerait son geste ?

Elle reste assise près du téléphone, incapable de bouger. Elle remarque à peine la sonnerie stridente de l'alarme se déclencher et tous les vigiles se précipiter pour répondre à la menace. Elle se moque bien qu'un intrus ait fait irruption dans l'hôpital. Plus rien ne lui importe, maintenant qu'Emma la déteste.

La porte s'ouvre avec fracas, la faisant sursauter, et un jeune homme vaguement familier déboule dans sa chambre.

Les vigiles surgissent quelques secondes plus tard, l'attrapent par les bras, et s'apprêtent à l'embarquer de force lorsqu'il s'écrie d'une voix paniquée, désespérée.

— Ils ont Emma. Isabel, Emma a disparu.

À ces mots, elle le reconnaît enfin : Léo.

— Stop ! dit-elle aux vigiles. Lâchez-le. Je le connais, il n'est pas une menace.

Ils s'arrêtent, mais ne le relâchent pas.

— Il n'a pas l'autorisation d'être là, Miss Ryans, répond l'un d'eux.

— Appelez Toni Rolleston. Dites-lui que Léo est là. Tout de suite !

Isabel s'attend à ce qu'ils protestent, mais à l'évidence, son statut de tueuse accomplie lui confère une autorité nouvelle, car les gardes relâchent le jeune d'homme et reculent d'un pas. L'un d'eux sort son téléphone.

Isabel se retourne vers Léo, prenant enfin conscience de ce qu'il vient de dire.

— Comment ça, Emma a disparu ? Qu'est-ce qu'il s'est passé ?

— Elle n'était pas à la maison quand je suis rentré. Je pensais qu'elle avait peut-être essayé de venir te voir. Elle ne t'a rien dit ?

Isabel secoue la tête.

— Je n'ai pas eu de ses nouvelles ces derniers jours. J'ai…

J'ai fait quelque chose d'horrible et je crois qu'elle me déteste.

Léo pousse un juron.

— Je le savais. Quand j'ai trouvé la lettre, j'ai d'abord cru à une plaisanterie. Mais qui ferait ce genre de blague ? Regarde.

Il lui fourre une enveloppe ouverte entre les mains.

Isabel doit relire quatre fois la lettre qui se trouve à l'intérieur, avant de comprendre qu'il s'agit d'une demande de rançon. Il y a pour toute signature une araignée noire, presque identique à celle gravée sur la joue de Grace.

Elle lève les yeux vers le frère d'Emma, et comprend enfin ce qu'il cherchait à lui dire.

— Emma a été enlevée.

Léo hoche la tête, se laisse tomber sur la chaise, et couvre son visage de ses mains.

— Je suis rentré et elle n'était pas là, répète-t-il. J'étais censé veiller sur elle.

Emma a été kidnappée. Emma a disparu. Ce n'est pas qu'elle ne voulait pas décrocher, elle ne le pouvait pas. Elle ne déteste pas Isabel. Elle n'a probablement même pas appris la nouvelle, ce qui signifie qu'Isabel a encore une chance de tout arranger. Excepté… excepté qu'Emma a été enlevée. Par la guilde qui a tué Grace.

Par mes parents, pense-t-elle, et son soulagement momentané se mue en terreur.

31

Preparojn (PRÉPARATIFS)

Toni Rolleston pousse les vigiles qui bloquent le passage et entre dans la chambre.

— Léo, qu'est-ce qu'il se passe ? Tu sais que tu ne devrais pas être là. Quand ils m'ont appelée, j'ai cru…

Elle s'interrompt en voyant leurs visages.

Sans un mot, Isabel lui tend la lettre.

Il suffit d'une lecture à Toni pour comprendre. Elle congédie les vigiles, ordonnant à l'un d'eux d'aller chercher Ronan, et à un autre d'éteindre cette foutue alarme. Léo ne dit plus rien, recroquevillé misérablement sur la chaise. Son regard, comme celui d'Isabel, est fixé sur la demande de rançon.

— Qu'est-ce qu'il s'est passé ? lui demande Toni. Je croyais qu'elle était avec toi.

L'accusation implicite le fait tressaillir.

— J'étais au travail. Quand je suis rentré, elle n'était plus là. La porte n'a pas été forcée, mais ils ont réussi à entrer, parce que la lettre était sur la table.

Il lève la tête lorsque Ronan et Daragh font leur entrée, puis détourne le regard, comme s'il craignait d'être surpris à observer des agents de Comma.

— J'ai merdé. J'étais censé la protéger.

— Non, répond Toni d'un ton plus doux. Ce n'est pas ta faute.

— Ils veulent attirer notre attention, déclare Ronan en prenant la lettre des mains de Toni. Et notre argent, apparemment.

— C'est un piège, intervient Daragh. On sait tous ce qu'ils veulent vraiment. Isabel.

C'est elle qu'ils veulent depuis le début.

Toni commence à faire les cent pas.

— OK. On va sortir Emma de là. On ne peut pas...

Isabel ne l'a jamais vue dans cet état, presque entièrement dépossédée de son sang-froid habituel.

— Ronan, je connais la politique de la guilde en matière de rançons, et je sais qu'Emma est une civile, mais on ne peut pas la laisser entre leurs mains.

— Je sais, répond Ronan en traçant du doigt le symbole en forme d'araignée. C'est peut-être notre seule chance d'infiltrer la guilde des Ryans. Mais il faut qu'on se montre stratégiques.

La tête d'Isabel grésille, bourdonne. *Ils ont Emma, ils ont Emma, ils ont Emma.* Elle tente de se focaliser sur la discussion entre Toni et Ronan, mais les mots glissent sur elle, vides de sens. *Ils ont Emma.*

— C'est ma faute, dit-elle. Mes salauds de parents pensent qu'ils peuvent kidnapper ma meilleure amie pour me provoquer, mais...

— C'est donc leur faute à eux, pas la tienne, l'interrompt Daragh. Tu ne peux pas t'en vouloir.

Elle l'ignore.

— Je ne les laisserai pas lui faire du mal comme ils m'en ont fait. Je vais la sortir de là.

— Nous ne pouvons rien faire tant que nous n'avons pas plus d'informations, déclare Ronan. Je vais organiser une réunion, faire bouger les choses. Léo, c'est ça ? (Le jeune homme lève la tête, yeux écarquillés.) Rentre chez toi. Les civils n'ont pas leur place ici.

Léo semble sur le point de protester, mais Toni lui coupe la parole.

— Rentre, Léo, s'il te plaît. Daragh va te raccompagner jusqu'à la sortie.

À contrecœur, il obéit. Lorsque la porte se referme, Ronan lance :

— Je suppose que tu vas prétendre que tu ne lui avais pas dit où se trouvait l'hôpital ni comment y entrer.

— En effet, rétorque sèchement Toni. Tu sous-estimes mon fils, si tu crois qu'il a besoin que je lui dise quoi que ce soit.

— Et toi, tu sous-estimes le danger dans lequel il s'est trouvé. Il a failli être abattu par la sécurité. Si seulement tu les enrôlais…

— Ne recommence pas, Ronan, dit Toni d'une voix lasse comme si ce n'était pas la première fois qu'ils avaient cette discussion. Je sais qu'il n'aurait pas dû venir, mais il s'inquiète pour sa sœur. Il veut la protéger.

Il serait faux de dire que l'expression de Ronan s'adoucit, mais il semble rentrer momentanément les griffes.

— On va la sauver, Toni.

Puis il se tourne vers Isabel.

— Si tu veux être impliquée dans l'opération d'extraction, tu dois t'entraîner. Michael peut peut-être t'aider.

— Qu'est-ce que vous… ?

Il s'éloigne avant qu'Isabel n'ait terminé sa phrase, Toni à ses côtés, sur un pied d'égalité.

Qu'est-ce que vous allez faire ? Qu'êtes-vous prêts à sacrifier ? Isabel reste figée quelques secondes de plus dans la pièce désormais déserte, la tête pleine de questions. Mais en réalité, les réponses n'ont pas beaucoup d'importance. Elle fera n'importe quoi pour sauver Emma.

Elle enfile sa tenue d'entraînement, attache ses cheveux et envoie un message à Michael en descendant au gymnase. Elle ne sait pas s'il va venir. *Ils ont Emma.* Peut-être n'en aura-t-il rien à faire. Surtout s'il a lu le journal et appris jusqu'où Isabel est allée pour honorer le marché conclu avec Ronan. Mais peut-être… peut-être qu'il verra qu'abandonner une innocente aux mains de ses parents est inconcevable, quels que soient les désaccords entre eux deux.

Elle ne peut qu'espérer.

Après plusieurs minutes d'attente fébrile, elle finit par balancer son téléphone sur le banc et se lancer à corps perdu dans ses exercices d'entraînement. Sa peur est un démon qui a pris possession de son corps et n'est satisfait que par la violence. Elle est tellement absorbée qu'il lui faut un moment pour apercevoir Daragh, adossé contre le mur, qui la regarde lancer couteau après couteau sur une cible.

Une fois qu'elle a récupéré les lames, elle se tourne vers lui.

— Alors ?

— Tu as repris des forces, dit-il. Mais tu te laisses trop influencer par tes émotions. Tu ne gardes pas suffisamment la tête froide.

— Vous voulez dire que je tiens trop à Emma pour attendre que quelqu'un d'autre vole à son secours ? Sans blague !

— Je veux dire que tu vas commettre des erreurs si tu ne prends pas le temps de réfléchir avant d'agir.

Dans tous les cas, il a raison : ses émotions posent problème. Si elle ne s'était pas autant attachée à Emma, celle-ci n'aurait pas été kidnappée, et maintenant, Isabel a complètement perdu pied. S'il arrive quoi que ce soit à Emma, elle aura perdu la seule véritable amie qu'elle ait jamais eue.

Pour prouver qu'elle est digne de cette amitié, elle doit sauver Emma. Non pas parce qu'Isabel espère ainsi se faire pardonner – après ce qu'il est arrivé à Nick, son amie ne lui adressera probablement plus jamais la parole –, mais parce qu'elle refuse de la laisser aux mains de ses parents.

— Je te demanderais bien comment tu te sens, reprend Daragh, mais j'ai comme l'impression que tu préfères lancer des couteaux contre le mur que d'en parler.

— C'est presque comme si vous me connaissiez, dites donc.

— Isabel, je sais que tu tiens à Emma…

En réponse, elle lance un nouveau couteau. La lame frappe la cible en plein cœur avec un bruit sourd.

— … et je sais ce que tu ressens au sujet de tes parents. Il serait peut-être utile d'en discuter.

— Il n'y a rien à discuter, répond-elle en continuant sur sa lancée. Ce sont des salauds. Personne n'est venu m'aider.

Maintenant, ils ont Emma. Je dois la secourir. Simple, non négociable.

Daragh la regarde jeter le reste de ses couteaux, puis, lorsqu'elle s'arrête pour les récupérer, déclare :

— Tu n'es pas la seule à t'inquiéter pour Emma. Toni n'aura de cesse qu'elle soit en sécurité. Tu n'as pas à en assumer seule la responsabilité.

— Je sais.

— En es-tu certaine ?

La dernière lame est enfoncée si profondément dans la cible qu'Isabel doit mobiliser toutes ses forces pour l'en extirper.

— Bien sûr. Mais je…

— Tu veux être impliquée parce que tu as l'impression que c'est ta faute. Je sais. Mais n'oublie pas que ce fardeau n'est pas uniquement le tien.

C'est sa faute, aucun doute là-dessus. Ses parents n'essaient pas d'attirer Toni Rolleston dans leur guilde, c'est Isabel qu'ils veulent. C'est donc à elle de remédier au problème.

Michael arrive sur ces entrefaites, hors d'haleine, coupant ainsi court à la discussion, pour le plus grand soulagement d'Isabel.

— Que se passe-t-il ? demande-t-il. Tu as dit qu'ils avaient Emma.

— Je vous laisse, annonce Daragh.

Il referme la porte derrière lui pour les laisser tranquilles.

Michael se dirige droit vers Isabel.

— Tu vas bien ? Je suis venu aussi vite que possible. Qui est ce « ils » ? Tes parents ?

Elle acquiesce d'un signe de tête.

—Il y a une demande de rançon signée d'un emblème en forme d'araignée.

—Merde. J'ai entendu parler de ton coup d'éclat d'hier soir. Tu crois qu'ils ont deviné que c'était toi ?

Isabel le regarde fixement.

—Quoi ?

—Jusqu'à maintenant, ils n'avaient aucun moyen de savoir si tu avais survécu ou non au poison. Mais s'ils ont vu les nouvelles et ont compris que c'était toi…

Voyant l'expression sur le visage d'Isabel, il se reprend aussitôt.

—Je me trompe sûrement. Tout s'est passé si vite, ils ne pouvaient pas savoir…

Si Michael a vu juste, alors c'est entièrement sa faute. Elle a tué Nick, ils ont enlevé Emma ; un cruel effet domino lui arrachant tous les gens qui lui ont témoigné de la gentillesse.

—Non, c'est impossible, ils ne peuvent pas savoir, c'est… Ils n'ont aucune raison de penser que c'est moi, si ?

—Il n'y a rien dans les journaux, confirme Michael. Toute la ville parle de toi, mais ce ne sont que des spéculations, rien de tangible. Les civils sont terrifiés, Colibri est intimidée, et le reste de la guilde…

—Se demande quand Comma a commencé à tuer des mineurs. Je sais.

Tout ce tapage, alors qu'ils ne sont même pas au courant pour le Cocon.

—Alors, tu vas te lancer à leur poursuite, pas vrai ?

Le *enfin* est clairement sous-entendu. À contrecœur, Isabel hoche la tête.

— Je ne sais pas comment on va les trouver ou rassembler l'argent pour la rançon, mais… tu avais raison. Ce n'est pas terminé. Et il faut qu'on aille secourir Emma.

— Alors, entraînons-nous.

Mais Isabel a beau se donner à fond durant le restant de la session, elle ne parvient pas à faire taire les pensées qui hantent son esprit. La suggestion de Michael tourne en boucle dans sa tête : la confirmation de sa survie a attiré l'attention de ses parents. Elle ne risquait rien tant qu'ils la croyaient morte. Elle aurait dû faire en sorte qu'ils continuent à le croire.

Mais même si ce n'est pas la raison de leur geste, même s'ils ne savent pas que c'est elle qui a tué ces deux adolescents, le battage médiatique autour de cette affaire est tel qu'elle ne pourra pas se cacher éternellement. Si Emma s'en sort, Isabel devra tout lui raconter.

Pas « si », « quand ». Quand elle s'en sortira. Parce qu'elle refuse de laisser ses parents lui prendre quoi que ce soit d'autre.

32

Promeso (promesse)

Un médecin inconnu réveille Isabel le lendemain matin et lui annonce que Ronan Atwood veut lui parler. Elle lui demande où est Daragh, mais n'obtient aucune réponse. D'un air renfrogné, elle descend au rez-de-chaussée pour découvrir la raison de cette convocation.

C'est la première fois que Ronan lui demande de venir le voir, plutôt que de se déplacer lui-même ; la première fois qu'elle a le choix, bien que ça ne semble pas vraiment en être un. Elle hésite devant la porte du bureau en entendant des éclats de voix à l'intérieur.

— Notre politique est de ne pas payer de rançons, déclare une voix d'homme. Si on débourse tout ce fric pour une *civile*, ça va encourager…

— N'essaie pas de m'expliquer notre politique, Kieran, l'interrompt Ronan. C'est moi qui l'ai presque entièrement écrite. Sois tranquille, je sais ce que je fais. Ta seule responsabilité est de t'assurer que tout est en place.

— Ce sera le cas, mais Ro…

— On en reparlera plus tard. Il faut que je m'entretienne avec Isabel.

La porte s'ouvre, et un homme sort en trombe, lançant à peine un regard à Isabel au passage. Elle s'arrête sur le seuil jusqu'à ce que Ronan relève les yeux pour voir ce qu'elle attend.

— Est-ce qu'il y a des nouvelles ? demande-t-elle d'une petite voix presque enfantine.

Il pousse une feuille vers elle, et désigne d'une main la chaise vide en face de lui. Isabel s'assied et ramasse le document.

— Une autre demande de rançon, explique-t-il inutilement. Ils veulent que tu y ailles.

— Moi ?

— Isabel…

Ronan soupire. Il semble épuisé.

— On savait déjà que ce n'était pas une histoire d'argent. Ce message… (Il tend la main pour récupérer la feuille.) … a été apporté par un garçon de quinze ans. Il s'est écroulé juste après. Daragh est en soins intensifs avec lui à l'instant même. Avec un peu de chance, il va s'en sortir, mais le poison était violent et il n'y a aucune garantie.

— Un enfant, dit Isabel d'une voix rauque.

Elle le savait, ou plutôt, elle s'en doutait, et pourtant, elle n'avait rien dit.

— Il n'a pas repris connaissance suffisamment longtemps pour nous dire s'il était le seul.

Isabel déglutit.

— Qu'est-ce qu'on fait ?

— Je ne suis pas certain.

Ronan tapote son stylo contre le bureau. Le cliquètement rythmé du plastique est comme du verre brisé contre l'esprit d'Isabel. La peur l'écorche vive, la laissant sans défense.

—On savait que ton père voulait te récupérer. Il veut sa fille à ses côtés, au sein de sa nouvelle guilde. Si tu te rends au rendez-vous, il va certainement essayer de te convaincre de te joindre à lui. Et il ne s'attend probablement pas à beaucoup de résistance de ta part.

Parce qu'Isabel a toujours fait exactement ce qu'il lui demandait, même quand ce n'était pas assez.

—Mais il m'a empoisonnée. Il m'a laissée pour morte.

—Alors, peut-être qu'il a l'intention de terminer ce qu'il a commencé, dit Ronan en faisant tambouriner de plus belle son stylo contre la table. Bien sûr, le meilleur moyen de lui faire baisser sa garde est d'entrer dans son jeu. De lui faire croire qu'il a obtenu ce qu'il voulait.

Et donc de faire semblant de retomber sous la coupe de ses parents. Rien que d'y penser, Isabel en a la nausée.

—Donc, vous pensez que je devrais le faire. Que je devrais me livrer à eux.

La main de Ronan se fige, le silence aussi abrupt qu'un coup de feu. Ronan baisse les yeux vers le stylo et le regarde comme s'il avait oublié qu'il le tenait, puis le repose avec soin au milieu du bureau.

—Je crois que ça doit être ton choix.

—Et si je refuse ?

—On peut envoyer la rançon. Lui faire confiance, espérer qu'il tienne parole et relâche Emma. Ou on peut attaquer son quartier général, mais il est probablement prêt à cette éventualité, et risque de l'éliminer avant qu'on ne puisse la sauver.

— Vous pensez qu'il tiendra parole ? demande Isabel avec un air de doute.

— Alors qu'il nous a clairement fait comprendre que l'argent n'était pas son véritable objectif ? Non, pas particulièrement.

— Et Emma mourrait.

Brusque hochement de tête.

— C'est fort probable.

— Et les enfants ? S'il y en a d'autres ?

— On ne peut rien faire pour eux sans quelqu'un sur place.

Elle apprécie qu'il ne cherche pas à enjoliver les choses. La vérité est là, sur la table entre eux, impossible à ignorer.

La réponse est évidente, bien sûr. Elle doit y aller. Son père ne leur rendra pas Emma tant qu'il n'aura pas obtenu satisfaction. Elle ouvre la bouche pour le dire, mais les mots restent coincés dans sa gorge et refusent de sortir.

— Isabel, faire face à tes parents ne sera pas chose facile. Repasser, même momentanément, sous la domination de ton père va à l'encontre de tout ce pour quoi tu t'es battue ces derniers mois.

La voix de Ronan n'a jamais été aussi douce ; pour la première fois, elle accepte que lui et Daragh aient pu grandir ensemble.

— Si tu décides d'y aller, je te jure qu'on te sortira de là. Tu comprends ? Ce n'est pas permanent. Tu ne resteras pas là-bas.

Isabel comprend le sens de ces mots, mais ils ne veulent rien dire à côté de toutes ces années où Comma n'a rien fait pour la sauver. Et si la guilde n'a pas réussi quand elle était enfant, comment pourrait-elle lui faire confiance à présent ?

Emma va mourir.

Ronan est un bâtard perfide, mais il lui a offert une seconde chance. Et même si elle ne se fait pas d'illusions sur ses motivations – ou sur celles de Comma –, pour l'heure, il est de son côté.

Elle essaie de nouveau de parler, mais dès qu'elle pense à ses parents, sa voix est étouffée par une vague de panique : *Je ne peux pas, je ne peux pas, JE NE PEUX PAS.*

— On te sortira de là, répète Ronan. Tu auras à faire semblant juste assez longtemps pour sauver Emma ; ensuite, ce sera terminé.

Il se cale contre le dossier de son fauteuil. Ses vêtements sont froissés, et il n'a pas l'air d'avoir dormi.

— À toi de choisir, Isabel.

Choisir est un luxe qu'elle n'a jamais connu.

Quand elle parvient enfin à parler, ce qui semble être plusieurs minutes plus tard, sa voix n'est qu'un murmure.

— Pourquoi ? Pourquoi me donner le choix maintenant ?

Il lui adresse un sourire crispé.

— Parce que j'ai passé les trois derniers jours à me faire incendier par mon cousin, qui m'a traité, je cite, de « bâtard manipulateur » sans aucun respect pour ton autonomie. Sans compter qu'à côté de ton père, je suis un véritable saint. Et bien que je soupçonne Daragh d'avoir raison à mon sujet, j'ai moi aussi des scrupules à t'envoyer là-bas après ce que ton père t'a fait.

Isabel ne doute pas qu'il dise la vérité pour Daragh ; en revanche, elle n'est pas certaine de croire à son cas de conscience soudain. Quoi qu'il en soit, ça ne change rien. Elle fixe le message sur le bureau, mais les lettres dansent devant ses yeux, se transformant en symboles indéchiffrables.

— Est-ce que je dois y aller seule ?

— La lettre précise qu'aucun agent ne doit t'accompagner.

— Et quelqu'un qui n'est pas un agent ?

Elle presse le pouce contre sa paume gauche, frottant encore et encore, comme s'il était possible de faire disparaître la cicatrice et de retrouver une peau douce de bébé. La sensation est à peine perceptible.

— Quelqu'un qu'ils ne considéreront pas comme une menace ?

— À qui penses-tu ?

— Michael.

Ronan ne répond pas immédiatement, et Isabel tente de s'expliquer :

— Ils l'ont entraîné, lui aussi. S'il est avec moi, ça devrait renforcer l'impression que je… reviens. Comme un gage de réconciliation.

Ronan reprend son stylo et le tapote contre son menton.

— Je ne pense pas qu'ils s'opposeraient à la présence de Michael, dit-il enfin. Et je préférerais ne pas t'envoyer seule.

La question implicite est évidente : *Alors, acceptes-tu d'y aller ?*

Isabel prend une profonde inspiration. Cinq choses qu'elle voit : une tache d'encre sur le majeur de Ronan, la lumière qui se reflète sur ses boutons de manchette, les petits caractères imprimés sur la demande de rançon, la moquette grise, ses mains à elle crispées sur ses genoux. Cinq choses qu'elle entend : le cliquètement du stylo en plastique de Ronan, le bruit lointain de la circulation, le bourdonnement de l'ordinateur, sa respiration entrecoupée à elle, ses mots à lui – *« On te sortira de là, on te sortira de là, on te sortira de là. »*

Elle ne laissera pas Emma à la merci de ses parents.

— D'accord. Si Michael peut m'accompagner, j'irai. Et ensuite ? Vous attaquerez leur quartier général ?

— L'objectif ultime est de neutraliser leur guilde, oui. Une fois qu'Emma sera en sécurité, et vous deux aussi, on passera à l'action.

— Et mes parents ? Qu'est-ce qu'ils deviendront ?

Le stylo de Ronan s'immobilise.

— Ça reste à voir. Il y aura un procès, je suppose.

— Pour quelles raisons ? (Son silence est déjà une réponse.) Pour avoir trahi la guilde, c'est ça ? Pas pour le reste.

— Isabel…

— Parce que poursuivre mes parents en justice pour ce qu'ils m'ont fait voudrait dire parler du Cocon, et même dans un tribunal pour guildes, vous seriez foutus.

Et parce qu'aux yeux de la guilde, trahir leur employeur est bien pire que toutes les fois où Ian et Judith Ryans ont failli tuer leur fille unique, et toutes les fois où ils lui ont fait regretter de ne pas être déjà morte. La trahison l'emporte sur la maltraitance.

— Je vous préviens…, reprend-elle. Si personne n'est là pour m'arrêter, il y a de fortes chances que je les tue.

— Je préférerais que tu t'abstiennes, répond Ronan d'une voix égale. Mais je comprends qu'en cas d'affrontement, il se peut que surviennent des événements indépendants de ta volonté.

C'est presque une autorisation.

— Merci.

— Mais d'abord, tu devras coopérer. Je sais que ce ne sera pas facile pour toi. Joue la fille obéissante, fais tout pour les convaincre, jusqu'à ce que nous soyons prêts à passer à l'action. Il faut que nous les laissions croire qu'ils ont gagné.

Ça ne va pas être facile. Mais en même temps, ce sera la chose la plus simple du monde, parce qu'Isabel Ryans a joué ce rôle toute sa vie.

— Tu as d'autres questions ?

Un millier. Aucune.

— Quand ?

— Demain. On ne peut pas agir plus tôt. Nous sommes en train de mobiliser un groupe mêlant nos forces et celles de Colibri, et…

— Vous travaillez avec Colibri ?

— La guilde de tes parents représente une menace aussi bien pour Colibri que pour Comma. Plus ils recruteront de déserteurs, plus notre sécurité sera compromise. Et nous avons plus de chances de réussir en joignant nos forces.

Elle a toujours su, théoriquement, que les deux guildes étaient plus rivales qu'ennemies, mais elle n'a jamais entendu parler d'une telle alliance.

— Et vous pensez qu'on peut attendre jusqu'à demain ?

— Nous n'avons pas le choix. Ton père ne s'attendra pas à une réponse instantanée.

Demain. Et ensuite, quoi qu'il arrive, tout sera terminé.

Isabel quitte le bureau de Ronan sans même s'en rendre compte, l'esprit en ébullition, trop occupée à envisager tous les scénarios catastrophe. La peur l'envahit vraiment lorsqu'elle se retrouve seule dans sa chambre, et que les mots de Ronan – « on te sortira de là » – commencent à disparaître sous une avalanche d'anxiété. Ils ne sont jamais venus à son secours, elle a dû se débrouiller seule, et maintenant, elle a accepté de retourner dans l'antre des monstres. En échange de quoi ? Des promesses boiteuses d'un homme en qui elle n'a pas confiance ? « On te sortira de là. » Comment peut-elle y croire ?

D'une main tremblante, elle sort son téléphone et compose le numéro du lycée Fraser, un numéro qu'elle a appelé une dizaine de fois en secret lorsqu'elle posait les bases de sa nouvelle vie. Quand la réceptionniste décroche, elle demande à parler à Mortimer Sark.

Une pause, puis :

— Allô ?

— Mortimer ? C'est Isabel.

Silence. Elle prend soudain conscience qu'il est peut-être au courant pour Nick. S'il a lu les journaux et a deviné que c'était elle, il sait à présent qu'elle est un monstre. Elle s'attend à ce qu'il lui raccroche au nez de dégoût, mais il demande :

— Tu es en sécurité ?

C'est bien la dernière chose à laquelle elle s'attendait.

— Je…

L'est-elle ? Pas vraiment. Mais peu importe.

— Mortimer, ils ont Emma. Mes parents.

— Je sais. Léo me l'a dit.

Ah, c'est vrai, il connaît Léo, donc il est investi, pas vrai ? Et comme elle ne demande pas pour elle-même, elle demande pour Emma, peu importe ce qu'elle a fait, parce que…

— Je vais aller à son secours, mais je ne suis pas sûre de pouvoir compter sur la guilde pour me venir en aide. J'ai besoin que quelqu'un sache où je suis. J'ai besoin qu'un *civil* sache où je suis et sache si je ne reviens pas.

« Il tient à ce que tu sois saine et sauve », lui a affirmé Emma. Est-ce vrai ? Et en a-t-elle jamais été digne ?

Elle attend et compte les secondes en silence.

Enfin, Mortimer répond :

— D'accord. Dis-moi ce que je dois faire.

33

Misio (MISSION)

— Salut, petite Phalène.

Isabel lève les yeux lorsque Michael entre dans la salle d'équipement.

— Ne m'appelle pas comme ça.

— Pourquoi pas ? C'est bien le nom sur ta carte, pas vrai ?

Il prend un gilet pare-balles sur le portant, l'essaie, puis le repose et en enfile un autre. Isabel n'a pas eu de peine à le convaincre de venir, bien qu'il ait été moins enthousiaste à l'idée de devoir feindre la coopération. Il espérait probablement une simple mission de vengeance où il pourrait lancer l'assaut à peine la porte franchie.

— Autant t'y habituer. D'ici la fin de l'année, tu seras le nouveau monstre des histoires du soir pour les gamins.

La gêne d'Isabel se transforme en agacement.

— Ce n'est pas drôle.

— Je ne... C'est toi qui as accepté le contrat. Je pensais que ça ne te dérangeait pas.

C'est toi qui tues des mineurs. Isabel se détourne et lance un coup d'œil à la pendule.

— Tu es en retard. Ronan nous attend à 11 heures.

— Je suis désolé, répond Michael, ne faisant clairement pas référence à sa mauvaise gestion du temps. Je ne savais pas que c'était un sujet si sensible. Tu n'avais pas l'air affectée.

— J'ai été légèrement distraite par le kidnapping d'Emma qui s'est produit juste après, dit Isabel en laçant ses rangers. Je gérerai le reste quand elle sera en sécurité.

— Vraiment ?

Isabel quitte la pièce sans répondre, et ne se retourne pas pour voir si Michael rattrape la porte battante avant qu'elle ne le percute en plein visage. Seul le bruit de ses pas lui apprend qu'il l'a suivie.

— Isabel, attends, je…

— La seule chose qui compte aujourd'hui, dit-elle sans le regarder, c'est de sauver Emma. Si tu fais quoi que ce soit pour compromettre la mission, je te tuerai.

Michael accélère le pas pour la rattraper.

— Message reçu. Je suis désolé, j'ai mal jugé la situation.

Sa remarque ressemblait plus à de la méchanceté qu'à une erreur de jugement, mais Michael, comme elle, n'a jamais vraiment su quand s'arrêter. Elle laisse couler et continue jusqu'au bureau, où Ronan les attend, un sac à dos devant lui.

— C'est la rançon ? demande Isabel.

Il hoche la tête.

— Le tissu est renforcé, les fermetures éclair sont cadenassées, et je vous suggère de ne pas leur donner la clé tant que vous n'êtes pas certains qu'Emma est saine et sauve. Ça vous donnera un peu plus de poids pour négocier. (Isabel glisse la petite clé argentée qu'il lui tend dans la poche de sa veste.) Tu es armée ?

— Deux couteaux et un petit pistolet.

— Michael ?

— Pareil.

— Bien. N'oubliez pas, vous n'êtes pas là pour vous battre. Faites tout ce qu'il faut pour les convaincre que vous êtes de leur côté jusqu'à ce qu'Emma soit en sécurité. Laissez-nous gérer le reste.

— Je ferai de mon mieux, répond Isabel.

— Nous enverrons quelqu'un la chercher pour l'emmener en lieu sûr avant que l'affrontement ne commence. Nous passerons à l'action dès que possible. (Ronan se tourne alors vers Isabel.) Ça ne va pas être facile. Du tout. J'ai besoin de savoir que tu vas garder ton sang-froid.

De quoi a-t-il peur ? Qu'elle tue son père comme elle a tué Ian Crampton ?

— Je ne compte pas faire foirer le plan.

— Tant mieux.

Le sourire de Ronan est dangereux, mais aujourd'hui, elle n'est pas son ennemie. Elle plaint ceux qui le sont.

— D'autres questions ?

— Le garçon, dit Isabel. Le messager. Est-ce qu'il…

— Toujours en soins intensifs. J'ai renvoyé Daragh chez lui à 4 heures du matin pour qu'il se repose, mais quelqu'un d'autre veille sur lui.

Il ne lui demande pas pourquoi elle se soucie du sort d'un gamin qu'elle ne connaît pas, ce qui est un soulagement, car elle n'est pas certaine d'avoir la réponse. Rien qu'elle puisse exprimer clairement, en tout cas.

— Si c'est tout, la voiture vous attend dehors. Bonne chance à tous les deux. Vous n'en avez pas besoin, je sais de quoi vous êtes capables, mais l'intention y est.

Isabel a la gorge trop nouée pour répondre. *« On te sortira de là. »* Le plan de secours n'a pas apaisé ses craintes. Elle s'apprête à tomber sciemment dans un piège pour sauver la seule personne à laquelle elle tient vraiment, et elle a tellement plus à perdre qu'elle ne le pensait.

Il va lui falloir bien plus qu'un peu de chance pour survivre à tout ça.

L'adresse qu'on leur a donnée est à Flixton, un minuscule quartier industriel coincé contre le mur nord de la ville. Une voiture grise les emmène à l'autre bout d'Espéra, à travers les rues étroites du centre-ville, puis les avenues plus larges de Fordon. Isabel contemple en silence par la fenêtre son ancien quartier. Rien n'a changé.

— Qu'est-ce que tu feras si ça ne marche pas ? demande Michael lorsque la voiture approche de Flixton.

— Ça va marcher.

— Mais dans le cas contraire ? Et si Emma est déjà morte ?

Isabel serre le poing.

— Elle ne l'est pas.

— Tu n'en sais rien.

— La seconde demande de rançon n'est arrivée qu'hier. Elle est en vie. S'ils l'avaient tuée, ils auraient envoyé son corps en espérant qu'on viendrait se venger.

— Hmm… Ce n'est pas parce que toi, tu ferais ça…

— Je connais mes parents. Elle n'est pas morte.

Michael les connaît lui aussi, et il sait qu'elle a raison. Le restant du trajet se déroule dans un morne silence.

Enfin, une pancarte annonce: « VOUS ENTREZ À PRÉSENT À FLIXTON. » Comme convenu, la voiture s'arrête à quelques rues de leur destination. Isabel et Michael en descendent.

— C'est peut-être un piège, dit-il avec son éternel optimisme.

— Évidemment que c'est un piège! répond Isabel. Et on doit leur faire croire qu'on est tombés dedans.

Si ce n'était pas le cas, ils n'auraient pas demandé qu'Isabel apporte l'argent en personne. Ils ne l'auraient pas fait venir ici, au lieu de procéder à l'échange dans une rue neutre. Ils veulent l'attirer dans leur territoire, sous leur contrôle.

Ils arrivent dans la rue. Devant eux se trouve une rangée de maisons mitoyennes d'apparence ordinaire, mais lorsqu'elle s'approche, Isabel voit qu'il n'en est rien: derrière les façades en brique, les maisons ont toutes été réunies. Sur la porte du centre est inscrit le numéro correspondant à l'adresse.

— Tiens-t'en au plan, ordonne-t-elle à Michael. Ça va marcher.

— Je te suis, lui répond-il.

Tout repose donc sur ses épaules. Isabel inspire profondément, puis remonte l'allée menant à la porte d'entrée.

Celle-ci s'ouvre à leur approche, et Isabel doit se forcer à monter les marches sans l'ombre d'une hésitation. Elle sait qu'on les observe et qu'elle ne peut pas montrer sa peur. Elle rassemble son courage –*pour Emma*– et pénètre à l'intérieur, Michael sur ses talons.

Et le voilà.

Son père.

Il n'a pas changé du tout. Toujours mince, les traits anguleux, les cheveux grisonnants aux tempes. Il ne détonnerait pas à la tête d'une entreprise. Dès qu'elle le voit, elle se sent se recroqueviller sur elle-même, et doit s'obliger à se tenir bien droite, la tête haute. Sa bouche est aussi sèche que ses paumes sont moites, et sa nuque la picote, comme si elle percevait une menace imminente. Mais lorsqu'elle balaie le hall d'entrée du regard, elle ne voit aucune silhouette tapie dans l'ombre. Aucun signe de Judith. Personne d'autre que Ian Ryans, au pied de l'escalier.

Il sourit en la voyant, et Isabel sent un frisson glacé le long de sa colonne vertébrale.

— *Mi sciis ke vi venus, Issy. Kaj Michael! Kia bona surprizo.* (Je savais que tu viendrais, Issy. Et Michael! Quelle bonne surprise.)

Si elle s'autorise à ressentir quoi que ce soit, elle n'y arrivera jamais. Déjà, la peur menace de la paralyser et ses muscles se crispent. Alors, Isabel enferme toutes ses émotions au plus profond d'elle-même, là où elles ont vécu pendant les dix-sept premières années de sa vie, et les remplace par le masque que son père s'attend à voir. Elle retire le sac à dos et le place par terre entre eux, comme une barrière.

— J'ai apporté l'argent, répond-elle, son refus de parler espéranto étant une minuscule rébellion.

— *Mi vidas tion.* (Je vois ça.)

— Et je suis là. Comme tu le voulais. Tu peux donc la laisser partir, maintenant. Relâche Emma.

— Tsss, toujours si pressée, continue son père en espéranto.

Son air déçu devrait être satisfaisant, mais ce n'est pas le cas. Elle s'en veut que ce ne soit pas le cas.

— J'ai tellement à te montrer, Issy. Une guilde rien qu'à nous. Je voulais te faire visiter. Ça te plairait, pas vrai ? Nos locaux sont bien supérieurs à ceux de Comma. Ou même de Colibri.

Elle se demande combien d'ex-agents de Colibri il a recrutés.

— Laisse Emma partir.

— On va y venir.

Ian claque des doigts, et un jeune homme surgit d'une pièce adjacente.

— Fouille-les, Joseph, veux-tu ?

Isabel se laisse faire sans protester. Joseph est rigoureux ; il trouve ses deux couteaux et son pistolet. Il lui prend aussi son téléphone, ce qu'elle aurait dû escompter. *J'ai encore mes poings*, se dit-elle pour se rassurer. Michael, lui, semble furieux d'être ainsi désarmé.

— Maintenant, le sac, ordonne son père. Ouvre-le.

Son premier réflexe est d'obéir, mais à présent, elle sait contrôler ses réflexes.

— Pas avant que nous ayons vu Emma.

— Comment puis-je savoir que c'est de l'argent et pas une arme ? rétorque son père. Montre-moi ; ensuite, tu pourras refermer le cadenas jusqu'à avoir eu la preuve que ton amie est saine et sauve.

Laisse-le croire qu'il a gagné. Renfilant sa vieille docilité comme un vieux manteau, Isabel ouvre le cadenas et le retire. Elle est soudain prise d'une affreuse pensée : et si Ronan avait remplacé l'argent par du papier journal ? Aurait-il pris ce risque après tout le mal qu'il s'est donné pour la garder en vie ? Elle n'a aucune idée de ce dont il est capable.

Elle tire sur la fermeture éclair, dévoilant des liasses de billets.

— Bien joué, ma fille, dit Ian avec un grand sourire.

Isabel referme le sac, raccroche le cadenas et range la clé dans sa poche.

— Tu as vu l'argent. Et maintenant ? Maman chérie est dans les parages, j'imagine ?

Elle pose cette question d'un ton désinvolte, comme si la réponse n'avait aucune importance, alors qu'elle cherche en réalité à se débarrasser du pire avant de se dégonfler.

— Je crains que non, répond-il tout aussi nonchalamment. Elle espérait être là à ton arrivée, mais c'est comme ça. Vous vous verrez plus tard.

Il semble convaincu qu'Isabel ne va pas repartir de sitôt, mais plutôt que de s'en inquiéter, elle reste fixée sur l'absence de Judith. Alors qu'elle devrait être soulagée, le nœud dans son estomac se serre encore davantage.

— Ah bon ? Où est-elle ?

— Elle avait des affaires à régler. Ce qui me fait penser… Lequel de vous dois-je remercier pour la capture par Comma de deux de mes agents ?

Isabel échange un regard avec Michael. Gauntlet Drive a été un effort commun : c'est elle qui a tiré, mais c'est grâce à lui qu'elle a mis la main sur le pistolet. Michael est blême, comme s'il pensait que Ian pourrait discerner sa culpabilité rien qu'en le regardant ; après tout, Judith n'est pas là pour le protéger.

Pour sa part, Isabel essaie de ne pas penser à ce que sa mère doit être en train de faire. Elle a le sentiment que l'agent dans le coma ne se réveillera pas pour témoigner.

—Je vois, dit Ian après un long moment de silence. Vous n'aviez pas besoin de les attaquer, vous savez. Ils avaient simplement pour ordre de vous amener ici. Vous ne risquiez rien.

Elle se retient de lui faire remarquer qu'elle était mourante, à l'époque.

—Et Emma ? Elle ne risquait rien non plus ?

Ian hausse les épaules.

—Pourquoi est-ce que je me soucierais du sort d'une civile ? Je leur ai dit de ne pas laisser de témoins.

Isabel se fige ; la peur perce le mur de ses émotions.

—Si tu lui as fait du mal…

—Détends-toi, dit Ian, comme si l'idée était absurde. Ton amie va bien.

Comme si elle allait le croire sur parole…

—Je veux la voir.

—Chaque chose en son temps. D'abord, Issy, je ne t'ai pas vue depuis si longtemps. Tu ne ferais pas un petit câlin à ton père ?

Elle a un mouvement de recul instinctif. *Coopère. Fais ce qu'il te demande. Prétends…*

—Un câlin ? Après que tu as manqué de me tuer ? Tu m'as forcée à fabriquer ce poison, et ensuite, tu l'as laissé me ravager de l'intérieur !

C'est raté pour la docilité.

—Ce n'était pas mon intention, répond-il de ce ton qu'il emploie toujours pour lui prouver qu'elle est irrationnelle, avec sur le visage une expression peinée tout sauf convaincante. Je vais te faire visiter, et tu vas comprendre.

Coopère jusqu'à ce qu'Emma soit en sécurité. C'est tout ce qu'elle a à faire. Mais en cet instant, alors qu'elle regarde son père dans les yeux, sachant pour la première fois de sa vie ce qu'il lui a exactement fait subir, l'effort lui paraît insurmontable.

S'il était déjà difficile de croire aux promesses de Ronan quand elle était dans son bureau, c'est encore pire maintenant. Elle se répète qu'elle n'a pas eu besoin que la guilde vienne la sauver la première fois. Elle s'est enfuie, et recommencera.

— D'accord. Fais-moi visiter. Mais je ne veux pas te toucher.

— Comme tu veux. Je suppose que je le mérite.

Il mérite surtout un couteau en plein cœur.

— Et quand tu auras fini de me montrer ta précieuse guilde, je veux récupérer mon amie.

Aussitôt, l'expression affligée de son père s'évanouit, et Ian éclate de rire, comme si Isabel n'était qu'une enfant capricieuse.

— Bien sûr, dit-il en s'engageant dans l'escalier. Alors, viens. Plus vite on commencera, plus vite tu auras ce que tu veux.

Elle doit se faire violence pour poser le pied sur la première marche et le suivre. Elle a les jambes en coton, mais s'empêche de toucher la rampe, comme pour éviter d'être contaminée par l'aura malveillante de cet endroit. À la place, elle tend le bras vers Michael, qui lui prend la main avec un sourire encourageant. « Je suis là », articule-t-il.

Il est là. Elle n'est pas seule, et elle va s'en sortir.

— Tu sais, Isabel, continue son père, je ne voulais pas te faire souffrir. Quel dommage que ta mère ne soit pas là, elle pourrait t'expliquer bien mieux que moi.

— Essaie un peu pour voir, réplique Isabel d'un ton caustique. J'ai hâte de savoir pourquoi tu m'as empoisonnée, si tu n'avais pas l'intention de me faire de mal.

L'expression butée sur le visage de son père suggère qu'il s'est déjà lassé de cette discussion.

— C'était censé être temporaire. Je suis parti pour préparer le terrain ici, et ta mère devait vous amener tous les deux quelques jours plus tard. Je savais que les membres de Comma fouilleraient le laboratoire une fois qu'ils se seraient rendu compte que je n'avais pas conclu la vente pour eux. Il fallait bien que je protège ma création.

Isabel met quelques secondes à comprendre, puis s'arrête net, lâchant la main de Michael.

— Je t'ai servi de *cachette* ?

Il continue d'avancer.

— C'était la seule solution.

Elle avait donc raison : il ne voulait pas la tuer. Cette confirmation ne lui procure aucune satisfaction. Au moins, s'il avait essayé de lui faire du mal, cela aurait voulu dire qu'il la considérait comme une personne – quelqu'un digne de son attention. Mais ça ? C'est pire que n'importe quelle punition. Parce que tout ce dont il se souciait, c'était de protéger l'exclusivité de son poison. Et pour cela, il était prêt à sacrifier la santé, sinon la vie, de sa fille.

Isabel monte les marches en courant pour le rattraper.

— La seule solution ? Tu aurais pu le cacher dans ton propre estomac, ou détruire l'échantillon après avoir empoché l'argent ! Mais me l'injecter, à moi ?

— Si tu ne t'étais pas enfuie, tu n'en aurais jamais rien su.

Elle tressaille comme s'il l'avait giflée.

Les voilà arrivés en haut de l'escalier, et il se tourne enfin vers elle.

— Si ta mère t'avait amenée ici comme prévu, j'aurais retiré la capsule, ni vu ni connu. Une solution discrète, je crois que c'est ainsi que tu as présenté les choses, ajoute-t-il, se servant de ce qu'il l'a obligée à faire contre elle. Mais tu t'es enfuie, et avec Comma qui te surveillait, on ne pouvait pas te contacter sans risquer d'être arrêtés. (Il hausse les épaules.) Enfin, tu es toujours en vie, pas vrai ?

Comme si tout ça n'avait aucune importance. Comme si la souffrance qu'elle a endurée n'était qu'un simple détail. Elle pensait qu'il la haïssait, qu'il voulait la voir souffrir, mais en réalité, il s'en moque complètement.

— Mon cœur s'est arrêté deux fois, dit-elle d'une voix qui tremble de colère et de larmes. Mon système immunitaire est encore compromis. J'ai passé des semaines entières à l'hôpital parce que tu as décidé de faire de moi ta mule et de m'arracher les souvenirs qui auraient pu m'aider.

Le visage de Ian reste de marbre.

— Nous avons tous fait des sacrifices, dit-il avant de désigner la première porte sur le palier. Voici. Le cœur de notre opération. J'attends depuis très longtemps de te montrer ceci.

Car cette guilde est la seule chose qui lui importe.

Isabel ravale le nœud en travers de sa gorge et le suit à l'intérieur.

34

Ofero (sacrifice)

Le cœur de l'opération est un bureau. Plus grand et plus moderne que ce qu'Isabel s'attendait à trouver dans une telle bâtisse, mais néanmoins un bureau. Le décor est minimaliste, avec une dizaine de tables incurvées et une large fenêtre de toit.

Le seul point qui correspond aux attentes d'Isabel, c'est le mur couvert de cages vitrées. Ian se dirige droit vers elles et désigne celle du milieu.

— Tu te souviens de ces petites bêtes ?

Foutues araignées.

Elle refuse de laisser voir son malaise et examine les créatures.

— *Latrodectus katipo*, dit-elle. Natives de Nouvelle-Zélande. Une espèce en voie d'extinction. Venimeuses.

Leur venin a d'ailleurs contribué à fabriquer le poison qui a failli tuer Isabel.

— Je savais que tu n'aurais pas oublié, dit son père avec un sourire sincère. C'est à elles qu'on doit notre nom, vois-tu.

Il désigne le mur opposé sur lequel s'affiche le symbole en forme d'araignée, saisissant, en noir et écarlate.

— Katipo ? dit-elle. C'est comme ça que tu as appelé ta guilde ?

— Tu n'aimes pas ?

Elle hausse les épaules.

— Ce n'est pas très accrocheur.

Michael, qui a jusque-là laissé Isabel mener la danse comme s'il espérait se faire oublier, prend la parole :

— Vous essayez d'égaler Comma et Colibri, ou de les remplacer ?

Il a posé sa question en espéranto, ce qui lui vaut un bref sourire de Ian.

— La première option, pour l'instant. La ville a besoin de dirigeants solides, et ébranler les guildes risquerait de nuire à nous tous. La rivalité, en revanche, est profitable ; elle encourage l'innovation. Bien sûr, qui sait ce que l'avenir nous réserve...

— Et vous recrutez auprès des deux autres guildes ?

— Oui, certains de nos membres nous viennent de Colibri. (Ian lui lance un regard en coin.) Tu te demandes pourquoi nous ne t'avons pas demandé de nous rejoindre ?

Michael rougit.

— Non, je...

— Je comprends, dit Ian avec un sourire condescendant. J'ai bien peur que la disparition d'Isabel ait chamboulé tous nos plans. Certaines choses ont glissé entre les mailles du filet.

Certaines choses, comme se rappeler l'existence de Michael. Isabel voit l'expression sur son visage lorsqu'il prend lui aussi conscience de la vérité : son abandon, comme l'empoisonnement d'Isabel, n'était pas une punition. Ian et Judith l'ont simplement oublié.

S'apercevant qu'il s'apprête à dire quelque chose d'imprudent et à tout gâcher, Isabel lui coupe la parole.

— On peut voir Emma, maintenant ?

— Mais la visite vient juste de commencer, proteste Ian.

Apparemment, il compte faire durer le suspense le plus longtemps possible.

— Alors, continue, répond-elle en désignant la porte d'un geste brusque.

Le couloir qu'ils empruntent ensuite semble traverser toute la rangée de maisons. Il donne sur de nombreuses portes, que Ian énumère au passage.

— Le gymnase. On a installé un simulateur pour que nos recrues puissent s'entraîner avec des cibles humanoïdes, afin de réduire l'hésitation sur le terrain. Le laboratoire. Je continue mes recherches, même si j'ai une équipe d'apprentis qui prendront la relève le moment venu. Tu pourras peut-être te joindre à eux, Issy.

— Non.

Il ne s'attendait pas à ce refus catégorique.

— Mais, tu étais si douée…

— C'était avant.

Isabel n'est pas du tout convaincante dans son rôle de fille docile. Elle tente de se reprendre.

— Je suis plus douée pour d'autres choses. Tu as dû le voir dans le journal.

Le sourire de son père réapparaît.

— C'était donc bien toi. Notre petite Phalène.

— La seule et l'unique.

— C'est vrai que tu as toujours tenu de ta mère.

Isabel se détourne pour cacher son visage.

— C'est ce que tu veux ? Que je me joigne à vous ?

— Bien sûr. Katipo est ma vision, la culmination de l'œuvre d'une vie. Et elle ne sera pas complète sans ma fille à mes côtés.

Elle se concentre sur sa respiration. *« On te sortira de là. »*

— Si tu le dis.

Ian ne semble pas remarquer son ton crispé. Il les conduit jusqu'à la dernière porte, au bout du couloir, peinte en rouge écarlate.

— Voici à présent ce dont je suis le plus fier.

Isabel sait ce qui les attend derrière avant même qu'il n'ouvre. Son cœur se soulève, son sang se glace. Elle veut l'arrêter, l'empêcher de tourner la poignée, prétendre qu'elle n'a pas besoin de savoir, que s'enfuir de cet endroit lui suffit.

Puis il ouvre la porte, et Isabel comprend que ça ne lui suffira jamais.

Ça ne lui suffira jamais, parce qu'elle aura beau échapper à son père encore et encore, il y en aura toujours d'autres qui n'y parviendront pas. D'autres, comme les enfants dans cette pièce, dont la plupart ne sont pas encore entrés dans l'adolescence. Leurs yeux alertes sont baignés de cauchemars, et elles les voient la jauger, tenter d'estimer si elle présente une menace.

Elle se demande depuis combien de temps il les entraîne. S'il a commencé avant ou après son départ. À quel point ses griffes abjectes ont corrompu leurs esprits.

— Comma et Colibri ne comprennent pas, continue Ian. Elles n'ont pas évolué en un demi-siècle. Elles se raccrochent aux convenances du siècle dernier, alors que de l'autre côté des murs d'Espéra, le monde a changé. Elles ont beau prétendre s'adapter, elles vont bientôt se retrouver à la traîne. Voilà pourquoi elles sont incapables de voir ce projet à sa juste valeur. De te voir toi, à ta juste valeur, Issy. Combien de jeunes de ton âge auraient été capables de faire ce que tu as fait ?

En cherchant à éviter le regard de son père, Isabel se retrouve malgré elle à croiser celui de l'une des enfants, une rouquine aux yeux brillants qui ne doit pas avoir plus de dix ans. La gamine la fixe comme s'il n'y avait personne d'autre dans la pièce, et Isabel n'arrive pas à savoir si c'est de la bravade ou un appel au secours. Peut-être est-ce « Sors-nous de là », ou « Nous sommes les armes que tu as refusé d'être. »

Quoi qu'il en soit, le résultat est le même.

— Personne ne devrait avoir à faire ça, déclare-t-elle en détournant avec peine le regard. Personne.

Aussitôt, elle recule dans l'attente d'un coup qui ne vient pas. Quand elle ose relever les yeux vers son père, celui-ci a l'air déçu.

— Je vois que tu t'es fait avoir par Comma.

Non. Ce n'est pas Comma qui lui a appris qu'elle valait plus que ça. C'est le lourd sac de journaux sur son épaule, les rayons de soleil matinal à travers les nuages, le sourire de Nick dans le tram, Mortimer cherchant à la protéger, les mains douces de Daragh, et surtout Emma. Emma qui n'a jamais eu à s'enfuir, car la guilde ne l'a jamais prise dans ses filets.

Emma qui est aimée, et qui est persuadée qu'Isabel devrait l'être aussi.

—Laisse-les partir.

Sa voix tremble tant que ses mots sont à peine audibles. Elle réessaie.

—Laisse-les partir.

Ian éclate de rire.

—Ils ne sont pas prisonniers, Issy. Ils sont reconnaissants d'être ici.

Tout comme elle était censée l'être.

Isabel ferme les yeux, mais le visage de la rouquine est marqué au fer rouge à l'intérieur de ses paupières. Elle sort de la pièce en titubant et se plie en deux, luttant contre la nausée. Partir d'ici ne suffira pas. Pas si son père continue sur cette voie jusqu'à la fin de sa vie. Elle n'est pas certaine d'être capable de le tuer, mais si elle ne le fait pas, ni elle ni ces enfants ne seront jamais libres.

Combien sont-ils ? Peu importe. Un serait déjà trop.

Une main contre son dos la fait sursauter, mais ce n'est que Michael, accroupi à côté d'elle.

—Ça va ? demande-t-il d'une voix douce.

Elle sent un rire hystérique lui écorcher la gorge. Bien sûr que non, ça ne va pas. Comment peut-il rester si calme, après ce qu'ils viennent de voir ? Était-il au courant ?

Isabel prend cinq profondes inspirations, puis elle se force à se redresser et à regarder Ian.

—J'en ai vu assez. Maintenant, je veux voir Emma.

—Mais tu… Bien sûr. Tu veux t'assurer qu'elle va bien, c'est tout naturel. Nous aurons le temps pour le reste plus tard. Ce n'est pas comme si tu allais où que ce soit.

« On te sortira de là. »

— En effet.

Ian rebrousse chemin, récupère une clé dans le bureau, puis les conduit au rez-de-chaussée. Là, il ouvre une porte qu'Isabel n'avait pas remarquée en arrivant, dévoilant un second escalier, puis un long couloir qui s'enfonce sous terre.

Il y a une garde devant la cellule, occupée à lire un livre qui a vu des jours meilleurs. Elle le glisse d'un air coupable sous sa chaise en les voyant approcher, mais Ian ne la réprimande pas. Il insère la clé dans la serrure au milieu de la solide porte en métal, et Isabel entend le bruit sec du verrou lorsqu'il le tourne.

La porte s'ouvre.

Emma est assise sur l'étroit lit contre le mur du fond, l'air apeuré et épuisé. Ses cheveux sont en bataille, ses vêtements froissés et tachés de sueur, mais elle est en vie. Elle lève des yeux remplis d'espoir vers Isabel, comme si celle-ci était la seule lueur dans l'obscurité.

— Bel. Tu es venue.

En entendant la voix de son amie, Isabel sent son instinct protecteur s'embraser. Elle traverse la pièce en courant, et prend les mains froides d'Emma entre les siennes.

— Je suis là, dit-elle. Je suis là. Je suis désolée de ne pas être venue plus tôt. Tout va bien se passer.

— Tu es venue…

— On va te ramener chez toi.

Elle sort la clé du cadenas de sa poche et la lance à son père.

— Tiens. Voici ta rançon. Maintenant, on s'en va.

— La rançon était pour ton amie, répond Ian d'un ton léger. Pas pour toi.

Parce que c'était le véritable marché depuis le début : la vie d'Isabel contre celle d'Emma.

Elle ferme les yeux, et l'espace d'un instant, seule la main d'Emma dans la sienne parvient encore à l'ancrer dans la réalité. Emma a des gens qui l'attendent. Elle va quitter cet endroit, et ils seront là, prêts à la ramener chez elle et à prendre soin d'elle. Tout ce qu'Isabel a à faire, c'est lâcher prise. Laisser son amie partir.

Elle rouvre les paupières.

— Michael, peux-tu emmener Emma, s'il te plaît ?

Il hésite, comme s'il ne comprenait pas cette requête.

— Sors-la d'ici. Sa mère l'attend. *S'il te plaît.*

— Isabel, je..., commence Emma.

— Non.

Sa détermination commence déjà à faiblir, et la voix de son amie risque de la faire craquer. Tout ce qui compte, c'est qu'Emma parvienne à s'échapper. Isabel la rejoindra plus tard, quand tout sera terminé.

— Michael, s'il te plaît. (Elle regarde Ian.) Tu m'as déjà, moi, tu n'as pas besoin de lui. Laisse-le emmener Emma.

Son père hésite, puis hoche la tête.

— Bien sûr.

Perdre son unique allié en vaut la peine si Emma est saine et sauve. Isabel ravale ses larmes lorsque Michael avance d'un pas, glisse un bras sous celui d'Emma et la soulève aisément.

— Non, proteste celle-ci. Non, je ne laisserai pas Isabel ici. Lâche-moi, je ne...

Mais elle ne fait pas le poids face à Michael. Isabel détourne les yeux pour ne pas les voir s'éloigner. *Emma va s'en sortir*, se répète-t-elle. *C'est le plus important. C'est pour ça que je suis venue.*

Elle met un moment à se rendre compte qu'elle est à présent seule avec Ian. Quand elle ose lever les yeux vers lui, il est déjà en train de l'observer.

— Je ne te comprends pas, dit-il. Tu avais accès à toutes les opportunités possibles, et à la place, tu t'es enfuie. Pourquoi ? Pour vivre une vie médiocre et démunie de civile ?

— Au moins, c'était mon choix.

Tout comme laisser Emma s'en aller et rester seule dans une cellule avec son père est son choix.

— Il n'y a personne d'autre dans cette ville qui t'arrive à la cheville, et tu serais prête à sacrifier tout ça ?

— Je le referais sans hésiter.

Il la dévisage pendant plusieurs secondes jusqu'à ce qu'elle détourne les yeux, incapable de supporter le poids de son regard.

— Oui, dit-il. Je te crois.

Puis il recule d'un pas et claque la porte derrière lui, enfermant Isabel dans la cellule.

35

Eskapo (Évasion)

Il est impossible de déterminer combien de temps a passé. Recroquevillée sur la banquette, Isabel tente de ne pas imaginer la peur qu'a dû ressentir Emma, ne sachant si quelqu'un viendrait à son secours. Elle n'ose pas non plus se demander si Michael a réussi à l'évacuer, au cas où il n'y serait pas parvenu.

Elle ne peut pas se sortir la pièce à la porte écarlate de l'esprit.

Elle soupçonnait depuis un moment son père d'entraîner des enfants, mais en avoir le cœur net est bien différent. Jusqu'alors, une petite voix au fond d'elle, aigrie et endurcie, avait tenté de la convaincre qu'elle s'en moquait : *si j'ai survécu, pourquoi n'y arriveraient-ils pas ?* Mais lorsqu'elle a croisé le regard de la rouquine, elle a enfin vu ce que Mortimer, Daragh et Emma voyaient en la regardant : une enfant. Rien de plus, rien de moins. Peu importe ce qu'elle avait fait. Elle ne méritait pas ça.

Mais Isabel ne peut aider personne enfermée dans cette cellule.

Elle retire sa veste et le gilet pare-balles en dessous, puis dégrafe son soutien-gorge qu'elle extirpe de sous son tee-shirt, et triture les coutures jusqu'à pouvoir arracher les baleines. Celles-ci sont en plastique et plus épaisses qu'Isabel l'aurait aimé, mais elles feront l'affaire.

Aucun bruit ne lui parvient de l'étage. Elle ne sait pas si Emma est en sécurité, si la guilde est arrivée, si elle est enfermée ici depuis une heure ou une journée. Mais peu importe. Elle s'est échappée seule la première fois, rien ne l'empêchera de recommencer.

Les baleines font de piètres outils pour crocheter une serrure. Elle persévère, tentant de ne pas se laisser envahir par le désespoir, jusqu'à ce qu'enfin, elle entende le déclic du verrou. Une alarme se déclenche dans le couloir quand elle ouvre la porte d'un coup de pied. Elle avait oublié la garde qui, tirée en sursaut de sa lecture, a à peine le temps de lever les yeux avant qu'Isabel ne la projette tête la première contre le mur, lui faisant perdre connaissance.

Elle fouille la garde à la recherche d'armes, mais ne trouve qu'une petite matraque. Un bouton à la base suggère qu'elle est électrifiée, et Isabel la glisse avec gratitude dans sa ceinture. Ça ne vaut pas un couteau, mais c'est mieux que rien.

Elle croyait se souvenir du chemin emprunté à l'aller, mais le couloir est si tortueux qu'elle commence à être prise de doutes. Elle choisit systématiquement l'option qui semble remonter à la surface, et entend bientôt des bruits lointains d'affrontement. Comma est donc finalement venue. Peut-être aurait-elle dû compter sur sa volonté d'éliminer Katipo, à défaut d'arriver à croire que ses agents viendraient à sa rescousse.

Une grande porte se dresse devant elle, verrouillée à double tour. Soit le verrou est plus solide que celui de la cellule, soit les baleines sont trop tordues pour être encore utilisables, car la porte refuse de céder. Isabel lui flanque un coup de pied.

— Ouvre-toi, bordel !

— Isabel ?

Elle croit d'abord avoir imaginé la voix de l'autre côté du battant.

— Isabel, c'est toi ?

Mortimer. Il est venu. Un sanglot lui monte à la gorge. Elle l'avait appelé parce qu'il fallait bien qu'elle fasse quelque chose, qu'elle mette toutes les chances de son côté, mais elle n'a jamais vraiment cru qu'il viendrait.

— Oui, c'est moi. C'est Isabel.

— Recule. On va ouvrir la porte.

Elle obéit, toujours à moitié convaincue qu'elle hallucine, et la porte tremble sous l'impact des balles qui s'enfoncent dans les gonds et la serrure. Puis, dans un bruit de bois brisé, elle s'ouvre. L'enseignant tient dans sa main tremblante une lampe torche dont le faible faisceau tombe sur Isabel. Derrière lui se trouve Emma.

— Qu'est-ce que tu fais là ? demande Isabel en voyant son amie. Michael était censé te faire sortir d'ici. Tu étais censée être en sécurité !

— Il l'a fait, répond Emma. Il m'a laissée avec les médecins juste avant que la guilde ne se mobilise. Puis il est reparti pour se battre, et ils m'ont dit que maman était avec eux, et je… Il fallait que je fasse quelque chose. Je t'avais dit que je ne t'abandonnerais pas, et je le pensais.

— Je n'ai pas pu l'arrêter, ajoute Mortimer en remettant son pistolet à sa ceinture. Ce n'est pourtant pas faute d'avoir essayé.

Isabel se demande où il a trouvé l'arme. Où il a appris à tirer.

— Oui, *essayé* de foncer tête baissée, sans savoir où était l'autre entrée ou bien où se trouvait Isabel. (Emma lui tend la main.) Viens.

Isabel la prend, mais elle ne comprend toujours pas ce qu'il se passe.

— Mais… (Elle se tourne vers Mortimer.) Pourquoi êtes-vous là ?

— Parce que tu m'as appelé, répond-il simplement. Et quand Emma m'a dit que tu étais encore à l'intérieur, j'ai pensé que tu avais peut-être besoin d'aide.

— Il y a des affrontements à l'étage, reprend Emma, mais si on va vite, on peut ressortir par où on est entrés. Toute l'attention est sur la porte de devant, personne ne surveille l'autre.

— Je ne peux pas.

— Isabel…

— Vous… vous devriez partir, tous les deux. Il me reste une dernière chose à faire.

— Hors de question ! On est venus pour toi !

Isabel voit à présent qu'Emma est armée, elle aussi. Elle porte un couteau dans un fourreau à sa ceinture, à moitié caché par sa veste. Isabel est incapable d'imaginer son amie s'en servir. Elle ne veut même pas essayer.

— On sort d'ici tous ensemble, ajoute Emma.

Ils ne comprennent pas. Il ne s'agit pas que d'elle. Elle ne peut pas partir comme ça.

— Il y a des enfants à l'étage, dit Isabel, une fêlure dans la voix. Mon père a recruté des enfants.

Emma pousse un juron, et Mortimer se fige.

— Des enfants, répète-t-il d'une voix plate.

— Je ne peux pas les abandonner. Je ne fais pas confiance à la guilde en ce qui les concerne.

Ronan ne leur rendra pas leur liberté, car à cause de Katipo, ils en savent déjà trop. Il les enfermera jusqu'à ce qu'il sache de quoi ils sont capables. Et Isabel refuse de le laisser faire. Elle n'abandonnera pas ces enfants comme elle-même a été abandonnée.

— Bien sûr que non, répond Emma. Mais tu n'iras pas là-haut seule.

— Je voulais que tu sois en lieu sûr, proteste Isabel. Si je sais que tu ne risques rien, je pourrai...

— Prendre des risques stupides et te faire tuer, termine son amie. Je sais. Raison pour laquelle tu n'iras nulle part sans moi.

— Elle a raison, intervient Mortimer. On ne te laissera pas seule, et on n'abandonnera pas les enfants. Tu connais le chemin ?

Seulement en passant par l'escalier principal, et à en juger par les bruits, c'est là que s'affrontent les différentes factions.

— Il faut qu'on monte. Il doit bien y avoir un escalier de secours, ou autre.

— On a vu un escalier en entrant, dit Emma. On est passés par la porte de la maison voisine, c'est par là qu'ils m'ont amenée. Les couloirs se rejoignent.

—Alors, allons-y.

Isabel part en tête, suivie de près par Emma. Mortimer ferme la marche, une main sur son pistolet. Elle voit bien qu'il espère ne pas avoir à s'en servir, ce qui ne fait qu'ajouter à ses questions sur la provenance de l'arme. Ils se trompent plusieurs fois de chemin dans le dédale de couloirs – certains finissent en cul-de-sac ou débouchent sur des escaliers qui ne mènent nulle part ; d'autres résonnent de bruits de bataille, les obligeant à battre en retraite.

Enfin, ils atteignent le long couloir du premier étage et la porte écarlate.

Isabel craignait qu'elle ne soit verrouillée, mais lorsqu'elle actionne la poignée, la porte s'ouvre aussitôt. Isabel jette un œil à l'intérieur, retenant d'une main Emma et Mortimer derrière elle. La pièce est bien plus grande que dans son souvenir, et débouche sur au moins trois autres salles. Il s'agit quasiment d'un complexe autonome, et elle se demande depuis combien de temps les enfants n'en sont pas sortis. Il n'y a aucun signe d'eux, à présent. Le hall principal est éclairé par quelques fenêtres aux carreaux fumés, et Isabel aperçoit des signes de départ précipité. Son cœur se serre. Tout semble indiquer que les enfants ont déjà été déplacés.

À moins qu'ils n'obéissent aux ordres et se soient cachés.

Elle avance de quelques pas, Emma et Mortimer sur ses talons.

—Les autres pièces, murmure-t-elle. Il faut les fouiller.

Mortimer hoche la tête et se dirige vers la porte de gauche. Emma frissonne et se rapproche d'Isabel.

—Cet endroit me donne la chair de poule.

À Isabel aussi. La ressemblance avec le complexe où se trouvait le Cocon est perturbante, au point que passé et présent menacent de se confondre pour ne faire plus qu'un. Seule la présence d'Emma à ses côtés l'aide à garder pied dans la réalité.

C'est trop calme, pense-t-elle. La pièce doit être insonorisée, car elle n'entend plus aucun bruit venant du rez-de-chaussée. Peut-être que l'affrontement est déjà terminé et qu'ils ont gagné. Parce qu'ils vont gagner, pas vrai ? Les forces combinées de Comma et de Colibri devraient suffire à vaincre une minuscule guilde qui ne s'attendait pas à leur venue.

À moins que ses parents n'aient été au courant. Tout comme ils savaient qu'Isabel avait survécu, qu'elle se rendrait à Gauntlet Drive ou que Grace l'aidait.

Peut-être que Katipo a un coup d'avance depuis le début.

Si c'est le cas, il est temps d'y mettre un terme. Isabel croise le regard d'Emma et lui fait signe de prendre la porte de droite, tandis qu'elle-même se dirige vers celle du milieu. Comme les autres, elle n'est pas verrouillée. De l'autre côté se trouve un dortoir rempli de lits superposés, avec chacun un bureau et un petit casier. Deux autres portes au fond de la salle doivent mener aux pièces d'eau. Par acquit de conscience, Isabel vérifie qu'elles sont vides.

Elle ressort dans le hall principal au même moment que Mortimer.

— Alors ? demande-t-elle.

Il secoue la tête. Rien. Ils se tournent alors tous les deux vers la porte de droite, derrière laquelle se trouve encore Emma.

Isabel attrape sa matraque et pénètre dans la dernière pièce.

C'est un laboratoire.

La seule source de lumière naturelle est une petite fenêtre grillagée en haut du mur, mais malgré la pénombre, Isabel sent sa gorge se nouer à la vue des rangées de paillasses. Des expériences semblent avoir été interrompues précipitamment : béchers encore à moitié pleins, notes abandonnées. Les quelques rayons de lumière font scintiller les flacons de verre.

Elle connaît cette pièce. Elle l'a arpentée des milliers de fois dans ses cauchemars. C'est une réplique parfaite du laboratoire de son père, ce qui signifie qu'un tableau blanc doit être accroché sur le mur du fond…

C'est le cas. Dessus, une main d'enfant a inscrit une formule. Mais Isabel n'a d'yeux que pour ce qui se trouve devant.

Emma. Elle est recroquevillée sur une chaise en plastique, et derrière elle, à moitié dans l'ombre, se dresse une silhouette vêtue de noir qui la tient en joue.

Non.

Les pieds d'Isabel semblent avoir pris racine dans le lino gris, comme dans un cauchemar. Elle ne peut ni bouger ni parler, impuissante face au regard terrifié d'Emma. Ce n'était pas censé se terminer ainsi.

C'est alors que la silhouette au pistolet prend la parole.

—J'ai dit à Ian que tu reviendrais chercher les enfants. Tu es très prévisible, parfois.

Elle reconnaîtrait cette voix entre mille.

Ce n'est pas une ombre, pas un inconnu.

Michael.

36

Malespero (désespoir)

La prise de conscience est lente. Le cerveau d'Isabel refuse de faire le lien entre Michael, ses mots et l'arme pointée sur la tête d'Emma. Elle avance instinctivement d'un pas, comme si tout allait devenir plus clair en le voyant mieux.

Il presse le pistolet si fort contre le crâne d'Emma que celle-ci étouffe un cri.

— Je ne ferais pas ça, si j'étais toi, petite Phalène. Ne bouge pas.

— Michael, dit-elle bêtement. Qu'est-ce que tu…

Enfin, la lumière se fait.

Il n'a jamais vraiment été de son côté. Ses parents ne l'ont pas abandonné, il était leur créature depuis le début. Voilà comment ils ont su qu'elle avait survécu. Ce n'était pas à cause d'Oliver. Voilà comment ils ont su qu'elle serait à Gauntlet Drive ce jour-là, et où trouver…

Grace. Une étrange torpeur envahit sa poitrine.

— Tu as tué Grace, pas vrai ? dit-elle, et elle voit Emma tressaillir.

Michael contourne la chaise sans baisser son arme. Lorsqu'il émerge de l'ombre, Isabel découvre de nouvelles contusions qui s'épanouissent sur un côté de son visage. Toute trace de compassion a disparu de son regard, remplacée par une détermination sans faille.

— Oui.

Il n'a même pas la décence de paraître contrit. Il a tué Grace. Il l'a tuée et a eu le culot de faire semblant de compatir pour encourager Isabel à se venger. Des semaines à jouer un rôle, à enfoncer chaque jour un peu plus profondément le couteau dans le dos d'Isabel.

Elle aurait dû savoir qu'il n'aurait jamais eu le cran de s'enfuir, mais elle avait tellement envie d'y croire. De croire que Ian et Judith ne l'avaient pas corrompu. Qu'ils pouvaient s'en sortir, ensemble. Deux survivants.

Mais tout ça n'était qu'un mensonge. La purée qu'il lui a préparée quand elle était mourante, leurs parties de cartes, son inquiétude au sujet d'Emma… rien que des mensonges depuis la seconde où il s'est présenté à sa porte.

Et à présent, il tient la meilleure amie d'Isabel en joue.

Isabel reste parfaitement immobile pour ne pas le provoquer.

— Où sont les enfants ?

Michael désigne de la tête une porte dans le coin.

— Hors de nos pattes.

Dans le laboratoire de Ian, c'était la réserve. Il n'y a pas de raison qu'il en soit autrement ici. Mais ni elle ni Mortimer ne peuvent y accéder sans passer devant Michael.

— OK. Discutons. Pose le pistolet, s'il te plaît.

Il grimace.

— Donne-moi une bonne raison de le faire.

— Si tu tires dans cette pièce, tout le bâtiment risque de partir en fumée.

Qui sait quels produits chimiques se trouvent dans les placards, et quels dégâts ils risquent de faire au contact de la poudre. Le stock de gaz à lui seul pourrait tout faire exploser.

Michael semble hésiter, mais il ne baisse pas son arme.

— J'ai dit une *bonne* raison.

Les mots lui manquent, pile quand elle en a le plus besoin. Elle déglutit. Regarde Emma. Puis Michael.

— Parce que je suis ton amie.

— Grandis un peu, Isabel. Les gens comme nous n'ont pas d'amis.

Mais si c'était vrai, il ne serait pas là à braquer un pistolet sur Emma, parce qu'Emma ne serait pas revenue chercher Isabel.

— Ce n'est pas une fatalité.

— Vraiment ? Tu crois que Nick Larrington serait du même avis ?

D'une voix étranglée par la peur, Emma demande :

— Qu'est-ce qu'il est arrivé à Nick ?

Michael éclate d'un rire sans joie.

— Oh, tu n'es pas au courant.

Il regarde Isabel comme s'il s'attendait à ce qu'elle le supplie de ne rien dire, mais elle n'en fait rien. Alors, avec une pointe de triomphe malveillant dans la voix, Michael répond :

— Isabel l'a tué. (Il se penche vers Emma, qui ne peut retenir un mouvement de recul.) Lui et un autre gamin de seize ans. Mais au moins, pour celui-là, elle était payée.

Isabel sent Mortimer se raidir à ses côtés et voit la peine sur le visage d'Emma.

— Non, proteste son amie. Non, elle ne ferait pas…

— Je suis désolée, dit Isabel.

L'équivalent d'une confession.

Michael sourit de plus belle.

— Tu crois toujours qu'elle va te sauver ? lance-t-il à Emma en glissant le canon de son pistolet sur la joue de l'adolescente. Tu crois toujours que ta vie lui importe ?

Isabel est incapable de regarder l'expression dévastée d'Emma. À la place, elle plonge les yeux dans ceux de Michael.

— J'ai toujours pensé qu'on se ressemblait, dit-elle.

Isabel a la satisfaction de le voir pris au dépourvu.

— Qu'on se ressemblait ?

— Mon père se sert de toi et se contrefiche de ce qu'il peut t'arriver. (Elle examine les nouveaux bleus qu'il arbore.) Laisse-moi deviner. Gauntlet Drive ?

Michael ne répond pas, mais son visage se ferme, et elle sait qu'elle a vu juste.

— Oui, j'imagine qu'il n'était pas ravi que ses agents aient été blessés par ta faute, sans compter que tu m'as livrée à Comma. J'imagine que ce n'était pas intentionnel.

— Judith m'a dit de te garder en vie, crache-t-il. Tu n'aurais pas tenu jusqu'ici. Le *Sunshine Project* était la seule option. Je ne savais pas pour Daragh.

— Ah, donc tu obéis aussi aux ordres de Judith ? Contente d'apprendre que quelqu'un se souciait que je survive ou non. Mais tu as vraiment vendu ton…

— Peu importe, l'interrompt-il. Tu ne comprends pas? Rien de tout ça n'a aucune importance.

Excepté que si. C'est important, parce que Michael tient Emma en joue, et qu'Isabel a besoin de croire qu'elle peut le convaincre de poser son arme.

— On méritait mieux, Michael. Toi et moi. Ce que le Cocon nous a fait, ce que mes parents nous ont fait, c'était complètement tordu.

Il lâche un rire bref.

— Tu crois que je ne le sais pas déjà?

— Mais tu es prêt à laisser mon père recommencer? (Elle désigne la porte dans le coin.) Ces gamins méritent mieux, eux aussi. Tous autant qu'ils sont.

Le doigt de Michael se crispe sur la détente, et Emma ferme les yeux, mais il ne tire pas.

— Si tu essaies d'en appeler à mes bons sentiments, tu devrais savoir que je n'en ai pas.

— Je sais.

Continue de le faire parler. C'est à peine l'ébauche d'un plan, mais c'est tout ce qu'elle a.

— Seul un vrai salaud triche aux cartes comme tu le fais.

Cette fois, son rire est franc, bien qu'il résulte plus de la surprise que de l'amusement.

— Je n'ai pas besoin de tricher pour gagner contre toi, Isabel, mais c'est vrai que tu n'as jamais su t'avouer vaincue.

— En effet.

Leurs regards s'accrochent. Les yeux gris de Michael sont aussi durs que des cailloux, et Isabel n'ose même pas ciller, de peur qu'il ne prenne cela pour une victoire.

Profitant de ces quelques secondes d'inattention, Emma passe à l'action. Elle envoie valser la chaise d'un coup de pied, se dérobe pour échapper au canon du pistolet de Michael, et lui enfonce son couteau dans la cuisse – un geste maladroit, mais atrocement douloureux.

Isabel saisit sa chance. Elle dégaine sa matraque, tourne le bouton en position maximale et assène un puissant coup à Michael. Celui-ci lâche son arme avec un hurlement.

— Allez-y, crie Isabel à Mortimer.

Emma se précipite déjà d'un pas chancelant vers la porte de la réserve, malgré ses mains couvertes de sang et son expression choquée.

— Faites sortir les enfants. Faites-les…

La matraque grésille puis s'éteint – la batterie est morte. Avec un rugissement, Michael tente de se jeter sur le pistolet à terre, mais Isabel éloigne l'arme d'un coup de pied et le frappe violemment sur la tête. Il s'écroule, mais parvient à attraper Isabel par les genoux et à la faire basculer à son tour. Elle percute brutalement le sol, évitant de justesse le plan de travail, et avant qu'elle n'ait eu le temps de reprendre son souffle, Michael rampe vers le pistolet.

Elle se redresse avec peine et se jette sur lui, mais il est trop tard. Il a déjà le revolver à la main et s'est remis debout. Trop éloigné pour qu'elle le désarme, trop proche pour qu'il la rate.

Michael sourit et lève le pistolet.

Isabel ferme les yeux.

Il n'y a pas d'impact. Pas de douleur brûlante. Juste le coup de feu assourdissant, et un bruit sourd, comme si quelqu'un était tombé à genoux. Elle rouvre les paupières, s'attendant à voir du sang s'écouler d'une blessure que ses nerfs n'ont pas eu le temps de percevoir, mais le spectacle qui s'offre à elle est bien pire.

Car Emma est à genoux, une main pressée contre ses côtes, l'air hébété lorsqu'elle voit le sang, comme si elle ne comprenait pas ce qu'il lui arrivait.

Isabel ne comprend pas non plus.

Elle ne comprend pas pourquoi Emma lève les yeux, le visage exsangue ; pourquoi elle balbutie « Isabel » d'une voix étranglée, puis s'écroule. Elle ne comprend pas ce qu'il se passe, pourquoi Emma est tombée, ni d'où vient tout ce sang, puisque c'est elle que Michael allait abattre, pas vrai ? C'est elle qui devrait être en train de mourir.

Mourir. Non. Emma ne peut pas mourir. Pas comme ça.

La matraque lui tombe des mains, et elle se précipite vers son amie, se laisse tomber à côté d'elle, presse désespérément les mains contre la blessure comme pour empêcher le sang de s'écouler. Mortimer, lui, retire son écharpe à carreaux, comme si elle pouvait servir de bandage. D'une main tremblante, il la lui tend, sans un mot, impuissant.

Isabel sait ce qu'il ressent. Elle enroule l'écharpe autour du torse d'Emma et continue de comprimer la plaie. Le tissu est imbibé de sang en quelques secondes.

— Emma, tu ne peux pas.

Les mots sont futiles, mais ils doivent être dits.

— Emma, je suis venue te chercher. Je suis venue te sauver, tu n'as pas le droit de mourir maintenant.

Emma parvient à sourire.

— Je fais de mon mieux, dit-elle, puis elle ferme les yeux.

Quelqu'un sanglote, les pleurs d'un enfant qui a refoulé sa peur pendant très longtemps. Il faut un moment à Isabel pour se rendre compte que c'est elle.

— Non, répète-t-elle comme une litanie. Non, non, non, tu ne peux pas être morte, tu ne peux pas…

Mais on ne peut pas être une tueuse sans reconnaître la mort, et Isabel a vu trop de vies s'achever pour se bercer d'illusions. Emma ne rouvrira plus jamais les yeux. Malgré tout, elle attrape le poignet de son amie pour chercher un pouls. Rien. Juste le sang, le poids oppressant de la mort, et tous ses efforts pour survivre rendus vains en un instant.

Elle ne peut que supplier.

— S'il te plaît, ne sois pas morte.

Que devrait-elle payer pour le pouvoir d'obliger son amie à l'obéir ? Le prix n'a aucune importance, parce qu'Emma ne peut pas être morte. Emma qui n'est que soleil, couleur et espoir.

Isabel se force à prendre une inspiration, mais ses poumons se rebellent et laissent à peine l'air entrer. Son corps n'a qu'une envie : s'allonger sur le sol et se laisser mourir à côté de son amie. Quel droit a-t-elle de survivre ? Tout est sa faute.

— Règle numéro un, déclare Michael. Ne t'attache à personne qui ne puisse se défendre.

Elle se tourne vers lui, et la fureur l'embrase. Elle se brûlerait vivante s'il y avait une chance que l'incendie le consume lui aussi.

— Je vais te tuer, se force-t-elle à cracher.

— Voilà l'Isabel dont je me souviens, répond-il avec un sourire condescendant. Judith serait si fière…

Le monde d'Isabel s'est réduit au corps d'Emma à côté d'elle, le laboratoire à un cauchemar éveillé. Elle pousse un hurlement de rage et se jette sur lui, prête à l'étrangler à mains nues s'il le faut. L'arrogance cède la place à l'inquiétude sur le visage de Michael, qui lève le pistolet et fait feu.

Isabel l'attrape par le bras et dévie le tir. La balle percute un placard, provoquant une avalanche de fioles et de bocaux, de poudres et de liquides qui forment un joyeux mélange sur le sol. Isabel recule précipitamment, à présent aussi paniquée que Michael lorsque la réaction commence. D'abord de la fumée, puis des flammes qui grandissent à mesure qu'elles se répandent, atteignant bientôt le placard suivant et son contenu…

— Merde, jure Michael avant de prendre ses jambes à son cou.

37

Postrikolto (répercussions)

Il est parti.

Autour d'elle, le laboratoire est en flammes – toutes les concoctions létales de Ian alimentent le brasier et emplissent l'air de fumée toxique. Une explosion projette Isabel contre un coin du plan de travail, lorsqu'un autre lot de produits chimiques prend feu. D'un pas vacillant, elle traverse la pièce embrumée pour rejoindre Mortimer et…

Emma.

Elle a l'impression d'être brisée, que tout son monde s'est écroulé, mais le temps presse. À moins qu'elle veuille que cette pièce devienne son bûcher funéraire à elle aussi. L'espace d'une seconde, elle est tentée de s'effondrer à côté d'Emma, et de laisser les flammes les dévorer toutes les deux jusqu'à ce qu'elles ne soient plus que des cendres de la couleur du deuil. Mais ce n'est pas encore terminé.

— Les enfants, dit Mortimer d'un ton urgent. Je prends Emma, tu t'occupes des enfants.

Les enfants. La raison de leur présence ici. Elle voudrait emporter elle-même Emma loin d'ici, mais elle n'a pas assez de force. Elle serait incapable de la soulever d'un seul mouvement comme le fait Mortimer qui la serre dans ses bras. Alors, elle ravale ses sanglots, et se dirige tant bien que mal vers la réserve dont elle ne voit déjà presque plus la porte. Le goût âcre de la fumée lui tapisse l'intérieur de la bouche.

Elle croit d'abord que la porte est verrouillée, mais la poignée finit par céder, dévoilant les enfants terrifiés à l'intérieur. À la vue du feu, ils paniquent ; un garçon se met à pleurer, et Isabel se sent momentanément perdue. Elle ne sait pas comment les rassurer. Elle n'a pas l'étoffe d'une héroïne, d'une gentille sauveteuse venue à leur rescousse.

Heureusement, elle n'a pas à l'être, car ces enfants étaient sous la coupe de Ian Ryans, et aucun mot doux ne les convaincra jamais de désobéir aux ordres qu'il leur a donnés.

— Mortimer, allez-y ! crie-t-elle. Prenez Emma et sortez d'ici. Comme ça, ils auront quelqu'un à suivre.

Le regard du professeur oscille entre elle et les enfants.

— Dis-moi que tu seras juste derrière, ordonne-t-il d'un ton qui suggère qu'il a vu le désespoir dans ses yeux et sait ce qu'il signifie. Dis-moi que tu suivras !

— Promis ! Allez-y !

C'est la vérité. Isabel doit sortir d'ici, parce que Michael s'est échappé et qu'elle ne pourra pas lui faire payer son geste si elle meurt dans ce laboratoire.

Elle se tourne vers les enfants et, d'une voix dure semblable à celle de sa mère, leur dit :

— Si vous ne voulez pas mourir, tirez-vous d'ici. Vous voyez cet homme ? Suivez-le. Tout de suite !

Ils la regardent tous avec de grands yeux remplis d'incompréhension et de terreur. L'espace d'une seconde, personne ne bouge, les ordres qu'ils ont reçus se disputant à leur instinct de survie. Puis l'un des garçons se rue hors de la pièce, et le sort est brisé ; un par un, tous les enfants s'enfuient jusqu'à ce qu'il ne reste plus qu'Isabel ; l'air est presque irrespirable maintenant que la hotte ne fonctionne plus.

Non. Elle n'est pas seule. Il reste une enfant, recroquevillée dans le recoin le plus sombre de la pièce, ses genoux pressés contre sa poitrine. Elle ne semble pas consciente de ce qu'il se passe, se balançant d'avant en arrière comme si la pièce n'était pas en feu.

La rouquine. Celle au regard intrépide.

Isabel n'a pas le temps de la calmer, de lui dire que tout va bien, qu'elle est venue aider. À la place, elle attrape la fillette et l'oblige à se lever. Elle n'est pas assez forte pour la soulever, mais elle lui prend la main et la serre fort.

— Il faut qu'on y aille, déclare Isabel. D'accord ?

Le feu s'est désormais propagé à la salle tout entière, et de petites explosions viennent ponctuer le rugissement des flammes. Bientôt, elles atteindront les réserves de gaz, et il ne restera plus que des décombres. Isabel regarde frénétiquement autour d'elle, comme si une autre sortie allait se matérialiser par magie, mais il n'y a rien.

— Inspire profondément. Ferme les yeux, ordonne-t-elle en se parlant autant à elle-même qu'à l'enfant. C'est parti.

Et elles plongent ensemble dans les flammes.

La chaleur lèche la peau d'Isabel et l'assèche instantanément. Le feu s'est échappé du laboratoire jusque dans le hall principal, détruisant les meubles, les rideaux, le parquet poli. Agrippée à la main de la fillette, Isabel met aveuglément un pas devant l'autre. Sa respiration est entrecoupée ; une sensation familière lui écrase la poitrine, mais cette fois, c'est la fumée qui l'empoisonne. Encore un pas. Puis un autre.

Le rugissement de l'incendie les chasse dans le couloir. Isabel claque la porte derrière elles pour contenir les flammes et prend quelques secondes pour emplir ses poumons d'air frais, jusqu'à ce que la tête lui tourne. Puis elle se remet en route, tirant la fillette derrière elle. L'enfant ne prononce pas un mot, sous le choc, et se laisse entraîner comme si elle n'avait plus la force de résister.

Lorsqu'elles s'engagent dans l'escalier, Isabel ferme aussi cette porte et écoute le bruit résonner contre les murs en béton. Dans le silence qui s'ensuit, elle entend des voix en contrebas. Des voix et des bruits d'affrontements. Elle avait oublié qu'il fallait encore échapper à un carnage pour espérer sortir d'ici.

— Il faut qu'on continue, dit-elle d'une voix rauque. OK ?

La fillette hoche imperceptiblement la tête.

Elles reprennent leur descente.

Mortimer les attend au pied de l'escalier, entouré des autres enfants. Ils se tournent vers Isabel, attendant ses ordres, mais elle est distraite par le corps dans les bras de Mortimer, grotesque et impossible. *Emma est morte.* Ça n'a toujours aucun sens.

— Ils sont entre nous et la sortie, déclare Mortimer.

Derrière lui, la porte entrouverte laisse entrevoir le champ de bataille dans le hall d'entrée. Et à l'autre bout, Isabel aperçoit le perron et l'inaccessible lueur du jour.

— C'est la seule issue possible, continue-t-il. On ne peut pas repasser par la porte de derrière à cause du feu.

Elle hoche la tête et tend la main.

— Donnez-moi votre pistolet.

— Quoi ?

— Votre pistolet. Donnez-le-moi.

Il semble avoir oublié qu'il en possédait un. Il passe l'arme à Isabel, qui l'examine. Cinq balles. Pas assez pour faire diversion bien longtemps.

— Isabel, qu'est-ce que tu…

— Faites sortir les enfants.

— Tu ne peux pas y aller !

Elle n'a pas le choix.

— Est-ce qu'ils ont des snipers ?

Mortimer n'a pas la réponse, mais l'une des enfants désigne la mezzanine qui surplombe le hall.

— Deux tiraient de là-haut tout à l'heure.

— OK.

Elle prend une profonde inspiration et sort dans le hall d'entrée. Aussitôt, deux hommes fondent sur elle. Elle en frappe un dans l'estomac, lui arrache son pistolet, tire à l'aveuglette, et entend le second s'effondrer. Une pluie de coups de feu provient de la mezzanine, et Isabel riposte, sans savoir si elle parvient à toucher qui que ce soit. Le pistolet dans sa main émet un cliquètement : déjà vide. Un nouvel homme se jette sur elle, armé d'un couteau ; elle lui fracasse son pistolet vide sur le crâne, puis lui extirpe son couteau, dont elle se sert pour attaquer le poignet d'un autre agent, qui lâche aussitôt son pistolet. Isabel le ramasse précipitamment et change son couteau de main.

Un bref moment de silence s'ensuit, brisé par le bruit mécanique d'une arme qu'on recharge.

— Allez-y ! ordonne-t-elle à Mortimer.

Tenant toujours le corps d'Emma entre ses bras, il traverse en courant le hall taché de sang, suivi par les enfants. Isabel voit l'une des filles esquiver habilement un agent armé d'un couteau, puis un autre se débarrasser d'un assaillant grâce à un adroit coup de pied dans le genou.

Mais elle ne voit pas la plus petite d'entre eux, la rouquine. Elle se retourne vers l'escalier et la découvre accroupie là, les yeux écarquillés. *Merde.* Alors qu'elle se précipite vers elle, une nouvelle rafale de balles déferle sur la pièce ; instinctivement, Isabel se jette devant la fillette pour la protéger, et fait feu dans la direction des tirs. Elle entend quelqu'un tomber de son perchoir et balance l'arme déchargée.

Il ne lui reste plus que le pistolet de Mortimer avec ses cinq balles.

Elle se retourne vers l'enfant. Elle ne sait pas si c'est la peur ou l'entêtement qui l'a empêchée de suivre les autres.

— Il faut qu'on te sorte de là, dit-elle, à moitié assourdie par les coups de feu. Tu vois cette porte ? À mon signal, tu pars en courant dans cette direction, d'accord ?

La fillette la regarde sans un mot. Isabel étouffe un juron. Il serait plus simple de l'abandonner à son sort, mais elle en est incapable, pas après tous les efforts qu'elle a fournis pour en arriver là. Elle balaie de nouveau le hall du regard pour jauger la situation. Impossible de dire qui est de quel côté, dans cette mêlée. Elle a besoin d'un allié qui fasse diversion pour que la fille puisse s'échapper ; il doit bien y avoir quelqu'un qu'elle connaisse, quelqu'un qui puisse aider…

Quelqu'un comme Toni.

Isabel n'en croit d'abord pas ses yeux, mais si, c'est bien Toni qui se débat contre une femme qui tente de l'étrangler. Emma avait dit qu'elle était là. Toni a-t-elle vu le corps d'Emma dans les bras de Mortimer ? Croit-elle sa fille encore en vie ?

Isabel lève son pistolet et fait feu, touchant la femme à l'épaule. Toni reprend sa respiration, et cherche à repérer qui l'a sauvée. La gratitude sur son visage se mue en inquiétude lorsqu'elle aperçoit Isabel et la fillette.

Peut-être que Toni ne l'a pas protégée elle, mais Isabel décide malgré tout de faire confiance à l'instinct maternel de l'agente. Attrapant l'enfant par la main, elle traverse en courant le hall le plus vite possible – mais un tireur est encore en embuscade sur la mezzanine.

— Toni ! crie-t-elle en lâchant la main de la fille et en la poussant en avant. Couvre-la ! Couvre-la !

La fillette trébuche, se rattrape, lance un regard par-dessus son épaule, puis se met à courir. Sans hésiter, Toni fait bouclier de son corps pour la protéger. Un coup de feu retentit juste au-dessus d'Isabel, qui fait volte-face et riposte. Un bruit sourd, et les tirs s'arrêtent, mais lorsqu'elle se retourne pour voir si la rouquine a atteint la porte, elle découvre Toni Rolleston gisant par terre, et l'enfant accroupie, terrifiée, dans une mare de sang.

— Cours ! crie de nouveau Isabel, comme si on lui arrachait le mot de la gorge.

Elle jette un regard vers la mezzanine – aucun signe du tireur –, et se précipite vers l'enfant, qu'elle attrape par le coude pour la relever.

— Vas-y, la porte ! Cours !

La fillette obéit et disparaît de l'autre côté, dans la lumière. Isabel s'accroupit à côté de la mère d'Emma et cherche son pouls ; tout espoir s'évanouit lorsqu'elle voit la plaie béante là où se trouvait la gorge de Toni.

— Je suis désolée, murmure-t-elle de sa voix enrouée par la fumée avant de fermer les yeux de l'agente.

Dans le silence étouffant de la pièce jonchée de corps, la voix de son père s'élève.

— Issy.

Elle finit par le découvrir, assis dans l'escalier, épuisé et couvert de sang.

— Tu aurais dû garder le silence, dit-elle en espéranto. Je n'aurais peut-être même pas su que tu étais là.

Elle se hisse debout et brandit le pistolet de Mortimer. Plus que deux balles.

— Tu ne vas pas me tuer.

— Tu veux parier ?

Ses mains tremblent. D'épuisement, probablement.

Son père se lève à son tour, et Isabel recule instinctivement d'un pas.

— On t'a tout donné, Issy.

Il a soudain l'air si vieux, si fragile, mais elle sait que ce n'est qu'une illusion.

— Ce n'est pas facile d'être parents, mais nous avons fait de notre mieux. Nous t'avons donné toutes les opportunités possibles.

Isabel sent ses cicatrices pulser contre ses côtes, sa paume brûler contre la crosse du pistolet.

— Vous m'avez condamnée à mort ! Et comme si ça ne suffisait pas de faire de moi un monstre, il a fallu que tu prennes d'autres enfants, que tu leur gâches la vie, à eux aussi. Tu n'arrêteras jamais.

— Tout ce que je voulais, c'était avoir ma fille à mes côtés.

— N'importe quoi ! (La voix d'Isabel se brise.) Tu voulais du pouvoir et de l'argent, et tu te moquais bien des dommages collatéraux !

Elle s'attend à ce qu'il crie, attaque, profère des menaces. Au lieu de quoi, il se met à pleurer. La vue de ces larmes coulant sur ses joues émaciées a quelque chose d'indécent, et Isabel est obligée de détourner le regard.

— Auras-tu le bon cœur d'avoir pitié de ton père ? demande-t-il.

Le bon cœur ? Ce cœur qui s'est arrêté deux fois à cause de son poison ? Ce cœur recouvert d'une cicatrice en forme de papillon qu'ils ont brûlée sur sa peau ? Dans sa colère, elle perçoit les larmes de crocodile de son père pour ce qu'elles sont vraiment.

— Tu aurais dû te taire, déclare-t-elle avant de tirer.

La balle le touche au genou, lui arrachant un hurlement. Isabel se dirige vers le rayon de soleil qui filtre à travers la porte.

— Je savais que tu ne me tuerais pas, lance son père, triomphant malgré la douleur.

Isabel se retourne, sourit et lève son arme. Plus qu'une balle.

— Alors, tu ne me connais pas du tout, papa.

Et elle appuie sur la détente.

Sans attendre de le voir tomber, elle lâche le pistolet et sort sous le soleil d'hiver.

38

Funebro (deuil)

Les jours sont gris. Murs gris pâle, draps gris, gris anthracite de la chemise de Ronan. Même la blouse verte de Daragh paraît grisâtre. Le docteur lui dit que c'est le chagrin, Isabel appelle ça l'échec.

— Tu es saine et sauve, dit-il la première fois qu'elle se réveille après un cauchemar.

Puis la deuxième.

Et la troisième.

— Tu es saine et sauve. Et les enfants aussi. Tout va bien.

Mais rien ne va.

La quatrième fois, deux nuits après la fin du monde, elle répond :

— Je croyais que j'allais la sauver. Mais elle est morte.

— Je sais, Isabel.

— Elle était ma meilleure amie.

— Je sais.

Il s'assied sur le lit et la serre contre lui, comme une enfant, mais même la chaleur de son torse ne peut rien contre l'atrocité de la réalité.

— Ce n'est pas ta faute. Tu as fait de ton mieux et tu as survécu. La plupart des gens ne s'en seraient pas sortis en un seul morceau.

Est-elle vraiment en un seul morceau ? Elle n'en a pas l'impression.

— J'ai tué mon père.

Daragh ne la lâche pas.

— Tu le regrettes ?

Le rire d'Isabel est sans joie, désespéré.

— Non. Il n'aurait jamais arrêté. Il… Les enfants… Je ne pouvais pas.

Peut-être que Daragh est horrifié, peut-être qu'il comprend. Il attend qu'elle lui raconte le reste, qu'elle déverse ses mots au lieu de les ravaler.

— Michael s'est enfui. Ma mère aussi. Je ne sais pas où elle était.

Si elle était capable de la moindre émotion, elle serait terrifiée. Sa mère est encore dans la nature. Tout comme Michael, qui n'a pas payé pour le meurtre d'Emma et de Grace.

Elle attend que le docteur lui dise « La guilde va les trouver », mais il n'en fait rien.

À la place, il répond :

— Ils n'auront pas éternellement une telle emprise sur toi, Isabel.

Elle ne le croit pas. Ils l'ont créée, fabriquée de toutes pièces ; leur sang coule dans ses veines, leurs mots flottent sur ses lèvres. Elle est leur arme ultime, toute leur violence faite chair. Comment pourrait-elle être quoi que ce soit d'autre ?

Son pyjama est doux contre sa peau, plus doux qu'il n'a le droit de l'être quand l'air autour d'elle crépite d'animosité, de haine et d'ennemis. Les draps l'enveloppent comme un linceul, son corps si engourdi qu'elle pourrait aussi bien être déjà morte. *Comme Emma.* Elle ne veut pas que Daragh s'en aille. Elle a l'impression que dès qu'il la lâchera, elle oubliera que son cœur bat encore.

— Qu'est-ce qu'il est arrivé à Katipo ? demande-t-elle.

— Katipo n'est plus, promet-il. L'incendie dans le laboratoire s'est propagé à la réserve de gaz et a détruit la moitié de la rue juste après que tu t'es échappée.

Elle se souvient de l'explosion, mais c'est un souvenir brumeux, comme lorsqu'on se réveille d'un cauchemar. Elle pensait que c'était son monde qui avait volé en éclats, l'énormité de son chagrin qui l'avait percutée d'un coup. Elle ne s'était pas rendu compte que ça s'était vraiment produit.

— Et les enfants ?

— Ils sont en sécurité. Mortimer s'en est assuré. Il a menacé de dire à la Presse Libre que Comma avait été complice du programme d'entraînement pour mineurs de Katipo, et de révéler par la même occasion l'existence du Cocon. Ronan a dû céder. La plupart d'entre eux sont orphelins, mais il va leur trouver à tous un endroit où aller.

Le fardeau d'Isabel se soulage d'un léger poids qu'elle n'avait même pas conscience de porter.

— Tant mieux.

— Tu les as sauvés, Isabel. C'est grâce à toi qu'ils s'en sont sortis.

Au moins, quelqu'un s'en est sorti. Isabel a l'impression d'avoir laissé une part d'elle-même dans l'incendie et la violence. Ou peut-être est-ce la perte d'Emma qui a formé ce trou béant dans sa poitrine, comme si on lui avait arraché le cœur.

Isabel pose la tête contre l'épaule de Daragh.

— Parlez-moi de Christopher.

Elle le sent se raidir de surprise.

— Pourquoi ?

— Parce que vous l'aimiez, qu'il est parti, et que vous êtes encore là.

La grisaille n'a pas emporté Daragh. Il n'a pas suffoqué sous le poids du chagrin. Elle veut comprendre comment c'est possible, combien de temps il lui a fallu pour revoir en couleurs, pour que les tableaux de Christopher cessent d'être un camaïeu de gris.

Daragh pousse un soupir et, après un long silence, finit par répondre, choisissant ses mots avec soin :

— Il était un meilleur guérisseur que je ne le serai jamais. Il peignait tout ce qu'il trouvait. Acceptait n'importe quel boulot qui lui permettait de mettre de la couleur autour de lui. Il enseignait l'art, repeignait des maisons, sortait faire des tags tard le soir, et revenait avec des bombes vides et un sourire aussi lumineux que le soleil. Ses peintures étaient… comme des médicaments. Le regarder travailler me procurait la même sensation que lorsque les résultats d'un patient reviennent négatifs, ou que lorsque j'aide à mettre au monde un nouveau-né en bonne santé après un accouchement difficile. Comme si toutes les parties disparates de mon être formaient enfin un tout.

Les paupières d'Isabel se ferment, mais elle ne veut pas qu'il s'arrête de parler. La voix de Daragh, si douce quand il parle de Christopher, est son seul rempart contre les inévitables cauchemars, et elle pourrait l'écouter pendant des années.

— Comment… comment avez-vous fait, quand il est parti ?

— Je ne sais pas. Il n'y a pas de formule magique. Pas de secret qui aide à s'en sortir. Tu mets juste un pied devant l'autre, et tu continues d'avancer. (Il repousse la frange d'Isabel.) Mais une nuit, alors que j'errais en ville, cherchant quelque chose sans savoir quoi, j'ai vu quelqu'un s'arrêter devant l'une de ses peintures. La personne ignorait que l'artiste était mort, et ça n'avait pas d'importance, parce que l'œuvre était belle, et l'a fait sourire.

Les fresques d'Emma sont lumineuses, pleines de vie, une pâle imitation de leur créatrice, et elles ne la remplaceront jamais – mais c'est quelque chose. Un souvenir de son passage dans cette ville, des couleurs qu'elle a laissées derrière elle. Un rappel que le monde n'est pas entièrement gris.

— Ils ne reviennent jamais, continue Daragh. Les choses ne s'arrangent jamais vraiment. Mais elles deviennent plus faciles.

— Je ne veux pas que ce soit plus facile, répond Isabel, trop épuisée pour pleurer. Je veux juste qu'elle soit là.

— Je sais. Je suis désolé. J'aimerais avoir les mots pour t'aider.

Mais il en a déjà fait plus qu'assez. Ce sont ses mains qui ont raccommodé Isabel. Sa voix qui l'a ramenée à la vie.

— Endors-toi, Isabel. Je ne bougerai pas d'ici.

— Promis ?

— Promis.

Et comme chaque nuit, il tient parole. Il est là quand la voix moqueuse de Michael la tourmente et qu'Emma meurt encore et encore, puis quand ses sanglots la tirent du sommeil, et de nouveau à l'aube, lorsque les premiers rayons du soleil se faufilent entre les rideaux.

Quand elle se réveille enfin en milieu de matinée, baignée de lumière, il est assoupi sur la chaise à côté du lit, l'ange gardien épuisé d'une fille qui fait l'œuvre du diable.

Léo est un perroquet au milieu des corbeaux, ses habits colorés visibles depuis le fond de la salle. Il est assis seul au premier rang, les sièges voisins laissés respectueusement vides, personne ne se sentant digne de s'asseoir à côté d'un jeune homme qui enterre aujourd'hui sa mère et sa sœur, à peine quelques années après avoir perdu Jean.

Isabel n'en est pas digne non plus, mais elle prend place malgré tout à côté de lui. Il lève les yeux, et elle se demande s'il va lui dire qu'elle ne devrait pas être là – ni au premier rang ni même à l'enterrement –, mais il déclare simplement :

— Tu as changé de coupe.

En effet. Ses nouveaux cheveux bleus, rasés sur le côté pour laisser apparaître son oreille gauche avec ses piercings encore enflés, sont aussi voyants que les habits de Léo. C'est un camouflage : Isabel ne sera jamais aussi audacieuse que son alter ego sur la fresque d'Emma. « DÉSOBÉISSANCE ». Elle reste un papillon de nuit sous ces couleurs chatoyantes, mais elle se sent un peu plus puissante.

— C'était une idée d'Emma, répond-elle. Tu n'es pas habillé en noir.

Il baisse les yeux vers sa tenue, comme s'il était surpris de se découvrir ainsi vêtu.

— Non, elle aurait… elle aurait détesté ça. Aucun de nous n'a porté du noir pour Jean, dit-il, rappelant qu'il a déjà fait ça bien trop de fois.

— Je suis désolée, dit Isabel.

Léo jette un regard à la ronde pour vérifier que personne n'écoute leur conversation.

— Ce n'est pas ta faute.

— Si.

— Non. (Il pose calmement, délibérément le livret de cérémonie sur le siège voisin.) Ma mère a fait son choix. Elle connaissait les risques et a décidé d'y aller quand même. Tu n'aurais rien pu faire de plus pour l'aider. Quant à Emma…

— Elle a été kidnappée à cause de moi.

Elle a envie de vomir chaque fois qu'elle repense au sourire soulagé d'Emma, comme si Isabel était sa sauveuse plutôt que la source du problème.

— Sans moi, aucune d'elles n'aurait été là-bas.

— Tu es allée à sa rescousse, répond Léo. Tu l'as sortie de là. C'est elle qui a fait le choix de retourner te chercher.

— Elle n'aurait pas dû, déclare Isabel en se disant qu'elle a peut-être enfin mis le doigt sur la vérité. Elle n'aurait pas dû revenir me chercher. Elle n'aurait pas dû essayer d'être mon amie en premier lieu. J'étais mourante, elle m'a choisie, et elle n'aurait jamais dû.

Léo hausse les épaules.

— Elle pensait que tu en valais la peine. Si tu étais morte, elle t'aurait pleurée, puis elle aurait continué à vivre. Maintenant, c'est à toi de le faire.

Une troisième personne les rejoint au premier rang.

— Isabel, dit Mortimer à voix basse, je ne veux pas t'alarmer, mais Michael est là.

— Quoi ? Où ?

— Dehors. L'un des gardes l'a vu pénétrer dans le cimetière.

Le célébrant est à son pupitre et tapote son micro en guise de test. Isabel regarde Léo, puis le reste de l'assistance : des gens du lycée qu'elle reconnaît vaguement, qui agrippent entre leurs mains des éloges funèbres mouillés de larmes, en attendant de les lire à voix haute. Peut-elle rester ? Peut-elle vraiment les écouter parler de ce qu'Emma signifiait pour eux, sachant que Michael est encore en liberté ? Non, elle en est incapable. Elle se lève et rejoint l'allée principale, ignorant les murmures qui la suivent jusqu'à ce qu'elle sorte sous la pluie. Au bout de quelques pas, elle a déjà récupéré l'un de ses couteaux glissés dans un fourreau le long de son avant-bras, et un autre dans sa bottine.

Elle cherche du regard les agents que Comma a envoyés pour surveiller le périmètre, mais elle aperçoit d'abord Michael. Juste une mèche de cheveux, une pommette et les gouttelettes sur sa peau qui étincellent à la lumière, mais ça lui suffit à le reconnaître. Il s'arrête devant une tombe à l'autre bout du cimetière.

Isabel passe sous une arche mal taillée et se faufile entre les rosiers plantés pour donner l'impression que cette nécropole est en réalité un parc. L'a-t-il vue ? Il s'attarde encore un instant, puis commence à s'éloigner. Il boite – elle espère que la blessure qu'Emma lui a infligée est encore douloureuse –, mais avance d'un bon pas, et elle est obligée de courir pour l'intercepter.

— Stop !

Il lève les yeux et la dévisage. Son regard se pose sur ses cheveux colorés, puis sur les deux couteaux qu'elle tient entre ses mains.

— Isabel. Je me doutais que tu serais là.

Durant la semaine écoulée, les bleus sur son visage se sont estompés, virant au jaunâtre.

— Et toi, qu'est-ce que tu fais ici ?

Il désigne du pouce les sépultures dans son dos. Là, à côté d'un banc familier, se trouvent deux tombes fraîchement creusées. Qui attendent.

— Je suis venu rendre un dernier hommage.

— Un hommage ? répète Isabel, brûlant de fureur. Emma est morte par ta faute.

— Non. Par la tienne.

Il l'a trahie, lui a tout pris, et maintenant, il refuse de reconnaître le sang qu'il a sur les mains.

— Et ma mère ? J'imagine que tu as couru te réfugier dans ses jupes.

— Colibri l'a capturée. Ils ont trouvé notre planque il y a trois jours. Ils sont probablement encore en train de la questionner, mais elle sera bientôt morte.

Ça devrait être un soulagement. Pourquoi n'est-ce pas le cas ?

Parce que je ne la verrai même pas mourir.

— J'ai tué mon père, lui dit-elle. Donc ne t'imagine pas que je vais hésiter à te tuer.

Michael lâche un petit rire creux.

— Je n'en attends pas moins de ta part.

Les couteaux sont lourds dans ses mains. Elle se tient parfaitement droite dans ses bottines. Calme. Alerte. Prête. *Pas de pitié, pas d'hésitation, pas de témoin.* Elle veut demander à Michael si ça a été difficile pour lui de la trahir. S'il éprouve le moindre regret.

Mais elle se contente de :

— Tu n'aurais pas dû venir ici.

Il hausse les épaules.

— Je n'ai nulle part d'autre où aller, répond-il en regardant les tombes par-dessus son épaule.

Il ne se retourne pas assez vite pour bloquer le couteau qui le frappe en plein cœur.

Du sang chaud éclabousse Isabel, et il tente futilement de prendre une dernière inspiration.

— C'est pour Emma. Et ça, ajoute-t-elle en plongeant son second couteau, c'est pour moi. Espèce de salaud.

Il tente de parler, de décocher probablement une dernière flèche, mais Isabel retire les lames, et il s'étouffe avec son propre sang. Couverte de sang, elle le regarde s'écrouler à ses pieds sans un geste.

C'était trop simple, presque décevant. Mais n'est-ce pas ainsi que ça marche, après tout ? On trouve la cible, on se venge, puis on laisse la catharsis de la violence recoller les morceaux.

Mais là, en arrière-plan, se trouvent toujours deux tombes fraîchement creusées qui attendent leurs nouvelles occupantes.

Isabel s'en approche d'un pas titubant. Elle sait déjà ce qu'elle trouvera sur la pierre tombale voisine. « JEAN ARAN. À NOTRE SŒUR ET FILLE BIEN-AIMÉE. » Mais elle n'avait pas remarqué la quatrième tombe de la rangée, avec son papillon discrètement gravé, seul signe que la personne qui repose en dessous était membre de Comma. La tombe n'est pas très bien entretenue, l'herbe un peu trop longue, mais un petit vase de fleurs fraîches a été déposé sur la dalle en marbre, en dessous du nom. « ANGELA GRIFFITHS. »

« Je suis venu rendre un dernier hommage », a dit Michael, parce qu'il savait que ce serait sa dernière visite à sa mère, tout comme il savait qu'Isabel serait là. Il savait exactement ce qu'il faisait, comme toujours, mais cette fois, il jouait avec sa propre vie. « Je n'ai nulle part d'autre où aller. » Peut-être est-ce la réponse à toutes les questions qu'elle ne lui a pas posées.

Isabel s'agenouille sur le sol humide à côté des tombes vides, tandis que le crachin se transforme en pluie. Elle émiette une motte de terre entre ses doigts, et tente d'imaginer ce qu'elle dirait si elle était à l'intérieur avec les autres. Si elle s'exprimait depuis ce pupitre, que leur dirait-elle au sujet d'Emma ? Que de toutes les horreurs dont Isabel est capable, aimer Emma est la seule chose de bien qu'elle ait faite. Qu'Emma a été la lumière de sa vie quand tout est parti en vrille.

Et que c'est Emma qui aurait dû survivre. Parce que Léo et tous ces autres gens ont besoin d'elle. Pas d'Isabel. Isabel n'est bonne qu'à semer la mort sur son passage.

Elle déglutit pour ravaler la boule qui lui noue soudain la gorge. Elle voulait tant vivre, mais à quel prix ? La mort de Michael ne répare rien, ne compense pas toutes les erreurs qu'elle a commises. Elle se demande si Emma aurait apprécié d'être vengée ou si, en voyant Isabel couverte de sang, elle se serait détournée, dégoûtée.

Allume une autre bougie. Malgré toute la noirceur qui habite Isabel, Emma continuait de voir de la bonté en elle. Mais à présent, il ne reste rien d'autre qu'un corps, une lame ensanglantée et un trou dans la terre, où son amie va être ensevelie. Elle n'a jamais été la personne qu'Emma croyait connaître.

Isabel n'a pas pu la sauver, juste exercer sa vengeance pour ce qui lui a été arraché. Et alors qu'elle laisse la pluie laver le sang de Michael sur ses mains, elle prend conscience que ce n'est pas suffisant. Que ça ne le sera jamais.

— Il paraît que ça deviendra plus simple, moins douloureux, dit-elle à un fantôme qui ne peut pas l'entendre, de savoir que tu ne reviendras pas. Je pensais qu'une fois Michael parti, je serais en paix, que tu serais en paix.

Mais ce vide béant sous sa cage thoracique n'a rien de paisible.

Isabel reste agenouillée, incapable de bouger. Alors que la pluie martèle son dos voûté, elle prend peu à peu conscience des gens autour d'elle : des agents de Comma tout de noir vêtus, qui soulèvent le corps de Michael et l'emportent à l'abri des regards des civils. Une silhouette gris anthracite vient se tenir à ses côtés.

Peut-être qu'elle a sauvé les enfants, mais elle a perdu tout le reste : Emma, l'espoir d'une vie meilleure, elle-même.

Elle lève les yeux.

— Il est temps de partir, Isabel, annonce Ronan Atwood en lui tendant la main.

Et Isabel la prend.

Note de l'auteur·ice

The Butterfly Assassin est un ouvrage de fiction – il se passe dans une ville imaginaire, dans un monde légèrement différent du nôtre, mais il s'inspire de la vraie vie, de l'Histoire et de mes propres expériences. Il me semblait donc intéressant d'offrir un aperçu de ces diverses influences.

La ville d'Espéra se situe dans le Yorkshire, non loin de York et de Scarborough ; les noms des différents quartiers proviennent de lieux de la région (mes excuses aux résidents… !). La ville doit son nom à l'espéranto, une langue créée par L.L. Zamenhof en 1887. Zamenhof espérait que ce langage international permettrait d'unir les gens de différents pays, et nul doute qu'il serait horrifié par l'utilisation qu'en ont faite les guildes. Mais si votre curiosité a été piquée, sachez qu'il existe de nombreuses ressources en ligne pour apprendre l'espéranto, et de nombreux espérantistes disposés à en discuter. Les panneaux solaires utilisés dans les rues d'Espéra existent eux aussi réellement : ils peuvent être utilisés pour remplacer le bitume par quelque chose de plus utile et de plus durable. En pratique, toutefois, ils ne sont pas encore aussi fonctionnels qu'à Espéra, et une ville n'est pas l'endroit idéal pour les tester (mieux vaudrait de larges sections de route dans le désert). Mais j'aime l'idée qu'Espéra ait mis une partie de ses compétences technologiques au service d'innovations moins violentes que des armes.

En parlant d'armes… Espéra a été fondée durant la Première Guerre mondiale, à peu près au même moment que Porton Down, qui abrite l'établissement britannique de recherche et de développement pour les armes chimiques. Porton Down a été à l'origine d'horribles armes (notamment le gaz moutarde, l'anthrax et l'agent innervant VX), et des agents neurotoxiques comme le Varin y ont été testés sur des sujets humains. Contrairement à Porton Down, Espéra ne se contente pas de créer des armes chimiques et biologiques, et il s'agit d'un projet des forces alliées ; mais l'existence de Porton Down appuie l'idée que le gouvernement britannique aurait permis et financé un tel projet. Ces parallèles ne relèvent d'ailleurs pas seulement de l'histoire ancienne : à ce jour, le Royaume-Uni accueille tous les deux ans la DSEI, une foire de l'armement où les dernières avancées technologiques meurtrières sont présentées à des représentants de compagnies d'armement et à des délégations militaires du monde entier, dont beaucoup ont été accusées de violations des droits humains. Il n'est pas difficile d'imaginer Comma et Colibri envoyer des représentants à Londres pour trouver de nouveaux clients. L'armée britannique recrute aussi régulièrement des jeunes de seize ans ; c'est le seul pays d'Europe et de l'OTAN à le faire. Les statistiques de juin 2021 montrent ainsi qu'une recrue sur cinq dans les forces armées (et une sur quatre spécifiquement dans l'armée) avait moins de dix-huit ans. En d'autres termes, chaque fois que je me demandais comment les guildes pouvaient exister sans que le reste du monde s'insurge, il me suffisait de regarder la réalité en face pour prendre conscience que c'était parfaitement plausible.

La Grande-Bretagne n'a jamais eu de ville fermée comme Espéra, mais il en existe ailleurs. Au XXe siècle, beaucoup ont été créées pour la recherche nucléaire et le développement d'armes, pour la plupart en Russie. Certaines de ces villes sont à présent ouvertes, mais d'autres restent closes aux étrangers. C'est le cas d'Oziorsk : les habitants peuvent quitter temporairement la ville s'ils obtiennent un visa spécial, mais s'ils déménagent, ils ne peuvent plus revenir. Malgré les divers accidents nucléaires et les retombées radioactives, la plupart des habitants ne veulent pas partir ; cette ville est le seul endroit qu'ils connaissent, et on leur a appris à se méfier du monde extérieur. Il est très difficile pour les étrangers d'y accéder, et les informations de Google s'arrêtent plus ou moins aux postes de contrôle à l'entrée de la ville. J'étais profondément intrigué·e par Oziorsk, et tout ce que j'ai lu à son sujet m'a aidé·e à imaginer Espéra et ses habitants. Je me suis aussi inspiré·e de Berlin, et notamment de son mur, pour le plan de la ville, ainsi que pour les fresques colorées qui caractérisent Espéra.

Enfin, *The Butterfly Assassin* s'inspire de ma propre vie. À dix-sept ans, j'ai développé des douleurs chroniques débilitantes dans les mains et les poignets. Alors que j'étais sur le point de prendre mon indépendance, je me suis soudain retrouvé·e incapable de mener à bien mes hobbies, mes obligations et mes tâches quotidiennes – une perte de contrôle aussi abrupte que dévastatrice. Quand j'ai commencé le premier jet de ce livre un an plus tard, je n'avais pas l'intention de parler de ce traumatisme, de cette rage et de cette frustration. Pourtant, c'est ce qui en a émergé : une histoire sur la perte de contrôle et sur le besoin puissant de revendiquer son autonomie dans un corps qui semble se détruire de l'intérieur. C'est également une histoire qui parle des défaillances d'un système et des personnes censées aider. Trop souvent, des médecins n'ont pas pris mes douleurs au sérieux, les jugeant psychosomatiques ou une simple manifestation de mon anxiété. Trop souvent, ils ont ignoré des symptômes et omis d'effectuer des analyses. Et trop souvent, on m'a dit que je n'avais pas l'air assez malade, assez invalide, assez trans ; on m'a refusé le soutien et les soins dont j'avais besoin. C'est une expérience aliénante qui décuple le sentiment d'isolement, et que je partage avec beaucoup d'amis souffrant de maladies chroniques, qui doivent constamment se battre pour être entendus.

Au cours des huit années qui se sont écoulées depuis, j'ai retrouvé l'usage partiel de mes mains, mais je n'oublierai jamais ce que ça fait d'avoir dix-sept ans, de souffrir sans aucune explication et d'avoir l'impression de perdre la tête. Mes problèmes de santé continuent d'affecter mes choix, et la manière dont Isabel vit avec sa douleur s'inspire directement de ma propre expérience. J'aime plaisanter sur le fait que ma plus grande faiblesse est d'être bien trop facile à empoisonner : une minuscule trace de gluten et je sais exactement ce que ressent Isabel lorsque mes entrailles me le font payer. Les jours avec, mon corps et moi coexistons de manière relativement paisible ; les jours sans, c'est une bataille sans fin. Il est impossible d'avoir le moindre contrôle sur sa vie si on n'a aucun contrôle sur son corps. Isabel n'a ni l'un ni l'autre, et quand j'avais dix-sept, moi non plus.

The Butterfly Assassin s'inspire d'une période de ma vie que je craindrai toujours de revivre, mais aussi de certains aspects de mon identité qui me donnent de la force. Isabel est asexuelle et aromantique, parce que je le suis aussi, et les amitiés qu'elle forme – notamment avec Emma – sont aussi profondes et gratifiantes que des relations amoureuses. Ironiquement, malgré sa violence, cette histoire est aussi fortement influencée par mes valeurs pacifistes : c'est un moyen pour moi de mettre en lumière le militarisme de notre société en le replaçant dans un décor fictionnel qui présente de nombreux parallèles avec la réalité, comme je l'ai mentionné plus haut.

Il y a beaucoup de colère dans ce livre, contre le monde, contre mon corps, contre l'expérience de vivre dans la douleur. Mais il y a aussi de l'espoir – du moins, je l'espère : l'amitié, la guérison, la bonté profonde des gens et leur capacité à changer, l'art, les couleurs, les biscuits, les enseignants qui se soucient de leurs élèves et les docteurs qui écoutent vraiment leurs patients. Isabel est une survivante, et son histoire ne fait que commencer.

Remerciements

Lorsqu'on a travaillé sur un livre durant toute sa vie d'adulte, on se retrouve avec des dizaines de personnes à remercier, et la peur panique d'oublier quelqu'un. C'est le cas ici, et je m'excuse par avance auprès de quiconque me serait malencontreusement sorti de l'esprit.

En première : Rory Power. Si tu n'avais pas choisi de devenir mon mentor dans le cadre du programme Author Mentor Match, ce livre n'existerait pas. Tu m'as été d'une aide inestimable, et grâce à toi, l'histoire d'Isabel est devenue cent fois meilleure. Merci à Alexa Donne d'avoir fondé ce programme, et à Beth Phelan d'avoir lancé #DVPit, qui m'a aidé·e à trouver mon agente, Jessica Hare. Merci, Jessica, d'avoir aimé mon pitch, puis ce livre ! Je promets de continuer à t'envoyer d'autres romans bizarres que j'ai écrits « par accident » alors que je devais travailler sur autre chose. Merci aussi à Amina Youssef, mon éditrice, de m'avoir posé plein de questions difficiles, qui m'ont obligé·e à trouver des réponses, et de m'avoir poussé·e dans mes retranchements. Et à tout le reste de l'équipe chez S&S, qui a transformé mon manuscrit en un véritable livre, que vous tenez à présent entre vos mains : un grand merci pour votre travail acharné.

Ce roman a eu un nombre inquiétant de bêta-lecteurs et lectrices au fil des ans, dont certain·e·s avec qui je ne suis même plus en contact. Je suis extrêmement reconnaissant·e à toutes celles et à tous ceux qui ont pris le temps de me faire des retours.

En particulier Caspian Robson et Eleanor Smith, membres fondateurs du Ronan Atwood Hate Club, qui me lisent et m'écoutent radoter depuis des années. Votre soutien compte plus que tout. Torin Audoire, dont les commentaires furieux et anéantis au sujet du premier jet m'ont nourri·e durant les réécritures qui ont suivi. Tu es le premier lecteur idéal. Cathryn Mullen qui a lu le premier brouillon et m'a dit que j'essayais d'écrire deux livres à la fois. Tu avais raison, et merci aussi pour toutes les informations scientifiques. CG Drews, Emily Miner et Kiara Medina, qui se sont sincèrement attachés à Isabel et ont tenu à me le faire savoir. Emmet Taylor, qui m'a donné des conseils étrangement précis sur le lancer de couteaux. Richard Masheder et Jonathan Mead, qui m'ont posé des questions sur l'univers et m'ont poussé·e à peaufiner les détails. C'est grâce à vous – et à toutes les personnes que j'ai oubliées – que ce livre est devenu ce qu'il est aujourd'hui.

En plus de ces lecteurs et lectrices, j'ai aussi beaucoup appris grâce à mes amis du Write Club. Vous m'avez laissé·e écrire des tonnes d'articles de blog sur le processus éditorial, déverser toutes mes angoisses et incertitudes, et divaguer sur n'importe quel sujet quand j'en avais besoin. Merci d'avoir lu mes premiers chapitres un millier de fois, de m'avoir obligé·e à continuer et à garder le cap. J'ai hâte que vous décrochiez toutes et tous les agents et les contrats que vous méritez.

Merci aussi aux autres auteurs et autrices qui sortent leur premier livre en 2022, et qui m'ont assuré que oui, ce que je traversais était probablement normal dans le monde de l'édition (on ne sait jamais vraiment). Cette année est la nôtre, et l'idée de voir tous vos (nos !) romans en librairie est incroyable.

Ce livre est à des kilomètres de ma zone de confort, en termes de connaissances et d'expériences, et j'ai une dette de gratitude envers toutes les personnes qui m'ont aidé·e dans mes recherches. Merci à Simon Varwell, mon consultant espérantiste, pour ses traductions et ses conseils ; côté science, merci à la chaîne STEM, du discord Gradblr, de m'avoir aidé·e à mettre feu à des trucs, et merci à Zoe Wilson pour son aide avec la chromatographie et les analyses chimiques. S'il reste des erreurs, elles ne sont que de mon fait.

Merci à mes superviseurs et professeurs de l'université de Cork qui me demandaient constamment comment se passaient les corrections, et en particulier à Kevin Myrray, qui m'a pardonné·e d'avoir négligé ma thèse pendant ce temps-là. Merci aussi à Laura, ma propriétaire à Cork, pour ses encouragements, et à tous les geeks du discord Mortal Engines, qui me supportent depuis des années. Aux Muddle Ages, mes amis médiévistes si patients et encourageants : toutes mes excuses de vous avoir infligé la pire version de moi-même depuis 2018. Merci d'être encore là et d'avoir supporté d'être spammés par autant d'extraits de romans pendant mes phases de corrections. Votre aide m'a été précieuse.

Enfin, merci à ma famille. Maman, tu vas détester ce livre : il est triste, violent et rempli de jurons. Un jour, j'en écrirai un que tu pourras lire, mais ce n'est pas celui-ci. Merci malgré tout à vous tous et toutes pour votre soutien, et merci de m'avoir gardé·e en vie assez longtemps pour que je l'écrive. J'apprécie vraiment.

Achevé d'imprimer en septembre 2022
par Aubin Imprimeur à Ligugé
N° d'impression 2206.0086
Dépôt légal, octobre 2022
Imprimé en France
36231474-1